Verfall

F.W.G. Transchel

Verfall

Bibliografische Information der Deutschen Nationalbibliothek:
Die Deutsche Nationalbibliothek verzeichnet diese Publikation in der
Deutschen Nationalbibliografie; detaillierte bibliografische Daten sind im
Internet über http://dnb.dnb.de abrufbar.

© *2017 Copyright F.W.G. Transchel, www.fwgt.de*

Illustration: Vadim Motov, vadim-motov.com

Korrektorat: Sabine Maria Steck

Herstellung und Verlag: BoD – Books on Demand, Norderstedt

ISBN: 978-3-734-73734-3

Prolog

Stockholm, den 14. November 2057. Rede zum Nobelpreis in Medizin, Song Myun-Soo, Biotechnisches Institut, University of Seoul.

»Eure Majestät, sehr geehrte Damen und Herren. Die große Ehre, heute hier vor ihnen sprechen zu dürfen, ist ohne Zweifel weder selbstverständlich noch wiederholbar. Ich spreche in großer Demut zu Ihnen allen, weil dieser Preis bedeutet, dass die vielleicht größte Errungenschaft unserer Zivilisation gegen alle Widerstände nun Anerkennung findet. Weder die Bomben des letzten Jahrhunderts, die so viel Leid und Konflikt in die Welt brachten, noch die abscheulichen Gräuel des Terrorismus und der automatisierten Tötungsmaschinen der ersten Hälfte dieses Jahrhunderts haben so große Kontroversen heraufbeschwören können, wie es ein so kleines Konzept wie der generische Quantengennukleotisierer vermochte. Noch immer ist nicht abschließend geklärt, ob das Universum unendlich ist, ob es sich unendlich ausdehnt oder am Ende von zufälligen Vakuumblasen verschlungen wird. Doch hier und heute kann ich eines verkünden: Wer diesen Tag erlebt und nicht älter als sechzig Jahre ist, der kann auch den jüngsten Tag erleben, denn kein menschliches Herz muss je wieder aufhören zu schlagen! Ich widme diesen Preis all den Kollegen, die mit ihrem Leben bezahlen mussten, um diese Technologie, ja, unsere Evolution an ihr logisches Ende zu führen. Dass ich heute hier stehe, und nicht jemand anderes, kann man nicht anders nennen als puren Zufall, denn das Ergebnis war unausweichlich. Es wäre vermessen, jemanden herauszuheben von all den Kollegen und Wissenschaftlern rund um die Welt, die zielstrebig und konsequent dies hier möglich gemacht haben. Ein uralter Traum geht in Erfüllung! Wenn ich an Hippokrates, Darwin, Paracelsus, Watson und Crick denke, dann sehe ich den unbändigen Wunsch, das Leben für die Menschheit zu verbessern, immer und immer weiter. Die Tür, die wir heute in den Laboratorien öffnen, wird uns in eine neue Welt führen, zuerst langsam, doch dann rasant. Wussten wir vor zehn Jahren, wie man das Altern für einen bestimmten Menschen abzustellen vermochte, so können wir heute nach einigen grundlegenden Justierungen eine beliebige DNA in gleicher Weise manipulieren, sodass die Unsterblichkeit so günstig wie eine einzige Mahlzeit werden wird. Denken Sie darüber nach! Mit all diesen Möglichkeiten wird die Menschheit einen Schub in der Kultur und den anderen Wissenschaften bekommen, da Erfahrung potenziert, statt nur multipliziert werden kann. Wir werden uns Problemen zuwenden, die für die begrenzte Existenz, die hinter uns liegt, zu kompliziert oder unüberblickbar geworden waren. Atemlos vor Staunen und Ehrfurcht kann ich kaum erwarten, welche weiteren Durchbrüche uns bevorstehen. Ich bin überzeugt, meine Damen und Herren, dass dies nicht das Ende unserer Reise ist, sondern erst ihr Anfang. Vielen Dank.«

Vorher

3. Mai 2082, 19:38 Uhr.

Sie wusste, dass es wichtig sein musste. Schon lange nicht mehr war sie außerhalb des Dienstes so eilig gerufen worden, und dann noch bis nach Süddeutschland. Weitere Mutmaßungen erübrigten sich, als sie die orangefarbene Plane sah, die zwei Quadratmeter des Ulm-Stuttgarter Friedrichsau-Parks verdeckte, und unter der sich die charakteristische Silhouette einer Leiche wölbte. Ines Schultheiss näherte sich halb neugierig, halb von Abscheu zurückgehalten. Mit einem eleganten Schwung überwand sie das Flatterband, das den Bereich großräumig absperrte. Die Beamten der lokalen Behörden hielten sie nicht auf, zu bekannt war sie in der Umgebung seit dem Elsässer Massaker.

Gierigen Geiern gleich wateten fünf oder sechs ganz in weiß verhüllte Spurensicherer rund um die nämliche Stelle herum, jede noch so kleine Schramme an der Umgebung aufnehmend. Einer von ihnen bemerkte Ines und deutete zu einem weniger geschäftig aussehenden Spurensicherer, der mit Pad und allerlei Messgeräten vor der orangenen Wölbung kniete. Sie erkannte Damian Fregüzli in ihm, den verantwortlichen Pathologen Süddeutschlands.

»Ah, Frau Kollegin, da sind Sie ja«, freute er sich.

»Ich kann Ihren Enthusiasmus nicht teilen«, erwiderte sie kühl.

»Nicht, dass ich damit gerechnet habe. Doch lassen Sie mir das berufliche Interesse. Wir beide hatten schon lange keinen so aufregenden Fall mehr, wie ich bisher annehmen darf.«

Ines Schultheiss bemerkte, wie leicht es ihr fiel, emotionale Distanz zu wahren, obwohl sie auch ohne den vorläufigen Bericht des Pathologen bereits wusste, dass man es für Mord halten musste. Niemals sonst hätte man sie den weiten Weg aus Neu Hamburg herbeordert, zumindest nicht per Expresskapsel. In einem Punkt hatte er Recht – Mord hatte es in Paneuropa schon lange nicht mehr gegeben, beinahe zweieinhalb Jahre. Sie wusste es so genau, weil sie auch damals die Ermittlungen hatte führen können. Doch sie besann sich, trat noch einen Schritt näher und

3

machte Fregüzli allein durch ihre Körpersprache klar, dass er nun zu berichten habe, was er wusste.

»Das Opfer heißt Katrin Scholl-Ossietzky, mehr wissen wir noch nicht«, sagte Fregüzli. Vorsichtig entfernte er die Plane, die eine Frau mittleren Alters freigab, die wie in leichtem Schlaf reglos im frühsommerlichen Matsch der süddeutschen Hauptstadt lag. »Mord«, sagte der Pathologe knapp, und es war nicht zu überhören, dass er die Pause nur machte, um seinen unzweifelhaften Sachverstand zu betonen.

»Gewaltanwendung?«, fragte Schultheiss kühl.

»Keine, Frau Kollegin.«

»Blutwerte?«

»Altersgemäß tadellos.«

Ines Schultheiss hatte keine Lust auf Ratespiele. »Todesursache?«

»Induzierter Hirntod.«

Ines Schultheiss schnappte nach Luft.

»Sind Sie sicher?«

»Absolut. Die Zellstruktur ist synchron abgestorben.«

»Ein Profi?«

»Nein, kaum anzunehmen«, sagte er in aller Ruhe und gewissermaßen belustigt über den Verlauf des Dialoges. Damian Fregüzli war ein Mann, der es genoss, Recht zu haben und es mitteilen zu können. Die fragenden Blicke der Profilerin jedoch durchbohrten ihn wie eine Spritze zuvor den Hals der Frau, sodass er diese Erkenntnis rasch loswerden wollte.

»Was für ein seltsam altmodisches Instrument. Es passt nicht zusammen, dass jemand, der über ein international geächtetes Nervengift verfügt, dies nicht subdermal verabreicht«, konstatierte Ines Schultheiss.

»Nun ja, Frau Kollegin. Da wir im Umkreis des Leichnams nichts finden konnten, ist es nicht abwegig anzunehmen, dass der Täter sich dieses Umstandes auch bewusst ist und die Spritze getrennt 'entsorgt' hat.«

Ines nickte. Es war eine eigenartige Konstellation. »Der Täter hatte keine Zeit, sein Vorgehen sorgfältig zu planen, sonst hätte es eine subdermale Injektion gegeben. Demzufolge ist sie nicht hier gestorben. Und wir wissen noch mehr. Um was auch immer es hier geht, es wird noch ein Verbrechen geben«, folgerte sie. Sie biss sich auf die Zunge, denn ihre Äußerung, etwas unbedacht dahin gesagt, würde zu einem Kommentar des Pathologen führen.

Fregüzli feixte. »Nun, das ist dann wohl ganz Ihr Metier. Ich bin hier soweit fertig. Wenn Sie einverstanden sind, überführen wir den Leichnam jetzt ins Labor.«

»Wie? … ach so, ja. Tun Sie, was Sie müssen. Und beeilen Sie sich ein bisschen mit dem Bericht, bitte«, sagte sie abwesend und starrte hinaus in die Friedrichsau. Sie war besorgt. Die Umstände legten einerseits nahe, dass der Täter in Eile gewesen war, andererseits war es nicht gerade einfach, einen Bioterminator außerhalb von wissenschaftlichen Laboren zu bekommen. Hatte er ihn entwendet und nicht gewusst, dass eine so krude Methode wie eine antike Spritze unvermeidlich DNA-Fragmente durch die Nukleotid-Markierung des Giftes selbst hinterlassen würde? Es war praktisch unmöglich, dass in dieser modernen Gesellschaft ein Verbrechen unaufgeklärt blieb, und so musste sie annehmen, dass es dem Täter nur einen kurzfristigen Vorteil brachte. Sie hatte nicht viel Zeit.

Während sie ihr persönliches Pad befragte, wie sie das Ulm-Stuttgarter Kriminalistik-Institut erreichen konnte, fuhr ein Wagen bis an die Absperrung heran.

»Ich habe Sie sogleich wiedererkannt«, sagte die dumpfe Stimme, die sie hinter den langsam herunter surrenden, von außen verspiegelten Scheiben bemerkte.

Ein kurzes Lächeln huschte über ihr Gesicht. »François!»

»Ganz recht«, sagte der Elsässer, als er das zivile Einsatzfahrzeug verließ und ihr freudig die Hand hinhielt.

»Es ist eine Weile her«, sagte sie knapp.

»Ja. Ich freue mich,…«, begann er, doch sie schnitt ihm das Wort ab.

»Dafür haben wir später noch Zeit«, sagte sie knapp. »Ich nehme doch an, dass Sie mich zur Kriminalistik abholen wollen. Wir haben einiges zu tun.«

»Ohne Zweifel«, sagte François de Betancourt, als sie wieder einstiegen und mit dem fast unhörbaren Brummen des Elektromotors abfuhren.

Als die Straßenschluchten und Hügel von Ulm-Stuttgart an ihnen vorbeiflogen, kam Ines Schultheiss ein wenig zur Ruhe. Still fasziniert verfolgte sie, wie der mehrere Kilometer breite Metalltrog des restaurierten Donautals Ulm-Stuttgart durchschnitt und in der Ferne verschwand. So gering wie die Mordrate in diesem Teil der Welt mittlerweile auch war, die süddeutschen Alten würden beunruhigt sein und rasche Aufklärung fordern. Die Indizien in Form der benutzen Injektionsnadel beunruhigten sie. Art und Weise, wie dieses Verbrechen sich darstellte, konnten nur bedeuten, dass noch mehr dahintersteckte. Auf dem Pad machte sie eine erste Checkliste. Gab es andere auffällige Vorgänge in Süddeutschland? Gab es unmittelbare Verdächtige? Die Professionalität der Profilerin setzte sich schließlich durch, sodass sie die Fahrt über kein Wort zu ihrem Begleiter sprach. François de Betancourt schien sich davon nicht weiter aus der Ruhe bringen zu lassen und tippte seinerseits auf seinem Pad herum.

Schließlich räusperte er sich: »Wir sind da.«

***

Ines stellte sich beim Leiter des Kriminalistischen Institutes vor, ehe sie richtig anfangen konnte. Er wies ihr ein temporäres Büro in einem der Seitentrakte zu, schien jedoch nicht sonderlich begeistert darüber, dass man ihm die norddeutsche Profilerin vor die Nase setzte. Er verabschiedete sie höflich, jedoch reserviert. Sie entschied, François über seinen Chef auszufragen, solange sie Zeit dafür hatte. Doch zuerst brauchte sie einen Kaffee.

Umständlich wischte sie auf dem Eingabefeld des Automaten umher, bis sie gefunden hatte, wie man den Milchanteil einstellen konnte. Sie wusste ja, dass Süddeutschland gründlich war, aber so komplizierte Menüs für ein bisschen Milch …

»Wie viel ist es mittlerweile? Drei oder vier Liter am Tag?« François hatte sie wiedergefunden und lachte.

»Es ist immer mehr, als ich denke, aber weniger, als alle anderen denken«, sagte sie.

»Dann hast du alle Hoffnung aufgegeben, ins Programm zu kommen?«

»Nicht wegen zehn Tassen Kaffee am Tag. Die künstlichen Brustwirbel stören da schon eher.«

»Ich dachte, das bekämen sie heutzutage hin. Und außerdem hast du ja noch Zeit …«

Ines stutzte. »Weißt du, was ich in letzter Zeit oft denke?« Sie wartete nicht, dass er antwortete. Sie war zwar höflich, das bedingte der Beruf, doch wusste mittlerweile, wann sie ohne Aufforderung Ratschläge verteilen konnte. »Ich denke«, fuhr sie fort, »dass wir nicht immer so versessen auf die Zukunft sein, sondern ab und zu im Hier und Jetzt leben sollten. Ich werde den Mörder der jungen Frau nicht finden, wenn ich nur darüber nachdenke, dass er in Zukunft in einer Zelle sitzt, sondern mich stattdessen darauf konzentriere, wo er sich jetzt im Moment aufhält.«

Es war nicht sicher, ob sie François de Betancourt damit nicht doch beleidigt hatte, doch er war zum vertrauten *Du* übergegangen, ohne sie zu fragen, und so tat sie es ihm gleich und scherte sich nicht um elsässische Befindlichkeiten. Ihre letzte Begegnung war immerhin sechs Jahre und ein paar plastische Operationen her. Doch François de Betancourt schien nicht im Mindesten gekränkt. Er lächelte weiterhin und antwortete: »Du bist noch immer der Sturkopf, den seine Besessenheit fast zerfetzt hätte.«

»Doch nur so war die Situation zu lösen«, sagte sie. Sie würde nicht mit ihm über Strasbourg diskutieren. Seit Jahren hatte sie es nicht getan. Es war richtig so gewesen. Schluss damit.

»Glaubst du es oder weißt du es?«, fragte François.

»Nach so langer Zeit ist beides kaum mehr auseinanderzuhalten, nicht einmal für einen guten Profiler.«

»Du bist zu bescheiden.«

Ines lächelte ihn an. »Wollen wir in Erinnerungen schwelgen oder an die Arbeit gehen?«

»Du wirst wohl kaum Widerspruch dulden«, sagte François und drückte ihr zwinkernd einen frischen Kaffee in die Hand.

***

»Brock musste mich ja echt schon hassen, bevor ich überhaupt da war«, staunte Ines, als sie ihr Büro betrat. Der Raum war zwar offenbar unbenutzt, denn sonst hätte es keine Spinnweben in diesem Ausmaß gegeben, doch auch unaufgeräumt, so als hätte ein erzürnter Mitarbeiter ihn verlassen, ohne noch einen einzigen Gedanken daran zu verschwenden, für Ordnung zu sorgen.

»Ich weiß nicht, was los ist«, sagte François lakonisch. »Er sollte sich freuen, dass er die beste Profilerin weit und breit an Bord hat.«

Ines seufzte. »Es nützt ja doch nichts, deswegen aufzubegehren. Packen wir's an.« Beherzt schnappte sie ein paar der archaischen Aktenordner, die kopfüber auf dem Boden lagen, und stapelte sie vorerst auf dem immerhin geräumigen Schreibtisch, dessen Touchdisplay unter der Last der Ordner unzufrieden blinkte, doch dem Gewicht standhielt und heile blieb.

»Während wir die restlichen Ordner sortieren«, fuhr Ines fort, »können wir eigentlich schon einmal sammeln, was wir haben. Wer ist die Frau?«

François stellte einen Stapel Ordner zur Seite, sodass nun immerhin in der Mitte des Raumes ein Durchgang entstanden war, und zog sein Pad aus dem Jackett. »Katrin Scholl-Ossietzky, Geneworks Inc.«, las er vor.

»Geneworks!?«

»Das steht hier«, antwortete der Elsässer völlig unbeeindruckt.

»Das wird Unruhe geben. Geneworks ist bekannt dafür, seine Mitarbeiter über Gebühr vor der Öffentlichkeit abzuschirmen. Das Programm mag ein wichtiger Grund dafür sein, aber die werden unsere Arbeit nicht leichter machen.« Ines war unzufrieden. Als sie hergefahren war, hatte sie ihren Enthusiasmus über einen Mordfall kaum bremsen können, auch wenn es ein wenig … nun ja, pietätlos klingen mochte. Doch sie war Profilerin, und es war ihr Job, am Verbrechen interessiert zu sein. Geneworks allerdings … sie hatte schon einmal gegen einen Mitarbeiter ermittelt, und es war alles andere als leicht gewesen, dem Monopolisten des Programms Kooperation abzuringen. Ines Schultheiss wischte sich den Staub von der Nase und beschloss, die Herausforderung anzunehmen. »Was hast du noch?«, fragte sie François.

»Der Obduktionsbericht ist natürlich noch nicht da, aber die Verwandtschaftsverhältnisse habe ich heruntergeladen«, sagte er.

»Gibt es Alte in der unmittelbaren Verwandtschaft?«

»Nein, keine.«

»Gut. Immerhin bleiben uns dann arrogante, unangemessene Einflussnahmen erspart.« Ines' Erleichterung darüber, dass keine neugierigen Alten sich einmischen würden, war zwar in ihrem Zynismus übersteigert gewesen, doch nichtsdestotrotz echt. Das Letzte, was sie brauchen konnte, waren zu den Geneworks-Leuten noch Verwandte, die sich für klüger hielten als sie. Na schön, sie waren sogar klüger, aber dennoch verstanden sie stets weniger von Kriminalistik.

Sie besann sich. Machte sich klar, dass diese Frage in Anbetracht der trauernden Angehörigen unsensibel war, und erkundigte sich, ob die Ermordete verheiratet gewesen sei und wem man die traurige Nachricht überbringen müsse. François erinnerte sich an ihre Probleme im Umgang mit … normalen Menschen und versprach, sich darum zu kümmern. Das hob ihre Laune wieder etwas. Er fragte, ob er sie mit dem restlichen Chaos ihres Büros alleinlassen könne, und verabschiedete sich.

Ines ließ sich in den immerhin gepolsterten Drehstuhl billigster Konstruktion fallen und schloss für einen Moment die Augen. Sie wollte ihre Gedanken sortieren, doch es gab noch nichts, was sie hätte einordnen können. Daraufhin schob sie die Ordner vom Schreibtisch und begann ihre Suche mit dem Netz. Ließ alle Informationen über das Opfer sortieren und kategorisieren.

Wie sie erwartet hatte, gab es praktisch nichts über die berufliche Situation des Opfers zu erfahren. Geneworks gab zu, dass sie in der Paneuropäischen Zentralniederlassung in Stuttgart-Ulm arbeitete, doch mehr auch nicht. Nicht einmal eine Videophon-Adresse ließ sich auftreiben. Davon abgesehen, dass es keinen Sinn mehr ergab, eine Verbindung dorthin herstellen zu wollen, war es beeindruckend, wie wenig über Geneworks-Mitarbeiter und ihre Arbeit bekannt war, außer, dass sie, wie die Werbung es so schön formulierte, die »Krone der Schöpfung noch besser« zu machen versuchten. Ines verstand in ihrer Jugend von beinahe fünfzig Jahren noch immer nicht, weshalb ewiges Leben erstrebenswert sei, doch schob sie ihre persönlichen Ressentiments beiseite und beschloss, sich trotzdem, rein beruflich, bei Gelegenheit darüber zu informieren, wie das eigentlich ging, genetisches Engineering. Natürlich wusste sie, wie der moderne Bioterrorismus funktionierte, doch es war ein Unterschied, tausende Menschen zu töten oder aber den Einzelnen vor seinem natürlichen körperlichen Alterungsprozess zu bewahren.

Sie blickte erneut auf die mittlerweile algorithmisch einigermaßen lesbar sortierten Datenberge der öffentlich zugänglichen Quellen und stellte enttäuscht fest, dass es sich nicht würde vermeiden lassen, mit dem einen oder anderen Angehörigen persönlich zu sprechen. Sie hatte keinerlei Hinweise auf ein Motiv oder den Tathergang, und so wollte sie nicht einfach auf die Ergebnisse der Obduktion warten, sondern lieber in zwei Richtungen – familiär/persönliches Motiv und berufliche Probleme – ermitteln.

Wenn Fregüzli, der Pathologe, Recht behielt mit seiner Mutmaßung über die Todesursache, dann war ein familiäres Problem praktisch auszuschließen. Es war an sich schon ungewöhnlich, dass ein Nervengift so gezielt eingesetzt wurde, dass es sicher nur dann der Fall war, wenn Katrin Scholl-Ossietzky von Dingen wusste, die sie nichts angingen. Und das hieß, sie musste etwas gewusst haben, das entweder für Geneworks oder seine Mitbewerber gefährlich war. Sie war sicher, dass François seine Sache gut machen und gleich, nachdem er den Angehörigen die traurige Nachricht mitgeteilt hätte, sie nach persönlichen Motiven befragen würde – es hatte also keinen Sinn, weitere Gedanken daran zu verschwenden.

Ines erhob sich von dem schon nach kurzer Zeit bemerkenswert unbequemen Stuhl und blickte sich in dem schmalen Büro um. War das ... ja! Hinter Akten versteckt lugte eine klassische Filtermaschine aus dem wackligen Holzregal hervor. Wer immer hier zuvor gearbeitet hatte, schien doch eine gewisse Ähnlichkeit mit ihr aufzuweisen. Sie öffnete ihre lederne Umhängetasche und zog umständlich die blecherne Dose mit Kaffee heraus, über der geschickt gefaltetes Filterpapier steckte. Sie blickte sich nach einem Wasserhahn um und stellte fest, dass sie doch das Büro würde verlassen müssen, wenn auch nur, um frisches Wasser zu holen.

Als sie zurück war und das wohlige Gluckern der Maschine genoss, gestattete sie sich für einen Moment, den Blick über die Silhouette von Ulm-Stuttgart wandern zu lassen. Zwar lag das kleine Büro im zweiten von vier Stockwerken, doch der die Gebäude des kriminalistischen Institutes umgebende untere Schlossgarten erlaubte ihr, dennoch mit einer gewissen Distanz auf die Skyline der heute größten deutschen Stadt zu blicken. Natürlich wusste sie, dass die Habitate nicht so hoch und futuristisch waren wie in Frankfurt oder Neu Hamburg, sodass die süddeutsche Architektur sich eine ganz eigene Note bewahrt hatte mit seinen Klinkern und Zwiebeltürmen.

Der Schreibtisch vibrierte sanft und das Display blinkte, sodass Ines ihre Aufmerksamkeit wiederfand. François hatte ihr geschrieben.

»i) War bei ihren Eltern. Traurige Geschichte, mittlerweile aber gefasst. ii) Geneworks hat eine Vermisstenanzeige aufgegeben. iii) Muss noch ihren Lebensgefährten informieren. iv) Sollte gegen elf Uhr zurück sein. Lust auf eine späte Vesper?«

Ines überschlug die Nachricht im Geiste noch einmal, doch wie erwartet enthielt sie im Grunde keine neuen Informationen für sie. Sie öffnete die angehängten Dateien und fand einen Lebenslauf nebst Fotos. Die Fotos würde François auswerten können, doch der Lebenslauf war vielleicht interessant. Die junge Frau hatte in München Bioengineering studiert und war seit kaum zwei Jahren bei Geneworks. Sie war anscheinend die persönliche Assistentin eines Vorstandsmitglieds gewesen, doch durfte sie natürlich nicht angeben, welches. Albern, denn das würden sie schon herausfinden, doch ärgerlich, weil es Arbeit bedeutete. Sie rief die Vermisstenanzeige auf, um herauszufinden, wer sie aufgegeben hatte. Natürlich, die Öffentlichkeitsabteilung. Doch die Uhrzeit war seltsam. Die Leiche musste den ganzen Tag in der Friedrichsau gelegen haben, und erst um 21:19 bemühte man sich um die verschwundene Mitarbeiterin? Da könnten sie vielleicht ansetzen, wenn sie zu Geneworks fuhren, notierte sie sich.

Ines gähnte und stellte fest, dass sie François antworten musste, ob sie noch etwas essen wollte. Sie war müde und erschöpft von der hektischen Reise und dachte darüber nach, ins Bett zu gehen. Auch wenn sie nur zweieinhalb Stunden darin gewesen war, der Komfort der Magnetschwebekapseln ließ doch noch immer zu wünschen übrig. Sie tippte François eine kurze Nachricht, bot ihm an, am nächsten Tag zu frühstücken, und ließ sich dann ein Taxi zu ihrer Unterkunft kommen. Sie hoffte, dass nicht Brock für die Auswahl verantwortlich war. Doch als sie die Adresse sah und wohlwollend las, dass es sich um eine gut eingerichtete Penthouse-Wohnung in der Neustadt handelte, zweifelte sie nicht mehr daran, dass sie Ruhe würde finden können.

Und so war es auch: Es fehlte an nichts. Das Appartement war geschmackvoll, doch konservativ eingerichtet, lag auf halber Höhe auf dem Birkenkopf und bot einen imposanten Blick auf die restliche Skyline der Ulm-Stuttgarter Innenstadt.

Ihr Universalschlüssel war schon seit dem Nachmittag freigeschaltet gewesen und es war deutlich, dass bei dieser Organisation nicht das Kriminalistische Institut, sondern die süddeutsche Regierung die Verantwortung trug. In Neu Hamburg hatte es geheißen, sie sei direkt vom Präfekten angefordert worden, doch das wollte sie dann doch nicht glauben oder sich einbilden. Ines Schultheiss schrieb eine letzte Notiz in ihr Pad, die sie daran erinnern sollte, unbedingt herauszufinden, wer die direkten Kollegen des Opfers bei Geneworks waren, bevor das Unternehmen dafür Sorge trug, auch dies vor ihnen zu verschleiern. Dann ließ sie sich in das vorgewärmte Latexbett fallen, justierte die Weckautomatik und träumte schließlich von Süddeutschland und altmodischen Giftspritzen.

Es war nicht halb neun, wie sie eingestellt hatte, als die Tageslichtdioden zum Leben erwachten und Ines seicht, aber doch überraschend aus dem Schlaf lotsten. Routiniert blickte sie auf das neben ihr liegende Pad und stellte fest, dass es kaum sieben war. Dazu das verlockende Symbol von 23 neuen Nachrichten. Ines seufzte, setzte sich auf, verfluchte die fehlgeleitete Technik und begann, mit den Fingern elegant durch die Liste von Mails zu wischen.

François hatte ihr geschrieben. Sicher machte er einen Vorschlag zum Frühstücken. Erwartungsvoll tippte sie seinen Namen an und erschrak.

'Tut mir leid, Dich so früh aus dem Bett holen zu müssen. Ich hoffe, die Weckautomatik funktioniert trotzdem', stand da. Dann: 'Leider kein Frühstück heute. Dafür aber ein Geständnis. Und was für eins. Beeil Dich.'

Verdattert starrte sie auf ihr Pad, blickte noch einmal auf die Uhr und stand dann auf, langsam und besonnen. Sollte ihr süddeutsches Abenteuer schon beendet sein? Sie zog sich an und eilte zurück ins Kriminalistische Institut.

1.

4. Mai 2082, 6:12 Uhr

»Mein Name ist Soeung Lee. Ich habe 2,24 Milliarden Menschen getötet. Was auch für ein Urteil gefällt werden wird, wie auch immer man meine Tat bewerten mag: Heute in zwei Wochen ist die Welt eine andere.«

2.

4. Mai 2082, 11:32 Uhr

Hinter dem verspiegelten Glas standen drei Menschen, die allesamt wahlweise nervös an Kaffeebecher oder Zigarette zogen. Der Raum war bis auf das Glimmen der Tabakröllchen und der Mess- und Überwachungsinstrumente im hinteren Teil völlig dunkel.

»Was denkst du?«, sagte eine der Gestalten zu der neben ihr.

Der Mann trug jetzt ein offizielles Schildchen, das ihn dezent selbstleuchtend als François de Betancourt identifizierte und als biokriminalistischen Commissioner auswies.

»Ich denke …« Ines Schultheiss stutzte. » …noch nichts. Gibt es eine physiologische Indikation?«

»Keine. Alle neuropsychologischen Marker sind negativ. Puls stabil, EEG, MRT, KFG allesamt unauffällig. Entweder sagt er die Wahrheit, oder er glaubt zumindest, dass das, was er sagt, die Wahrheit ist.«

Der junge Mann, der diese komplizierte Diagnose stellte, war Techniker und las nur vor, was der elegant geschwungene Bildschirm vor ihm von sich aus preisgab.

»Wie gehen wir vor?« François zündete sich eine weitere Zigarette an und sah nervös zu seiner Kollegin, die ganz versunken in den Verhörraum starrte.

»Wie? Ah, ach so.« Sie drehte sich um. »Du möchtest natürlich meine professionelle Meinung hören. In einem solchen Fall muss zunächst eine persönliche Verbindung zum vermeintlichen Täter aufgebaut werden, um ihn dazu zu bringen, weitere Details mitzuteilen, die uns zu externen Ermittlungen führen können. Wir werden ihn also etwas kennenlernen, unseren Mordverdächtigen. Und *wir* heißt in dem Fall *ich*.« Sie trank ihren dritten Kaffee seit dem Aufstehen aus, nahm einen Stapel der vorbereiteten Scheinakten unter den Arm und wandte sich zur Tür.

François versperrte ihr für einen Moment den Weg. »Sei vorsichtig, Ines. Wenn das, was er sagt, wahr ist … ich meine nur. Dann müssen wir das melden …«

Sie lächelte kalt. »Ganz ruhig François. Das ist nicht der erste Wahnsinnige, der mir eine kleine Revolution anzetteln will. Was mich betrifft, ermitteln wir in einem Mordfall, und genauso werden wir uns auch verhalten. Wenn das hier wichtig wäre, dann wüssten sie es sicher schon.«

Er nahm scheinbar keine Notiz davon, als die Frau den Raum betrat. Zumindest unternahm er keine Anstalten, es sich anmerken zu lassen. Sie setzte sich.

»Seoung Lee, Deutsch-Koreaner, 38 Jahre alt.« Ines zeigte keinerlei Regungen und ihre Stimme war so neutral wie die eines Reinigungsroboters.

Der Mann nickte knapp.

»Mein Name ist Ines Schultheiss. Ich leite diese Untersuchung.«

»Untersuchung? Sie meinen, Ermittlung. Ich werde alles, was ich getan habe, gestehen, aber Details kann ich erst nennen, nachdem es vorbei ist.«

»Nachdem *was* vorbei ist?«

»Das habe ich Ihnen doch gesagt. Die Alten werden in etwas weniger als dreizehn Tagen ihren Platz in der Geschichte einnehmen. Und nur dort.«

»Wie meinen Sie das?«

»So wie ich es sage. Sie werden es schon verstehen, wenn es soweit ist.«

Ines Schultheiss seufzte.

»Nun gut. Angenommen, ich gebe mich damit zufrieden, dass Sie für den Moment keine Aussagen dazu machen möchten, und gleichzeitig glaube ich Ihnen, dass diese zweieinhalb Milliarden Menschen, die unsere nobelsten und anerkanntesten Teile der Gesellschaft darstellen, dem Tod geweiht sind. Das ist mir gerade erst einmal egal. Reden wir über Katrin Scholl-Ossietzky.«

»Ich habe bereits Ihren Kollegen gesagt, dass ich bedingungslos gestehe, für ihren Tod verantwortlich zu sein.«

»Einfach so?«

»Einfach so.«

»Warum?«, fragte Ines halb interessiert, halb angewidert. Sie musterte den Mann erneut und erkannte noch immer keine Regung in seinen Zügen. Er sprach sein Geständnis so aus, als ginge es um einen abgebrochenen Türgriff oder eine Topfpflanze.

»Sie brachte das Unternehmen in Gefahr. Ich musste noch zwei Tage Zeit gewinnen, das ist alles. Mir war klar, dass Sie mich früher oder später finden würden, warum also länger warten als nötig? Mein Werk ist getan, und ich harre meiner Strafe.«

Die kalte Gleichgültigkeit des Mannes erschütterte Ines. Er musste wahnsinnig sein. Das hier war zu einfach. Der erste Mord seit zweieinhalb Jahren, und zwei Tage später stellte der Täter sich? Nein, hier gab es noch viel zu viele Ungereimtheiten. Es waren schon andere auf vorgeschobene Geständnisse hereingefallen. Das würde ihr nicht passieren.

»Welches Unternehmen meinen Sie? Geneworks, für die Sie arbeiten? Warum musste diese Frau sterben?«

Seoung Lee atmete unüberhörbar theatralisch aus.

»Liebe Frau Schultheiss, ich habe es Ihnen doch bereits erklärt. Es ist lediglich so, dass die Ungeheuerlichkeit, die ich Ihnen anbiete, noch nicht in Ihren Verstand passt. In zwei Wochen jedoch wird die Realität Ihr Lehrmeister sein.«

Ines Schultheiss zog ganz langsam eine Augenbraue in die Höhe. »Sie geben an, dass in zwei Wochen alle Alten sterben müssen, und dass Sie Katrin Scholl-Ossietzky ermorden mussten, weil sie Ihre Vorbereitungen zu stören drohte?«

»So ist es.«

»Ich glaube Ihnen nicht. Sie wollen die angesehensten Teile unserer Gesellschaft, die wahrhafte Unsterblichkeit erlangt haben, ermorden?«

»Ja.«

Ein ungutes Gefühl beschlich Ines. So ruhig und gesammelt Seoung Lee ihr gegenübersaß, konnte man den Eindruck bekommen, dass er durchaus glaubte, was er sagte. Und sie würde ihm nicht nur den Mord beweisen, sondern auch seinen abstrusen Drohungen folgen müssen. Sie musste mehr herausfinden. Seoung Lee machte nicht unbedingt den Eindruck, dass er Details für sich behalten wollte.

»Nehmen wir für einen Moment an, ich glaube Ihnen. Wie wird es geschehen? Wie wollen Sie dafür sorgen, dass zweieinhalb

Milliarden gentechnisch gegen praktisch alles immunisierte Menschen einfach tot umfallen?«

»Sie glauben es nicht und Sie verstehen es nicht. Selbst Jahrzehnte danach wird es den besten Wissenschaftlern nicht gelungen sein, herauszufinden, was passiert ist. Der Code ist verbuggt. Es ist die menschliche Natur, dass diejenigen, deren Genom fehlerhaft ist, aussterben zu Gunsten der anderen, die weniger Schwächen aufweisen.«

»Sie reden wie ein Wahnsinniger und klingen wie ein Pathologe«, sagte Ines. »Ich glaube Ihnen nicht.«

»Und das wird Sie in die Verderbnis stürzen. Denn die Alten werden mir ebenso wenig glauben, bis es zu spät ist. Deren Arroganz ist ein gutes Zeugnis von der Plage, die sie für die Menschheit sind«, antwortete Seoung Lee.

»Für wen arbeiten Sie?«, fragte Ines. Sie war zu dem Schluss gekommen, dass er keine substantiellen Fakten anbieten sollte oder konnte, und so würde sie sich darauf beschränken, mehr über ihn zu erfahren, bevor sie in seinem Umfeld suchen konnte.

»Für niemanden«, sagte der Mann. Er blieb völlig regungslos. Ines Schultheiss hatte ein gutes Gespür dafür, auch ohne teure Technologie winzige physiologische Veränderungen wahrzunehmen, doch hier gab es nichts zu beobachten. Dieser Seoung Lee spulte seinen Text herunter und würde womöglich nicht einmal beunruhigt sein, wenn er von seinem eigenen bevorstehenden Tod berichten müsste.

»Aha. Kein Bekennerschreiben, keine soziopathische Organisation, die gegen die stabile Gesellschaftsordnung, die die Menschheit sich in den letzten vierzig Jahren aufgebaut hat, opponiert? Fünf Minuten Ruhm? Und dafür mehr als zwei Milliarden Menschen töten? Abgesehen davon, dass ich nicht glaube, dass ein Mann so etwas allein durchziehen könnte ... ist es eine Erpressung? Wollen Sie Geld, Ansehen, einen Platz im Programm?«

Der Mann lachte hohl, doch es war leicht zu erkennen, dass es keiner Emotion geschuldet, sondern selbst sein Spott apathisch und rational bedingt war. »Abgesehen davon, dass hier für mich weitaus mehr als fünf Minuten Ruhm herausspringt, darum ging es nicht. Ich wollte weder Geld, noch Ruhm und absurderweise auch keinen Platz im Ascension-Programm, denn den hatte ich mir durch meine normale Arbeit bei Geneworks längst erarbeitet. Und das wüssten Sie auch, wenn diese Akten vor Ihnen tatsächlich Informationen über mich enthielten. Geneworks achtet penibel darauf, dass die Privatsphäre ihrer Mitarbeiter gewahrt bleibt. Sie wissen gar nicht, ob es so sein kann, wie ich sage. Sie wissen überhaupt nichts, habe ich Recht? Und um Ihnen ein letztes Mal mein Motiv zu nennen: Nein, es geht nur um die Veränderung. Homo ascendens ist die Krone der Schöpfung, und gleichzeitig eine soziologische Sackgasse. Die überalterte Führungselite der sogenannten Alten verhindert, dass sich die niedere Rasse, homo sapiens sapiens, weiterentwickelt. Die synthogenetische Evolution löst nicht die Probleme, die wir haben, auch wenn die Alten es gerne so darstellen. Nein, sie hat sie überhaupt erst geschaffen.«

Ines Schultheiss starrte fassungslos in die hellbraunen Augen des Mannes, der behauptete, der Welt und den Milliarden Alten, die er zu töten drohte, einen Gefallen zu tun. Menschen; das waren sie zweifellos trotz ihrer künstlich weiterentwickelten Körperfunktionen und Lebenserwartung. Und sie, Ines Schultheiss, die sie die meisten der wenigen verbliebenen Gewaltverbrechen des eurasischen Kontinents betrachtet, ermittelt und allesamt aufgeklärt hatte, fühlte sich aufrichtig ratlos. Dieser Mann glaubte nicht nur, was er sagte, es schien beinahe das einzige zu sein, was er glaubte. Sie erinnerte sich an einen Fall, der über ein Jahrhundert zurücklag. In den Schrecken des Zweiten Weltkriegs gab es Menschen, die den Tod, den sie verwalteten, psychologisch als bloße Zahlenkolonnen abstrahierten und so zu unfassbaren Gräueltaten fähig waren. Gepaart mit der menschenverachtenden, faschistischen Ideologie sollte der Holocaust des zwanzigsten Jahrhunderts für Generationen als Mahnmal der Banalität des Bösen, der Fratze der aufgebrochenen Hölle gelten. Bis heute. Dann schlich ein einzelner Gedanke sich an die Oberfläche ihres Geistes.

»Tyrannenmord«, sagte sie.

Der Mann nickte. »Wenn Sie so wollen, vielleicht ja. Das müssen die Historiker bewerten. Die bloße Erkenntnis, dass Gerontokratie in einer Gesellschaft, in der die Alten nicht sterben, nicht funktionieren kann, ist mir offensichtlich. Und nicht nur mir. Welche Perspektive haben die jungen, klugen Menschen denn heute? Nummer zwei, drei, vier oder zehntausend hinter jemandem zu sein, der eine Ewigkeit damit verbracht hat, der beste zu sein, und dessen Vorsprung nicht aufzuholen ist? Seit vierundfünfzig Jahren hat es keinen olympischen Weltrekord mehr gegeben. Erneuerung ist die menschliche Natur. Ebenso wie es aufrichtige Demokratie einst war. Die Situation scheint paradox. Die Gerontokratie sieht das Abwählen der Herrscher nicht vor, faktisch sichern sie ihre Macht dadurch, dass ihre Wähler nicht abwandern können. Speziezismus zeigt sich nicht nur in sogenannten Wahlergebnissen, sondern auch darin, dass es eine Art Autorassismuskomponente enthält. Wer kann wollen, dass Mitglieder derselben Rasse, wenn auch einer anderen Spezies, unter meiner Existenz leiden? Niemand, doch solange die Alternative nur der Tod ist, übersieht man das gerne mal.«

»So sehr ich Ihren Ausführungen folgen kann«, sagte sie, »aber finden Sie es nicht ein bisschen vermessen, diese Entscheidung für eine ganze Rasse zu treffen?«

»'Jetzt bin ich der Tod geworden. Zerstörer der Welten.' Das sagte ein amerikanischer Wissenschaftler, nachdem sie die erste Atombombe gebaut hatten. Ach, wissen Sie, ob Sie mich für einen irrationalen Psychopathen halten, ist mir reichlich einerlei. Sie können es nicht aufhalten, und die Alten können es auch nicht aufhalten. Es liegt an Ihnen. Sie können mich hier zwei Wochen sitzen lassen oder im Schnellverfahren aburteilen.«

Sie nickte. »Die Jurisdiktion liegt nicht bei mir. Ich ermittle nur.«

»Ihre Ermittlung ist abgeschlossen«, sagte er. »Ich bin geständig, zeige keine Reue und werde jedes Urteil akzeptieren. Was wollen Sie denn noch?«

»Wenn es wahr ist, was Sie sagen, dann hat die Welt weniger als zwei Wochen bis zu ihrem Untergang. Wenn es irgendetwas gibt, das Sie wissen, was uns helfen kann, dieses Virus, oder was auch immer es ist, zu stoppen, dann werde ich jedes Mittel einsetzen, um es aus Ihnen herauszubekommen.«

Ihre Blicke trafen sich und wieder sah Ines Schultheiss nur entschlossenen Gleichmut. War dieser Mann der Zerstörer der Welten und fühlte rein gar nichts? Ihr Kommunikationsschirm begann zu blinken und teilte ihr mit, dass sie dringend außerhalb des Verhörraumes gebraucht wurde. Sie nahm ihre Akten und stand auf.

Und siehe da, jetzt offenbarte er tatsächlich ein winziges Funkeln an empathischer Teilnahme, als er fragte: »Was werden Sie ihnen sagen? Machen Sie ihnen keine Hoffnung, denn es gibt keine.«

»Sie werden sich wünschen, dass Sie mehr anbieten können, wenn wir mit Ihnen fertig sind.«

Dann ging sie durch die Doppeltür in den Beobachtungsraum und war selbst überrascht über ihre letzte Äußerung. Weder waren Drohungen in Vernehmungen ihre Art, noch war es geschickt, emotional zu antworten. Es war die Ahnung, dass der junge Mann selbst nach Maßstab normaler Menschen nicht verrückt war. Dass wirklich etwas im Gange war.

Als sie in den schmalen Beobachtungsraum zurückkehrte, erkannte sie den Grund des Rückrufes an der makellosen hohen Stirn, die durch ein transhumanisiertes Genom völlig glatt geworden war, und dem typischen weißen Gewand, das beinahe den Boden berührte, sodass man nur sehen konnte, dass der Alte in einem Antigravgurt saß, wenn man wusste, was die Hinweise dafür waren. Sie verbeugte sich umständlich, wie es Sitte war, hielt ihre Ehrerbietung aber gewohnt knapp, denn sie war niemand, der sich selbst eingeschüchtert zeigen wollte. Der Bürgermeister von Ulm-Stuttgart war ein Mann von 114 Jahren und sah sie milde an.

»Wie lautet Ihre Einschätzung der Situation, Frau Schultheiss? Sie können sich vorstellen, dass dies eine globale Panik, ja präbioevolutische Zustände auslösen könnte«, sagte Florian Hansen-Blüm.

Sie schluckte. 'Wenn es denn stimmt', dachte sie. »Der Mann glaubt, was er sagt, so viel steht fest. Darüber hinaus verweigert er jede Auskunft über die Tat an sich. Was mich zu zwei Schlussfolgerungen bringt: Erstens, es ist nicht auszuschließen, dass tatsächlich eine Gefährdung vorliegt. Ob sie allerdings so großflächig ist, wie er behauptet, ist nicht klar, bevor wir die Methode kennen. Zweitens, sein Schweigen spricht auch dafür, dass er denkt, dass die Kenntnis der Methode uns Zeit und Gelegenheiten verschafft, den Schaden abzuwenden. Auch wenn nach seinen Angaben weniger als zwei Wochen bleiben, bis angeblich alle, die am Programm teilnehmen, wie die Fliegen tot umfallen.«

»Einfach so?«

»Einfach so.« Ines ignorierte die Ironie, dass dieselben Zeilen gerade aus dem Munde von Seoung Lee gekommen waren, und konzentrierte sich auf den Alten. »Jedenfalls ist es das, wovon wir ausgehen müssen, bis wir mehr wissen. Ich benötige Zugang zu allen Daten betreffs des Programms, die Geneworks uns über den Mann geben kann. Und ich benötige jemanden, der es mir erklären kann. Außerdem ... sollten Sie darüber nachdenken, welche Mittel wir in diesem Falle anwenden dürfen. Wir müssen wissen, wie es passieren soll.«

Der Mann sah sie prüfend an. »Sie verlangen, dass ich Ihnen eine Folter-Vollmacht besorge?«

»Ich verlange nur, dass ich tun kann, was nötig ist, wenn es soweit ist, dass es nötig ist.« Sie beobachtete ihren komplizierten Satz im Geiste vor sich und stellte gelangweilt fest, dass der Alte vor ihr sie vermutlich selbst dann verstehen würde, wenn sie nur stotterte. »Wenn alles falscher Alarm ist«, fuhr sie fort, »dann stehen Sie womöglich wie ein transhumaner Schaumschläger da so wie wir alle hier, das ist mir bewusst. Aber falls nicht ...« Sie sah den Mann an, mit einer Mischung aus aufrechter Demut und flehendem Bitten. Sie fragte sich, was diese Aura der Autorität verursachte, ebenso wie sie sich fragte, woher diese kurzentschlossene, ein bisschen zu panische Frage nach Befugnissen stammte, die ihr eigentlich vollkommen fremd war. Zog sie ernsthaft in Erwägung, diesen Mann zu foltern, nachdem sie nur fünf Minuten mit ihm gesprochen hatte?

Ob es das Schweben oder die entrückte, gewohnt arrogante Überlegenheit war, die sie alle zur Schau stellten und die der einzige Ausdruck zu sein schien, den ihre Gesichter hergaben, was Ines daran erinnerte, dass sie nur ein kleines Zahnrad im Getriebe der großen Ordnung der Dinge war, die der Welt Frieden und Wohlstand zurückgegeben hatte, spielte für einen Moment keine Rolle. Fragend schaute der Bürgermeister sie an und ebenso fragend starrte sie zurück. Fatalistisch fuhr sie fort: »Nun ja ... oder Sie gehen in die Geschichte ein als der Mann, dessen Zögern Milliarden das Leben kostete.«

»Ihnen muss klar sein, dass ich kaum hier wäre, wenn dieser Mann nur wirres Zeug daherreden würde. Ich bin hier, weil wir praktisch mit dem Moment seiner 'Ankündigung' die Nachricht bekamen, dass ein Teilnehmer des Programmes …« Er stockte. Es war ein seltsamer Moment für Ines Schultheiss, da sie feststellen musste, wie ein Alter ganz offenbar um Worte rang. Sie sah ihn fragend an, doch es dauerte eine ganze Weile, bis er fortfuhr.

»Ich bin hier …«, setzte er erneut an, »weil ich soeben die Nachricht erhalten habe, dass Azabe Qa'Bar, ein kuwaitischer Teilnehmer des Ascension-Programmes, einen allem Anschein nach natürlichen Tod gestorben ist.«

Stille. Ines hatte beinahe das Gefühl, ihr Herz könnte aussetzen. Sie stand fest und erwartete, dass sich ihr der sprichwörtliche Boden unter den Füßen wegzog. Doch nichts geschah. Sie sah in schreckgeweitete, aufrichtig betroffene Augen. Die Erscheinung des Bürgermeisters war ein Bild des Jammers, nein, war die perfekt vor ihr schwebende, makelloseste Definition von Erschütterung, die möglich war.

»Das …« Nun rang Ines selbst um Worte. »Das ändert alles.«

Der Alte nickte düster. »Da das Hauptquartier von Geneworks hier in Süddeutschland ist und der vermeintliche Täter sich in unserem Institut befindet, werde ich einen Krisenstab einberufen und mich mit unseren internationalen Partnern abstimmen. Ich fürchte, es wird nicht möglich sein, das Opfer zu obduzieren, da sein Testament eindeutig besagt, dass er für den unwahrscheinlichen Fall seines Todes Wert auf die islamischen Gebräuche lege. Dennoch werde ich mein Bestes geben, gemeinsam mit dem Präfekten von Süddeutschland die besten unabhängigen Genetik-Experten zusammenzusuchen. Wir stehen einer unbekannten Bedrohung gegenüber, die vielleicht in der Geschichte beispiellos ist. Mir ist völlig bewusst, dass ich hier gerade einen Hang zum Dramatisieren entwickle, also werde ich Sie nicht länger aufhalten. Finden Sie heraus, ob dieser Lee die Wahrheit sagt, und wie schlimm es ist. Der Mord an der jungen Frau ist … nun ja, nennen Sie mich geschmacklos, nebensächlich.«

Dann, ohne sie eines weiteren Blickes zu würdigen oder eine Antwort abzuwarten, schwebte er hinaus.

»Was denken Sie?«, fragte der Comissioner, der die Stille durchschnitt wie ein schwankendes Motorboot einen spiegelglatten See. Es entsprach seiner Elsässer Natur, den Satz stets auf dieselbe Weise zu betonen, um sich an der grotesk zynischen Wirkung des Nachhalls in der Stille zu erfreuen. Es stach Ines tatsächlich, wie er das Schweigen durchbrach.

»Ich denke, wir haben noch eine ganze Menge Arbeit vor uns«, sagte sie ruhig. Sie wollte die innere Anspannung, die sie seit ihrer Ankunft gespürt hatte und die nun umschlug in kalte, unkontrollierte Aufregung, nicht missen. Es war eine Aufgabe. Ihre Aufgabe. Der erste Mord seit zweieinhalb Jahren, und nach einem Tag Ermittlung schon wurde es ihr zu schwer? Sie würden Ines Schultheiss kennen lernen.

Und zu dem jungen Techniker gewandt, der noch immer wie paralysiert die Tür anstarrte, durch die der Bürgermeister soeben den Raum verlassen hatte, sagte sie betont zwanglos: »Na kommen sie schon. Der erste Alte, den Sie sehen?«

Er nickte unsicher.

»Ach, Sie gewöhnen sich dran. Und jetzt holen Sie uns erst einmal neuen Kaffee. Starken, wie ich anmerken möchte.«

Ironischerweise hatte der Alte ihren Argwohn eher bestärkt als beruhigt. Die Tatsache, dass so kurz, nachdem sich Seoung Lee gestellt hatte, diese Nachricht dazu geführt hatte, dass sich ein Alter nicht nur darum kümmerte, sondern persönlich her bewegte, ließ vermuten, dass er noch mehr wusste, als er sagte. Und dass er besorgt war.

Während der Techniker hurtig hinauseilte, blickte Ines François de Betancourt prüfend an. »Panikmache? Koinzidenz? Es passt zu perfekt. Dazu ein Muslim, der nicht obduziert werden darf. Mir scheint fast, als führte uns jemand an der Nase herum«, sagte sie.

»Und doch ... wenn ein Alter tot ist ...«, wandte François ein.

»Ich weiß, ich weiß. Doch irgendetwas ... ich weiß nicht. Seoung Lee erzählt seine Geschichte mechanisch, unverbindlich. Entweder er ist ein empathieloser Psychopath und die Geschichte stimmt, oder er sucht seine fünf Minuten Ruhm in einer hohlen Drohung. Für beides wirkt er zu intelligent, meinst du nicht?«

François schüttelte den Kopf und hielt sich die Schläfen. »Ich ... entschuldige. Ich weiß nicht, was ich meinen soll.«

24

Sie nickte und wunderte sich. François schien sich nicht daran zu stören. Und Ines ... hatte nicht einmal darüber nachgedacht. Sie prüfte ihre Konzentration. »Das Gefühl kenne ich. Ich für meinen Teil meine zu denken, dass die tote Frau der Schlüssel ist. Egal, was der Bürgermeister sagt.«

Der Techniker kehrte zurück. Er gab den beiden dampfende Kaffeebecher. Entschuldigend blickte er zu Boden, und Ines wäre beinahe so sehr in Gedanken gewesen, dass ihr entgangen wäre, wie seine Hose einen Fleck von der Größe des Inhaltes seines eigenen Kaffeebechers angenommen hatte. Während er sich beschämt hinsetzte und in einem großen, hastigen Schluck den verbliebenen Kaffeerest hinunterquälte, kehrte ihre Konzentration vom Mitgefühl für den emotional überforderten Techniker zurück zu wirklich drängenden Problemen.

»Der Krisenstab wird sicher noch eine Weile brauchen, bis er zusammenkommt. Bis dahin vergraben wir uns in allem, was wir über Katrin Scholl-Ossietzky haben.«

François nickte zustimmend, machte jedoch eine kleine Geste in Richtung des Verhörraumes. »Was machen wir mit ihm?«

Ines lächelte grimmig und fand einen Teil ihrer Selbstsicherheit wieder. »Was man mit Massenmördern halt so macht. Erst mal lassen wir ihn schmoren.«

***

Sie kehrte daraufhin in ihr temporäres Büro zurück. Widerwillig, aber doch wissend, dass es immerhin ihr Platz war. François hatte sich abermals auf den Weg zur Familie des Opfers gemacht, die am anderen Ende der Metropole wohnte, und so saß Ines Schultheiss ganz allein, dampfenden Kaffee in der Hand, an ihrem freigeräumten kleinen Schreibtisch, noch immer das Chaos um sich herum hartnäckig ignorierend. Es wirkte persönlicher jetzt. Nicht, weil sich am bejammernswerten Zustand etwas geändert hatte, sondern weil sie nicht zum ersten Mal hier war. Das Gefühl der Rückkehr zu etwas Bekanntem machte es anders – ganz einfach. Ines ertappte sich selbst, wie sie über ihre eigenen psychologischen Automatismen staunte, und ermahnte sich, produktiv zu sein. Sie wollte so viel wie möglich über den Mord an Katrin Scholl-

Ossietzky herausfinden, bis der Krisenstab gebildet war und sie sich wohl oder übel um Seoung Lees Aussagen zu kümmern hatte.

Behände suchte sie nach den öffentlichen Daten über die Tote in den Behörden-Datenbanken. Ihre Arbeitsstelle bei Geneworks Inc. war ordnungsgemäß gemeldet, sie zahlte Steuern, war konfessionslos und ledig. Doch all das hatte bereits die erste Abfrage ergeben. Und mehr ... gab es nicht. Ines Schultheiss hatte davon gehört und es fast befürchtet. Natürlich gab es Menschen, die nach den Abhörskandalen zu Anfang des Jahrhunderts ihre digitale Identität strikt abschirmten, doch dies war etwas anderes. Geneworks war der mächtigste Konzern der Welt, und auch der geheimnisvollste. Zu dieser Aura der Unnahbarkeit gehörte es, selbst unwichtige, ersetzbare Mitarbeiter unter den Schutz des Unternehmens zu stellen, ihre Identität und ihr Leben vor jeglicher Einmischung zu schützen. Ines seufzte. Unter diesen Umständen würde es nicht einfach sein, ein Motiv zu finden, es sei denn, sie rekonstruierte mühsam, mit welchen Personen das Opfer in letzter Zeit Kontakt gehabt hatte – vorausgesetzt, Geneworks ließ das zu. Beinahe etwas abwesend flippte sie Fenster auf dem im Schreibtisch eingelassenen Display herum, bis das Dokument erschien, das sie gesucht hatte. Die 'Ergänzenden Erläuterungen zum Strafgesetzbuch, 149. Fassung: August 2081'. Interessiert studierte sie die Nebenabkünfte und Erläuterungen. Von einem gespannten Kribbeln erfasst, musterte sie das anstrengende Behördendeutsch. Ihr wurde mehr und mehr klar, dass es nicht reichen würde, um Informationen zu bitten – sie musste genau vorbereitet wissen, wie weit sie gehen konnte, wenn sie hier erfolgreich sein wollte.

Es entsprach ihrem Naturell, sich penibel und akkurat auf alle Eventualitäten vorzubereiten, doch leiser Zweifel entsprang ihrem Unterbewusstsein. Mancher multinationaler Konzern schien ab und an zu vergessen, dass er nationalen Rechten und Gesetzen unterstand. Womöglich würde Ines sie daran erinnern müssen. Nachdenklich markierte sie Passagen zu Aussageverweigerung, der Herausgabe persönlicher Gegenstände und Aufzeichnungen. Dann nahm sie ihr Handpad und notierte in geübter, flinker Daumenschrift: 'Geneworks besuchen'.

Erneut blickte sie auf ihr schmales Dossier, das auf nicht einmal einer Seite alles enthielt, was sie über das Opfer wusste. Dann fiel ihr ein, wer mehr über Katrin Scholl-Ossietzky wissen würde. Ines Schultheiss machte sich auf den Weg in die Pathologie.

***

Es war eines der ungeschriebenen Gesetze der Kriminalistik, dass rechtsmedizinische Abteilungen sich in den Kellergeschossen befanden. Ines wischte die Vermutung, dass die Ursache hierfür der naheliegende Zusammenhang zu Folterkellern sein musste, routiniert beiseite und drückte den altmodischen Klingelknopf an der Tür. Darüber stand 'Dr. med. Damian A. Fregüzli, Pathologie, Forensische Toxikologie, Forensische Radiologie'. Sie wusste natürlich, dass ihr Kollege sich in erster Linie als Rechtsmediziner betrachtete und die laienhafte Bezeichnung als Pathologe für abwertend, weil unkundig hielt. Dennoch zog sie es bei Gesprächen mit Dritten vor, ihn so vorzustellen, da der Begriff durch die vielen kriminalistischen Holoromane bekannter war. Es rumpelte hinter der blankgeputzten Aluminiumtür, die anzeigte, dass dahinter eine sensible Klimaanlage lag, und schließlich kam mit einem leisen Klicken Fregüzlis misstrauisches Gesicht zum Vorschein.

Mürrisch musterte der Pathologe Ines.

»Ah. Sie.«

Ines blickte ihn fröhlich an. Sie war sicher, dass sein Bericht noch nicht fertig war, also würde er ungehalten sein, gestört zu werden. Doch es gab Möglichkeiten, dies zu umgehen.

»Ich bin leider noch nicht fertig, aber es wundert mich nicht, dass Ihnen nicht klar ist, dass gute Arbeit Zeit kostet.«

»Ihr Zynismus amüsiert mich, doch haben wir den Luxus Zeit möglicherweise nicht«, sagte sie distanziert, doch noch immer betont gut gelaunt.

»Ah ja ... da gibt es diese abstruse Drohung. Ich hab's auf meinem News-Pad gesehen. Das glauben Sie doch nicht, oder?«

Fregüzli bedeutete ihr zögerlich, einzutreten.

»Das wissen wir noch nicht«, sagte Ines knapp. Sie wollte vermeiden, dass ihre Ungeduld auf ihn abfärbte, denn er würde nicht nur unleidlich werden, sondern ihr auch keine Zwischenerkenntnisse über die tote Geneworks-Mitarbeiterin mitteilen.

»So, so ... das wissen Sie noch nicht«, murmelte er mehr wie zu sich selbst. »Das wissen Sie noch nicht, aber um mich zu stören, dafür reicht es schon ...«

»Entschuldigung«, sagte Ines so aufrichtig wie möglich. Ihr tat es wirklich leid, ihn stören zu müssen, doch sie benötigte unbedingt eine erste Einschätzung zu der toten Frau. Unauffällig sah sie sich in dem kleinen Vorraum um, in dem sie nun stand. Es schien so etwas wie ein Büro zu sein, da auf der Seitenablage handschriftlich angefertigte Skizzen und Notizen und haufenweise Pads lagen, doch der Raum war langgezogen mit einer Tür zu ihrer Linken und einer weiteren an der hinteren Wand. Hier gab es nicht die Art von Unordnung, die entstand, wenn man lange nicht aufräumte. Nein, es waren geschäftig unsortierte Aspekte des Falles. Von einigen Pads konnte sie Überschriften wie 'Toxikologische Primaranalyse' oder 'Cerebraltomographische Befunde' erhaschen, doch sie verstand von Rechtsmedizin nur so viel, dass sie wusste, dass Fregüzli in Ulm-Stuttgart der Mann war, den sie fragen konnte. Gerne hätte sie mit Michel Hansen aus Neu Hamburg zusammengearbeitet, der ihre rechte Hand in der heimischen Kriminalistik war, doch natürlich hatte sie sich den Umständen zu beugen. Wie jedes Mal, wenn man sie zu den schwierigsten Fällen durch Europa jagte. Manchmal bedauerte sie, dass sie so wenig von den weiteren Disziplinen ihres Faches verstand, doch wusste sie auch, dass dies eben der Preis dafür war, so lange geübt zu haben, bis sie wahrhaft in die Köpfe der Menschen zu sehen vermochte, solange sie noch lebendig waren. Sie begriff, dass Fregüzli hier ebenso einer Kunst folgte, wie sie es tat, wenn sie mit Menschen sprach oder sie verhörte.

In einem Moment der inneren Klarheit erschrak sie beinahe ob der jähen Erkenntnis, dass sie beobachtet wurde. Fregüzli blickte sie noch immer mürrisch an und wartete zu erfahren, was sie nun eigentlich wollte.

Ines holte tief Luft und begann theatralisch, in der Hoffnung, dass Fregüzli ihr Dilemma verstehen würde: »Vor einer knappen Stunde gingen Eildepeschen an die führenden Experten der Welt in den Bereichen Humangenetik, Pandemik, Terrorismusbekämpfung, physikalische Chemie und noch ein paar andere. Morgen früh wird der große Konferenzsaal über uns brechend voll von sogenannten Experten sein, die allesamt herausfinden sollen, was an den Drohungen und Vorhersagen des Seoung Lee, der sich heute Nacht einigermaßen unaufgeregt gestellt hat, denn so dran ist. Das bedeutet, Damian, dass alles, was Sie mir jetzt nicht sagen können, am Ende unter den Tisch fallen wird, weil ich bereits angewiesen wurde, den Mordfall Scholl-Ossietzky ruhen zu lassen, bis die wesentlich größere Krise vorbei ist. Ich selbst hingegen glaube, dass uns die Leiche auf Ihrem Obduktionstisch mehr verraten kann als all die Experten zusammen.«

Fregüzli nickte nachdenklich. Er legte den Kopf ein wenig zur Seite, blickte Ines noch einmal eindringlich an und lächelte dann sanft. »Ihre Ehrlichkeit, Frau Kommissar, ist erfrischend. Natürlich durchschaue ich die Fassade der schönen Worte, doch sehe ich auch, dass Ihre Einstellung bezüglich des Krisenstabes aufrichtig ist. Ich werde Ihnen sagen, was ich weiß.« Er stockte, als hätte er eine spontane Eingebung gehabt. »Nicht, weil ich muss, denn das wissen Sie ja ohnehin, sondern in Ihrem Fall auch, weil ich will.«

Er grinste nun und hob theatralisch den Arm, um sie in den Obduktionssaal zu bitten. Ines schauderte, als sie das vollkommen klimatisierte Reich des Damian Fregüzli betrat. Der Obduktionsraum war länglich, bot Platz für drei gleichzeitig aufgebahrte Leichname und hatte die typischen sargförmigen Kühlschränke an beiden Seiten zu bieten, die in die kalten, altmodisch eierschalenfarben gefliesten Wände eingelassen waren. Abscheu stieg in Ines Schultheiss auf, als sie den Leichnam auf dem letzten der Tische erkannte und sah, wie das Fleisch an Brust und Bauch von der Haut getrennt worden war, die nun in sauber zerteilten Hälften zu beiden Seiten hinunterhing. Sie konnte sich beherrschen, schließlich hatte sie schon wesentlich widerlicher zugerichtete Menschen sehen müssen.

Fregüzli schien einmal mehr ihre Gedanken zu erraten und grinste erneut. »Haben Sie keine Angst vor dem Tod, Frau Kommissar«, sagte er beiläufig.

»Wir alle enden irgendwann auf einem Tisch wie diesem. Auch die Alten«, fügte er fatalistisch hinzu.

»Sie glauben, was Seoung Lee behauptet?«, fragte Ines. Als Pathologe musste er notwendigerweise dazu eine Meinung haben. Wenn er davon gehört hatte, so hatte er sich auch Gedanken dazu gemacht, schloss sie.

»Glauben ist Ihr Metier, Ines«, sagte er spitz. »Ob ich mich jedoch darauf vorbereite, Alte in diesen Schränken liegen zu haben? Darauf können Sie wetten.«

Unzufrieden über die vieldeutige Antwort des Rechtsmediziners beschloss sie, nicht weiter nachzuhaken. Zuerst die Frau. »Der Fall Scholl-Ossietzky«, sagte sie schließlich, während sie erneut interessiert studierte, wie viel kognitive Mühe es sie kostete, ein Würgen zu unterdrücken.

»Ah, natürlich.« Fregüzli war nun ganz in seinem Element. »Wie wir bereits am Fundort vermuteten, ist die Frau woanders gestorben. Ich kann nicht sicher sagen, wo, jedoch ist es wahrscheinlich, dass es ein geschlossener Raum war. Seit es Leuchtquellen gibt, die UV-Strahlung abgeben, um die Melaninproduktion zu regeln, ist es schwer geworden, daraus Schlüsse zu ziehen, doch wissen wir heute, dass bestimmte andere Lichtrezeptoren in Augen und Haut nur bei echtem Sonnenlicht ansprechen. Sie hat einige Zeit in einem Gebäude gelegen – ich kann nicht sagen, wie lange, doch schätze ich mindestens eine halbe Stunde.«

»Haben Sie eine Ahnung, wie man sie transportiert hat?« Ines war ungeduldig. Die Tatort-These hatte sie schon am Fundort gehört und als verlässlich abgespeichert. Sie war hier, um Neues zu erfahren. Immerhin sprach der Pathologe weiter, ohne dass sie ihn hätte ermuntern müssen.

»Ferner – und ich weise ausdrücklich darauf hin, dass es sich hierbei um reine Spekulation handelt – ferner wurde sie nach meiner Ansicht wenigstens eine gewisse Zeit von mehr als einer Person getragen. Es gibt leichte Druckmale an Hand- und Fußgelenken, außerdem keine Schleifspuren im Park.«

»Mehr als ein Täter?«

»Möglich. Oder ein Roboter.«

»Wir haben Sicherheitsprotokolle für derartige Fälle. Das wäre gemeldet worden.«

Fregüzli schien belustigt ob Ines' scheinbar naiver Antwort.

»Das mag für öffentlich gehandelte Roboter gelten. Aber auch für Geneworks-Roboter?«

Nun war Ines ihrerseits zu einem schmalen Lächeln übergegangen.

»Roboter können nicht unbemerkt Leichen wegschaffen.«

»Nun gut …« Fregüzli schien nicht dazu aufgelegt, die Ethik von Roboterhandlungen und ihre sogenannten Sicherheitsprotokolle zu diskutieren, die mehr als einmal Fehlverhalten gezeigt hatten. Zu interessiert war er offenbar an seinem ersten Mordfall seit langer Zeit. »Schließlich … die Mordmethode«, sagte er beinahe feierlich. »Wie ich bereits erwähnt habe, lässt sich Korrelation herstellen zwischen einer Injektion am Hals und einer – und das ist das einzig Bemerkenswerte – vollständigen degenerativen Epilepsie im Stammhirn, die zu induziertem Hirntod führte.«

Er holte tief Luft, und noch bevor er fortfuhr, hatte Ines erkannt, dass er nicht zufrieden mit dem war, was er zu berichten hatte. »Das Problem dabei …«, schnaufte er, »… das Problem dabei ist, dass ich mehr als diese Korrelation nicht zeigen konnte. Die Toxikologie ist noch nicht vollständig abgeschlossen, doch offen gestanden habe ich keine große Hoffnung, dass sich noch etwas ändert. Ich habe kein Nervengift, kein Anaphylaktikum, keine blutdrucksteigernden Mittel und auch kein Aneurysma feststellen können, obwohl ich noch am Fundort sicher war, dass es Neurophytomalin oder eine vergleichbare Substanz gewesen sein musste. Grob gesagt, die junge Frau ist vollkommen gesund bis auf den Umstand, dass sie tot ist. Und die unverkennbaren Zeichen für eine Epilepsie, die jedoch nach meiner Einschätzung nicht per se letal waren, beziehungsweise gewesen sein müssen.«

Ines pfiff etwas Luft durch die Vorderzähne. »Können Sie Ihre erste Indikation, dass es sich um Mord handelt, aufrechterhalten?«

»Nun, wir haben eine Injektionsnarbe und einen, wie ich verstehe, geständigen Mann in einer Ihrer Zellen oben, sonst nichts. Sofern es mich betrifft, reicht das nicht, um einen Mord nachweisen zu können.«

»Vielleicht«, sagte sie und seufzte. »Wie steht es mit DNA-Fragmenten?«

»Nicht einmal ein Chromosömchen. So seltsam die Injektionslösung auch wirken mag, der oder die Täter wussten genau, wie man eine Leiche entsorgt.«

»Puh«, sagte Ines nach einem kurzen Moment des Nachdenkens. Es war nicht ihre Art, zusammenhanglose Interjektionen von sich zu geben, doch hier schien es ihr angemessen, diese rätselhafte Wendung entsprechend zu würdigen.

»Tja«, entgegnete Fregüzli, teilweise vergnügt scheinend.

»Sie scheint das nicht besonders zu stören. Liegen Fehldiagnosen jetzt nicht mehr im Bereich der zu vermeidenden Dinge laut rechtsmedizinischem Berufsethos?« Sie wollte Fregüzli nicht reizen, sondern lediglich wissen, ob mehr hinter seiner Haltung steckte, doch einmal mehr überraschte er sie mit seiner schlagfertigen Antwort.

»Sie werden überrascht sein zu hören, dass wir für vorläufige Diagnosen keinerlei Gewähr übernehmen, ebenso wenig wie für die Lottozahlen.«

»Meinen Sie damit, dass die Wahrscheinlichkeit, richtig zu liegen, sich wie 6 aus 49 verhält?« Ines musste selbst ein wenig ob der spontanen Assoziation lachen, denn ihre professionelle, permanent Profil bildende Seite drängte sie ganz eindringlich dazu, dass es besser gewesen wäre, zu nicken und den umtriebigen Mediziner zurück an seine Arbeit zu schicken. Andererseits passte es zu den Rätseln der aktuellen Situation. Ines vernahm ein amüsiertes schwäbisches Kichern von der anderen Seite des Raumes.

»Sie treffen den Nagel auf den Kopf, Frau Schultheiss. Wobei ich wetten würde, dass die Chancen, dass wir im Lotto gewinnen, gar besser sind, als bis zur nächsten Ziehung die Todesursache gefunden zu haben.«

Ines erstarrte für einen Moment. Hatte der Pathologe etwa schon aufgegeben?

»Dann ist die Schlussfolgerung ganz einfach«, sagte sie. »Sie werden in naher Zukunft mehr Glück haben, als Sie sich überhaupt vorstellen können, denn ich garantiere Ihnen, dass wir diese Todesursache herausfinden werden.«

Fregüzli starrte sie einigermaßen ungläubig an. »Ich kenne Sie nicht so gut wie Ihre Hamburger Kollegen und nichts liegt mir ferner, als Ihnen zu nahe zu treten, und bei allem, was ich seit dem Straßburger Zwischenfall über Sie gehört habe, vergessen Sie dabei eines: Auch Sie werden womöglich mehr Glück als Verstand brauchen.«

Ines blickte in entschlossene graublaue Augen. In einer Fortsetzung der Seltsamkeiten vergaß sie einmal mehr die ihr so natürlich gelingende Zurückhaltung. »Glauben Sie Seoung Lee?«, fragte sie.

»Diese Frage haben Sie vorhin bereits implizit gestellt, doch unser Gespräch amüsiert mich und so werde ich sie noch einmal expliziter beantworten: Sind Sie in letzter Zeit mal aus dem wunderschönen Neu Hamburger Kriminalinstitut herausgekommen? Es gibt tausend ... nein, siebeneinhalb Milliarden Gründe, die Alten umbringen zu wollen. Ob es möglich ist? Keine Ahnung. Ob es Seoung Lee versucht oder zumindest glaubt, es zu versuchen? Verdammt, ja.«

Sie schluckte ob der Bestimmtheit in seiner Stimme.

»Ich ... ich erwarte dann Ihren vollständigen Bericht.«

Fregüzli nickte. Er würde einen guten Bericht abliefern. Ob er jedoch Licht in das Dunkel dieser vertrackten Situation bringen konnte, Seoung Lee etwas nachzuweisen vermochte, Ines konnte keine Einschätzung abgeben.

Leicht fröstelnd drehte sie auf dem Absatz um und verließ die Rechtsmedizin.

»Frau Schultheiss?«

Ines drehte sich noch einmal zu Fregüzli um. Was wollte er noch?

»Viel Glück.« Fregüzli lächelte aufmunternd, doch im Bruchteil einer Sekunde erkannte sie, wie besorgt er wirklich war. Sie nickte ihm zu und trat in den Aufzug am Ende des kurzen Flurs.

Sie konnte es brauchen, das war ihr nun klar.

3.

7. Oktober 2067

»Es war ein verregneter, kalter Herbsttag in Seoul, als ich zum ersten Mal die Universität betrat. Verrückt nicht? Ich hatte keine dieser Veranstaltungen für Studieninteressierte besucht, keine Berater konsultiert. Ich wusste einfach, dass es Nanomolekularbiologie sein würde, und so begann ich mein Studium in gewisser Weise vollkommen unvorbereitet. Meine erste Erinnerung, nachdem ich die Stufen des College of Life Science erklommen hatte, besteht darin, den großen Hörsaal der Begrüßungsfeier zu suchen, ihn viel zu spät zu finden, aber gerade noch die Rede des Dekans mitzubekommen. Song Myun-Soo war bereits 85 Jahre alt, doch schon drei Jahre im Programm. Er kam nicht umhin hervorzuheben, welch bedeutende Rolle seine – und jetzt auch meine – Fakultät bei der Synthese der quantenkohärenten Nukleotidsequenzer gespielt hatte, die in den 2050er Jahren dazu führten, die Struktur des menschlichen Genoms in Echtzeit sequenzieren und reorganisieren zu können. Das Ascension-Programm war die logische Folge dieser neuen, biotechnischen Möglichkeiten. Und da stand er vor uns, mit 85 Jahren so frisch und jung aussehend wie 40, der Mann der heute mit 111 Jahren noch immer Dekan der Fakultät ist und, wenn überhaupt, höchstens jünger aussieht als damals. Ich erinnere mich nicht an viel von dem, was er an jenem Tag sagte, aber ein Satz ist mir doch im Gedächtnis geblieben: 'Wir stoßen in diesen Zeiten das Tor zur tatsächlichen, unmittelbaren Unsterblichkeit auf. Die menschliche Rasse steht damit nicht am Ende ihrer Reise, sondern an einem neuen Anfang.' Wir alle haben damals geglaubt, dass jene vorläufige genetische Unsterblichkeit, die wir individuell für viel Geld und unter nicht unerheblichem Risiko maßgenau anfertigen mussten, tatsächlich die Ultima Ratio der menschlichen Evolution darstellen würde. Rückblickend waren alle Komponenten des soziologischen Desasters auch damals schon offen sichtbar, wenn nur jemand nach ihnen gesucht hätte. Doch wie so oft müssen Fehler gemacht werden, um aus ihnen zu lernen. Hoffentlich jedenfalls.«

4.

4. Mai 2082, 12:53 Uhr

Der Holovisionsraum des Institutes war klein, doch gut ausgestattet. Mit einem dampfenden Kaffeebecher saß Ines Schultheiss in dem bequemen Aufnahmesessel, die Projektionsfläche direkt vor ihr. Über das kleine Display in der Lehne stellte sie die Verbindung her.

Es war leicht gewesen, herauszufinden, wer der Doktorvater Seoung Lees war, doch nicht, ihn vor den Holovisions-Schirm zu bekommen. Auch in Südostasien war die Welt der Alten in Aufruhr ob der Ankündigung des Mannes im Verhörraum, und natürlich waren praktisch alle Menschen, die jemals mit ihm zu tun gehabt hatten, ausfindig gemacht worden – sie sahen sich einer beispiellosen Belagerung der Medien ausgesetzt, die jede noch so kleine Regung deuten und verbreiten würden. Erstaunlicherweise waren bisher die Jungen viel aktiver, was die Aufnahme der unglaublichen Bedrohung anging, denn kein einziger Alter hatte sich bisher öffentlich zu Wort gemeldet, nicht einmal die Präfekte oder Bürgermeister der Megacities. Es schien, als hielte die Welt den Atem an, bis … ja, bis etwas passierte.

Gespannt verfolgte sie, wie die ionisierten Luftpartikel sich anordneten, ehe vor ihr die lebensgroße Projektion von Kai Hsien Ng entstand. Ihre Nervosität hielt sich in Grenzen, obschon sie wusste, dass sie mit einer der größten Koryphäen auf dem Gebiet der angewandten Genetik sprach – einem der Väter der Unsterblichkeit. Mit professioneller Selbstbeobachtung stellte sie Abstand zur eigenen Situation her und verfolgte ihr Gespräch beinahe wie aus der Perspektive eines anderen.

»Ich grüße Sie, Herr Professor«, sagte sie ruhig.

»Und ich grüße Sie, Frau Schultheiss. Ich habe gehört, was passiert ist. Wie kann ich Ihnen helfen?«

Das glatte Gesicht des Chinesen war freundlich und – für einen Alten – geradezu warmherzig für jemanden, der über einhundertdreißig Jahre alt war. Die Latenz von Südostasien war zwar nicht überraschend schlimm, aber doch so groß, dass sie eine leichte Irritation durch den Umstand, dass Holo-Bild und Ton nicht synchron waren, zuließen. Dazu kam die Verzögerung durch die automatische Übersetzung. Ines erkannte aufrichtige Anteilnahme an den Geschehnissen in Süddeutschland. Doch für den Moment war es ihre Aufgabe herauszufinden, was er über Seoung Lee wusste und wie er die Situation einschätzte, nicht wie er sich dabei fühlte.

»Sie wissen also, dass es um Seoung Lee geht?«

»Ich bitte Sie«, entgegnete er mit einer gewissen Kränkung. »Alle Alten des Planeten haben seine Nachricht gesehen.«

»Was denken Sie?« Ines musterte ihn. Die glänzende Aura, die ihn durch die Holovision umgab, schien zu erzittern, als er sich räusperte. Ihre Einschätzung, dass man emeritierten Wissenschaftlern am besten direkte Fragen stellte, bestätigte er: »Ich denke, bei allem, was wir in den vergangenen Jahrzehnten erreicht haben, wussten wir immer, dass es keine absolute Sicherheit gibt. Und wenn es jemand schaffen könnte, dies zu beweisen, so würde meine Wette auf ihn fallen. Er hat als Student vor allem die zwei Dinge auf sich vereint, die man als Wissenschaftler benötigt, um Bemerkenswertes zu leisten: Fleiß und Einfallsreichtum. Er war in seiner frühen Studienzeit ein Biohacker, so wie alle, die bei uns anfingen, doch schon bald stach er weit über alle anderen hinaus. Ich weiß, dass diese Art Freizeitbeschäftigung in unserer Gesellschaft geächtet ist, doch wir dürfen nicht vergessen, dass das Hacking die Grundlage der gentechnologischen Weiterentwicklung ist und bleibt. Nie hätte ich mir träumen lassen, dass seine Talente so zum Ausdruck gebracht werden könnten, doch ...«

»Fahren Sie doch bitte fort, Professor«, sagte Ines, obgleich sie wusste, dass der Alte lediglich genau so viel sagen würde, wie er preiszugeben bereit war. Er hatte schon jetzt ihre schlimmsten Befürchtungen bestätigt.

»Entschuldigung, Frau Kommissar. Manche Gedanken sind zu ungeheuerlich, um sie zu teilen. Sie haben mich angerufen, weil Sie wissen wollten, ob es möglich ist, dass er die Wahrheit sagt. Meine Einstellung dazu habe ich hiermit deutlich gemacht. Sie werden ohne Zweifel als nächstes Ermittlungen in seinem Umfeld anstellen wollen, wozu ich mich nicht zähle. Doch wenn Sie noch etwas brauchen, das zu seiner Studienzeit gehört, lassen Sie es mich wissen. Ich bin nicht mehr in Korea, wie Sie sicher schon in Erfahrung gebracht haben, doch wäre es sicher möglich, unter diesen Umständen einige Kontakte herzustellen. Und nun werden Sie mich gewiss entschuldigen, ich werde mich einer Horde Reporter erwehren müssen, die die gleichen Fragen wie Sie haben und doch ganz andere Antworten benötigen.«

Ohne, dass sie noch etwas erwidern konnte, beendete er die Verbindung, woraufhin seine Projektion wie ein geisterhaftes Echo von leuchtenden Partikeln einer feuchten Sandburg gleich zu Boden fiel. Irritiert blickte Ines Schultheiss auf den brummenden Projektionsbereich, der wieder vollständig leer war. Das war weder aufschlussreich noch informativ gewesen. Das einzige, was es bewirkt hatte, war, dass sie noch beunruhigter war. Dieser Mann, Seoung Lee … es konnte nicht wahr sein. Es durfte nicht wahr sein. Und doch hatte sie das Gefühl, dass es möglich war. Ines beschloss, dass sie mehr Input brauchte. Eine Idee davon, wie genetisches Engineering wirklich funktionierte. Sie stand auf und machte sich auf den Weg zum großen Konferenzraum des Kriminalistischen Instituts. Sie hatte das unbestimmte Gefühl, dass es dort neben noch mehr Fragen zumindest einige Antworten geben würde.

***

Die schweren Holztüren des ehrwürdigen Konferenzraumes standen offen und eine kleine Traube Menschen blockierte den Durchgang. Bevor sie auch nur ein Wort gehört, ein Gesicht gesehen oder einen Lebenslauf gelesen hatte wusste sie, dass es sich um die wissenschaftliche Elite des Planeten handelte, denn allein die Haltung der Männer und Frauen brachten unerschütterliches Selbstvertrauen und kontrollierte Zurückhaltung zum Ausdruck, wie sie nur Forscher von Format entwickeln konnten. Sie unterhielten sich ungezwungen untereinander, dass Ines überdies annehmen konnte, dass sie keine Berührungsängste mit anderen Disziplinen hatten. Sie fragte sich für einen Moment, ob das so bleiben würde, wenn es hart auf hart käme, doch für derartige Gedanken war es noch zu früh. 'Sie haben nichts zu beweisen', dachte sie. Hoffentlich würde das nicht dazu führen, dass sie die Dringlichkeit der Angelegenheit missverstanden.

Auf eine für sie geradezu ungelenke Art und Weise drückte sie sich durch die Menge in den Saal hinein, bis sie François gefunden hatte. Es war seltsam, dass sie nicht durch ihre Körpersprache in der Lage war, sich ein wenig Freiraum zu verschaffen, doch es bestätigte nur ihre These, dass diese Menschen wahrhaft nur mit sich selbst beschäftigt waren. Sie erinnerte sich an die Worte Seoung Lees Doktorvaters. All die Wissenschaftler hatten im Lauf ihrer Karriere außerordentliche Beharrlichkeit gezeigt und offenbar führte das dazu, dass sie gegenüber den Nuancen der nonverbalen zwischenmenschlichen Kommunikation unempfänglich geworden waren. Ines hatte ihre Haltung wiedergefunden und bereitete ihre Präsentation vor.

Ein atemloser Mann von höchstens dreißig Jahren stand plötzlich vor ihr und stellte sich als Max Hernandez vor. Ines Schultheiss konnte nicht umhin, ihn im Bruchteil von Sekunden als nervösen, unsicheren, aber deswegen nicht minder genialen biogenetischen Ingenieur zu erkennen. In einem Moment begriff sie, dass die Traube von genialen, bewährten Wissenschaftlern nicht alle Mitglieder des Krisenstabs umfasste. Es gab – und sie begrüßte diese Entscheidung – auch junge, unfertige Wissenschaftler. Sie hatte keine Kompetenz über die Zusammenstellung gehabt, sondern dies notgedrungen der Politik überlassen, und war aufrichtig überrascht. Anscheinend war irgendjemand weise genug gewesen, zu wissen, dass das Establishment an dieser Stelle nicht ausreichen würde. Diesmal nicht.

Sie lächelte den jungen Mann an, um ihm ein wenig die Nervosität zu nehmen. Sie begriff, dass sie ihn und die anderen auch dann in der Hand haben würde, wenn sie sich als offen und an der Person interessiert gab, obwohl sie für Details der Dutzenden Lebensläufe keine Zeit haben würde. Es war ihre Natur, auch den einen halben Kopf größeren blonden Mann so zu durchleuchten, dass es ihr wie bei den meisten Menschen gelang, ihn instinktiv immer genau richtig anzusprechen. Dadurch hatte ihr Gegenüber praktisch keine Wahl mehr, als in ihrem Sinne zu reagieren. Fast ein wenig enthusiastisch dachte sie an die wenigen

Minuten im Befragungsraum, in denen sie nicht schlau aus dem unbekannten Koreaner geworden war, der die Apokalypse angekündigt hatte wie andere den Speiseplan der Kantine.

»Ich habe eine Frage. Ich benötige ziemlich komplexe Gerätschaften und mir wurde zugesichert …«, begann er, doch Ines erkannte, worauf es hinauslaufen würde, und hob gebieterisch – vielleicht zu gebieterisch – die Hand, um ihm das Wort abzuschneiden, doch zu ihrer Erleichterung schwieg er tatsächlich still.

»Ich werde zunächst das Briefing abhalten. Danach wird mein … Assistent Herr de Betancourt alles Nötige in die Wege leiten.«

Der Mann nickte und suchte seinen Platz. Zufrieden registrierte Ines, dass nun auch die wichtigeren Experten begriffen hatten, dass es losging, und in den Raum strömten. Sie war nicht sicher, ob ihre Präsenz am Rednerpult allein ausgereicht hatte, doch angesichts ihrer vorherigen Beobachtungen nahm sie enttäuscht an, dass François, der ihr nun ein Zeichen gab, dass sie anfangen konnte, dabei nachgeholfen hatte.

Bevor sie begann, erlaubte sie sich noch einmal, nachdenklich den Blick schweifen zu lassen. Um den massiven Tisch aus Eschenholz, der dem Vernehmen nach drei Weltkriege und zweieinhalb Jahrhunderte gesehen hatte, saßen die bedeutendsten intellektuellen Köpfe des Paneuropäischen Kontinents. Der Bürgermeister hatte offenbar mächtig Alarm geschlagen, wenn sich innerhalb von weniger als einem Tag nicht nur die komplette biotechnische Elite einfand, sondern auch Physiker, Antiterrorismus-Experten und Seuchenwissenschaftler. Sie erneuerte ihren Gesichtsausdruck für freundliche Interaktion mit kompetenten, aber untergeordneten Menschen und lächelte in die Runde.

François schaltete ihren Okularprojektor an, der ihr die Präsentation, die sie gleich halten würde, verkürzt auf die Netzhaut projizierte. Die Fenstersilikate wurden polarisiert und der Raum fiel in Dunkelheit. An der Wand hinter ihr erschien eine dreidimensionale Projektion. »Dieser Mann, Seoung Lee, der unten in einem unserer Verhörräume sitzt, hat gestern über Inter-

Broadcast eine Nachricht abgesetzt, die an alle Kunden des Genework-Konzerns gerichtet war. Laut dieser Nachricht werden alle 2,24 Milliarden Teilnehmer des Ascension-Projektes am 17. Mai, in dreizehn Tagen also, angeblich schwere körperliche Fehlfunktionen erleiden, die unwiderruflich zum Ende ihres biologischen Lebens führen. Herr Lee ist, beziehungsweise war einer der leitenden Angestellten zur Codierung der kontinuierlichen genetischen Updates, die Geneworks den Programm-Kunden kostenfrei anbietet. So unwahrscheinlich es scheint, dass ein einzelner Mann eine Bedrohung solcher Größenordnung unbemerkt planen, testen und umsetzen kann, wir müssen dieser Sache nachgehen. Deswegen sind Sie hierher gerufen worden. Wir wissen nicht viel über den vermeintlichen Täter, doch meine Vorgesetzten versichern mir, dass man Geneworks sicher dazu wird bewegen können, uns Einblick in alle relevanten Aufzeichnungen zu gewähren. Ich darf Sie daran erinnern, dass dieses Treffen absolut geheim ist und ein Verstoß gegen die Schweigepflicht als Hochverrat mit entsprechender Sperrung für das Programm geahndet wird.«

Ein hagerer älterer Mann hob den Arm.

»Ja bitte? Nennen Sie Ihren Namen und Ihre Profession, bevor Sie einen Beitrag machen. Wir alle kennen uns nicht, und es wird sich als nützlich erweisen, wenn wir uns nicht auf die Schilder an unseren Kleidern starren müssen«, sagte Ines. Mit einem Lächeln tippte sie ihr eigenes Schild an und zu ihrer Zufriedenheit bemerkte sie im ganzen Publikum subtile, dezente Reaktionen der Zustimmung. Sie wusste nun, dass all diese hochdekorierten Menschen sie als Projektleiterin anerkennen und ihr buchstäblich aus der Hand fressen würden.

Der Mann, der sich gemeldet hatte, räusperte sich und begann dann hastig, sich zu erklären: »Mein Name ist Johann Blisterhuber, ich bin Gesamtleiter des europäischen Upgrade-Teams bei Geneworks, das sich um unsere Ascension-Kunden kümmert. Ich bin sicher am aufgekratztesten von allen und sichere Ihnen im Namen von Geneworks Europe unsere vollste Unterstützung zu. Wir haben kein Interesse daran, dass irgendetwas von dieser Geschichte an die Öffentlichkeit kommt. Sie können sich sicher vorstellen, was das für meine Firma bedeuten könnte.«

Ines lächelte raubtierhaft. »Und Sie … haben sicher Verständnis dafür, dass die Entscheidung darüber, welche Informationen wir veröffentlichen, allein bei der Kriminalistik Stuttgart-Ulm liegen wird.«

Zufrieden sah sie, wie Herr Blisterhuber sich hinsetzte. Es war wichtig, von vornherein klarzustellen, dass ökonomische Interessen nur zweitrangig waren. Sie fuhr mit dem Vortrag fort: »Zusammenfassend möchte ich noch einmal klarstellen, warum wir alle hier sind: Wir haben nicht viel Zeit, und wir müssen entweder beweisen, dass es keine solche Gefahr für die … Ascension-Patienten gibt, oder aber, worin sie besteht und wie man sie neutralisieren kann. Und nun … beginnen wir!«

Sie tippte das Kontrollpanel vor ihrem Sitzplatz am Tisch an und regelte das Umgebungslicht etwas höher, allerdings ohne die Fenster wieder transparent zu schalten. Erwartungsvoll blickte sie in die Runde: »Bevor Sie sich in kleinen Gruppen zusammenfinden und Ihren Gedanken freien Lauf lassen können, lassen Sie uns zunächst alle gemeinsam etwas brainstormen. Wie tötet man zwei Milliarden Menschen, deren signifikante Gemeinsamkeit ist, dass sie von Geneworks unsterblich gemacht wurden?«

Ein Mann, dessen Schild ihn als Mikrobiologen auswies, meldete sich energisch: »Aliaksandr Wasovskiy mein Name. Ich wüsste gerne von Geneworks, wie viele Sequenzkomponenten bei Teilnehmern des Programmes individuell sind und ob es gemeinsame Teile gibt. Die regelmäßigen Updates, von denen man hört, legen doch nahe, dass es sich um allgemeine Codesequenzen handelt.«

Blisterhuber rutschte nervös auf seinem Sitz umher. Offenbar war das eine der Aussagen, die er nur widerwillig treffen würde. Doch noch bevor er zu einer Erwiderung ansetzte, kam Ines Schultheiss dazwischen. »Herr Blisterhuber, Sie werden diese Frage beantworten, damit wir uns gleich richtig verstehen. Weder müssen Sie Ihren Code offenlegen, noch werden wir diese Daten veröffentlichen.«

'Fürs erste jedenfalls', dachte sie.

Blisterhuber schnaubte abfällig und sagte dann: »Geneworks hat in den letzten knapp vierzig Jahren beeindruckende Fortschritte in der individuellen genetischen Ingenieurskunst zu verzeichnen gehabt. Ohne ins Detail gehen zu wollen, die meisten Spezifika werden vermutlich nicht einmal die sogenannten Nanobiologischen Experten in dieser Runde verstehen. Letztlich ist der Stand der Technik aber heute der, dass die individuellen Veränderungen am Genom der Programm-Teilnehmer dergestalt sind, dass eine Art Interface für die allgemeinen Sequenzen codiert wird. Diese allgemeinen Teile machen heute den Großteil des Ascension-Programmes aus. Jede Änderung wird in umfangreichen Simulationen getestet, und es dauert Jahre, bis sie 'live geht', wie wir sagen. Es ist aus meiner Sicht vollkommen ausgeschlossen, dass Herr Seoung an dieser Stelle eine Art genetische Hintertür eingeschleust hat. Das wäre nicht nur den Supercomputern, sondern auch den finalen Biotestern aufgefallen.«

Wieder meldete sich Wasovskiy. »Sehe ich das richtig, dass diese Gensequenzen, die alle Programmteilnehmer teilen, für nicht Gen-engineerte Menschen völlig atypisch sind? Wäre es dann nicht möglich, ein aggressives Retrovirus zu erzeugen, das an genau diese Basispaarsequenzen koppelt? Gewiss, man benötigte dafür sicher eine sequenzierte Version der Codes, aber die hätte sich Herr Seoung vermutlich beschaffen können, nicht wahr?«

Blisterhuber blickte den jungen Polen düster an und nickte.

Eine ältere Dame, die sich als Epidemiologin vorstellte, fügte an, dass bei dieser Theorie nun jedoch der Fakt, dass ein Retrovirus großflächig verteilt werden müsse, bislang völlig außer Acht gelassen worden sei. »Wenn dieser Mann ein Virus konstruiert hat, und wir wissen, dass es Frameworks im Baukastenverfahren für einfache Viruskonstruktionen gibt, dann bleibt die Frage der Verteilung. Und, vergeben Sie mir, ein einzelner Mann ist nicht in der Lage, eine globale epidemische Verseuchung zu organisieren und überdies zeitlich so präzise, wie er es vorhersagt, durchzuführen. Aus meiner Sicht bleibt nur die Möglichkeit, dass, wenn es etwas gibt, was die Alten töten könnte, es mit dem letzten Geneworks-Update eingespielt wurde«, sagte sie.

»Ein Trigger!«

Alle Augen waren auf einen Mann gerichtet, der triumphierend aufgesprungen war.

»Ich denke, ich gebe mich nicht unbedingt der Lächerlichkeit preis, wenn ich vor der versammelten Intelligenz unserer

Gesellschaft um genauere Erläuterungen bitte«, sagte Ines Schultheiss knapp. Tatsächlich schloss sie aus der Reaktion der Teilnehmer, dass kaum einer der hochgelobten Experten wusste, was der Mann im Sinn hatte, und sie sich selbst so sicherlich nicht lächerlich machen würde, als er seine Erläuterung begann.

»Stellen Sie sich vor, Sie möchten eine Bombe fernzünden. Wie machen Sie das? Nun, zunächst bringen Sie die Bombe am gewünschten Platz an, verstecken sich, warten dann, bis Sie die Zeit für gekommen halten und drücken schließlich fest auf den Auslöser. Wenn alles klappt, können Sie, von wo auch immer Sie sich befinden, in aller Ruhe ansehen, wie Ihre Bombe tut, was sie soll. Ich will, verehrte Kollegen, auf das Folgende hinaus: Angenommen, der vermeintliche Täter hat in Gang gesetzt, was er behauptet, dann gibt es in den Geneworks-Upgrades eine Spur davon, die … nun ja, den Zünder enthält, oder den Sprengstoff. Ich teile die Meinung der geschätzten Kollegin, dass ein Virus zu schwierig zu verteilen wäre, ganz davon abgesehen, dass es unmöglich zu testen wäre. Irgendetwas ist in den Geneworks-Upgrades. Irgendetwas muss da sein.«

Ines wusste, dass an diesem Argument vor allem eines stimmte, nämlich dass die einzige Möglichkeit, alle Alten auf einen Streich auszulöschen, was Seoung Lee ja ganz bereitwillig vorzuhaben eingestand, in den Geneworks-Upgrades lag. Sie wusste auch, dass die Firma auf keinen Fall riskieren wollte, dass etwas davon an die Öffentlichkeit gelangte. Sie traf eine Entscheidung.

»Also schön«, sagte sie. »Wir haben nicht viel Zeit, aber ich verstehe, dass auch diese versammelte Expertenschar keine Wunder vollbringen kann, obgleich ich mich gerne vom Gegenteil überzeugen lasse. Sie haben achtundvierzig Stunden Zeit zu beweisen oder widerlegen, dass irgendetwas mit dem letzten Upgrade nicht stimmt. Herr Blisterhuber wird Sie zweifellos mit allen Informationen versorgen, die Sie benötigen. Ich erwarte einen Zwischenbericht alle vier Stunden.«

Dann verließ sie den Konferenzsaal. Sie bemerkte erst draußen, dass ihr François gefolgt war.

»Was ist?«, fragte sie etwas hastiger, als sie wollte.

»Huch«, sagte er. »Du wirst doch nicht schon nach der ersten Runde im Think Tank erste Verschleißerscheinungen zeigen?«, fragte er und Ines erkannte, dass er sich redlich Mühe geben musste, überrascht zu klingen.

»Du warst doch auch da drin. Für die Koryphäen, die längst nichts mehr beweisen müssen, ist das doch die reine Unterhaltung! Theorie hin, Theorie her! Glaubst du, einer von denen hat verstanden, dass es hier möglicherweise um Wohl und Wehe von einem Viertel der Menschheit geht? Um einen Vorgang von beispielloser Bedeutung für unsere Zivilisation? Wenn sich herausstellt, dass Geneworks tatsächlich einen Bug, oder was auch immer Seoung da ausgetüftelt hat, an seine sogenannten Kunden ausgeliefert hat, dann sollen all diese Menschenleben von den achtzehn Experten da drinnen abhängen und davon, dass denen irgendwas Geniales einfällt?«

Überrascht ob ihrer eigenen Regung trat sie einen Schritt zurück. Sie hatte François nicht so anfahren wollen. Womöglich hatte er Recht und sie war ein wenig aufgeregt.

»Sieht ganz so aus«, sagte er trocken. Den finsteren Blick seiner Kollegin auffangend fügte er jedoch hinzu: »Es sei denn, du bleibst da drinnen und sorgst dafür, dass die geordnet vorgehen.«

»Das wird nicht nötig sein«, sagte sie.

»Wieso denn? Hoffst du auf eine spontane Hierarchiebildung?«, fragte er.

»Etwas in der Art, ja.«

»Also da bin ich gespannt.«

»Das kann ich mir vorstellen. Und weißt du was, François? Du bekommst die Gelegenheit, die Lösung für unser Problem aus erster Hand mitzubekommen, denn du gehst jetzt zurück da hinein und sorgst genau dafür, dass sich 'spontan eine Hierarchie bildet', verstanden?«

Er nickte.

Auf dem Weg zurück in die unteren Etagen fragte sie sich für einen Moment, ob er Recht haben konnte und sie tatsächlich überreagiert hatte. Doch sie verwarf den Gedanken. Für Stress war es nun wirklich noch viel zu früh.

5.

23. Februar 2070

»Ich war, was man einen Senkrechtstarter nennen würde. Die Grundlagen der modernen Biotechnologie schienen trivial und unbedeutend verglichen mit dem, was die Experten in der synthetischen Genetik für Fortschritte machten. Nach kaum drei Jahren Studium nahm ich an einem der berühmten Studentenwettbewerbe von Geneworks teil, die normalerweise eher für die Absolventen gedacht sind. Ich habe zwar (und das wäre wohl auch vermessen gewesen) nicht gewonnen, aber auf mich aufmerksam gemacht. Mein Projekt war eine Neucodierung der berühmten 47'er Solar-Kerosinmikrobe, die zum Großteil dafür verantwortlich war, dass die Ölkrise Mitte des Jahrhunderts abgewendet werden konnte, indem sie Sonnenlicht praktisch direkt in neofossile Kohlenstoffe umwandeln konnte. Zwar enthielt das Genom keine neuen Features, aber stattdessen gelang es mir, über 25 Sequenzen als unnütz zu entlarven. Ich war schon immer besessen von Effizienz. Kein Wunder, dass die Sequenzierungsabteilung von Geneworks das Eldorado für mich geworden ist, nachdem ich mein Studium abgeschlossen hatte. Aber zurück zum 70'er Geneworks-Wettbewerb. Die Preisrichter stellten Fragen darüber, wie die Konversionsrate wäre oder die durchschnittliche Qualität des Outputs, aber all diese Dinge waren ja ganz klar dem Patent des Originalgenoms zu entnehmen. Dann fragte ein weißhaariger Mann, der ein antikes Brett mit Papier vor sich hertrug, nach der Lebenserwartung der Mikroben. Zwar stand auch das im Datenblatt, aber geduldig und unsicher, wie ich war, beantwortete ich seine Frage. Die seltsame Reaktion, an die ich mich erinnere, war, dass er fragte, ob es nicht sein könne, dass sie länger als angegeben lebten, doch das hatte ich nicht überprüft, weil ich an diesem Teil des Genoms keine Änderungen vorgenommen hatte. Ich wusste auch nicht, welche Rolle das bei Bakterien, die umstandslos ersetzt werden konnten, spielen sollte. Als ich antwortete, dass ich es nicht wisse, war der Mann ungehalten. Er sagte: »Ihr Studenten seid noch jung, und nichts erscheint euch abwegiger, als über Lebenserwartungen nachzudenken. Doch eines Tages werdet auch ihr über den Tod nachdenken, wenn auch nicht über euren eigenen.«

Ich hätte bis heute nie gedacht, dass er Recht behalten würde mit seiner Vorhersage.«

6.

4. Mai 2082, 16:10 Uhr

»Seoung Lee, *24.11.2034 in Busan«, las Ines Schultheiss auf dem Dossier, das die Kriminaltechniker ihr mittlerweile zusammengestellt hatten. Er war praktisch unsichtbar und, wo nicht von Geneworks' schützenden Händen verdeckt, unauffällig. Sein Abschluss in den Nanobiologischen Wissenschaften war ausgezeichnet und bemerkenswert, dennoch wenig aussagekräftig über die Person, die sich dahinter verbarg. Sein Lebenslauf war geradlinig und ausgesprochen zielstrebig. Keine Abschweifungen, Umentscheidungen oder Internships. Seoung Lee war der Prototyp eines Forschers, der wusste, was er wollte, nämlich zu Geneworks Inc., dem weltweit führenden Unternehmen der genetischen Modifikationstechnologie. Eine Führungsposition in der Entwicklungsabteilung war das direkte Ticket in das Programm, wie man wusste. Seoung Lee war einer der wenigen, die es schaffen würden, kraft ihrer eigenen Arbeit aufgenommen zu werden und nicht durch Geld, Erbschaft oder undurchsichtige Beziehungsgeflechte der Mächtigen. Ines Schultheiss starrte fassungslos auf diesen Lebenslauf, der beinahe zu gut, zu geradlinig wirkte. Es war absolut unglaublich, dass der junge Mann das größte, was ein Mensch zu gewinnen hatte, seine Unsterblichkeit, auf so abstruse Weise zu verspielen gedachte. Je mehr sie sich in die Details seiner Schulausbildung vertiefte, umso mehr wunderte sie sich, dass es keinerlei Abschweifungen persönlicher oder politischer Art zu geben schien. War Soeung Lee ein überzeugter Neo-Humanist, der das Programm ablehnte und nur auf seine Chance wartete? Für gewöhnlich hätte es in dem Fall etwas in seinen Universitätsakten gegeben. Irgendetwas, das auf seine Überzeugungen hätte schließen lassen. Doch, und das wusste auch Ines, auch heute hatten die südostasiatischen Hochschulen keinen Platz für großflächige Reflexion oder Differenzierung der Ansichten ihrer Absolventen. Aber war Seoung Lee eine Maschine, die einfach kaputtgegangen war? Sie mochte es nicht glauben – noch nicht jedenfalls. Versuchte den Menschen dahinter zu sehen. Noch zeigte er sich nicht.

Die Unsterblichen hatten mehrere größere Skandale von Terroristen gesehen, denn als solche musste man Menschen, die anderen den Tod nicht nur wünschten, sondern ungefragt angedeihen lassen wollten, ohne Zweifel ansehen. Man hatte versucht, sie zu vergiften oder das Geneworks-Upgrade-System zu hacken. Doch waren die Terroristen stets in einem sehr frühen Stadium durch die gründliche Durchleuchtung der Firma selbst offenkundig geworden. Ines entschied, dass nichts, was man über ihn wusste, sie weiterbringen würde. Sie musste mehr erfahren. Aus anderen Quellen – von ihm, seiner Familie, seinen Kollegen, seiner Wohnung, seiner Vergangenheit. Zwar war bekannt, wie gut es Geneworks gelang, seine Mitarbeiter von äußerer Beeinflussung zu beschützen, aber etwas Derartiges hatte sie noch niemals gesehen. Das Dossier war aus allen öffentlichen und kriminalistischen Datenbanken Paneuropas erstellt worden und es enthielt nichts, was überhaupt dazu Anlass gegeben hätte, darauf zu kommen, dass diese Person existierte, hätte es nicht ein passendes Türschild bei Geneworks gegeben – und einen Verdächtigen im Verhörraum zwei Etagen unter ihr. Ines Schultheiss nippte ungeduldig am siebten Kaffee des Tages und schnippte unzufrieden das Pad auf den Schreibtisch vor ihr. Dann stand sie auf. Sie erinnerte sich an ihr Gespräch mit dem kauzigen Pathologen. Das Rätsel kam gerade Recht, doch Zeitdruck mochte sie nicht. Es lag in der Natur des Profilings, dass der Täter durch das Verhalten, das er schon gezeigt hatte, Vorhersagen darüber zuließ, was er als nächstes vorhatte. Was ihn schließlich überführen musste. Und auch wenn es in gewisser Weise ihre Aufgabe war, die Zukunft vorherzusagen, hatte sie noch nie eine solche Konsequenz über sich schweben sehen. Beinahe andächtig sinnierte sie über Konsequenzen ihres hypothetischen Scheiterns nach. Ines beschloss, lieber nicht zu scheitern und sich wieder an die Arbeit zu machen. Sie blickte auf die Uhr und entschied, dass es noch nicht zu spät war, Geneworks einen Besuch abzustatten. Im Gegenteil, außerhalb der Geschäftszeiten würden sich Ungereimtheiten im Ablauf viel eher zeigen. Sie erhoffte sich neue Hinweise zu Vorgehen und Motiven des Täters. Bisher hatte er lediglich vage Andeutungen zu seinem Motiv gemacht, aber sein Profil – oder vielmehr der Rumpf dessen, was ein Profil hätte sein sollen – gab bisher nicht den Schluss her, dass er ein Fundamentalist war, der aus ideologisch aufgeladenen Gründen mordete, ganz davon abgesehen war er offenbar bei guter psychischer Gesundheit und keineswegs geisteskrank. Er macht einen berechnenden Eindruck, aber keinen gleichgültigen. Er wusste, dass er Menschen zu töten behauptete, und nicht nur Zahlen, dessen war sich Ines sicher.

***

Als sie François de Betancourt abholte, war kaum zu übersehen, wie zermürbend die Arbeit mit dem Expertenteam sein musste. Er begrüßte seine Kollegin überschwänglich und schien sehr froh, mit in Seoung Lees Büro zu fahren. Während der Fahrt war er einsilbig und genoss die unverhoffte Ruhe, doch Ines wusste, dass er nach der Ankunft bei der Sache und ihr die gewohnt kompetente Hilfe sein würde, als die sie ihn erinnerte. Es war Jahre her, doch die Erinnerung an Strasbourg war lebendiger denn je. Und auch die Konsequenzen, die es mit sich gebracht hatte.

Das Geneworks-Hauptquartier lag auf einem der sanften Hügel, die früher zwischen Stuttgart und Ulm gelegen hatten, nun jedoch fast direkt im Zentrum des urbanen Molochs der Gegenwart das Stadtbild prägten. Es war im abstrusen, ausladenden Stil der 60er Jahre des 21. Jahrhunderts gehalten und verband jene biofraktale Architektur mit den Oberflächen der Nanomaterialien, die die Frühzeit des Jahrhunderts geprägt hatten. Natürlich bestand die Außenfassade fast gänzlich aus den tiefschwarzen Solarfasern, die es auch in Mitteleuropa erlaubten, das Gebäude fast ohne externe Energiezufuhr zu betreiben, aber bei der kurvigen Fahrt auf den Hügel konnte man immer wieder auch die helle Innenstruktur erahnen, die durch die unpolarisierten Fenster zu erkennen war.

Sie kamen an den Außenperimeter und mussten sich authentifizieren lassen. Das bedeutete bei Geneworks, dass sie eine Genprobe abgaben, die fertig sequenziert war, bis sie das Gebäude erreicht hatten, was dazu führte, dass jede einzelne Tür nur die exakten genetischen Fingerabdrücke akzeptierte, die sich in der Datenbank befanden. Natürlich musste man ihnen in ihrer Funktion als Ermittler die volle Kooperation zukommen lassen, aber als gleich die Eingangstür sich nicht öffnen ließ, bis freundlich grinsend der Leiter der PR-Abteilung sie von innen aktivierte, manifestierte sich ein verräterisches Gefühl in ihr, das ganz klar mitteilte, dass sie hier nicht willkommen war. Sie mussten also zunächst einmal herausfinden, warum. Natürlich war von vornherein klar, dass Geneworks weiterhin kein Interesse daran haben konnte, dass irgendetwas von dem Vorgang an die Außenwelt drang, aber daran lag es nicht. Der Grinsemann, der sich als Erwin Meier vorstellte, war so sehr darauf bedacht, den Schein zu wahren, dass er unbewusst den Teil von Ines Gehirn, der das Profiling übernahm, so bereitwillig fütterte, dass sie sich sicher war, dass Geneworks ihnen wichtige Informationen vorenthalten wollte, bevor er ihnen überhaupt die Hand geschüttelt hatte. Er war ein Strohmann, der sie von den interessanten Dingen, die es hier zweifellos zu entdecken gab, ablenken sollte, und wusste genau was er tat. Anerkennend beobachtete Ines, wie jeder Bewegung, jeder Änderung der Mimik oder Betonung seiner Worte Sinn und Zweck inne lag. Er war kein in dem Sinne würdiger Gegner, doch immerhin einer, der im Gegensatz zu Seoung Lee ihre Gedanken fütterte.

Meier führte sie in einen schicken Konferenzraum mit einem schlanken weißen Tisch, der an den Längsseiten ganz leicht nach oben geschwungen war. Die Decke war transparent, und dass es sich um die Rückseite der Solarfaserverkleidung handelte, ahnte man nur, wenn man penibel darauf achtete, wie hell es hier war, denn das Umgebungslicht erreichte nur zu fünf Prozent die Innenräume, was jedoch durch die leicht luminiszenten Wandabdeckungen ausgeglichen wurde. Ines fragte sich, ob hier auch die berühmten Kundenführungen für die Interessenten an der Programmteilnahme stattfanden, als Erwin Meier den holographischen Projektor aktivierte. Der Reichtum von

Geneworks ließ sich am besten daran ablesen, dass der Raum, wie auch das ganze Gebäude, so hochintegriert war, dass es keinen Anhaltspunkt dafür gab, dass er mit Technologie vollgestopft war. Was Meier anzubieten hatte, enttäuschte die Ermittler jedoch in viel größerem Maße. Ines hatte zwar nicht erwartet, dass man ihnen anstandslos Zugang zu Seoungs Labor verschaffen würde, aber dass sie sich lediglich in einer Holoprojektion umsehen sollten, war gänzlich inakzeptabel. Sie entschied sich, es diplomatisch zu versuchen.

»Sie sind, soweit ich weiß, studierter Nanobiologe und erst relativ kurzfristig in dieses spannende Feld der Öffentlichkeitsarbeit gewechselt, richtig?«, begann sie abwartend.

»Das stimmt. Ich habe bei Geneworks promoviert und einige Zeit in der Entwicklung gearbeitet«, antwortete er in einem fast perfekten Hochdeutsch, das dennoch keinen Zweifel daran ließ, dass er das Schwabenland nur selten verlassen hatte.

»Als Wissenschaftler erinnern Sie sich sicher daran, dass es keinen Ersatz dafür gibt, das Forschungssubjekt in natura untersuchen zu können. Sicher ist diese Projektion nicht nur eindrucksvoll, sondern auch sorgfältig und wohlmeinend angefertigt. Doch wie gesagt: Als Wissenschaftler müssen Sie Verständnis dafür haben, dass wir den vermeintlichen Tatort untersuchen müssen und uns hiermit nicht zufriedengeben können«, sagte sie.

»Ich versichere Ihnen, dass jedes Detail so ist, wie wir es im Labor aufgenommen haben und dass …«, versuchte sich der Mann zu rechtfertigen, doch Ines schnitt ihm das Wort ab.

»Na schön, Herr Meier. Lassen Sie mich unseren Besuch anders proponieren: Wenn Sie uns keinen Zugang zu Herrn Seoungs Labor einräumen können, dann werden wir morgen früh mit einem richterlichen Beschluss zurückkehren. Vermutlich wird es sich dabei nicht vermeiden lassen, eine Pressemitteilung über eine Razzia beim größten nanobiologischen Unternehmen des Planeten anzufertigen, wenn Sie verstehen«, sagte sie, jedes Wort sorgsam abwägend.

Erwin Meier war sehr beherrscht, wie Ines Schultheiss aufmerksam feststellte, denn er zeigte während der ganz offenen Drohung keinerlei lesbare körperliche Reaktion. Dann sagte er:

50

»Und Sie werden verstehen, dass ich nicht autorisiert bin, Ihnen Zugang zu unserem hoch geheimen Sicherheitsbereich zu verschaffen. Ich werde mit dem Vorstand diesbezüglich korrespondieren«, sagte er, deutete eine kurze Verbeugung an und verließ dann den Konferenzsaal.

»Was denken Sie?«, fragte Ines ihren Begleiter, der noch immer still war, jedoch deutlich aufmerksamer.

»Ich denke«, sagte François vorsichtig, »dass Geneworks uns etwas verheimlicht.«

Am anerkennenden Nicken seiner Kollegin erkannte er, dass er Recht hatte.

Ines schaute interessiert in die unglaublich detailreiche Projektion des Labors. »Wir können nicht einmal nachprüfen, ob es das richtige Labor ist«, sagte sie.

»Das können wir allerdings bei einem physischen Labor, das man uns zeigt, auch nicht. Wenn wir uns paranoid nach Protokoll verhalten, dann könnte man auch annehmen, dass sie uns ein anderes Labor zeigen werden«, sagte er und legte die Stirn in Falten.

»Sie versuchen, Zeit zu gewinnen«, sagte Ines Schultheiss.

»Dann«, sagte François de Betancourt fatalistisch, »wissen wir, dass Seoung Lee wirklich die Wahrheit sagt.«

Ines wog den Kopf hin und her und dachte über die Folgen nach. »Zumindest wissen wir, dass auch Geneworks diese Möglichkeit in Erwägung zieht.« Die Gewissheit hatte mehr Wucht als all die Spekulationen zuvor. Und Geneworks würde es ihnen nicht leicht machen, was auch immer sie für Ziele hatten. Immerhin ging es nicht zufällig um jene Menschen, die Geneworks zum reichsten Unternehmen der Menschheitsgeschichte gemacht hatten. Dann ging es ihr auf. Geneworks musste ein Gegenmittel entwickeln, bevor es jemand anderer tat, sonst war diese Firma Geschichte.

Kurz bevor Erwin Meier in den Konferenzsaal zurückkehrte, sah sie François an, und sagte: »Jetzt haben wir also zwei Gegner: Geneworks und die Zeit.«

Hinter dem schmächtigen Schwaben kamen zwei wesentlich kräftigere Sicherheitsleute auf Ines und François zu. Schwer bewaffnet und grimmig blickend blieben sie hinter Erwin Meier stehen, als er den Ermittlern erklärte, dass sie nun durch die Sicherheitsschleuse gehen würden.

»Ihr Vorstand hat sich schnell entschlossen gezeigt«, sagte François.

»Wir sind an der bestmöglichen Kooperation mit den Behörden interessiert. Und, wie Ihre Kollegin ganz richtig bemerkt hat, wir können für den Moment keine öffentliche Berichterstattung gebrauchen.«

»Davon bin ich überzeugt«, sagte Ines.

Die Sicherheitsschleuse war gleichzeitig schmaler und umfangreicher als jede andere, die einer von beiden jemals gesehen hatte. Nicht nur wurde wieder eine Gewebeprobe entnommen, was natürlich vollkommen schmerzfrei ablief, sondern diesmal wurden auch sekundäre physiologische Merkmale aufgezeichnet, die nicht im Genom codiert waren. Ines war davon überzeugt, dass in die Forschungsabteilung von Geneworks niemand unautorisiert hereinkam, aber das beantwortete ihre Fragen über diejenigen, die rechtmäßig hier waren, noch nicht.

Sie gingen an einer elegant gekrümmten Galerie entlang, die zu einer Seite die Fertigung der diagnostischen Hardware von Geneworks zeigte, die vollautomatisiert ablief. Die kontrollierten und fließenden Bewegungen der mit bionischen Muskeln ausgerüsteten Arbeitsroboter waren ebenso gespenstisch wie faszinierend in ihrer Effizienz und Schnelligkeit. Auf der anderen Seite lagen die Labors der Forscher. Dieser Teil des Gebäudes war sehr ausgedehnt, aber schon nach kurzer Zeit blieb Herr Meier vor einer Tür stehen, neben der groß »Dr. Seoung Lee, Entwicklungsleiter Qualitätssicherung Updates« stand.

Als er die Tür öffnete, begrüßte die Ermittler der typisch antiseptische Geruch von Biolaboren. Die Inneneinrichtung war wie schon im Foyer und dem Konferenzsaal ausschließlich weiß und silbern gehalten und die Decke war ebenso transparent wie fast überall. Es sah tatsächlich aus wie auf der holographischen Aufnahme, aber nichtsdestotrotz wäre jeder der beiden in der Lage gewesen, bei aufmerksamem Studium des Raumes die typischen winzigen Unterschiede zu erkennen, die auf eine holografische Manipulation hingedeutet hätten. Die Sicherheitsleute bezogen ihren Posten vor der Tür, sodass schließlich nur Erwin Meier mit Ines und François in dem geräumigen Labor zurückblieb.

»Nun gut … fühlen Sie sich frei, alles anzusehen, was Sie möchten. Für Auskünfte stehe ich jederzeit zur Verfügung«, flötete Meier und stellte sich geduldig neben der Tür auf.

Zwar wäre es Ines lieber gewesen, wenn sie allein in dem Labor gewesen wären, um ungestört Gedanken austauschen zu können, aber für den Moment mussten sie sich wohl darauf beschränken, den pedantischen Augen von Herrn Meier ausgesetzt zu sein.

Direkt neben der Eingangstür stand ein ausladender Schreibtisch, von dem man durch ein wandhohes, nach außen verspiegeltes Fenster die ganze Galerie sehen konnte. Geneworks legte Wert darauf, seinen Mitarbeitern während der Arbeit ästhetische Stimulation zu verschaffen. Der Schreibtisch war aufgeräumt, aber nicht übermäßig sauber, gerade so, dass Ines Schultheiss keine psychologische Schlussfolgerung daraus ziehen konnte. Sie sah Stifte sorgsam zusammengelegt neben dem Keyboard drapiert.

»Papier«, sagte sie überrascht.

»Soweit ich weiß, schätzte Herr Seoung die haptische Komponente«, sagte Erwin Meier hastig.

Fasziniert betrachtete sie das altmodische Holzerzeugnis. »Ist Herr Seoung Traditionalist?«, fragte sie. Ein wenig belustigt stellte sie fest, dass die Frage in ihrem Verstand in der Vergangenheitsform aufgetaucht und lediglich von unbewusster Autokorrektur ins Präsens übersetzt worden war. Stellte sie sich Seoung Lee als tot vor? Oder war es der mehr oder weniger verzweifelte Versuch, ihn als in der Zeit gefrorenes Testobjekt zu sehen, das man Schritt für Schritt erforschen konnte?

»Als Geneworks-Mitarbeiter? Ich gebe zu, dass wir technokratischere Angestellte haben, aber … nein, das glaube ich wirklich nicht«, antwortete der Mann für Öffentlichkeitsarbeit unterdessen etwas unsicher.

»Herr Meier«, sagte Ines sanft, »ich bin davon überzeugt, dass Sie alle Mitarbeiter psychologisch profilieren, bevor sie angestellt werden, und gewiss werden sie auch regelmäßig überprüft. Ich möchte die Akte über Herrn Seoung morgen früh auf meinem Schreibtisch haben.«

Eilig tippte der Mann in sein Notizpad, dann sagte er: »Ich muss Sie darauf hinweisen, dass diese Daten die höchste Sicherheitseinstufung haben. Der Schutz der Privatsphäre unserer Mitarbeiter ...«

»... bedeutet Ihnen gar nichts«, sagte Ines sanft, sich der Wucht ihrer inhaltlichen Aussage voll bewusst. »Sie haben Angst, dass an die Öffentlichkeit dringt, welche Tests Sie Ihren Angestellten zumuten, das ist alles.«

Meier ließ sich wieder nichts davon anmerken, dass er innerlich brodeln musste. 'Vielleicht stimmt es ja doch, dass Geneworks seine Mitarbeiter für bestimmte Aufgaben genetisch verbessert', dachte sie bei sich. Zwar war genetisches Engineering außerhalb des Programmes zu anderen Zwecken als der Verlängerung der natürlichen Lebensdauer gesetzlich auf der ganzen Welt untersagt, aber wer konnte Geneworks in diesem Punkt schon überprüfen?

»Morgen früh«, sagte sie knapp. Sie wusste, dass die Akten da sein würden. Vielleicht würden jene Akten Seoung Lee besser vorstellen, als er selbst oder dieses Labor es konnte. Zumindest hoffte sie es, als sie sich weiter umsah. Für einen Moment schloss sie die Augen, ließ die Atmosphäre, das Licht, den Geruch, die Geräusche auf sich wirken, doch kaum etwas regte sich in ihr. Tot, das war wieder das einzige, was ihr einfiel. Vollkommen leblos und artifiziell wirkte der Raum auf sie, als sei Seoung Lee lediglich ein Echo von jemandem, der irgendwo, irgendwann existiert hatte. Und doch saß in Zelle Eins der Kriminalistik der Mann, der behauptete, ein Viertel der Menschheit ausrotten zu können. Ines öffnete die Augen und erfasste erneut das Büro um sich herum. Es enthielt weiße Kunststoffmöbel mit verchromten Details, den Schreibtisch und eine Zweimann-Couch. Dazu Bilderabzüge an den Wänden, Stillleben, Landschaften. Ines konnte sich des Eindrucks einer gewissen Generik einfach nicht erwehren.

»Auffällig ist«, sagte sie zu François, »der vollständige Mangel an persönlichen Gegenständen. Lee hat viele Jahre bei Geneworks gearbeitet, vermutlich einen Großteil in diesem Büro. Wieso sieht das Büro aus, als könnte direkt jemand hier neu einziehen?«

»Vielleicht hat er vorgestern, nachdem er die Nachricht abgeschickt hatte, alles mitgenommen«, vermutete der Franzose.

»Unwahrscheinlich. Er wirkte bei uns sehr aufgeräumt, konzentriert. Nicht wie jemand, der eilig alle Brücken hinter sich abgebrochen hat.«

Zu Erwin Meier gewandt fuhr sie fort: »Ich möchte mit den Mitarbeitern seines Teams sprechen. Sehen, ob jemand etwas Ungewöhnliches zu berichten weiß. Und auch, wie sein persönliches Verhältnis in der Firma war. Es sieht zwar nicht so aus, als würde sich diese Tat gegen Geneworks richten, aber wir können niemals ausschließen, dass ein persönliches, soziopathisches Motiv von ideologischen Konzepten verdeckt wird. Hatte er Feinde in der Firma?«

Der Mann von der Öffentlichkeitsarbeit sah sie irritiert an. »Feinde? Seoung Lee war als Leiter der Update-Abteilung einer der am meisten respektierten Mitarbeiter. Ein Vorbild für alle von uns.«

»Das war nicht die Frage, Herr Meier. Auch die Angesehensten von uns können Feinde haben. Im Gegenteil, manchmal ist es sogar wahrscheinlicher, dass gerade sie Feinde haben … Die globale Gesellschaft hat viel erreicht, aber Neid und Missgunst sind nach wie vor elementare menschliche Charakteristika, auch wenn wir dazu neigen, dies zu verleugnen. Wir tun gut daran, alle Möglichkeiten in Erwägung zu ziehen, bis wir Genaueres wissen«, sagte Ines.

»Ich verstehe. Sie werden sicher die Antworten darauf in den Akten finden, die wir Ihnen zukommen lassen«, sagte er.

Unzufrieden blickte Ines François an. Dann aber sprach sie wieder zu Erwin Meier: »Ich würde gerne noch heute mit den ersten Mitarbeitern sprechen. Lässt sich das einrichten? Ich denke, dass Sie die Gespräche lieber hier führen lassen möchten, denn es könnte auffallen, wenn viele Geneworks-Mitarbeiter in unserem Institut ein und aus gehen.«

Erwin Meier sah nicht begeistert aus, aber er wusste so gut wie Ines auch, dass er kaum eine Wahl hatte, als ihre Bedingungen zu akzeptieren. Dennoch gelang es ihm, die Maske der professionellen Freundlichkeit zu wahren, als er sich entschuldigte, um die ersten Mitarbeiter zu benachrichtigen. Als er den Raum verließ, kam einer der davor postierten Wachleute herein. Ines bestätigte das in ihrer Vermutung, dass man sie auf keinen Fall ungestört ermitteln lassen wollte. Geneworks wollte wissen, was sie wussten. Aber so leicht würde sie es ihnen nicht machen. Sie winkte François zu sich und flüsterte so gegen die Wand, dass der Wachmann es auf keinen Fall hören konnte: »Wenn wir uns auf den Weg zu den Befragungen machen, wirst du feststellen, dass du deinen Schlüssel hier vergessen hast. Du wirst darum bitten, ihn holen zu dürfen. Ich werde diesen Meier so lange in den Befragungen beschäftigen.«

»Wonach suche ich?«, fragte der Franzose.

»Nach allem, was ungewöhnlich ist. Stell dir vor, dies wäre dein Büro. Finde heraus, was Geneworks entfernt oder hinzugefügt hat.«

Zur Befragung der Mitarbeiter kehrten sie in den großen Konferenzsaal zurück. Ein wenig seltsam war die Situation durchaus, als an einer Ecke des Tisches vier Personen saßen und der Rest des Platzes ungenutzt blieb. Ines Schultheiss hätte ohne Frage lieber die ihr mittlerweile oberflächlich bekannten Räume im Institut verwendet, wusste aber, dass dieses winzige Entgegenkommen Geneworks auf der anderen Seite ein wenig kooperativer machen könnte.

Der erste Kollege stellte sich als Pavel Moravek vor. Er war Tscheche, aber sein Hochdeutsch war tadellos. »Lee ist ein toller Chef«, sagte er gleich zu Beginn. »Was möchten Sie denn wissen? Ich bin sicher, dass er nichts Unrechtes getan hat.«

»Bedauerlicherweise können wir Ihre Meinung nicht uneingeschränkt teilen«, sagte Ines. »Ich möchte vor allem wissen, wie lange und wie gut Sie Herrn Seoung kennen«, fuhr sie fort.

»Wir arbeiten seit etwa drei Jahren zusammen im Update, aber ich habe ihn schon vorher auf einer wissenschaftlichen Konferenz kennengelernt. Ich stellte ein Modell für die Varianzanalyse von resequenzierten Proteinbindungen vor, das ihn interessierte. Wir haben es später zwar gemeinsam untersucht, für die Anwendung bei Geneworks aber verworfen.«

»Ist Ihnen in letzter Zeit etwas Ungewöhnliches in seinem Verhalten aufgefallen?«

»Nein, gar nicht. Das heißt doch, vielleicht ... aber ich weiß nicht, ob das von Bedeutung ist. Er wirkte in den letzten Wochen besonders konzentriert – noch mehr als sonst – und prüfte jede

Änderung, die wir ins Update inkrementierten, extrem sorgfältig. Das ist doch aber positiv, nicht wahr?«

»Das müssen wir erst noch herausfinden. Herr Moravek, wir können Ihnen im Moment nicht sagen, worum es geht, aber wäre es theoretisch möglich, hypothetisch gefragt, dass Herr Seoung oder jemand anderes eigenen Code in ein Update einfügt?«

Der junge Mann sah konzentriert aus und dachte angestrengt nach. Dann fragte er erstaunt: »Warum sollte man das tun? Updates müssen in einem langwierigen Prozess getestet und verifiziert werden, bevor irgendjemand auch nur abschätzen kann, wie sie sich auf das Gesamtgenom auswirken. Moment, glauben Sie etwa, dass Seoung eigenen Code in ein Update geschmuggelt hat? Ich halte das für sehr, sehr unwahrscheinlich. Wissen Sie, das Update-Team muss sehr eng zusammenarbeiten, und es ist üblich, dass wir uns gegenseitig überprüfen. Eine eigenmächtige Änderung hätte er vor dem gesamten Team niemals verbergen können.«

Ines Schultheiss versuchte, jede Nuance an Ausdruck aus seinem Gesicht zu extrahieren, denn ihr war klar, dass es möglich war, dass Seoung Lee nicht allein gehandelt hatte. Doch Moravek schien nicht der klassische Mitwisser zu sein. Er schien enthusiastischer Anhänger der Philosophie Geneworks' zu sein und niemand, der genetische Codes ändern würde. Aber sie konnten es nicht darauf ankommen lassen. Falls es Mitwisser gab, müsste sie dafür sorgen, dass sie sich selbst verrieten. Sie wusste nur noch nicht, wie. Ines beschloss, den klassischen Trick zu versuchen und vorzugeben, dass man Beweise gefunden hatte, dass Seoung Hilfe aus seinem Team bekommen hatte. Zwar bedauerte sie, dass dies oft zu Misstrauen unter den fraglichen Menschen kam, aber in diesem Falle war das ein sehr kleines Opfer verglichen mit dem, was auf dem Spiel stand. Sie setzte ihr in langen Jahren eingeübtes Pokerface auf und sagte: »Herr Moravek, Sie waren uns schon jetzt eine große Hilfe. Leider haben wir Grund zu der Annahme, dass Herr Seoung nicht allein gehandelt hat. Ich will ehrlich sein, wir glauben, dass ein oder mehrere Personen im Update-Team ihm geholfen haben, Code-Sequenzen zu ändern. Haben Sie irgendeine Vorstellung, wer von Ihren Kollegen dafür in Frage käme?«

»Nein, Frau Kommissar, die habe ich nicht. Und wenn ich so direkt sein darf, ich glaube nicht, dass jemand aus dem Team zu so etwas in der Lage wäre oder Ihnen diese Frage beantworten wird.« Moravek sah nicht so aus, als sagte er dies aus Trotz oder Selbstschutz, er glaubte daran. Und das würde die Sache nicht einfacher machen. Sie verabschiedete den Tschechen und fragte Herrn Meier, wer als nächstes an der Reihe sei.

Die Update-Abteilung hatte dreiundzwanzig Mitarbeiter, von denen sich immerhin sechzehn für die Befragung bereithielten, während die übrigen auf Reisen zu den anderen bedeutenden Standorten des Konzerns waren. Als ein gewisser Vassili Lindstrøm den Raum betrat, blickte Ines für einen Moment gelangweilt auf ihren Taschenkommunikator. Sie hatte den Rest der Nacht schon gedanklich dafür eingeplant, übermüdete Geneworks-Mitarbeiter zu verhören, da öffnete sich automatisch die Nachricht aus dem Institut, die den auch sonst so extensiv verwendeten Dringend-Flag enthielt.

»Bitte Meldung vornehmen. Es hat weitere Opfer gegeben.«

Ines seufzte. »Es tut mir leid, Herr Lindstrøm, doch wie es aussieht, werden wir erst morgen das Vergnügen haben. Ich werde im Institut gebraucht.«

Erwin Meier sah sie überrascht, doch nicht ungehalten an. Ob er ein Manöver ihrerseits vermutete oder nicht, war einerlei. »Darf ich Sie hinausbegleiten?«, fragte er nonchalant.

»Kommen wir denn ohne Ihre Hilfe hinaus?«, fragte Ines spitz, während sie François einen vielsagenden Blick zuwarf.

»Aber, aber. Wir sperren niemanden ein, Frau Kommissar. Sie müssen doch verstehen, dass unserer Sicherheitsmaßnahmen nur der Vorsicht geschuldet sind …«

»Herr Meier, begleiten Sie uns einfach hinaus, ich denke Sie können sich Ihre Belehrungen sparen«, sagte Ines knapp. Nicht einmal, weil sie fand, dass Meier Unrecht hatte, mehr, weil sie wirklich keine Lust hatte, ihm zuhören zu müssen, während ihre Gedanken um den dehnbaren Begriff 'weitere Opfer' kreisten. Bedeutete es, dass weitere Alte ums Leben gekommen waren oder hatte Seoung Lee noch mehr Menschen auf dem Gewissen, die womöglich seine Pläne gestört hatten? Doch nein, die Art und Weise, wie er sich gestellt hatte, passte so gar nicht dazu. Vor ihrer eigenen Logik erschaudernd erinnerte sie sich daran, die Mitteilung der Nachricht nicht auszulegen zu versuchen, sondern sich klarzumachen, dass weitere Alte gestorben waren.

Der Weg vom Konferenzraum zum Haupteingang war nicht weit und sie mussten nur einen leicht bewachten Sicherheitsperimeter passieren, sodass Ines beinahe gedacht hätte, dass François ihren Plan vergessen hatte. Doch als sie gerade ihre Fingerabdrücke und Iris-Muster analysieren ließen, begann er schließlich in den Hosentaschen zu kramen.

»Oh, ich habe meinen Autoschlüssel nicht … ich denke, er muss wohl noch in Seoung Lees Büro sein.«

Der Elsässer wandte sich Meier zu: »Ich denke, ich müsste kurz noch einmal zurückkehren.«

Erwin Meier lächelte zurück. »Nicht nötig, wir haben ihn bereits gefunden.« Triumphierend zog er den altmodischen, nicht-biometrischen Schlüssel hervor.

»Wie lange haben Sie ihn schon?«, fragte François verblüfft.

»Ich … oh … ich habe vergessen, ihn zurückzugeben. Vergeben Sie mir. Immerhin mussten wir nicht noch einmal zurück, nicht wahr?« Damit klatschte er theatralisch in die Hände und strahlte. »Gute Fahrt, Frau Kommissar.!«

Ines sprach erst, als sie das Geneworks-Gelände verlassen hatten. Sie war ungehalten. Der Versuch, es nicht vorwurfsvoll klingen zu lassen, war von vornherein zum Scheitern verurteilt, also versuchte sie gar nicht erst, sich zu verstellen. »Nächstes Mal lässt du den Schlüssel nicht wirklich liegen, sondern findest ihn erst, wenn du erreicht hast, was du wolltest«, sagte sie.

François nickte geknickt.

»Immerhin wissen wir jetzt, dass wir am besten gar nicht reden sollten, solange wir dort sind.« Er sagte es nicht wie zur Verteidigung, sondern als ehrliche Erkenntnis. Und er hatte Recht.

»Ganz Recht, das haben wir herausgefunden.« Ines lachte aufmunternd. »Komm schon, so schlimm ist es nicht. Da wir jetzt ganz sicher sind, woran wir bei ihnen sind, werden wir uns entsprechend verhalten. Ich behalte mir eine Durchsuchung einfach vor.«

7.

17. Juli 2073

»Ein signifikanter Hinweis auf die zunehmende Entfernung der Alten von der Lebenswirklichkeit der menschlichen – und ich bin nicht sicher, ob ich hier den Begriff nicht tatsächlich semantisch absichtlich rassistisch verwende – Gesellschaft war der 17. Juli 2073, an dem die Aufhebung der rechtlichen Anerkennung von monogamen Partnerschaften, die wir früher unter dem Begriff Ehe kannten, stattfand. Nach dem Verständnis der Alten diente die Ehe dazu, den Fortbestand der Menschheit in dem Sinne zu sichern, dass monogame Partnerschaften nach allen statistischen Kriterien den heranwachsenden Bürgern die besten Entwicklungschancen boten. Mithin ist heute völlig klar, dass andere Lebensformen nicht notwendigerweise schlechter abschneiden, aber die Botschaft ist eine andere. Das Eingeständnis, dass nach ihrer Meinung die Menschheit sich nicht weiter fortpflanzen müsse, ist ein wesentliches Kennzeichen in einer Entwicklung zum Stillstand hin. Uns allen ist klar, dass dieser Planet nicht mehr als vier von derzeit neuneinhalb Milliarden Menschen dauerhaft ernähren und erhalten kann, aber bedeutet das, dass man de facto dem Einzelnen verbieten darf, sich zu reproduzieren?«

8.

4. Mai 2082, 23:54 Uhr

Auch zwanzig Minuten nach dem Eintreffen der erschütternden Nachricht stand ihnen das Entsetzen noch ins Gesicht geschrieben. Ines Schultheiss musterte die Expertenrunde, die bisher ergebnislos im Institut arbeitete. All diese klugen Menschen hatten nicht für möglich gehalten, was sie jetzt erfahren mussten. Nach allem, was sie wussten, waren rund um den Globus innerhalb kürzester Zeit bereits fünfzehn Alte ohne erkennbaren Grund verstorben.

Ines war wohl bewusst, dass die Krise damit ein Ausmaß erreicht hatte, das kaum mehr verheimlicht werden konnte. Sie blickte in die ratlosen Gesichter der Wissenschaftler und erkannte, dass hier alles auf dem Spiel stand; die Grundfesten der Gesellschaft kamen ins Wanken. Wenn sie hier und jetzt keine Lösung fanden, wäre die Welt womöglich niemals mehr dieselbe.

»Wir brauchen einfach noch mehr Input«, sagte einer der Immunologen verzweifelt. »Wir müssen so schnell wie möglich Autopsien an den Verstorbenen durchführen.«

Ines nickte, doch sie wusste auch, dass das nicht einfach werden würde. Die lapidare Erklärung im Falle des verstorbenen arabischen Alten schien stichhaltig, doch griff sie zu kurz, denn wie sich herausstellte, hatten die Alten ein strenges Protokoll entwickelt für den bedauerlichen Fall, dass jemandem ein Unfall passierte. Während die Politik also diskutierte, welche Ausnahmen man machen konnte, saßen die Experten mehr oder weniger untätig und zum Warten verdammt im Konferenzraum und gierten einer Entscheidung entgegen. Ines hatte volles Verständnis dafür, dass Schock und aufrichtige Überraschung über die jähe Verschlimmerung der Lage herrschten, doch gerne hätte sie den Krisenstab zum Weiterarbeiten angehalten. Allein, die schiere Chance auf eine Leiche schien die klügsten Männer und Frauen des Planeten auf eine Weise zu lähmen, die nur damit zu erklären war, dass eine Autopsie, umso besser, je früher sie durchgeführt wurde, echte und unmittelbare Erkenntnisse bringen musste. Sie wusste natürlich wie jedes Kind, dass die jährliche Todesrate bei weniger als eins zu einer Million lag. Doch wenn die jetzige Entwicklung sich fortsetzte, würden schon in wenigen Stunden allein tausende Tote zu beklagen sein, überschlug sie hastig.

Von den betroffenen Familien erlaubte schließlich eine einzige die Autopsie – es handelte sich um die sterblichen Überreste eines gewissen Manuel Garçia. Er war in Mexiko Stadt in seiner Residenz einfach umgefallen, so hieß es. Die mexikanische Präfektur wollte ihn umgehend nach Ulm-Stuttgart einfliegen lassen, doch die Experten waren sich sofort einig darin, dass die Autopsie in Mexiko durchgeführt werden müsse, damit der Stress des Transportes nicht die Ergebnisse verfälschen konnte. Auf dem Projektor des Konferenzsaales lief eine Art geschmacklose Liveübertragung, als der Präfekt von Süddeutschland das Institut erreichte.

***

Ines wurde in das Büro des Direktors gerufen, wo der Alte auf sie wartete. Als sie das großzügige Büro ihres übergangsweisen Chefs betrat, stand der Alte am Fenster und blickte auf das Stuttgarter Panorama, das bis an den Horizont reichte und dann zu etwas wurde, das man früher Ulm genannt hatte. Heute war es ein urbaner Moloch, wie es hunderte auf dem Planeten gab. Kannibalisch hatten sie sich kleinere Städte einverleibt, bis es nur noch die Megacities gab, und dazwischen blieb nur Natur, landwirtschaftliche Nutzfläche, die die autonomen robotischen Systeme bestellten und Ruinen von kleinen Orten, in denen schon seit Jahrzehnten niemand mehr leben wollte.

Er drehte sich um und legte seine makellose Stirn in Falten. »… und der siebente Engel vergoss seine Schale in den Äther, und eine Stimme rief herab vom Himmel und sagte: 'Es ist getan.'«

»Die Offenbarung des Johannes«, sagte Ines Schultheiss ohne Zögern oder Gefühlsregung.

»Etwas plastischer ausgedrückt, das Ende der Welt«, sagte der Alte. Ines hätte es anerkennenswert gefunden, dass sie als Junge eine so kryptische Bibelstelle zu erkennen wusste, doch der Alte schien darüber einfach hinwegzugehen. Er zeigte stattdessen auf das Fenster und sagte: »Sehen Sie sich an, was unsere Zivilisation geschaffen hat. Wir haben Wunder vollbracht, so unglaublich, dass unsere Ahnen beim schieren Anblick zu Stein werden würden. Wir haben, so dachten wir, den Tod besiegt. Doch wenn das, was mir berichtet wurde, wahr ist, dann steht diese Welt in weniger als zwei Wochen in Flammen.«

Regungslos kauerte Serghy Brock in seinem Sessel. Der Direktor des Universitäts-Instituts für Kriminalistik schien teilnahmslos und abwesend. Ines war nicht gerade danach, auch noch die Aufgaben ihres Chefs zu übernehmen, zumal er nicht eben freundlich auf ihre Ankunft reagiert hatte. Damit würde sie sich später befassen müssen, zunächst galt es, eine Panik zu vermeiden.

Sie trat einige Schritte auf den Alten zu, der wieder aus dem Fenster blickte, und sagte dann: »Ich weiß nicht, ob Sie hier sind, uns daran zu erinnern, was auf dem Spiel steht, oder Hilfe anbieten wollen. Ich bin allerdings überzeugt, dass Letzteres nützlicher wäre. Wir müssen fürs Erste auf jeden Fall verhindern, dass eine Panik ausbricht.«

Der Mann drehte sich wieder zu ihr um und sah sie eindringlich an: »Wir sind nicht auf einen solchen Fall vorbereitet. Die Kapazitäten der Krankenhäuser und medizinischen Zentren sind für die Menschen eingerichtet, die nicht am Programm teilnehmen … Geneworks kann bestenfalls einige hundert aufnehmen und untersuchen. Seit vier Jahrzehnten hat es keine Seuche von diesem Ausmaß gegeben.«

»Wir wissen nicht, ob es eine Seuche ist«, sagte Ines. Sie zuckte kurz zusammen, als ihr klar wurde, dass sie einen Alten, wenngleich höflich, zurechtgewiesen hatte, doch sie besann sich wieder.

Der Präfekt seufzte. »Mir ist klar, dass Drohungen an der Situation nichts ändern werden, also sehe ich mich außerstande, Ihnen zu sagen, dass das nicht gut genug ist. Ich kann nur sagen: Geben Sie Ihr Bestes. Bitte.«

Ines Schultheiss nickte. In der ungewöhnlich direkt ausgedrückten Verzweiflung des Alten konnte auch sie so langsam die Auswirkungen erahnen. Eine Menschheit, die darauf konzentriert war, Milliarden von Alten am Leben zu halten, würde ohne sie keinen Hunger leiden, keine materiellen Einschränkungen haben, nicht an Ressourcenknappheit zu Grunde gehen. Jedoch würde sie ziellos werden. 'Wir sind so sehr daran gewöhnt, dass man uns sagt, was zu tun ist, dass wir womöglich schmerzhaft werden lernen müssen, uns mit uns selbst zu beschäftigen', dachte sie.

Ines wusste, dass es schon lange keine Seuchenpläne dieser Größenordnung mehr gab und dass man die Alten nirgendwohin evakuieren konnte, solange der Grund für die Gefahr nicht gefunden war. Es schmerzte sie, dass die beste Option war, zu Hause zu bleiben und auf den Tod zu warten, in der Hoffnung, dass er sich verspäten würde.

Als sie sich empfahl, um zu den Experten zurückzukehren, empfand sie für einen Moment, als sie den Präfekten ein letztes Mal ansah und merkte, wie der gegenüber Alten antrainierte Bescheidenheitsreflex, zu Boden zu sehen, wieder ausblieb, ehrliches Mitleid und Machtlosigkeit. Und tief in ihrem Inneren rief eine leise Stimme, dass die Johannes-Offenbarung auch Erlösung ankündigte.

***

François' Gesichtsausdruck verhieß nichts Gutes, als sie den Konferenzsaal betrat. Düster nuschelte er ihr »sie haben etwas« zu und gab ihr ein Pad, das die übliche vierstündige Zusammenfassung enthielt. Sie legte es neben den Kaffee vor sich auf den Tisch und betrachtete die Expertenrunde. Kaum einer hatte Notiz davon genommen, dass sie den Raum betreten hatte. Ohne Frage hatte die Nacht Spuren hinterlassen. Zwar waren sie alle an der Arbeit, aber hängende Schultern, im Denkrausch bekritzelte Papierbögen und dutzende leere Cateringplatten ließen erkennen, dass eine langfristige Kooperation unter diesen Umständen bestenfalls an Übermüdung und schlechtestenfalls an der Ergonomie scheitern würde. Die erfahrenen Augen der Profilerin stellten fest, dass sich Grüppchen gebildet hatten. Das war an sich nichts Schlechtes, aber die Zusammensetzung und die Körpersprache der Leute teilten deutlich mit, dass die Seuchenexperten und Nanobiologen ebenso wie die Immunologen und Biophysiker lieber unter sich bleiben wollten. Keine guten Voraussetzungen für effektives, inspiriertes Arbeiten, dachte Ines. Doch bevor sie sich der sozialen Dynamik der schwierigen Experten widmen konnte, fokussierte sie sich wieder auf den Bericht.

Von Eiweißen und Zellfunktionen wurde da geschrieben, doch was immer François gemeint hatte, als er urteilte, man habe etwas gefunden, Ines erschloss es sich nicht. Sie entschied, sich vom Kaffee helfen zu lassen, doch sie musste nach einigem weiteren Starren auf den Bericht erkennen, dass es so nicht gehen würde.

Sie nahm das Pad und den Kaffee und ging zur erstbesten konspirativen Expertenrunde am Konferenztisch. Was man ihr sagte, war erstaunlich. Niemand wollte sich zu dem Bericht äußern, man teile die Aussagen nicht. Ines ließ sich ihre Überraschung nicht anmerken, stellte fest, dass die Biophysiker keine neuen Erkenntnisse beizutragen hatten, und ging dann weiter, um eine andere diskutierende Kleingruppe um ihre Meinung zu bitten. Sie ignorierte die Mediziner, die noch immer damit beschäftigt waren, die Autopsie-Ergebnisse auszuwerten, denn es war klar, dass das nicht in fünf Minuten ging. Vielleicht brachte das weitere Hinweise zu Tage, doch irgendjemand musste ihr dennoch die Eiweiß-These erläutern können. Sie blickte sich um und entschied sich für einen rundlichen Mann, der mit einem Kollegen am Kaffeeautomaten stand. Wer Kaffee trank, wollte entweder wach und produktiv sein oder war hoffnungslos koffeinsüchtig, überlegte sie teilweise selbstironisch mit Blick auf die eigene Tasse.

Der Wissenschaftler, der ihr auch schon zuvor ausgefallen war, erklärte ihr bereitwillig, was vor sich ging. Der Befund, dass im allgemeinen Geneworks-Update-Genom eine Eiweiß-Integrationssequenz anders war, als die Nanobiologen es erwartet hätten, war in der Gruppe unumstritten, aber es herrschte andererseits tiefe Uneinigkeit darüber, was das zu bedeuten hatte. Während einige der Wissenschaftler die Auffassung vertraten, dass ein leicht anders strukturiertes Eiweiß keinen Unterschied machen würde, war der Mann, der Ines die Entdeckung erläuterte, der Meinung, dass jede noch so kleine Ungenauigkeit oder Abweichung untersucht werden müsste. Ines stimmte ihm zu. Sie konnte kaum fassen, dass auch in Anbetracht der Situation so bedeutende Wissenschaftler jeglichen Pragmatismus zugunsten von üblichen Zweifeln, die nicht aus professioneller Hinsicht, sondern Gewohnheit geäußert wurden, vermissen ließen.

Ines Schultheiss knallte ihre Kaffeetasse auf den Konferenztisch, dass man es vermutlich selbst außerhalb des Raumes noch hätte hören können. François schaute sie überrascht an. Sie stand auf, blickte erwartungsvoll in die Runde und sagte: »Sie hören mir jetzt mal für einen Moment zu, meine Damen und Herren. Wir stehen vor der vielleicht größten Herausforderung unserer Generation. Wenn wir nicht herausfinden, was hier passiert, dann werden in nächster Zeit viele, viele Menschen sterben. Also lassen Sie verdammt nochmal Ihre wissenschaftlichen Ränkeschmiedereien vor der Tür und arbeiten zusammen. Wer nicht fähig ist, diesem Team anzugehören, ist ausdrücklich eingeladen, zu gehen … Sie wissen selbst, welchen Eindruck es macht, wenn man erfährt, dass Sie diesem Think Tank nicht weiterhelfen konnten. Es gibt etwas zu untersuchen, also untersuchen Sie es. Sie sind die Besten der Welt, und wenn Sie ehrlich sind, dann haben Sie für derartige Herausforderungen Ihren Beruf gewählt. Was immer dieses Eiweiß tut, jemand von Ihnen findet es heraus, verstanden?«

Die meisten Wissenschaftler schauten betreten zu Boden, als Ines ihren Kaffee schnappte und sich auf den Weg zu den Verhörräumen machte. Sie dachte darüber nach, ob sie zu hart zu ihnen gewesen war, machte sich aber klar, dass auch die besagten Besten manchmal einen Tritt in den Hintern brauchten. Ein wenig Mitleid empfand sie für François, der den undankbaren Job behielt, diese Meute von unpragmatischen Wissenschaftlern zu organisieren. Sie wusste, dass ihre Ansprache es ihm nicht unbedingt leichter gemacht haben würde, aber sie wusste auch, dass es ihnen umgekehrt dafür ermöglichen konnte, die ineffektiven Teile des Think Tanks bald hinaus zu komplimentieren.

Als sie die Tür öffnete, fiel ihr Blick auf den Geneworks-Vertreter, der allein an einem Teller Käsebrötchen stand. Sie kehrte noch einmal zu François zurück und gab ihm den Auftrag, ihn genau zu beobachten. Unter der Prämisse, dass Geneworks wusste, was es mit diesem Eiweiß auf sich hatte, war es sicher möglich, dass er versuchen würde, unauffällig dafür zu sorgen, dass die Wissenschaftler es nicht herausbekamen. Für einen Moment fragte sie sich, ob sie zu misstrauisch war, sie erinnerte sich jedoch an die Episode im Geneworks-Hauptquartier und sagte sich selbst, dass Vorsicht auf jeden Fall die sicherere Alternative war. Sie konnten sich keine Versäumnisse leisten.

***

Als sie sich dem Verhörraum näherte, in dem Seoung Lee noch immer saß, beobachtete Ines Schultheiss gewohnheitsmäßig ihre innere Balance. Ihr war es insbesondere im Verhör wichtig, sich selbst unter Kontrolle zu haben und dem Verhörten die Richtung vorgeben zu können. Nachdem sie den Beobachtungsraum hinter der verspiegelten Fensterfront betreten hatte, stellte sie ernüchtert fest, dass ihre Kaffeetasse erneut leer war. Sie wusste, dass sie jetzt nicht mit Seoung Lee reden sollte. Dennoch war es die einzige Sache, die sie tun konnte, bis die Geneworks-Mitarbeiter, die sie auch befragen musste, eintrafen. Sie setzte sich apathisch auf einen der Stühle und blickte auf den ruhig in dem Raum sitzenden Deutsch-Koreaner. »Was ist deine Motivation?«, fragte sie laut, ohne eine Antwort zu erwarten.

»Er sieht unscheinbar aus, nicht wahr? Es wäre leichter zu verstehen, was er behauptet, wenn er wenigstens ein bisschen Ähnlichkeit mit Hitler, Stalin oder Ahmadinedschad hätte. Aber es gibt nichts, was darauf hin deuten würde, dass dieser Mann sie alle in den Schatten stellt. Vielleicht ist genau das ja auch sein Motiv. Vielleicht ist es die heimtückische, unscheinbare Fratze der Banalität des Bösen, die uns einmal mehr unsere wahre Natur aufzeigt.«

Halb erschreckt, halb empört fuhr Ines herum. Wer wagte es, in ihrem Verhörraum einen solchen Monolog zu halten? Dazu mitten in der Nacht. Sie sah auf die andere Seite des Raumes und erkannte den Alten, der nun auf sie zukam.

»Ich bitte um Entschuldigung. Es war nicht meine Absicht, Sie zu erschrecken«, sagte Klaus-Peter Haßloch.

»Vielleicht war es nicht seine Absicht, zwei Milliarden Menschen dem Tode zu weihen«, erwiderte sie kühl. Sie kannte den angesehenen Gesellschaftskritiker aus der Zeit, da er noch aktiver Philosoph gewesen war. Heute nahm er irgendeine Pseudo-Funktion in irgendeiner Pseudo-Verwaltung wahr, die es ihm effektiv erlaubte, zu tun, was immer er wollte, und ihm nebenbei Zugang zu derart delikaten Vorgängen wie dem aktuellen gewährte. 'In gewisser Weise bin ich ein zeitgenössischer Histophilosoph geworden', hatte er selbst einmal gesagt, nachdem er dem Programm beigetreten war. Er beobachtete den Ort des Geschehens mit der Distanz von über einhundertzwanzig Lebensjahren. Natürlich präferierte er als Alter die strikte Privatsphäre, daher wusste Ines nur wenig über Leute wie ihn. Dennoch störte es sie, dass er unangekündigt in ihre Ermittlungen hereinplatzte wie ein neugieriger Praktikant. Ab und zu wunderte sie sich, ob die Würde des Alters zwangsweise zum Verlust des Respektes vor den Nicht-Alten führen musste oder ob die Arroganz etwa Teil der verbesserten Geneworks-Genome war. Sie wusste, dass sie ihn nicht würde ausschließen können, aber es zwang sie auch niemand dazu, kooperativ oder gar freundlich zu sein. Sie konnte nur hoffen, dass nicht noch weitere Alte sich berufen fühlten, ihre eigene Extinktion als mehr oder weniger distanzierte Beobachter verfolgen zu wollen.

Wie um ihre Gedanken mitzuteilen, schnaufte sie noch einmal hingebungsvoll gegen die Abfälligkeit des Besuchers an, mit der er ihr in selbstzufriedenem Ton beschied, dass Seoung Lee doch wohl ganz offensichtlich in voller Kenntnis der Tragweite seiner Tat gehandelt habe und keineswegs 'versehentlich'. Ines fragte sich, ob ihm auch Zynismus abging, oder sie einfach nur schon so müde war, dass niemand mehr die Subtilitäten ihrer Aussprache entziffern konnte, nicht einmal ein Alter dieses intellektuellen Kalibers.

»Sie wünschen sich vermutlich, dass ich jetzt da hineingehe und mich zum Affen mache«, sagte sie geradeheraus.

»Ich weiß Ihre Offenheit zu schätzen, Verehrteste, aber diese Art von Neugier ist mir fremd. Sie können mir entweder glauben, dass ich lediglich beobachten will, oder aber auch nicht. Ändern wird das an meiner Einstellung allerdings nichts«, antwortete der Mann ungerührt. »Und wenn ich eines noch hinzufügen darf. Ich verstehe durchaus Ihre Empörung über mein Auftauchen, vermutlich würde ich an Ihrer Stelle genauso reagieren. Aber diese Aufzeichnungen aus meiner Perspektive werden ein faszinierendes Zeitzeugnis abgeben. Eine 'Chronik des letzten Alten'.«

Ines starrte ihn mit offenem Mund an. »Dann glauben Sie wirklich, dass in zwei Wochen beinahe drei Milliarden Menschen tot sind und die Welt eine andere ist?«

Wortlos deutete er auf Seoung Lee, als warte er auf einen weiteren Einsatz. Dann sagte er: »Schauen Sie sich diesen Mann doch an. Das ist kein Wahnsinniger, der die Weltherrschaft anstrebt und vor Geltungssucht seine Pläne zu früh ausplaudert. Er hat sich erst gemeldet, als er wusste, dass es kein Zurück mehr gibt. Ich habe seine Nachricht gesehen und sofort meine Dinge geregelt. Das war zugegebenermaßen schmerzhaft. Doch seien wir ehrlich: Die Welt kann Erneuerung gebrauchen. Menschen wie ich stehen den Jungen im Weg und alle Alten wissen das. Unendlich viel Zeit zu haben, hat dazu geführt, dass wir die Dinge auch in dieser Dringlichkeitskategorie begreifen. Dass dieser Stillstand nicht das Ende der menschlichen Entwicklung sein konnte, war uns lange Zeit klar – doch wer gibt schon auf, was er hat, damit jemand anderes dieselben Fehler machen kann? Wir haben verlernt, uns auszuprobieren, uns herauszufordern. Ich erinnere mich an Zeiten, da haben sich Leute totgefahren oder sind ungesichert Klippen hinaufgeklettert. Heute gehen die meisten nicht einmal mehr aus dem Haus vor Angst, dass etwas – irgendetwas Unerwartetes! – ihre statistische Lebenserwartung reduzieren und sie vor ihren Freunden und Bekannten, die sie natürlich nicht wirklich treffen, bloßstellen könnte. Wenn Sie also mich fragen, was diese Welt braucht, so lautet die Antwort: ein bisschen Unvernunft.«

Ines staunte. Sie hatte den Mann völlig falsch eingeschätzt. Er war weder arrogant noch soziopathisch wie die meisten Alten, sondern realistisch und überdies ausgesprochen selbstkritisch. Doch wie weit ging sein Altruismus? Den ausgeprägten Todeswunsch, den er zur Schau stellte, kaufte die Profilerin in Ines Schultheiss ihm noch nicht ab.

»Sie hegen Sympathie für den Mann«, sagte sie.

»Ich wehre mich natürlich dagegen, als Befürworter eines beispiellosen Massenmordes, ja Holocausts, dazustehen und ich muss sagen, dass mich der Gedanke, dass es Milliarden Toter bedarf, um etwas auf dieser Welt zu verändern, wenigstens anwidert, aber die Konsequenz und Radikalität dieser Tat ist durchaus bemerkenswert«, sagte er.

»Sie verzeihen mir sicher, dass ich Ihren Enthusiasmus nicht teile. Aber ich lege es durchaus darauf an, so viele Opfer wie möglich zu verhindern«, sagte sie.

»Und ich wünsche Ihnen viel Erfolg dabei. Doch das wird in zwei Wochen kaum noch Bedeutung haben.«

Ines ertrug es nicht länger, wie sich der Alte in seinem Fatalismus suhlte. Zwar fragte sie sich, wie allein Haßloch mit seiner Meinung dastand, aber ohne Zweifel war diese Frage von untergeordneter Relevanz. Sie ging kommentarlos aus dem Beobachtungsraum um sich neuen Kaffee zu holen. Natürlich gab es auch drinnen einen Kaffeeautomaten, aber sie wollte im Moment einfach den auf dem Flur verwenden. Es würde nicht einfacher werden, das wusste sie jetzt. Bald würden die Journalisten das Institut belagern, dann würde es soziale Unruhen geben ... vielleicht würde sie am Ende dafür dankbar sein, hier und jetzt, zu dieser Zeit, nur einen wirren ... Alten um sich zu haben.

9.

29. April 2079

»Das Wunder des Lebens ist unbegreiflich. Bei allen unbestrittenen Fortschritten, die wir im Bereich der synthetischen Gentechnologie gemacht haben, ist es uns ebenso wie in der Computerintelligenz nie gelungen, eine höhere Lebensform auf dem Reißbrett zu erschaffen. Jostein Gaarder, ein längst vergessener, norwegischer Schriftsteller des vorigen Jahrhunderts, ließ einst seine Charaktere voll Überraschung ausrufen: 'Wenn das Gehirn des Menschen so einfach wäre, dass wir es verstehen könnten, dann wären wir so dumm, dass wir es trotzdem nicht verstehen könnten.' Es scheint beinahe so, als würde die Evolution, das Universum, der liebe Gott – wer oder was auch immer – uns sagen wollen, dass es nicht unsere Aufgabe ist, Intelligenz zu erschaffen. Wie anders ist es also mit der Anmaßung, unendlich lange leben zu wollen?

Ich begreife, dass es grobes Unrecht ist, Menschen zu töten. Das Recht auf körperliche und geistige Unversehrtheit ist ohne Zweifel mit großen Anstrengungen blutig erkämpft worden, und sein Gewinn war den hohen Blutzoll, den wir zahlen mussten, am Ende doch wert. Eine Streitfrage, die seit mehr als einem Jahrzehnt die Gesellschaft in Alte und Junge entzweit, lautet etwas anders, läuft aber aus meiner Sicht genau darauf hinaus: Ist es Unrecht, Menschen zu verbieten, sich fortzupflanzen? Während unsere allwissende Administration, die nebenbei natürlich nur aus Alten besteht, meint, dass es nicht Unrecht sei, und plakativ mit allerlei pragmatischen Apologetiken wie ökologischem Gleichgewicht und der Endlichkeit der Ressourcen begründet, meine ich, dass Reproduktion Teil der genannten Unversehrtheit ist. Gewiss, es gibt genug Menschen, um die Teilnehmer des Programms zu versorgen, doch selbst wenn sie eines Tages selbst die Aufnahme in selbiges erreichen sollten, werden sie stets für die Erhaltung des Systems zuständig sein, denn irgendjemand muss ja die Updates im Gencode schreiben und die Ernteroboter umprogrammieren, wenn es einen Hurrikan am Golf von Mexiko oder eine

Überschwemmung in den Ebenen der Ukraine gegeben hat. Wir verwalten unsere Lebenserhaltung, als wäre es ein Selbstzweck.

Unsere Weisen sind der Meinung, dass es jedem Menschen freigestellt sein müsse, den Zeitpunkt seines Todes selbst zu wählen, mit dem Erfolg, dass niemand sich entscheidet. Das Postulat als solches ist daher an dieser Stelle einfach. Die Menschheit als Ganze muss dieses Problem lösen, sonst wird sie nicht weiter bestehen können. Natürlich steht es mir nicht zu, die Art der Entscheidung festzulegen, doch auf diesen Luxus zu warten, können wir uns nicht leisten. Ich zwinge uns dazu, die Sache zu evaluieren, und zwar endgültig.«

10.

5. Mai 2082, 08:27 Uhr

Sie hatten schon gesprächigere Menschen gesehen als die Geneworks-Mitarbeiter des Update-Teams. Die Firma hatte sie erst am Morgen ins Institut gebracht, was Ines eigentlich missfiel, denn so hatten sie Zeit gehabt, sich abzusprechen. Andererseits hatte sie so die Möglichkeit genutzt, ein paar Stunden Schlaf zu bekommen. Wenn es Ungereimtheiten gab, würde sie sie schon finden.

Sie saß vor einem weiteren freundlich, aber angespannt dreinblickenden Nanobiologen, der an einer Top-Universität seinen Abschluss gemacht hatte und mit Kusshand von Geneworks eingestellt worden war. Die Kehrseite dieser Erkenntnis war, dass sie alle sehr vorsichtig waren, ihren Arbeitgeber nicht zu diskreditieren. Vielleicht hatten sie auch wirklich ein striktes Briefing bekommen, was sie sagen durften und was nicht. Ines erkannte ganz klar, dass mit großem Druck gearbeitet wurde, um sicherzustellen, dass die gut ausgebildeten, aber in der Hierarchie dennoch ganz unten stehenden, jungen Wissenschaftler alles richtig machten – oder zumindest nichts falsch.

Doch sie wusste mit derartigen Widrigkeiten umzugehen. Sie sprach einfach nicht über das eigentliche Thema, sondern kreiste die Dinge, die sie nicht sagen sollten, ein.

»Wie lange kennen Sie Herrn Lee schon?«

»Zweieinhalb Jahre, seit ich in der Update-Abteilung arbeite.«

»Wie würden Sie Ihr persönliches Verhältnis beschreiben?«

»Äh … professionell.«

»Verzeihung, aber wie darf ich das verstehen? Sie haben außerhalb der Arbeit keinen Kontakt gehabt?«

»Nun … nein, eigentlich nicht.«

»Sie wissen, dass Sie hier nicht unter Eid sind, sie dürfen also ruhig lügen, wenn Sie sich Geneworks oder Herrn Lee verpflichtet fühlen. Dennoch könnte es bei einer offiziellen Vorladung ungemütlich für Sie werden, verstehen Sie?«

Der Mann nickte. Er war jetzt ganz offensichtlich nervös, auch wenn Ines Schultheiss noch nicht herausgefunden hatte, warum. Es war gut möglich, dass er aufgrund der Situation an sich unruhig wurde, aber das konnte sie auf diese Weise nicht herausfinden.

»Es gab schon länger Gerüchte«, sagte er plötzlich.

»Gerüchte? Welcher Art?«, fragte Ines.

»Darüber, dass jemand das Programm sabotieren könnte. Seoung hat mit uns darüber gesprochen. Er sagte, dass er daran zweifelte, dass Geneworks wirklich alles Menschenmögliche tat, um den Code vor unbefugtem Zugriff zu schützen.«

»Was meinte er damit? Waren die Sicherheitsvorkehrungen nicht ausreichend oder die Kontrolle innerhalb der Firma?«

»Ich bin nicht sicher. Zuerst dachte ich, dass er Zugriff von außen meinte, aber nun scheint es mir fast so, als hätte er die Kontrolle seiner eigenen Arbeit gemeint.«

»Sie meinen, er hat Veränderungen am Genom vorgenommen, bloß weil er es konnte? Das scheint mir nicht genug Motiv, Milliarden Menschen in den Tod zu schicken, finden Sie nicht auch?«, sagte sie. Es gefiel ihr, offen ihre eigenen, im Raum stehenden Gedanken zu reflektieren, jedenfalls augenscheinlich so zu tun. Es zwang den Verhörten, die Lücken zu füllen.

»Ich weiß nicht«, sagte der junge Mann. Er überlegte. Dann fügte er hinzu: »Doch. Doch, ich glaube schon, dass Seoung der Typ für genau diese Art der Demonstration wäre. Er hat intern darauf hingewiesen, doch niemand hat auf ihn gehört.«

'Das war jetzt zu leicht', dachte Ines. Der Mann wirkte jetzt nicht mehr unsicher, sondern spulte ein gelerntes Programm ab. Doch warum? Aus welchem Grund sollte Geneworks sich selbst als unvorsichtig und uneinsichtig darstellen wollen? Zunächst müsste sie noch einmal darüber nachdenken, wer in diesem Vabanque-Spiel mit immensen Einsätzen welche Karten in der Hand hielt. Wenn er die Wahrheit sprach, so war er vielleicht Zeuge eines klassischen Falles von Selbstbelastung – Seoung Lee hatte ein schlechtes Gewissen und versuchte, die Kollegen Wind davon bekommen zu lassen. Doch das passte nicht zu dem Mann in der Zelle. Ines wusste, dass sie vorsichtig sein musste, doch ihre Intuition sagte ihr, dass Seoung Lees Kollegen ihn genauso darstellen sollten, wie es Geneworks passte. Sie begriff nur noch nicht, warum. Welchen Sinn ergab es, seine Mitarbeiter so tun zu lassen, als hätte er sich selbst belasten wollen? Wollte man Zeit gewinnen? Nur, um den vermeintlichen Vorsprung im Kampf um ein vermeintliches Gegenmittel zu sichern? Nein, das war zu billig. Hier musste etwas anderes auf dem Spiel stehen. Unruhig wippte sie mit den Füßen auf und ab und begann fast, mit dem Stuhl zu kippeln. Nachdenklich beobachtete sie den Biologen und dachte nach. Sie konnte sich nicht mehr auf ihn konzentrieren. Irgendetwas störte ihren Verstand. Sie bedankte sich bei dem Mann und entließ ihn vorerst.

Darauf holte sie sich neuen Kaffee. Düster bemerkte sie in einem der unabänderlich, wie automatisch entstehenden kurzen Momente der äußeren Selbstbetrachtung, dass sie schon jetzt immer mehr davon brauchte. Was doch eine Krise für kleine, unmittelbare Auswirkungen hatte. Sie machte sich klar, dass ihr Kaffeekonsum nicht das größte Problem der Welt war, und kehrte in den Verhörraum zurück.

Ohne dass sie es hätte anmerken müssen, war auf der anderen Seite des Tisches ein weiterer Wissenschaftler platziert worden. Er sah älter aus, und sein Dossier enthüllte, dass seine Arbeit bestenfalls durchschnittlich war und er nur wenig Chancen hatte, doch noch einen Platz im Programm zu ergattern. Ines nahm einen großen Schluck aus ihrer Tasse und dachte über die Perspektiven der Menschen nach, die sein Schicksal teilten. Es war ein Jammer, dass so viele Menschen allein aufgrund der Tatsache, dass sie sich nicht gut dafür eigneten, die Leben der Menschen, die bereits ins Programm aufgenommen waren, zu erhalten, in dem Sinne, dass sie Nahrung, Energie und Konsumgüter bereitstellten, als minderwertig bewertet wurden. Für einen Moment fragte sie sich, wie gut die berühmten Persönlichkeiten der Vergangenheit, Einstein, Picasso oder Mozart, dabei abgeschnitten hätten. Der Gedanke verblasste angesichts der Tatsache, dass es viele Menschenleben zu retten galt, und so wandte sie sich endlich dem Mann zu, der Hanns Du Pois hieß und wallonischer Abstammung war.

Sie stellte ihm die gleichen Fragen und bekam fast genau die gleichen Antworten. Niemand hatte wirklich persönlichen Kontakt zu Seoung Lee und niemand konnte sagen, ob er sich seltsam verhalten hatte. Dennoch schienen sie alle ihn zu duzen, was nicht recht in das Bild eines isolierten, unzufriedenen Teamleiters passte.

Hastig schlang sie den Kaffee hinunter, doch er brachte keine Klarheit.

Fatalistisch schloss Ines, dass sie sich im Kreis drehte. Neuer Input würde vielleicht helfen, aus diesen Leuten schlau zu werden. Sicher würde François sich auch freuen, wieder einmal aus den Fängen der Aufgaben rund um den Krisenstab entfliehen zu können. Es störte sie nicht, dass sie die Geneworks-Mitarbeiter würde warten lassen, der Hinweis auf dringende anderweitige Ermittlungen müsste genügen. Im Gegenteil, manchmal war es durchaus nützlich, bei Befragungen jemanden warten zu lassen. Ungeduld und Zweifel des Verhörten waren die natürlichen Verbündeten des Ermittlers. Und sie wusste auch schon, womit sie sich die Zeit vertreiben würde.

***

Seoung Lee besaß ein Appartement in Stuttgarts nobelstem Wohnviertel, der Cannstatt. Das Wohnhaus hatte mehr als fünfzig Stockwerke und zeigte die elegante, noch nicht komplett aus der Mode gekommene Architektur der späten siebziger Jahre. Die äußere Form war ein angenäherter Parabolzylinder, der auf der südlichen Seite für die Solarfasern abgeflacht war. Es war nicht das höchste Gebäude der Cannstatt, aber eines der markantesten. Das Foyer war ähnlich wie das Geneworks-Hauptquartier hell, hoch und lichtdurchflutet. Es war kein Wunder, dass die zeitgenössische Architektur wieder mehr und mehr davon abkehrte und eher dunkle, organischere Inneneinrichtungen verwendete, nachdem so viele Jahre lang Helligkeit und offene Bauweise dominiert hatten. Sie stellten sich beim Androiden vor, der die Aufgaben des Pförtners, Hausmeisters und Zimmerservice auf sich vereinte, und baten um eine Wegbeschreibung. Es war ein modernes, glänzendes Modell, dessen äußere Gestaltung die Andeutung eines altmodischen Dienerjacketts zeigte, das bei menschlicher Interaktion so gut ankam. Bei genauerem Studium bot das gesamte Interieur den Eindruck, als sei es eine moderne Interpretation der 1920'er Jahre. Weimar. Ines wusste nicht viel über jene Epoche, doch es dominierte das klare Gefühl, dass auch die zwanziger Jahre des letzten Jahrhunderts eine Zeit des Umbruches gewesen waren, kaschiert durch vorgeschobene Eleganz und Extravaganz. Die Stimme des Androiden war vollkommen frei von jenen verräterischen linguistischen Artefakten, die so lange die Informatiker beschäftigt hatten, bis sie Wege gefunden hatten, die Silbenabstände über fraktale Zufallsverteilungen melodisch klingen zu lassen. Wenig überraschend bot die künstliche Intelligenz des Roboters natürlich auch an, sie direkt zum Appartement zu begleiten.

Sie betraten den magnetischen Induktionsaufzug und schossen in Sekundenschnelle in die siebenundvierzigste Etage hinauf. Mit einem ebenfalls altmodischen 'Ping' öffnete sich die Aufzugtür und gab den Blick auf Seoung Lees Appartement frei. Sie standen in einem einseitig verglasten Korridor, der nach rechts und links zu den übrigen Wohnungen der Etage führte.

Mit einer eleganten Verbeugung bat der Android die beiden zur Tür und verabschiedete sich, seine Dienste würden nun anderweitig benötigt. Sie betraten das Appartement.

Das Bild, das sich ihnen bot, unterschied sich nicht sonderlich vom aufgeräumten, ja beinahe klinisch ordentlichen Büro bei Geneworks.

»Auch hier scheint es kaum persönliche Gegenstände zu geben«, bemerkte François.

Ines stimmte ihm zu. »Abgesehen von den Bildern an den Wänden, die allerdings auch nur Ausdrucke zu sein scheinen. Vielleicht waren sie sogar vor Lee in der Wohnung, denn diese Art von Appartement wird üblicherweise möbliert vermietet«, merkte Ines an. »Irgendetwas passt hier doch nicht zusammen. Seoung Lee macht auf uns einen so stabilen Eindruck, das wäre doch kaum möglich, wenn er soziopathisch veranlagt und bindungsarm wäre. Warum gibt es keine Hinweise auf Hobbys, Freunde oder andere Aktivitäten fern der Arbeit?«

Sie sah sich den Schreibtisch an, der die üblichen technischen Gadgets, Eingabepad und komplett berührungsempfindliche Oberfläche aufwies. »Haben wir schon die Auswertung seiner Festplattendaten von Geneworks?«, fragte sie François.

»Nein, die Techniker müssen die Daten erst noch entschlüsseln«, sagte er. »Geneworks sagt natürlich, dass jeder Mitarbeiter einen eigenen Code hat, aber ehrlich gesagt glaube ich nicht, dass sie da nicht herankommen. Ich meine, wenn mal jemand verhindert ist und man dringend die Daten braucht, wie regeln die das dann?«

Ines neigte dazu, ihm zuzustimmen. Geneworks' Rolle hierbei war alles andere als stimmig und deutete nicht wirklich auf die stets betonte Kooperationsbereitschaft hin. »Trotzdem, vielleicht finden wir hier ja etwas, das sich schneller entschlüsseln lässt. Scan ruhig den Computer.«

Zu seiner Überraschung fand François nicht nur etwas, das sich leicht entschlüsseln ließ, sondern auch eine ganze Reihe unverschlüsselter Dateien.

»Das sieht ja beinahe aus wie ein Tagebuch«, sagte der Franzose. Sie blätterten durch die Einträge.

»Oder wie ein Manifest«, bemerkte Ines. »'Wir verwalten unsere Lebenserhaltung, als wäre es ein Selbstzweck' klingt für mich eher wie eine Mischung aus Motiv und politischer Aussage.«

»Und er hat es nicht verschlüsselt, damit es gefunden wird«, sagte François.

»Das wiederum ist ungewöhnlich«, bemerkte Ines. »Er hat ein so starkes Statement gesetzt, das er an die Nachrichtensender geschickt hat, und dieses Manifest lässt er von uns finden? Wenn es ihm um die öffentliche Wirkung ginge, warum hat er es dann nicht auch veröffentlicht?«

»Vielleicht verstand er es als eine Art Nachlass für den Fall, dass etwas schiefgeht«, spekulierte François.

Ines musste sich ein Lächeln verkneifen. »Dieser Fall ist schon seltsam. Für den Moment jedenfalls wirft das Manifest noch mehr Fragen auf, als es beantwortet. Wir werden das hier sehr genau in Augenschein nehmen müssen«, sagte sie und seufzte.

»Wir haben nicht viel Zeit … die Beweggründe aufzuklären sollte nicht an erster Stelle stehen, sondern der Versuch, die Opferzahlen zu begrenzen, wenn wir es denn können«, sagte François.

»Glaub mir, François, wenn wir das wahre Motiv herausfinden, dann halten wir auch die Lösung hierfür in den Händen. Was auch immer ein so vorgehender Täter hinterlässt, das gehört bewusst oder unbewusst zu dem, was er uns sagen will – wir müssen nur zuhören.«

»Ich hoffe, du hast Recht«, sagte er.

Versonnen blickte Ines Schultheiss über die glänzenden Dächer der Cannstatt. »Das hoffe ich auch«, sagte sie.

Sie wandten sich zum Gehen, blieb aber auf einmal abrupt stehen. »Was definiert den Menschen heute, François? Bis vor zweihundert Jahren hätte man gesagt, der Herr, dem er dient. Vor hundert Jahren hätte man gesagt, das, was er besitzt. Vor achtzig Jahren rollte die digitale Revolution über die Welt und ein jeder wurde zum Selbstdarsteller der sich stets beschleunigenden Welt. Man hätte gesagt, den Menschen definiert, was er von sich gibt. Die Kultur der Selbsterfüllung führte zu derart übermäßiger Extrovertierung, dass am Ende die Kultur nur noch aus Schnipseln bestand, deren Herkunft kein Mensch mehr zurückverfolgen konnte. Im Bestreben, immer individueller zu werden, wurden sich alle nur ähnlicher im Kampf um Aufmerksamkeit.« Nachdenklich sah sie ihren Elsässer Partner an. »Dann, der eugenische Krieg, wo am Ende nur zählte, dass man auf der richtigen Seite stand. Man definierte sich als Mensch oder Augment. Währung: Authentische DNA. Und heute?«

»Es gibt nur ein Wesensmerkmal«, folgerte François. »Entweder bist du im Programm oder du bist es nicht.«

»Genau. Das ewige Leben. Ziel und Traum aller Generationen vor uns zugleich. Sieh dich um, François. In diesem Appartement lebt kein Unsterblicher oder jemand, der vorhat, es zu sein. Hier lebt überhaupt niemand.« Ines spuckte die letzten Worte triumphierend und geängstigt aus.

»Selbstaufgabe?«

Sie schüttelte den Kopf. »Seoung Lee hat nicht sich selbst aufgegeben. Er hat uns alle aufgegeben.«

Der Franzose pfiff leicht durch die Zähne. »Was tun wir jetzt?«

Ines zog die Schultern hoch. »Seine Haltung ist gefährlich, denn er hält sich nicht nur für unverwundbar, vielleicht ist er es auch. Wir müssen ihn konfrontieren, doch ich weiß noch nicht, wie.«

»Wenn es jemand schaffen kann, dann du«, sagte François.

»Kein Druck, nicht wahr? Vielen Dank.« Ines musterte ihren Kollegen, sah herausfordernd in die Sonne, die sich langsam über der Cannstatt erhob, und musste lachen. Sie spürte wirklich keinen Druck. Für den Moment.

11.

9. August 2078, 19:19 Uhr

In der Evolutionsbiologie nennt man es Evolutionäre Sackgasse, wenn einer Art durch die Veränderung ihres Lebensraumes die evolutionären Vorteile, die sie in Jahrtausenden durch das Selektionsprinzip gewonnen hat, in kurzer Zeit zum Nachteil gereichen, da durch die sprunghafte Veränderung die Vorteile wegfallen, die Nachteile aber bestehen bleiben.

Beispiele hierfür sind die Dinosaurier, deren Megawachstum ihnen nicht erlaubte, den harten Klimawandel am Ende des Cretaceums zu überstehen, die Mammuts oder Säbelzahntiger, die so sehr an die Eiszeiten angepasst waren, dass die Interglaziale des Holozäns ihren Untergang bedeuteten, denn auch wenn man darüber bis heute streitet, so ist es doch unwahrscheinlich, dass eine kleine Population Homo Sapiens in der Lage gewesen wäre, alle Mammuts der Sibirischen Tundra auszurotten. Ein besonders tragisches Beispiel jedoch ist letztlich der sogenannte transhumane Mensch (Homo ascendens) selbst, dessen symbiotische Abhängigkeit von seinen eigenen Vorfahren, den modernen Menschen (Homo sapiens sapiens), so parasitäre Züge annahm, dass sie schließlich das komplexe interspezietäre Dependenzsystem zusammenbrechen ließ, alles ausgelöst von einem kleinen Eiweiß auf einem von der Evolution vergessenen, vollkommen unwichtigen Chromosom des vermeintlich niederen Menschen.

Als ich zum ersten Mal die verhängnisvolle Verkettung jener Mechanismen begriff, habe ich nicht im Traum daran gedacht, sie in Gang zu setzen. Doch die Zeit forderte ihren Preis und meine stillen Beobachtungen der Zusammenhänge unseres ach so modernen Gesellschaftssystems ließen mich zu dem Schluss kommen, dass Veränderung Kennzeichen der Existenz einer Spezies ist. Die Ironie, dass die Macht, die eigene Evolution zu steuern, gleichzeitig den Untergang selbiger herbeiführen könnte, lässt mich an den Ausspruch Oppenheimers denken, als er begriff, was er getan hatte. Er sagte: »Wenn das Licht von tausend Sonnen /

am Himmel plötzlich bräch' hervor / das wäre gleich dem Glanze dieses Herrlichen / und ich bin der Tod geworden, Erschütterer der Welten«, als die erste Atombombe ihre zerstörerische Kraft entfaltete. Nun stehe ich hier und kann gleichermaßen, zur Begründung nicht, aber als Erklärung womöglich und doch noch zehntausend Mal schamvoller mit dem Doktor Fauste sagen:

'Der Menschheit ganzer Jammer fasst mich an.'

12.

5. Mai 2082, 13:40 Uhr

Ines blickte von Lees Notizen auf, als das selbstfahrende Auto auf den Parkplatz des Instituts einbog. »Haben die Experten nicht von einem seltsamen Eiweiß gesprochen?«, fragte sie.

»Schon«, sagte François. »Allein, sie wissen nicht, welchen Zweck es hat und wieso es die beschriebenen Symptome auslösen sollte.«

»Hier ist der Beweis, dass es damit zu tun hat. Sie sollen alle – wirklich alle – noch so winzigen Auswirkungen evaluieren«, sagte sie.

Sie stiegen aus und betraten das Gebäude. Während François direkt zurück zu den Experten ging, nahm Ines den unvermeidlichen Weg über die Cafeteria und steuerte dann ihr Büro bei den Verhörräumen an. Sie musste zugeben, dass sie Gefallen an der Lektüre von Seoung Lees 'Manifest' fand, sofern es denn so gemeint war, und wollte direkt weiter nach Spuren von versteckten Hinweisen darin suchen, doch der Sekretärandroid, der ihrer Abteilung zugeteilt war, wies sie so energisch, wie es einer Maschine überhaupt möglich war, darauf hin, dass noch immer die Geneworks-Mitarbeiter zu befragen waren. Obgleich sie keine Lust dazu hatte und ihr Kaffee schon kurze Zeit später wieder alle war, begab sie sich doch in den Verhörraum, in dem zu ihrer großen Freude eine junge Frau wartete. Sie hatte in den vergangenen Jahren das Ritual, das Dossier eines Befragten in dessen Anwesenheit zu lesen, durchaus zu schätzen gelernt und studierte mit großem Interesse, was die Datenbank über Marie-Johanna Bursinski zu sagen wusste.

Sie war deshalb neugierig, weil man oftmals erst dann realisierte, dass Frauen mitunter völlig andere Perspektiven auf Situationen hatten, wenn man sie dazu auch befragte. Das war umso wichtiger, weil ihr selbst die sprichwörtliche weibliche Perspektive, sofern sie einen so überkommen, herabwürdigenden Begriff verwenden wollte, doch immer wieder fehlte und hinter der harten Professionalität ihres Berufs verloren ging. Versonnen dachte sie daran, wie wenig Erfolg sie als viel einfühlsamere Kriminalkommissarin gehabt hätte, und blickte von ihren Aufzeichnungen zu der jungen Frau auf.

Sie erkannte auf den ersten Blick, wie nervös die Frau war, die schüchtern beobachtete, wie Ines ihr Dossier las.

»Ich hoffe, Sie schließen aus meiner Anstellung in Bratislava nicht, dass ich für Geneworks zu schlecht war«, sagte sie unvermittelt.

»Wie … kommen Sie denn darauf?«, fragte Ines überrascht.

»Ja, wissen Sie … bei Geneworks ist es eigentlich so, dass man entweder direkt von der Uni mit dem Abschluss weggeworben wird oder niemals eine Chance bekommt.«

»Sie denken, dass Ihr nichtlinearer Arbeitsweg mich zu dem Schluss führt, dass Sie nicht gut genug sind?«

»Das denken ja sonst alle«, sagte sie.

Ines schien die Frau alles andere als selbstbewusst und das völlig grundlos. Sie hatte es schließlich trotzdem zu Geneworks geschafft. Konnte es noch einen anderen Grund für ihr Verhalten geben?

»Frau Bursinski, der Grund dieser Befragung ist einzig und allein Ihr Kollege Seoung Lee. Sie müssen keine Angst haben, dass Ihr Lebenslauf in irgendeiner Weise von mir bewertet wird. Bitte erzählen Sie mir einfach, wie Sie ihn in der Firma wahrgenommen haben und welchen Eindruck er auf Sie machte«, sagte Ines sanft. Sie konnte sich nicht auch noch um die psychischen Probleme der Geneworks-Belegschaft kümmern.

Marie-Johanna Bursinski sammelte sich. Dann erzählte sie von Seoung Lee aus einer Perspektive, die Ines Schultheiss überraschte: »Wissen Sie, ich habe ja gehört, was passiert ist. Dass er behauptet, die Alten in den Tod schicken zu wollen. Sicher wollen Sie von mir hören, wie er es angestellt hat, aber ehrlich gesagt, glaube ich nicht, dass es überhaupt stimmt. Seoung würde so etwas nicht tun. Er liebt seine Arbeit und ist immer bemüht, jede noch so kleine Änderung doppelt und dreifach zu prüfen.«

Ines blickte die Frau an und in ihren Augen zeigte sich so etwas wie echte Anteilnahme. Bisher hatte sie nicht den Eindruck, dass es so etwas wie persönliche Bande in der Update-Arbeitsgruppe von Geneworks gab, aber dieser Frau schien es egal zu sein, ob man sie unter Druck setzte. Ines wettete darauf, dass sie dabei bleiben würde.

»Leider haben wir handfeste Hinweise darauf, dass die Gerüchte doch stimmen. Und ehrlich gesagt gibt es auch bereits verstorbene Alte, von denen wir annehmen, dass sie Opfer der unbekannten Modifikation im Geneworks-Genom geworden sind«, sagte sie.

»Das kann doch nicht sein. Wir alle haben die Updates überprüft! Es ist nicht möglich, dass er allein etwas so Furchtbares eincodieren konnte. Überhaupt, warum sollte er das tun?« Die Frau schien Ines tatsächlich überrascht ob der Aussage, dass man stichfeste Beweise vorliegen habe.

»Genau das versuchen wir im Moment herauszufinden«, sagte Ines. »Frau Bursinski, ich möchte Ihnen noch eine weitere Frage stellen und würde Sie bitten, genau nachzudenken, bevor Sie antworten. Wurden Sie von Geneworks in irgendeiner Weise unter Druck gesetzt, was diese Vernehmung angeht? Ich kann Ihnen versichern, dass wir Ihre Aussage vertraulich behandeln, und es würde uns sehr helfen, wenn Sie in dieser Angelegenheit ehrlich zu uns wären.«

Die junge Frau überlegte lange, sah dabei mehrmals nachdenklich an die Decke, was Ines die Gelegenheit gab, zu bemerken, dass sie sich an etwas zu erinnern versuchte. Das bedeutete ihrer Ansicht nach allerdings, dass ihre Aussage beeinflusst war, es fragte sich nur, von wem und zu welchem Zweck. Ziemlich klar war jetzt, dass Geneworks Einfluss auf die Mitarbeiter genommen hatte, nur wie sich das auswirkte, war schwierig abzuschätzen. Ines durfte aber die Möglichkeit, dass Seoung Lee verschiedenen Kollegen gegenüber unterschiedliche Andeutungen gemacht hatte oder sich unterschiedlich verhalten hatte, nicht gänzlich ausschließen. Sie machte eine Notiz hinter Bursinskis Namen auf der langen Belegschaftsliste. Sie würde jedenfalls genauer beobachtet werden müssen. Die Frau unterbrach schließlich Ines' Überlegungen, indem sie doch noch auf die Frage antwortete.

»Ich möchte, in der Hoffnung, dass dieses Gespräch tatsächlich vertraulich ist, tatsächlich noch etwas hinzufügen. Nicht nur liegt mir Seoung am Herzen, wobei ich betonen möchte, dass nichts zwischen uns läuft, falls Sie das vermuten, aber viel mehr noch habe ich Sorge um unsere Kunden. Sollten Sie Recht haben, dann sind Milliarden Alte vom Tode bedroht und ich möchte nicht dafür verantwortlich sein, nur weil Geneworks mir verboten hat, zu sagen, dass sie ...«

Marie-Johanna Bursinski wurde blass und gab undeutliche Geräusche von sich. Dann fiel sie zitternd vom Stuhl. Mit flehenden, vor Schreck weit aufgerissenen Augen teilte sie Ines nonverbal mit, dass sie von Geheimnissen wusste, die nicht für sie bestimmt waren, doch dann wurde sie von immer stärkeren Krämpfen geschüttelt, musste Blut spucken und brach vollkommen zusammen. Ines rief sofort den medizinischen Dienst, doch es bleib ihnen nur, den Tod festzustellen.

Ratlos rappelte sie sich auf, stand vor dem Leichnam der mutigen Frau, die ihr Wissen mit ins Grab nehmen musste und doch trotzdem mehr verraten hatte, als Geneworks lieb sein konnte. Ines Schultheiss wusste jetzt, dass nicht allein Seoung Lee der Feind war. Wenn es einen Beweis gebraucht hatte, dass Geneworks in dieser Verschwörung eine aktive Rolle spielte, so lag er hier in dunklem, langsam gerinnendem Blut vor ihr. Natürlich konnte sie es noch nicht beweisen, aber das würde sie.

***

Erschüttert, aber letztlich wenig überrascht ging Ines Schultheiss die Stufen zur dritten Etage herauf, um die traurige Nachricht in den Konferenzsaal zu bringen. Sie wusste jetzt, warum alle Mitarbeiter Lees sich einsilbig und wenig differenziert äußerten. Sie hatten zu Recht Angst vor ihrem Arbeitgeber, der auf irgendeine perfide genetische Art und Weise sichergestellt hatte, dass seine Geheimnisse gewahrt bleiben.

Ihre Nachricht vermochte die Stimmung im Krisenstab nicht zu heben. Es war totenstill in dem großen Raum und jeder blickte betroffen, bis einer der Wissenschaftler sagte, man müsse sie wohl auch dringend obduzieren. Zwar zeugte die Bemerkung nicht von Begeisterung über die Aussicht auf noch mehr Arbeit, aber Ines wusste zu schätzen, dass immerhin einige Experten noch nicht aufgegeben hatten. Sie winkte François zu sich und erklärte ihm im Detail, was passiert war.

»Geneworks …«, sagte er finster schauend. »Sie war dabei, dir etwas zu erzählen, was sie nicht durfte.«

Ines Schultheiss nickte. »Ich glaube jetzt erst recht nicht mehr, dass Seoung Lee die Antworten auf all unsere Fragen hat. Wir müssen vorsichtig sein, aber es wird sich nicht verhindern lassen, gegen Geneworks zu ermitteln. Ich weiß allerdings noch nicht, wie wir das anstellen können. Die Lösung heißt jedenfalls nicht, Mitarbeiter zu befragen, bis sie vor Schreck sterben«, sagte sie. Und hoffnungsvoll fügte sie hinzu: »Aber vielleicht bringt ja die Autopsie etwas zutage, das uns weiterhilft.«

»Vielleicht solltest du mit Seoung Lee sprechen und versuchen, versteckte Hinweise auf Geneworks' Anteil an seinen Plänen herauszuhören«, schlug der Franzose vor.

»So wie ich das sehe, ist es gut möglich, dass alle Mitarbeiter eine genetische Verrat-Sicherung eingebaut bekommen haben. Widerlich, unethisch und illegal bis ins letzte Detail. Wenn das so ist, würde ihn das nur in Lebensgefahr bringen, bis wir mehr darüber wissen. Möglicherweise ist sein Manifest oder Tagebuch eine Hilfe«, sagte sie.

»Na schön«, sagte er. »Hoffen wir, dass die Pathologen schnell arbeiten.«

Ines nickte. »Hast du die Leute auf das Eiweiß angesetzt?«

»Nach dem üblichen Gezeter, dass es völlig unlogisch und unwahrscheinlich sei, haben sie eingesehen, dass wir jeder Kleinigkeit nachgehen müssen. Wir nähern uns dem Ganzen jetzt von verschiedenen Seiten. Doch ehrlich gesagt hilft es nicht unbedingt, wenn sie nicht daran glauben, etwas finden zu können. Und wir brauchen den Geneworks-Code wenn wir nach Wechselwirkungen suchen sollen«, sagte François.

»Das war zu erwarten. Niemand von denen ist zufrieden, wenn er nicht ganz allein und völlig aus der kalten Hose mit der Lösung ankommt. Das ist ein Problem. Was den Code angeht … darum kümmere ich mich. Aber erst mal gehe ich zu Seoung Lee.«

13.

4. Januar 2082, 04:12 Uhr

»Im Gegensatz zu Medizinern wird man nicht unbedingt Nanobiologe wegen des immanenten Wunsches, Leben zu retten. Wir lernen früh im Studium, dass der Tod Teil der natürlichen Auslese und jedes Experimentes mit niederen Organismen ist. Natürlich ist es schmerzlich, wenn Menschen sterben müssen, gerade in unserer heutigen Zeit, die uns so sehr über das transzendiert hat, was wir früher Evolution nannten. Meine Überzeugung jedoch lautet, dass Erkenntnis und Fortschritt immer mit schmerzlichen Erfahrungen verbunden ist und so wird es auch hier sein.

Als ich die Möglichkeit fand, den Auslöser einzubauen, ohne dass jemand es merken würde, war ich – auf eine seltsame und vielleicht unanständige Weise – stolz darauf. Die Mechanismen, mit denen wir hier arbeiten, sind so komplex und für einen einzelnen beinahe nicht überschaubar. Trotzdem ist es genau meine Aufgabe, derartige Risiken vorherzusehen. Dass ich dieses Mal nicht einfach das Update entferne, bis der Fehler gefunden ist, liegt daran, dass es keinen Fehler gibt. Der Mechanismus funktioniert, wie er soll. Das zu verstehen, wird uns später erlauben, viel über die Funktionsweise der Menschheit zu lernen. Auch ich hatte noch etwas zu lernen. Nämlich, dass alles, was missbraucht werden kann, früher oder später auch missbraucht werden wird.«

14.

»Sie wollten sie nicht töten, haben es aber auch nicht verhindert? Wie ist denn das zu verstehen?«

Ines Schultheiss saß vor Seoung Lee und sah, wie er starr an ihr vorbeiblickte. Konzentriert und vorsichtig antwortete er: »Das kann ich Ihnen nicht sagen. Ich habe bereits deutlich gemacht, wie meine Position dazu ist.«

»Ihre Position ist unlogisch.«

»Logik scheint immer dann zu fehlen, wenn man nicht alle Informationen über ein Konzept besitzt«, antwortete er prompt.

»Sie haben Angst«, sagte Ines.

Seoung Lee beugte sich leicht nach vorne, als wolle er zu ihr flüstern. Dann sagte er jedoch in normaler Lautstärke: »Wovor, Frau Schultheiss, sollte ich Ihrer Meinung nach Angst haben? Vor dem Tod etwa?«

Ines blickte ihn grimmig an. »Viele Menschen sagen, sie fürchteten den Tod nicht, was vielleicht auch stimmt. Nach meiner Erfahrung empfinden sie jedoch durchaus Angst davor, zu sterben.«

»Ich kann Ihnen nicht folgen«, sagte er lakonisch.

Ines musterte den Deutsch-Koreaner hartnäckig. »Können oder wollen Sie nicht?«

»Das ist manchmal nur ein Unterschied der Perspektive«, antwortete er.

Überrascht sah Ines von ihren Notizen auf. Sie stellte sich vor, wie Seoung Lee verzweifelt versuchte, ihr etwas mitzuteilen, was er nicht konnte oder durfte. Ein 'Unterschied der Perspektive' machte für sie jedenfalls deutlich, dass es hier mehrere Kommunikationsebenen gab. Doch sie musste vorsichtig sein. Brachte sie Lee dazu, zu viel zu sagen, so könnte auch er Opfer von Geneworks vermutlichem Verschwiegenheitsgen werden. Andererseits würde er davon wissen und deshalb seine Antworten so rätselhaft wählen, wie er es tat, überlegte sie. Bestand am Ende die Möglichkeit, dass er das ganze Theater nur angezettelt hatte, um die Welt zu warnen? Sie müsste auf der bildhaften Ebene bleiben, um an ihn heranzukommen …

»Kennen Sie die Fabel von Hase und Igel, Herr Seoung?«, fragte sie.

»Natürlich. Worauf wollen Sie bitte hinaus?«, sagte er recht ungehalten. Entweder sie verrannte sich da in etwas, oder er begriff noch nicht, was sie erreichen wollte. Stellte sich vor, dass der Mann, der vor ihr saß, aus Zwang handelte und nicht Herr seiner Taten war. War das möglich? Egal, ob stimmte, was er ankündigte. Ines dachte an Geneworks und die Macht der Nanogenetik. Waffen wie der Nanokatalytische Requenzierer waren vor Jahrzehnten verboten worden … und doch … fest stand, dass diese Firma alle Ressourcen besaß, um zu tun, was immer sie wollte. Wenn Seoung Lee nicht der Kopf dieses Planes war, so konnte es sein, dass er diese Geschichte nur abspulte oder abspulen musste, weil jemand anderes es so wollte. Düster begriff sie, dass es vielleicht keine Möglichkeit gab, darüber Auskunft zu erhalten. Sie besann sich auf die seltsame Metapher, die sie für Lee vorhielt.

»Sagen wir, einfach, ich würde gerne wissen, ob Sie sich eher für Hase oder Igel halten«, sagte sie.

Lee zog eine Augenbraue hoch. Es schien ihr, als überlege er genau, bevor er antwortete. »Auf wen bezieht sich dieser Vergleich?«, fragte er schließlich.

»Wie wäre es mit den Alten, denen Sie den Tod zu bringen behaupten?«, sagte Ines.

»Ich finde den Vergleich zwar unpassend, aber wenn Sie so wollen, wäre ich sicherlich der Igel«, sagte er leicht genervt.

»Gut, dass wir das geklärt haben. Wie steht's mit mir? Sind Sie auch hier der Igel?«, fragte sie weiter.

»In Anbetracht dieses grotesken Verhörs kann die Antwort nur lauten, dass Sie der Hase sind. Ihre Fragen kommen jedenfalls schneller, als ich sie beantworten kann«, sagte Seoung Lee.

»Und hier ist schon wieder eine«, sagte Ines vergnügt. »Ich verspreche auch, dass es erst einmal die letzte ist. Bei einem Vergleich zwischen Geneworks und Ihnen, wer ist da der Hase?«

»Das kann ich nicht beantworten«, sagte er schnell. Für Ines zu schnell.

»Das habe ich mir fast gedacht, wissen Sie. Ich brauche jetzt neuen Kaffee und habe dann anderweitig zu tun. Genießen Sie die Aussicht«, sagte sie und verließ den kleinen Verhörraum, von dem sie natürlich wusste, dass er keine Fenster hatte.

***

Mit einem hatte sie Recht gehabt, sie holte sich tatsächlich neuen Kaffee. Die 'anderweitigen Dinge', die sie beschäftigten, warteten in Gestalt von Johan Blisterhuber im Verhörraum nebenan.

Er war außer sich. Geneworks werde es sich nicht bieten lassen, unter Verdacht gestellt zu werden, ließ er verlauten.

Ines Schultheiss stand mit dem frischen Kaffee hinter der Scheibe des Beobachtungsraumes und wartete geduldig den Ausbruch des sogenannten Kooperationsbeauftragten ab. Als er sich beruhigt hatte und wieder auf dem schmalen, unbequemen Stuhl saß, schlenderte sie betont entspannt zu ihm in den Verhörraum.

»Das wird … das wird ernste Konsequenzen haben, so viel kann ich Ihnen sagen …«, setzte er wieder an, doch Ines hob ruhig eine Hand, führte den Zeigefinger zum Mund und setzte sich in Ruhe.

»Ich werde Ihnen sagen, was es für Konsequenzen hat, wenn wir herausfinden, wie Sie Marie-Johanna Bursinski getötet haben. Ganz zu schweigen davon, was die Welt für Konsequenzen fordern wird, wenn sie erfährt, warum …«, begann sie das Gespräch, von dem sie sich einige neue Erkenntnisse erwartete. Nicht, weil Blisterhuber ihre Fragen beantworten würde – sie wusste, dass er das nicht konnte – sondern wegen der Art, wie er ihre Vorwürfe abstreiten musste. Sie hatte nicht ihn im Verdacht, sondern seine Firma, und es war ihr wohl bewusst, dass es ein feiner Grat war, auf dem sie wandelte. Sie musste Blisterhuber im Namen seines Konzerns provozieren, denn freikommen würde er mit den Heerscharen an Juristen in seinem Rücken auf jeden Fall.

»Nichts entlarvt die Menschen so gut wie die Art, wie sie spielen, Herr Blisterhuber. Wir wissen, dass es nicht allein Seoung Lee ist, der mit zweieinhalb Milliarden Menschenleben spielt, sondern auch und besonders Geneworks Inc. Und ich will wissen, wieso«, sagte sie und gab sich von der harten Vernehmerseite.

»Ich weiß nicht, wovon Sie reden«, sagte er und verschränkte die Arme vor der Brust. »Frau Bursinski ist eine unserer vorbildlichsten Angestellten. Ich bitte Sie, welches Interesse sollten wir denn haben, in dieser Situation, die leicht eine globale Krise werden könnte, so etwas Infames zu tun?«

Zufrieden notierte sie, dass der Mann zwar aufgebracht, aber nicht störrisch war. Er schien noch nicht daran zu denken, einen Anwalt rufen zu dürfen. Er verteidigte sich, weil er sich im Recht fühlte. Blisterhuber war nur ein kleines Rädchen im Getriebe.

»Oh, aber das ist doch vollkommen offensichtlich«, insistierte Ines. »Sie hatten Sorge, sie könnte etwas ausplaudern, was Geneworks unpässlich zeigte.«

»Das ist absurd.«

»Da haben Sie Recht.« Ines lachte voller Bitterkeit. »Als wir ihn hierher brachten, dachte ich von Seoung Lee, dass für ihn die Leben, die er zu beenden ankündigte, nur Zahlenspiele wären. Aber jetzt muss ich erkennen, dass es für Ihr Unternehmen, das sich eines beispiellosen Kundendienstes und makelloser Verwaltungsupdates rühmt, genau das gleiche ist. Sie sind so besessen davon, nach außen hin den Nimbus der Unfehlbarkeit und Makellosigkeit aufrechtzuerhalten, dass Sie über Leichen gehen.«

»Das muss ich entschieden zurückweisen«, rief Blisterhuber. »Mein Unternehmen arbeitet seit Jahrzehnten daran, die menschliche Lebensspanne zu verlängern. Wir töten keine Menschen.«

Ines blickte den Mann finster an. »Und doch starb Marie-Johanna Bursinski genau in dem Moment, nachdem sie mir gegenüber eine Aussage über Geneworks angekündigt hatte. Zufall?«

»So muss es wohl sein«, schnaubte der Geneworks-Attaché.

»Ich glaube nicht an Zufälle«, sagte Ines.

»Und ich glaube nicht daran, dass Geneworks korrumpiert ist, warum auch? Wir sind das erfolgreichste biotechnologische Unternehmen der Welt. Wir haben es nicht nötig, Mitarbeitern den Mund zu verbieten.« Blisterhuber zitterte vor Erregung. »Und jetzt … lassen Sie mich entweder gehen oder endlich mit meinem Anwalt sprechen. Ich werde keine Fragen mehr beantworten und keine absurden Beschuldigungen mehr anhören.«

Ines nickte. »Wie Sie wünschen.« Sie verließ den kleinen Verhörraum und trat in die Beobachtungskabine. Nicht nur François stand dort und hatte sie beobachtet. Klaus-Peter Haßloch strahlte über das ganze, makellos glatte Gesicht. »So funktioniert also investigative Befragung heute. Faszinierend.«

Ines Schultheiss seufzte. »Seien Sie unbesorgt, Ihre Faszination war das einzige, was mich hierbei geleitet hat. Und jetzt lassen Sie mich bitte allein mit dem Commissioner weitere 'faszinierende' Pläne besprechen.«

»Quis custodiet ipsos custodes?[1]«, fragte Haßloch.

»Sie jedenfalls weiterhin nicht. Vielen Dank für Ihr Verständnis«, sagte Ines, schob François in ihr Büro und schloss hastig die Tür.

»Puh«, sagte sie und goss sich aus einer Thermoskanne neuen Kaffee ein.

»Er hat praktisch jeden Satz von dir kommentiert, auch während du bei Blisterhuber warst. Kann man da gar nichts machen?«, sagte François.

Ines sah ihn ratlos an. »Selbst wenn er die Ermittlungen aktiv behindern würde, könnten wir nichts machen«, seufzte sie. »Wenn wir ihn ignorieren, wird er vielleicht das Interesse verlieren, zumindest aber etwas weniger 'fasziniert' sein. Unglaublich, dass wir uns jetzt auch noch mit so etwas beschäftigen müssen.«

François nickte. »Ich kann gerne ein wenig ein Auge auf ihn haben, ihm Abläufe hier zeigen. Das wird ihn interessieren und dir ein wenig Freiraum verschaffen. Aber zurück zu Blisterhuber. Das war nicht so richtig aufschlussreich«, sagte er. »Und, vielleicht, unklug«, fügte er mit einem düsteren Nicken in die grobe Richtung der Verhörräume unter ihnen hinzu.

»Das wussten wir jedoch vorher. Blisterhuber müsste von Anfang an über all diese Vorgänge informiert gewesen sein, um von Marie-Johanna Bursinski zu wissen, und den Eindruck machte

---

1

Lat. »Wer (aber) wird die Wächter bewachen?«

er nicht auf mich. Es wäre auch aus Sicht von Geneworks viel zu gefährlich, ihm etwas zu sagen, nur damit er weiß, was er nicht ausplaudern soll. Dieses Gespräch diente nur dazu, ihn ein wenig unruhig zu machen. Denn das wird wiederum Geneworks unruhig machen, auf die eine oder andere Weise. Wenn ich ihn richtig einschätze, wird er seinen Anwalt beauftragen, kritisch nachzuhaken, was an den Vorwürfen dran ist, und an dessen Reaktion können wir es ablesen.«

»Was, wenn das nicht klappt?«, fragte François.

»Dann ... brauchen wir noch ein wenig mehr Glück, als ich uns momentan zutraue. Und fähige Pathologen.«

Eine Schaltfläche in Ines' Tisch begann zu leuchten. Der Chef wollte sie sehen. Eilig tankte sie einen weiteren großen Schluck Kaffee und machte sich auf den Weg.

»Das ging schnell«, sagte sie.

François schaute sie fragend an.

»Er wird mir mitteilen, dass wir die Ermittlungen gegen Geneworks einstellen sollen«, sagte sie.

»Wie kommst du denn darauf?«

»Was ist wohl die einfachste Art und Weise, einen Ermittler zu behindern? Bring seinen Chef gegen ihn auf«, sagte sie und ließ den verdutzten Franzosen stehen, um herauszufinden, was Geneworks ihrem Chef erzählt hatte. Es würde sicher faszinierend werden.

***

Nervös hämmerte Direktor Brock seine Finger auf den Schreibtisch. Die glitzernde Skyline der Ulmer Megacity blitzte durch die reduzierte Transparenz der Fenster des großen Büros, als Ines eintrat und von ihm gebeten wurde, Platz zu nehmen. Es war finster und nur das artifizielle Leuchten der Tischplatte spendete Licht.

»Können Sie mir erklären, was Ihnen einfällt?«, begann er wenig diplomatisch, gleich das Thema auf den Tisch zu bringen. Ines sah ihn fragend an. Natürlich wusste sie, was er meinte, aber sie würde nicht von ihm erfahren, in welcher Weise Geneworks Druck ausübte, indem sie ihn fragte.

»Sie haben Blisterhuber befragt und ihn überdies mehrere Stunden lang in einem der Verhörräume festgehalten? Sind Sie übergeschnappt?«

Sorgfältig sammelte Ines ihre Gedanken, um eine Antwort zu erzeugen. Sie durfte nicht alles preisgeben, musste es aber dennoch schaffen, dass der Direktor ihr weiter freie Hand ließ.

Vorsichtig begann sie mit ihrer Erklärung. »Übergeschnappt … nun, ich denke nicht. Tatsache ist, dass ich eingestehen muss, dass die Befragungen von Herrn Lee keine weiterführenden Hinweise ergeben haben, und Tatsache ist auch, dass, kurz nachdem sie eine Aussage gegen ihren Arbeitgeber angekündigt hatte, Frau Bursinski zu Tode gekommen ist. Wenn Sie mich fragen, nicht aus natürlicher Ursache. Da sie keine Teilnehmerin des Programms ist, kann man ausschließen, dass Seoung Lee dafür verantwortlich ist, auch wenn die Symptome – Atemversagen und einem Schlaganfall ähnliche, kortikale Dysfunktion – fast die gleichen sind, also frage ich mich, warum sie genau in dem Moment einen derartigen Anfall bekommt.«

Brock sah sie ernst an und sagte: »Ich habe die Autopsie gerade bekommen. Sie hat eine nicht-registrierte Epilepsie entwickelt. Niemand konnte das vorhersehen und niemand, ich betone, niemand – auch nicht Geneworks – kann etwas dafür. Ines, ich schätze Ihre Arbeit und ehrlich gesagt, sind Sie die Beste, die man uns schicken konnte, aber für Verschwörungstheorien haben wir jetzt keine Zeit. Wir haben ganz andere Probleme, immer mehr offizielle Kanäle wollen über unsere Fortschritte informiert werden und immer mehr Berichte von Opfern treffen ein. Sie werden weiterhin mit Geneworks kooperieren, verstehen wir uns?«

Sie nickte. »Ich verstehe. Natürlich muss ich in erster Linie die Alten schützen und natürlich müssen Sie in erster Linie Ihre Position schützen. Was, wenn ich Beweise liefern würde?«

Der Direktor stand langsam auf und beugte sich über seinen breiten Schreibtisch. Er schnaubte. »Mir gefällt nicht, wie Sie das sagen. Drohen Sie mir nicht, oder ich werde Sie sofort suspendieren, ist das klar? Was soll ich dem Präfekten denn sagen? Dass ein Irrer sie alle töten will und Geneworks nebenbei die

Weltherrschaft anstrebt? Das würde nicht nur meinen Kopf kosten ... und das wissen Sie genauso gut wie ich. Sie schütten jetzt Ihren verdammten Kaffee weg, fahren nach Hause und schlafen mal ein paar Stunden. Und morgen früh werden Sie sich bei Herrn Blisterhuber entschuldigen.«

Ines blickte nachdenklich in die abgedunkelten Fenster. Ulm-Stuttgart war bei Nacht vielleicht nicht so imposant wie die Megacity Angeles-Frisco, die sich über halb Kalifornien erstreckte, aber die fernen Lichter der hunderte Meter hohen Habitate gaben ihr dennoch ein vages Gefühl von Heimat fernab Hamburgs. Versonnen blickte sie sich im Büro des Direktors um. Hatte Brock am Ende Recht und sie hatte überreagiert? War die Last der Verantwortung einfach zu viel für sie? War sie nicht mit dem Vorsatz in dieses späte Treffen gegangen, zu erfahren, wie Geneworks Brock unter Druck gesetzt hatte?

»Ich ... ich entschuldige mich für mein Verhalten«, sagte sie. Es war weder aufrichtig, noch angemessen, doch für den Moment wollte sie Brock einfach nur loswerden.

»Schlafen Sie sich aus, Ines«, insistierte ihr Chef noch einmal.

Sie nickte und verließ das Büro des Direktors. Vielleicht hatte er Recht, und sie musste wirklich einfach nur schlafen. Für einen Moment überlegte sie, ob sie den Rat des Chefs ausschlagen und im Institut bleiben sollte, aber dann musste sie so sehr gähnen, dass ihr allmählich klar wurde, dass Kaffee und Koffein die physische Belastbarkeit nicht unbegrenzt steigern konnten. Sie musste auf dem Weg zum Maglev-Zugang an den unteren Etagen vorbei und entschied sich schließlich doch, ihr Arbeitspad mitzunehmen. Die Notizen Seoung Lees zu lesen würde sie wenigstens den Weg über wach halten.

15.

28. Dezember 2078

»Ein Teil der Entscheidung fiel, als meine Mutter starb, kaum vier Jahre zuvor. Es ist ein beschämendes, ja zutiefst widerwärtiges System, das gesunden Menschen, deren einziger Fehler ist, nicht im Programm zu sein und auch keine Aussicht darauf zu haben, Hilfe zu verweigern, die weder teuer noch unerreichbar ist. Es gibt keinen Grund, Menschen Krebsbehandlungen zu verweigern, nur weil andere, bessere Menschen keinen Krebs mehr entwickeln können.

Es zeigt das ganze Ausmaß der Perversion unseres sogenannten Fortschrittes, dass wir nur wenige Jahre, nachdem wir den vielleicht bedeutendsten Durchbruch unserer Entwicklung erzielt haben, nicht mehr wissen, wie man einen Tumor bekämpft – ein Problem, das man zwanzig Jahre zuvor schon für trivial hielt. Dies ist die Kehrseite der Medaille – die Menschlichkeit, die uns definierte, ist uns verloren gegangen, ohne dass sie jemand betrauert hätte. Meiner Mutter die Hand haltend, während sie Schmerzen ertrug, die nichts anderes als unmenschlich waren, erkannte ich, dass es keinen Weg zurück mehr gibt.«

16.

6. Mai 2082, 03:10 Uhr

Während die hypnotischen Fahrgeräusche der Maglev-Einzelkapsel sie in die wenig sinnstiftenden Aufzeichnungen von Seoung Lee abschweifen ließen, glitt die Kapsel reibungsfrei mit einer Geschwindigkeit weit jenseits des Schalls durch die schmalen Tunnel der Megacity Ulm-Stuttgart ihrem Habitat entgegen.

Ines wurde nicht schlau aus dem Halb-Koreaner. Die Texte waren kurz, wirr und unverbunden in einer derart retrospektiven Sicht geschrieben, dass es ihr schwer fiel, sich klar darüber zu werden, welche Teile wann aufgezeichnet worden waren. Während anfangs noch deutliche Systemkritik das Thema zu sein schien, befasste er sich jetzt komplett mit persönlichen Belanglosigkeiten. Oder steckte eine Art Code dahinter? Wollte er etwas ausdrücken, das er nicht explizit schreiben oder sagen konnte?

Ines hielt inne und schalt sich selbst. Keine weiteren Verschwörungen. Was war nur los mit ihr?

Die Kapsel rüttelte ein klein wenig, und es war genug für Ines, um zu wissen, dass die Hochgeschwindigkeitstunnel verlassen wurden. Sie sah auf den Ankunftstimer und wusste, dass sie gleich da war. Erschöpft seufzte sie und packte das Pad mit Lees Aufzeichnungen in die Tasche.

Geräuschlos lief die Kapsel an den kurzen Bahnsteig unter dem Habitat und hob die Frontscheibe. Kaum war sie ausgestiegen, schoss das Transportmittel wieder zurück in das Labyrinth aus Tunneln und Abzweigungen. Ines ging ein paar Meter zum Aufzug und bemerkte, dass sie sich ernsthaft kaum noch auf den Beinen halten konnte. Sie hatte es wirklich übertrieben.

Der Fahrstuhl war nicht mit den Annehmlichkeiten der Maglev-Technologie gebaut und rumpelte und brummte während der Fahrt. Nach wenigen Sekunden erschien auf der Fensterseite ein schimmerndes Echo der Skyline über einem der süddeutschen Hügel. Versonnen dachte sie daran, dass sie in wenigen Minuten viele Kilometer zurückgelegt hatte und jetzt am anderen Ende der

Megacity war, bis der Fahrstuhl mit einem Quietschen seine Ankunft mitteilte.

Sofort wurde der Flur ihrer Etage in ein sanftes, beigefarbenes Licht getaucht, das zwar die Korridore erhellte, aber auch dafür sorgen sollte, dass um diese fortgeschrittene Uhrzeit keine neuen Wachheitshormone produziert würden. Ines ging zu ihrer Wohnung und entriegelte die biometrische Sperre. Die elegante Eingangstür schwang zur Seite und der vertraute, synthetische Duft der vollausgestatteten Übergangssuite kroch ihr entgegen.

Sie ging an der Küche vorbei und hätte sich beinahe aus praktischer Gewohnheit wieder Kaffee gemacht, doch in einer Mischung aus Trotz und Vernunft schob sie sich weiter ins Schlafzimmer. Im dämmrigen Licht der halbtransparenten Fenster legte sie sich, ohne sich zu entkleiden, direkt in das breite, einladende Bett.

An der Grenze zwischen Schlaf und Halbschlaf erlaubte ihr Verstand sich, ein letztes Mal über die Ereignisse des Tages nachzudenken. Sie hatte überreagiert, aber morgen würde sie vorsichtiger sein. Direktor Brock hatte Recht. Sich mit Geneworks anzulegen war nicht das Gebot der Stunde. Und gerade, als die Schwaden der schweren, drückenden Müdigkeit sie umfingen, traf es sie wie der Blitz. Irgendetwas hatte im Wohnzimmer nicht gestimmt. Sie war unaufmerksam hindurchgegangen, hatte nicht das Licht angeschaltet. Zwar war sie nicht so vertraut mit der Einrichtung wie zu Hause, aber doch genug, um zu wissen, dass etwas nicht stimmte. In ihrer unbewussten Wahrnehmung zeigte sich nun ganz deutlich ein seltsames, diffuses Gefühl der Beobachtung.

Mit finsterer Vorahnung schnappte sie ihre Dienstwaffe und ging vorsichtig zurück in den Flur. Keine Geräusche. Langsam näherte sie sich dem Wohnzimmer. Sie griff den altmodischen Lichtschalter, bereit, mit der Waffe in der anderen Hand wenn nötig Gewalt anzuwenden. Düster fragte sie sich, ob sie nicht zu müde war, um jemanden zu erschießen, wenn es nötig wäre. Wie kam sie überhaupt darauf, jemanden erschießen zu müssen? Wahrscheinlich hatte der Putzroboter nur den Sessel wieder an seinen Platz gestellt …

In einer einzigen fließenden Bewegung drückte sie den Schalter und drehte sich in das aufleuchtende Zimmer hinein.

Konzentriert suchte sie das Zimmer ab, doch es war niemand da. Trotzdem war etwas komisch. Sie sah sich weiter um. Der Sessel, der quer zur Fensterseite stand, war tatsächlich gedreht worden und das Polster zerknautscht, als hätte eine Person darin gesessen. Ines näherte sich dem Möbelstück, fand jedoch nichts weiter Ungewöhnliches. Erleichtert drehte sie um, bereit, endlich in ihr Bett zu fallen, als die Müdigkeit heftiger als zuvor zu ihr zurückkehrte und sie beinahe an Ort und Stelle zu Boden schickte. Mühsam hielt sie sich am Türrahmen fest und wankte in Richtung Schlafzimmer. Sie war wirklich zu lange wach gewesen.

Doch dann war sie da, die leuchtende, wie in einem sich öffnenden Spalt in der verbleibenden Realität steckende Erkenntnis, die Ines erstarren ließ. An der Rückseite der Wohnzimmertür hing ein Stück Papier, das mit einem achtlos abgerissenen Klebestreifen befestigt war. Nein, das gehörte da nicht hin. Erstaunt und wieder hellwach näherte sie sich der Tür, riss das Papier ab und betrachtete es. In krakeliger Schrift schien es hastig bekritzelt worden zu sein.

»Entschuldigen Sie die ungelenke Form der Nachricht, aber ich muss davon ausgehen, dass alle elektronischen Kanäle überwacht werden. Meine Identität spielt für den Moment keine Rolle; Sie müssen lediglich wissen, dass Ihr Verdacht, Geneworks sei an dieser Krise beteiligt, zutrifft. Ich kann Ihnen Informationen und Beweise verschaffen, allerdings fragen Sie sich zurecht, was für eine Gegenleistung ich fordere. Da ich davon ausgehe, dass Sie rundheraus ablehnen werden, wenn ich Ihnen jetzt Details nenne, biete ich Ihnen an, mich morgen um diese Zeit (0330) am alten Tiefbahnhof hinter dem Aufgang zu Gleis fünf zu treffen. Ich werde Ihnen eine Kostprobe der angekündigten Beweise mitbringen. Sie wissen, dass Sie es sich nicht leisten können, diese Chance auszuschlagen. Verspäten Sie sich nicht. Ein besorgter Bürger.«

Verblüfft ließ sie das Papier in ihren Händen sinken. War sie jetzt vollkommen übergeschnappt? Träumte sie oder versuchte der für Verschwörungen zuständige Teil des Großhirns, sie in die Irre zu führen? »Ein besorgter Bürger»? Sie blickte erneut auf das wirre

Schriftbild. Es würde nicht einfach sein, diesem Chaos aus Buchstaben eine Person zuzuordnen, aber vermutlich war dies genau die Absicht hinter der seltsamen Botschaft. Sie hatte einen Tag Zeit, um herauszufinden, wie ernst das zu nehmen war. Aber zunächst würde sie schlafen.

Also legte sie sich erneut hin, atmete ein letztes Mal bewusst ein, und schon diktierte die unbestechliche Müdigkeit dem Verstand seine wohlverdiente Pause.

Im Traum wurde sie zu einem schlaftrunkenen Ungetüm, das mit großen Wattehandschuhen Figuren aus Pappmaché, die zweifellos Bedienstete von Geneworks sein mussten, nein, waren, mit einem Schlag abräumte und zu Boden warf. Wie im Rausch streckte sie Figur um Figur nieder, mühelos, sorglos. Auf eine surreale Art und Weise wusste sie, dass sie träumte. Wusste, dass die Figuren falsch waren, dass alles, was sie sich ausdachte, falsch war. Und doch fühlte es sich echt und richtig und gut an. Es waren endlos viele, ebenso wie sie bereits endlos viele umgemäht haben musste. Dann, Schritte wie auf Marmorfliesen in der Weite des weißen, hellen Nichts des Traumes. Klaus-Peter Haßloch schwebte ihr entgegen, ganz in Schwarz gekleidet. Es war eine Totenrobe, das hatte sie sofort erkannt. Nein, nicht erkannt. Sie hatte sie ihm geschneidert. »Sie haben welche vergessen«, sagte er mit hohler Stimme, schnippte mit dem Finger, woraufhin Ines mit weiteren Pappfiguren konfrontiert wurde. Sie zogen den Kreis enger, doch Ines boxte sie nach und nach um.

»Sie schaffen es nicht«, sagte die Leichenmaske des Alten Haßloch neben ihr, ehe die ganze Gestalt zu Staub zerfiel. »Sie schaffen es nicht«, hörte sie sein kakophonisches Echo auf dem unsichtbaren Steinboden widerhallen und dann zerfielen auch die Geneworks-Puppen zu Staub und dann wurde das gleißende Weiß zu Schwarz und dann sah sie sich selbst im Bett liegen und schlafen und dann wurde auch der Traum dunkel.

Die Segnungen der elektroaktiven Fensterpolarisation bescherten Ines Schultheiss einen so angenehmen Sonnenaufgang, dass sie beinahe vergessen hätte, wie schlecht und wenig sie geschlafen hatte. Groß und orange stand das Zentralgestirn knapp über dem Ulmer Horizont und drohte mit der Arbeit des Tages. Trotzdem, sie fühlte sich auf eine entrückte Weise erholt und widerstand sogar der Versuchung, den Tag gleich mit Kaffee zu beginnen. Erinnerungsfetzen an einen Traum schwirrten in ihrem Kopf herum, doch es gelang ihr nicht, irgendetwas davon zu fassen. Sie betrachtete den Papierfetzen auf ihrem Nachtschrank. Die Schrift war krakelig und absichtlich unleserlich. Sie würde nicht umhin kommen, der 'Einladung' zu folgen, entschied sie, während sie das morgendliche Dossier des Krisenstabs, das an ihr Pad gekommen war, durchsah. Der Bericht war wenig ermutigend. Noch immer suchte der Think Tank im Kriminalistischen Institut nach dem Schlüssel für das verdächtige Eiweiß, das zumindest ein erster Anhaltspunkt war, doch Ines wusste auch, dass es nicht reichte, den Mechanismus zu finden – man musste ihn daraufhin auch unschädlich machen können. Sie wusste nicht genug über die Nanobiologie, um dieses Problem einschätzen zu können, doch war getrost davon auszugehen, dass Seoung Lee monate-, vielleicht jahrelang daran getüftelt hatte. Und da es ihm gelungen war, sich an den Geneworks-Kontrollen vorbei zu schleichen, würde es kaum möglich sein, dies nicht im Vorbeigehen wieder aufzulösen.

Gedankenversunken nahm sie ihre Transportkapsel zur Kriminalistik, doch sie suchte weder ihr Büro noch die Experten auf, sondern einem Gefühl folgend, nahm sie die dunklen, tiefen Korridore in die Keller der Pathologie.

***

Damian Fregüzli schien ihr ungewohnt in sich gekehrt, als er sie begrüßte. Sie nahm sich nun doch einen Kaffee und wollte zunächst etwas Small-Talk halten, da sie nach ihren vorherigen Begegnungen gelernt hatte, wie wichtig es war, den Rechtsmediziner bei Laune zu halten. Doch noch bevor sie die Tasse angesetzt hatte, nahm Fregüzli sie beiseite und flüsterte:

»Wenn Sie dafür sorgen, dass die beiden verschwinden, arbeite ich doppelt so schnell und tue alles, was Sie wollen.«

Verwirrt sah Ines ihn an.

Damian Fregüzli deutete stumm auf den Obduktionsraum. Ines konnte zwei Männer erkennen, die stumm über eine geöffnete Wandklappe gebeugt standen. Johann Blisterhuber und Klaus-Peter Haßloch.

»Guten Morgen«, log Ines, als sie zu ihnen trat. »Was tun die Herren hier?«

»Ich für meinen Teil wollte das Schicksal der armen Frau dokumentieren, die in Ihrer Befragung verstarb. Sie muss sich fürchterlich aufgeregt haben«, sagte Haßloch sanft. Ines schien irgendetwas in seiner Stimme zu finden, doch konnte sie die vage Ahnung nicht zuordnen.

»Sie war stark verängstigt«, sagte Ines und blickte Johann Blisterhuber an.

»Es ist eine Tragödie«, sagte der Geneworks-Verbindungsmann. »Zwei Mitarbeiterinnen verstorben, einer völlig wahnsinnig geworden. Ich kann mir das einfach nicht erklären.«

»Und doch, irgendwo da draußen gibt es eine Erklärung. Es gibt immer eine«, sagte Ines.

»Sicher haben Sie Recht«, sagte Blisterhuber. »Geneworks wird Ihnen zu großem Dank verpflichtet sein, wenn Sie dieses … Missverständnis aufgeklärt haben. Ebenso wie ich Ihnen übrigens zu Dank verpflichtet bin, dass Sie Ihren Irrtum begriffen und mich freigelassen haben.«

»Danken Sie nicht mir, sondern Ihrer Rechtsabteilung«, sagte Ines. »Wir werden nicht weiter gegen Sie ermitteln. Glaube ich deswegen, dass Geneworks nichts zu verbergen hat? Gewiss nicht.«

Sie musterte ihn. Versuchte ihm deutlich zu machen, dass sie ihn weiter im Blick hatte. Blisterhuber blinzelte, setzte sein übliches falsches Lächeln auf und wandte sich an Haßloch.

»Ich hoffe, Sie haben dieses Missverständnis auch dokumentiert, Herr Haßloch. Es wird …«

»Missverständnis? Unsere Rasse steht am Abgrund, Herr Blisterhuber«, sagte Haßloch. »Es spielt überhaupt keine Rolle, wer wen zu Unrecht beschuldigt, solange am Ende eine Lösung gefunden wird.«

»Ich für meinen Teil glaube natürlich auch, dass sich alles aufklären wird. Seoung Lee kann unmöglich eine so umfangreiche Modifikation eingeschleust haben, dass wir sie nicht entdeckt hätten«, sagte Blisterhuber.

»Wenn Sie das sagen«, meinte Ines.

»Sparen Sie sich ihren Zynismus«, sagte Blisterhuber leicht gereizt.

»Ich verstehe«, sagte sie. »Ihnen geht es nur um Geld, um ihre Anteilseigner. Ihnen wäre es egal, wenn die Alten stürben, wenn die Firma nicht daran zugrunde ginge, doch ich sage Ihnen eins, genau das wird sie, und zwar nicht erst, wenn etwas passiert, sondern unabhängig davon, sobald etwas davon an die Öffentlichkeit dringt.«

»Das, Frau Schultheiss, ist unwahr und Ihr Mangel an Überblick verrät Sie. Ihnen würde es wohl ganz recht zupass kommen, wenn wirklich etwas passierte.«

»Zwei Morde und versuchter Massenmord nennen Sie 'nichts passiert'? Wem hier die Realität abgeht, werden andere Menschen bewerten müssen«, antwortete Ines.

»Haben Sie Angst vor dem Tod, Herr Haßloch?«, fragte Fregüzli unvermittelt. Er hatte Ines' Versuche, sie loszuwerden stumm verfolgt, doch schien ihm nun der Zeitpunkt, den Alten aus der Reserve zu locken. Ines beobachtete anerkennend, wie Fregüzli instinktiv seine Körpersprache so wählte, dass er eine ausführliche Antwort erwarten konnte.

Der Alte erstarrte. »Sie meinen, Angst, zu sterben? Ich habe Angst, dass es tatsächlich möglich sein könnte, dass eine einzelne Person einen Weg gefunden haben könnte, auf einen Schlag zweieinhalb Milliarden Menschen zu töten. Aber der Tod? Das ist außerhalb meines Vorstellungsvermögens. Und nehmen Sie diese junge Frau: Sie ist tot. Hier gibt es noch weit mehr zu fürchten, als dass alle Alten auf einen Schlag einfach verschwinden.«

Johann Blisterhuber schüttelte den Kopf: »Nein, verehrter Herr Haßloch, ich versichere Ihnen …«

»Sie können mir nichts versichern«, sagte Haßloch kühl, aber gefasst. »Ich glaube, wir sollten jetzt die Leute ihre Arbeit machen lassen und uns nicht in Spekulationen verlieren.«

Überrascht ob der unverhofften Hilfe begriff Ines ihre Chance und bat die beiden Herren mit einer höflichen, aber bestimmten Geste hinaus.

»Viel Erfolg«, meinte Haßloch und schob Blisterhuber sanft zur Tür.

»Wie kann ich mich erkenntlich zeigen?«, fragte Fregüzli, als sie allein waren.

»Zum Beispiel, indem Sie mir sagen, ob Sie etwas Neues herausgefunden haben«, sagte Ines. Sie wollte ungern gegenüber dem geschwätzigen Pathologen einräumen, dass sie nicht gut weiterkam, und wenn auch er nichts anzubieten hatte, wäre sie ganz und gar auf die Experten des Think Tanks angewiesen, die bisher auch nicht eben große Fortschritte gemacht hatten.

»Also?«, setzte sie vielleicht ein klein wenig zu beharrlich nach, als der Pathologe zögerte.

»Es ist so …«, begann er schließlich. »Ich habe hier mittlerweile zwei Leichen von Menschen, die nicht im Programm waren, doch ähnliche Todesursachen haben. Die induzierte Zerebralsklerose bei Katrin Scholl-Ossietzky ist nicht identisch mit der Epilepsie bei Frau Bursinski, kann aber leicht durch den gleichen Mechanismus ausgelöst worden sein – eine hormonelle Überdosis Adrenalinid.«

»Adrenalinid?«, fragte Ines, die aufmerksam zugehört hatte, aber davon nicht genug verstand.

»Es ist ein Aufputschmittel, das Geneworks entwickelt hat. Es hat eine dem Adrenalin vergleichbare Wirkung, baut sich schneller ab und erhöht die Konzentration, statt den typischen Tunnelblick der körperlichen Panik zu fördern«, sagte Fregüzli.

»Geneworks! Ich wusste, dass sie ihre Finger im Spiel haben. Deswegen war Blisterhuber hier – er weiß etwas.«

»Ines, ich teile Ihre Bedenken, doch es gibt ein Problem – Adrenalinid ist nur fünf Stunden nach Einnahme nachweisbar – und bei körpereigener Produktion gar nicht. Wir … oder vielmehr Sie, haben also nichts in der Hand außer meiner Theorie. Es klingt vermutlich etwas makaber, aber lediglich an einer frischen Leiche könnte ich es herausfinden.«

»Hoffen wir, dass es nicht so weit kommt«, sagte Ines düster.

Fregüzli zeigte eine eigenartige Mischung aus Selbstzufriedenheit und Bestürzung. Wie ein Schiedsrichter, der einem Leichtathleten mitteilen muss, dass er unglücklich ausgeschieden ist. »Irgendwie habe ich das Gefühl, dass es schon so weit ist«, meinte der Pathologe.

Ines klopfte ihm sanft auf die Schulter und sagte: »Danke, Damian«. Sie hoffte, dass die persönliche Ansprache ihn in Zukunft noch kooperativer machen würde. Als sie sich zum Gehen wandte, konnte sie sich sogar ein kleines Lächeln abringen. Doch dann drehte sie sich erneut um.

»Damian, eins noch. Was können Sie mir über Gen-Hacking sagen?« Ines war gerade noch die seltsame Aussage des koreanischen Doktorvaters Lees eingefallen. Sie konnte sich nicht leisten, ahnungslos zu bleiben. Möglicherweise war Fregüzli nicht der geeignete Ansprechpartner, doch mehr wissen als sie musste er auf jeden Fall.

Fregüzli legte die Stirn in Falten und überlegte. »Es ist ein delikates Thema. Eigentlich …«, begann er, »ist Gen-Hacking seit dem Eugenischen Krieg verboten. Tatsache ist jedoch, dass faktisch nur das transhumane Hacking geächtet ist. Die Gesellschaft will nicht länger Übermenschen züchten, und das ist auch gut so, wenn Sie mich fragen. Tatsache ist jedoch auch, dass man nicht feststellen kann, also jedenfalls nicht flächendeckend, ob jemand von Geburt an rote Haare hat oder blond ist. Faktisch gibt es einen großen Schwarzmarkt für kleine, unscheinbare und nicht feststellbare Änderungen.«

Ines musterte den Pathologen. »Damian, die entscheidende Frage ist, ist Seoung Lee so ein Hacker?«

»Natürlich. Was denken Sie, wie Geneworks sein Personal rekrutiert? Der Wohlstand der Alten speist sich nicht zuletzt daraus, dass junge, unzufriedene Leute ihre eigenen und die Körper ihrer Freunde hacken, die Grundlagen lernen und dann für das größere Ganze am Programm eingespannt werden.«

»Das habe ich so noch nie betrachtet.« Ines schwankte zwischen offener Fassungslosigkeit und dem vagen Gefühl, dass man es bei kritischerem Blick auf das große Ganze hätte ahnen können. »Was bedeutet das?«, fragte sie Fregüzli und gab ganz offen ihre vorläufige Unfähigkeit zu, die Information einschätzen zu können.

»Das bedeutet im Grunde gar nichts. Trifft auf beinahe jeden fähigen Genetologen oder Mikrobiologen zu.«

Ines nickte. »Trotzdem … es ist doch seltsam, dass in der Gesellschaft nichts darüber bekannt ist.«

»Die Alten sind gut darin, Dinge aus der Öffentlichkeit zu halten«, sagte Fregüzli nachdenklich.

»Den Eindruck hatte ich auch schon gewonnen. Niemand scheint hier Interesse an Publizität zu haben. Geneworks nicht, die Alten nicht. Nur Seoung Lee ist es recht, wenn seine rätselhafte Botschaft auf den Videoportalen im Netz landet.«

»Verbrennen Sie sich nicht die Finger, Ines.«

»Das habe ich nicht vor, Damian. Danke.« Sie meinte ihren Dank ernst, denn der mürrische Rechtsmediziner war hilfreicher gewesen, als sie für möglich gehalten hatte. Nur was sie nun damit anfangen sollte, wusste sie nicht.

Aus einer Laune heraus entschied Ines sich dafür, die Treppe zu nehmen. Es roch nach muffigem Kellerstaub mit einem Schuss chemischem Bodenreiniger, und die epileptisch flackernde, diffuse Deckenbeleuchtung schien aus dem letzten Jahrtausend zu stammen. Als Ines die hohen Steinstufen erklomm, fühlte sie sich beinahe in die Zeit zurückversetzt, in der das Kriminalistische Institut erbaut worden sein musste. Immer war die Pathologie in diesen Kellerräumen gewesen, doch früher hatte es bisweilen echte Erkenntnisse gegeben. In einfacheren Fällen hätte der Rechtsmediziner dem Kommissar. mitgeteilt, dass die Würgemale am Hals des Opfers von einem stämmigen Mann stammten oder die Einschusswunde auf dieses und jenes hindeutete. Doch Fregüzli hatte nichts, rein gar nichts gefunden. Verzweiflung kroch aus dunklen Löchern in Ines' Verstand und sie konnte sich des Eindrucks nicht erwehren, dass es irgendwie, auf eine morbide Weise, richtig war, verzweifelt zu sein. Es dürstete sie nach Kaffee, doch das würde das schwarze Loch in ihr auch nicht zu füllen vermögen. Wenn sie jetzt in den Krisenstab ginge, würde sie womöglich alle gegen sich aufbringen. Nein, sie musste etwas Ruhe finden. Viellicht war das der Grund, warum sie die Treppe gewählt hatte – um ihren Verstand zu zwingen, innere Gedanken offenzulegen – allein, es blieb erfolglos. Als sie dann die schwere Glastür im ersten Stock aufschob und sich entscheiden musste, ob sie zum Krisenstab oder in ihr Büro ging, schien ihr das Büro für den Moment attraktiver. Und plötzlich wusste sie auch, was sie tun würde. Sie würde Michel Hansen anrufen.

***

107

Sie nahm mit normalem Video vorlieb, denn weder wollte sie den spartanischen Holoraum verwenden, noch Michel dazu nötigen, dasselbe in einem anderen Kriminalistischen Institut in einer anderen Megacity zu tun. Als die Artefakte der 16K ultrahigh Definition-Verbindung seinem Gesicht Form gaben, musste Ines grinsen. Ihre Beziehung war professionell, aber vertraut, und so tat es in dieser ganzen Aufregung einfach gut, ein bekanntes Gesicht zu sehen.

Auch Hansen guckte freundlich, doch konnte Ines mühelos eine Lage vorsichtiger Reserviertheit erkennen, deren Ursprung sie erst noch entziffern musste.

»Moin moin. Na, hat die weltweit führende Kriminologin den Fall schon gelöst?«

»Tu nicht so. Du weißt selbst, dass ich in nichts, wofür ich gelobt und beneidet werde, weltweit führend wäre.«

Trotzdem musste sie lachen. Sein ironischer Unterton verriet, wie viel er von ihr hielt, ohne gleichzeitig zu vergessen, dass er falsche Bescheidenheit für absolut notwendige Höflichkeit hielt.

Ines antwortete, wie sie immer auf ihn reagierte. Mit einem hinkenden Vergleich: »Professionalität sieht für noch professionellere Leute auch wieder nur aus wie Kaffeetrinken und herumraten.«

»Das beschreibt dich so gut, weil es gleichzeitig stimmt und nicht stimmt«, sagte er. »Doch nun genug der schönen Worte. Was ist es, Ines?«

»Die Obduktionen verlaufen im Sande, Michel. Fregüzli ist bemüht und arbeitet fünfundzwanzig Stunden am Tag, doch er findet einfach nichts heraus.«

Der Hamburger nickte verständig. »Und du willst natürlich, dass ich hinkomme.«

Ines machte ein schuldbewusstes Gesicht. Sie wusste, dass Michel nicht aus eigenem Antrieb oder professioneller Verbundenheit kommen würde, sondern allenfalls, weil sie persönlich dafür sorgte. Doch hatte sie daran gedacht? Ja … vielleicht. Zuerst hatte sie nur angerufen, um jemanden zum Reden zu haben, doch vielleicht war dies ihre tatsächliche Absicht. Und er hatte sie natürlich erraten, bevor sie ihr selbst klar geworden war.

»Nein.«

Ines wurde jäh aus den Gedanken geholt und stutzte. Mit einer so direkten Antwort hatte sie nicht gerechnet.

»Ines, es ist ganz einfach. Wenn ich einen Fall habe und jemanden vor die Nase gesetzt bekomme, bin ich typischerweise so gekränkt, dass ich entweder Streit anfange oder überhaupt nicht mehr produktiv arbeite. Damian ist ein geschätzter Kollege und ein guter Rechtsmediziner. Seine toxikologischen Kenntnisse sind in Paneuropa unübertroffen. Ich werde mich nicht einmischen, verstanden?«

Michel sah traurig aus, fand Ines. Sie wusste, dass er gerne an dem Fall gearbeitet hätte. Jeder hätte das. Sie bewunderte seine Konsequenz. Doch aufgeben würde sie deswegen noch lange nicht.

»Was, wenn es nichts Toxikologisches ist?«, fragte sie.

»Dann wird er es trotzdem finden«, sagte er bestimmt.

Ines nickte. »Danke für deine Zeit.«

»Immer gern, immer wieder. Aber …«

»Ich weiß, ich weiß. Du wirst nicht herkommen.«

Seine Bestimmtheit imponierte ihr wirklich und beinahe hätte sie es akzeptiert.

»Wie geht es den Kindern?«, fragte sie.

»Danke, es ist ganz wunderbar. Wir waren vergangenen Sonntag an der See nahe dem alten Hamburg. Sie konnten gar nicht genug bekommen vom seltsamen, salzigen Wasser. Aber du weißt ja, wie es ist … sie dürfen nicht zu lange in die Sonne.«

Michel Hansen strahlte, denn er wusste, dass Ines' Interesse aufrichtig war.

»Das kann ich mir gut vorstellen«, antwortete sie. »Du weißt gar nicht, wie gut ihr es habt«, sagte sie und klang dabei fast zu melancholisch.

»Du hast es auch gut«, sagte er. »Endlich ein Fall, der deiner würdig ist.«

»Das hoffe ich auch«, entgegnete sie.

Michel stutzte. »Was ist, Ines? Der Rücken?«

Sie schüttelte den Kopf. »Nein, gar nicht. Für unmenschlichen Druck im Angesicht der Apokalypse und zehn Tassen Kaffee am Tag hält er sich wacker. Es ist mehr …« Sie zögerte.

»Die unmittelbare Konsequenz. Die totale Zerstörung unserer Gesellschaft vor Augen.« Sie beschloss, alle Gedanken zur Vertraulichkeit ihres Falles hierbei zu ignorieren.

»Ich … Michel, ich habe keine Angst, zu scheitern … ich habe Angst, dass ich es einfach überhaupt nicht ändern kann.«

Der Hamburger Pathologe nickte. Beinahe dachte sie, sie hätte es geschafft. Dann jedoch hellte sich seine Miene auf und er grinste. »Ines, ich komme trotzdem nicht.«

Sie nickte. »Es war ein Versuch …«

»Das war es, in der Tat. Viel Glück.«

Damit wurde der Bildschirm schwarz und ließ Ines allein zurück.

Wieder einmal.

***

Nach der denkwürdigen Begegnung in der Pathologie hatte Ines nicht unbedingt Lust, zu den Experten zu gehen – weder wollte sie Blisterhuber jetzt sofort wiedersehen, noch über weiteren Stillstand informiert werden. Das einzige, was sie an diesem Morgen bisher erreicht hatte, waren neuerliche Zweifel am Verhalten Geneworks' – und sie wusste, dass sie diese Gedanken für den Moment lieber für sich behielt. Erst brauchte sie mehr Beweise. Und selbst dann konnte sie sich irren. Dann war da ja noch der nächtliche Besucher. Schnell machte sie sich auf den Weg zu ihrem sogenannten Büro, brühte sich mit der altmodischen Filtermaschine den ersten wirklich frischen Kaffee des Tages, denn das Erzeugnis aus der Pathologie hätte sie lieber vergessen. Das hatte zudem den Vorteil, dass sie möglichst weit weg von der Versuchung war, einmal mehr erfolglos mit Seoung Lee zu reden – lieber wollte sie in Ruhe versuchen, Informationen über den Besucher ihres Appartements zu sammeln. Schon zu Hause hatte sie die Idee verworfen, den knittrigen Zettel aus dem Wohnzimmer auf Spuren zu untersuchen – die Art, wie der Unbekannte sich unbemerkt in ihrer Wohnung aufhalten konnte, war zwar beunruhigend, sagte ihr gleichzeitig jedoch auch, dass er keine Zweifel daran hatte, dass er keine Spuren hinterlassen würde. Und wenn doch, so wusste er, dass sie unmöglich die Spurensicherung rufen konnte, wenn sie hoffte, etwas von ihm zu erfahren. Er wusste, wie das Spiel funktionierte, doch das allein half ihr noch nicht, ihn zu identifizieren. Sie kontaktierte die Kriminalistische Datenbank und stellte zufrieden fest, dass alle Dossiers über aktuelle und ehemalige Mitarbeiter von Geneworks vorlagen. Fragte sich, wie viel Überwindung es den Geneworks-Vorstand gekostet haben mochte, die sogenannte Privatsphäre der Mitarbeiter gegen das Versprechen von zumindest temporärer Verschwiegenheit der Behörden zu tauschen …

Sofort verglich sie die Akten der beiden ermordeten Frauen. Abgesehen von Geschlecht und Alter schien es keinen direkten Zusammenhang zwischen beiden zu geben – während Katrin Scholl-Ossietzky die persönliche Assistentin Blisterhubers gewesen war, hatte Marie-Johanna Bursinski in Seoung Lees Team gearbeitet. Blisterhuber. Konnte er mit der Sache zu tun haben? Flink suchte sie seine Daten heraus. Er war seit Ewigkeiten bei Geneworks, hatte jedoch keine steile Karriere gemacht, als die biotechnische Revolution richtig in Fahrt kam. Er war lange mit der Aufsicht der frühen individuellen Sequenzierungen betraut gewesen und hatte schließlich die Gesamtleitung der Update-Abteilung ergattern können, doch nicht ohne ein paar Mal bei Beförderungen von jemand anderem ausgestochen worden zu sein.

Abwesend fragte sie sich, ob Seoung Lee ohne Blisterhuber seine Modifikation hätte einschleusen können, doch sie kam zu dem Schluss, dass sie nicht genug über die internen Abläufe wusste, als dass ihr eine solche Einschätzung möglich gewesen wäre. Sie würde sich den Update-Prozess von jemandem erklären lassen müssen. Sofort wurde ihr klar, dass es schwierig bis unmöglich war, eine objektive Beschreibung von jemandem außerhalb Geneworks zu bekommen, und dass jeder, der wusste, welchen Weg eine maliziöse Modifikation nahm, potentiell Teil der unbekannten Mitwisser Seoung Lees sein könnte. Erneut erinnerte sie sich daran, dass ihr Chef am Abend zuvor davor gewarnt hatte, sich auf Blisterhuber einzuschießen – schon wieder ertappte sie sich dabei, ihm ein Motiv zu konstruieren, und zwar anscheinend mit persönlicher Abneigung als einzigem nachprüfbarem Grund. Sie ermahnte sich, professionell zu bleiben, holte weiteren Kaffee und besann sich auf ihr eigentliches Vorhaben, mehr über den unbekannten Besucher zu erfahren. Wahrscheinlich war der Vorstand der Update-Abteilung der ärmste Kerl weit und breit, denn letztlich musste er den Kopf dafür hinhalten, wenn es so kam, wie Seoung Lee angekündigt hatte.

Während sie unmotiviert die Akten der beiden verstorbenen Frauen von ihrem Dossier-Pad schnippte, begann sie, die ehemaligen Mitarbeiter systematisch nach verschiedenen Kriterien zu sortieren. Am Ende gab es nur drei Männer, die Ines' Profil erfüllten; sie waren nicht alt genug, um auf einen baldigen Platz im Programm hoffen zu können, unter seltsamen Umständen aus der Firma ausgeschieden und zudem war unbekannt, welchen Tätigkeiten sie nun nachgingen.

Sie versuchte, die Dossiers mit öffentlichen Informationen zu verknüpfen, doch zu ihrer Überraschung war, was immer die drei nun taten, nicht aufgeführt. Bestand die Möglichkeit, dass sie allesamt einer unbekannten Organisation beigetreten waren, die systematisch Geneworks-Techniker köderte? Es hatte schon früher Berichte darüber gegeben, dennoch kam das Dezernat für organisierte Kriminalität stets zu dem Schluss, dass es dafür keine Anhaltspunkte gab. So kam sie nicht weiter. Entweder es gab eine geheime Verbindung zwischen den Männern, die in Frage kamen, dann spielte es für den Moment keine Rolle, welcher von ihnen sie kontaktiert hatte, oder sie ging ihrer Phantasie und einigen zufälligen Korrelationen auf den Leim. Immerhin, Geneworks beschäftigte tausende Menschen in Entwicklung und Qualitätssicherung, sodass es möglich war, dass sie sich täuschte. Unzufrieden dachte sie, dass sie nichts in der Hand hatte, wenn sie in der folgenden Nacht den verlassenen Bahnhof besuchen würde, doch ihr blieb nichts anderes übrig, als dem einen kleinen Hinweis, der von außen auf sie einwirkte, auch zu folgen. Konnte es eine Falle sein? Gut möglich. Doch wenn dem so war, war endlich auch der Beweis angetreten, dass Seoung Lee nicht allein handelte, und das, entschied Ines, war das Risiko wohl wert. Sie dachte darüber nach, François einzuweihen. Nur … zur Sicherheit.

Doch wenn sie ehrlich war, vertraute sie ihm nicht vollständig. Er war immerhin Brocks Mann und es schmerzte sie, dass sie nicht sicher sein konnte, dass er Cowboy-Ermittlungen in Bahnstationen

nicht gutheißen würde. Sie traf eine Entscheidung. Es war ...
unklug, ihn einzuweihen. Beinahe wollte sie sich in Bewegung zur
Experten-Runde machen, da fiel ihr etwas auf. Die drei Männer
hatten zwar verschiedene Abschlüsse und Aufgabenbereiche, aber
dennoch vor ihrer Kündigung irgendwann in der Update-
Abteilung gearbeitet. Daraus konnte Ines zwar keine direkten
Schlüsse ziehen, sie schrieb es sich jedoch auf als etwas, das sie am
Abend im Kopf haben wollte. Wenn es ihr gelang, dem
Unbekannten Dinge über ihn zu erzählen, von denen er dachte,
dass sie unmöglich jemand wissen könnte, hatte sie eine Chance,
von der Überraschung zu profitieren. Sie schnippte die Akten der
Männer auf ihr Pad, um sie unterwegs nochmals durchgehen zu
können. Schweren Herzens erhob sie sich, um nun doch den Weg
zum Krisenstab anzutreten. Entweder die Experten würden ihr
Mut machen, oder sie würde ihnen Mut machen müssen.

***

Ines Schultheiss war Profilerin geworden, weil sie etwas konnte,
das vielen Menschen schwerfiel: anhand der subtilen Kennzeichen
der Körpersprache und Mimik unterschwellige Bedeutungen
erkennen und für sich nutzen. Sie war in der Lage, aus dem
Speiseplan oder den Abfällen eines Serienkillers sein nächstes Ziel
zu extrahieren, doch als sie den großen Besprechungsraum betrat,
wurde ihr klar, dass auch ein Verkehrspolizist, der den ganzen Tag
nur Geschwindigkeitsübertretungen ahnden musste, festgestellt
hätte, wie schlecht die Stimmung bei den weltweit führenden
Experten der Nanobiologie war. François kam ihr mit resignierter
Miene entgegen und begrüßte sie halbherzig. Gefasst bedeutete er
ihr, dass er sie allein auf den neuesten Stand bringen wollte, und
sie konnte sehen, wie erschöpft er von der Weisung war, die Runde
am Laufen zu halten.

Als sie vor die Tür traten, konnte sie sehen, wie er tief einatmete
und sich ganz bewusst zu entspannen versuchte.

»So schlimm?«, fragte sie.

»Schlimmer. Wir haben das Eiweiß geröntgt, elektro-
mikroskopiert, sämtliche Simulationen damit befeuert, es gibt sein
Geheimnis nicht preis. Und doch ist den bisher gestorbenen Alten

gemein, dass wir in ihren verdammten Adern jenes Eiweiß fanden, das eindeutig nur durch synthetische DNA erzeugt worden sein kann.«

»Was sind die anderen Optionen? Wenn es nun nur eine Art Abfallprodukt ist?«, fragte Ines.

»Das haben wir auch schon geprüft. Es tritt bei gesunden Teilnehmern des Programmes nicht auf, ist nicht in der Geneworks-Komponenten-Datenbank. Die Stimmung hier ist so schlecht, weil es uns nicht gelingt zu verstehen, wo es herkommt.«

Sie nippte an ihrem Kaffee, verschränkte die Arme vor der Brust und blickte nachdenklich auf dem Flur herum. »Wie kooperativ ist Geneworks?«, fragte sie.

»Oh, daran liegt es nicht. Wir haben Zugang zu praktisch allem. Der Datenbank, den Simulatoren, allem. Wenn wir wollten, könnten wir den kompletten Code innerhalb von Tagen reverse-engineeren und …«

Ines packte François' Arm. »Genau. Hier ist alles an einem Ort zusammen. Noch dazu an einem Ort, der nicht von Geneworks hermetisch abgeriegelt ist. Vielleicht ist es das, François. Vielleicht ist der ganze Vorfall inszeniert, um Industrie-Spionage zu begehen.«

François zog eine Braue in die Höhe. »Ist das nicht ein bisschen übertrieben? Wir reden hier davon, mindestens fünfundzwanzig Alte und die beiden Frauen aus der Update-Abteilung umzubringen …«

»Für das profitabelste Geschäft der Welt, das Ascension-Programm? Da habe ich Menschen aus weit geringeren Beweggründen töten sehen«, sagte sie zwischen zwei Zügen aus ihrem Kaffeebecher.

Der Elsässer Comissioner pfiff leise durch die Zähne und musterte Ines. »Na schön. Nehmen wir für den Moment an, du hast Recht. Wie können wir sichergehen?«

Ines musste lachen. »Ich mag diese Art, an Probleme heranzutreten. Doch in diesem Falle ist es grenzwertig, was wir tun müssen: Nämlich alle Koryphäen da drinnen komplett überwachen.«

»Der Weg zur Hölle ist mit guten Absichten gepflastert, vergiss das nicht«, sagte er.

114

»Inter arma enim silent leges[2]«, sagte Ines fatalistisch. »Ich bin nicht stolz auf diese Idee, aber wenn es in der Tat darum geht, Geneworks hier etwas abzugucken, können wir gar nicht anders handeln. Dann müssen wir herauskriegen, wer falsch spielt. Und das können wir nur, wenn wir alle Pads, alle Computer, alle Datenströme untersuchen.«

»Weißt du, was du da sagst? Menschenleben gegen etwas, das wir uns blutig zurück erkämpfen mussten: unsere Privatsphäre?«

»Wie viele müssen noch sterben, bis wir es ernst nehmen?«

»Du klingst wie ein panischer Geneworks-Mitarbeiter. Mal ehrlich: Erinnerst du dich zufällig noch daran, dass du nach der ersten Vernehmung von Seoung Lee um eine Foltervollmacht gebeten hast? Was ist los mit dir? Hast du alle Grundrechte vergessen, auf die wir uns berufen?«

»Ich …« Ines stockte. Sie war verwirrt. Natürlich wusste sie, dass sie nicht foltern und abhören konnte, doch diese Ideen schienen ihr wie selbstverständlich. Hatte François Recht? Wo war ihre Professionalität?

»Was schlägst du denn vor?«, fragte sie schließlich.

François musterte sie. Er schien zwar noch immer überrascht, doch nicht böse zu sein. Er würde nicht melden, was sie vorgeschlagen hatte, so viel war sicher. Dafür war François doch zu feige angesichts der schieren Möglichkeit, dass sie Recht haben könnte. Er zuckte mit den Schultern. »Wir machen es auf die althergebrachte, traditionelle Methode: schnödes Observieren und Akten wälzen. Analysieren und konkrete Verdachtsmomente weiter untersuchen. Mit der Planierraupe finden wir die Nadel im Heuhaufen nicht, Ines. Und richtig ist es auch nicht.«

Ines wollte etwas erwidern, besann sich jedoch und nickte nur knapp. Vielleicht war es im Moment das Beste, einfach mal dem Protokoll zu folgen.

»Willst du trotzdem noch hinein und meine Chaotentruppe zusammenscheißen?«, fragte er schließlich.

2

Lat. »Unter den Waffen schweigen die Gesetze.«

Sie grinste. »Ja, warum nicht? Und hinterher werde ich Seoung Lee noch einmal auf den Zahn fühlen.« Sie warf ihren Kaffeebecher in den Mülleimer und folgte ihm zurück in den Konferenzsaal.

Gezwungen lächelnd trat sie an das Pult und sah sich um. Die resignierte Stimmung, die sie vor Minuten wahrgenommen hatte, war aufmerksamer Anspannung gewichen. Die Experten schauten sie erwartungsvoll an, ganz so, als ob sie von der Kriminalistin ohne biologische Ausbildung erwarten konnten, den entscheidenden Tipp zu bekommen.

»Meine Damen, meine Herren«, begann sie, »ich muss Ihnen nicht sagen, was Sie schon wissen, nämlich, dass Sie nicht weiterkommen. Doch ich muss Ihnen offenbar sagen, was das für Sie persönlich bedeutet. Wenn es Ihnen nämlich nicht wenigstens gelingt, zu enthüllen, was mit den Alten passiert, können Sie sich einen Platz im Programm, wenn es das denn dann noch gibt, abschminken. Es geht nicht darum, mir oder der Welt zu beweisen, wie gut Sie sind. Beweisen Sie es sich selbst.« Ines hoffte, dass die unmittelbar vorgetragene Folge des Scheiterns jeden einzelnen neu motivieren würde – sie wusste, dass es gefährlich war, so zu arbeiten, doch solange auch sie nichts Neues zu berichten hatte, musste sie die harte Linie durchziehen. Sie musterte die Runde. Fragte sich, ob sie, falls sich tatsächlich jemand unter den Experten befand, der den Geneworks-Code kopieren wollte, die Person würde erkennen können. Tröstete sich damit, dass in dem Fall vermutlich keine weiteren Alten sterben müssten, denn sicher würde sie nach dem Ende der Krise bereitwillig zu einem Mitbewerber wechseln. Dann wurde ihr etwas klar. In einer Welt der Unsterblichen, welchen Wert hatte Geld da noch? Ines war nun völlig sicher, dass, wer immer hinter der Sache steckte, keine Chance darauf haben konnte, ins Programm zu kommen. Demnach, schloss sie, würde es niemand von Geneworks sein. Während sie abwesend Johann Blisterhuber mit François diskutieren sah und sich fragte, ob Geneworks wirklich wusste, welche Gefahr für die mächtigste Firma der Welt bestand, überlegte sie sich, Seoung Lee zu besuchen. Nicht, um ihn auszufragen. Sie brauchte jemanden zum Reden, und ein unkooperativer Massenmörder war da genau der richtige Kandidat.

Als sie die massive Holztür erreicht hatte, sah sie, wie François auf sie zukam. »Mach keine Dummheiten«, sagte er nur und zwinkerte scheinbar aufmunternd. Ines war nicht sicher, ob es warnend oder besorgt klang.

***

»Was treibt dich an?«, fragte sie die verspiegelte Scheibe des Verhörraumes. Ihr war klar, dass es illegal war, Seoung Lee ohne Betreuung so lange in dem Raum warten zu lassen, doch diesmal würde sie sich nicht zu weit hinter den ach so humanen Vorschriften vorwagen. Sie würde ihn ein wenig schmoren lassen und eine einzelne Frage stellen und gehen. Aber zunächst würde sein Bild in der Scheibe ihr zuhören müssen.

Seoung Lee saß ruhig auf dem Stuhl, der ihm zugewiesen worden war, und wartete ungerührt.

»Kann es möglich sein, dass man zwei Milliarden Menschen mit derartigem Gleichmut sterben lässt?«

»Es gibt immer Möglichkeiten«, sagte eine verdächtig bekannte Stimme, die aus dem hinteren Teil des Beobachtungsraumes kam.

»Klaus-Peter Haßloch«, sagte Ines knapp. Sie atmete tief ein, bereit, ihn diesmal hinauszuwerfen, Respekt vor dem Alter hin oder her.

»Ich entschuldige mich, dass ich Ihren Monolog unterbreche«, sagte er, »aber es schien mir noch unpassender, einfach so im Raum zu verbleiben und Sie erst später darauf hinzuweisen, dass ich mitgehört habe.«

Ines war überrascht. Zum einen war sie besser auf ihn zu sprechen, seit er sie in der Pathologie überraschend von Blisterhuber befreit hatte, und zum anderen besaß er nun die Courage, ihre Privatsphäre doch zu achten. »Ich … danke«, brachte sie hervor.

»Keine Ursache. Ich kam nicht umhin, festzustellen, dass ich Sie bei unserer ersten Begegnung gekränkt habe. Wenn Sie möchten, werde ich Sie nun verlassen.« Er zögerte. »Doch habe ich den Eindruck, dass Sie Seoung Lee beobachten, um, nun ja, Gesellschaft zu haben. Ich biete mich als Gesprächspartner an, wenn Sie den armen Jungen nicht länger schmoren lassen.«

»Sie haben Mitleid mit Ihrem Mörder?«, fragte sie.

»Mutmaßlichem Mörder«, sagte Haßloch, lachte und presste die Hände an die Brust. »Soweit es mich betrifft, fühle ich mich nämlich durchaus noch lebendig. Wie ein Fossil vielleicht, doch lebendig.«

»Das … ist eine Art von Empathie, die mir abgeht«, sagte Ines, während sie abwog, ob sie den blauen Knopf drücken, der Seoung Lee abholen und in seine Zelle bringen ließ, oder stattdessen Haßloch hinauswerfen sollte.

»Es entbehrt nicht einer gewissen Ironie, das sehe ich ein. Und doch ist die Menschlichkeit das Letzte, was wir verlieren dürfen.«

»Auch, wenn es Sie das Leben kostet?«

»Ja, auch dann.«

»Ich bin erstaunt über so viel Idealismus«, sagte Ines. »Es gibt auch Menschen, die sagen, dass die Alten jegliche Empathie für die Jungen verloren haben und dass nur wir das System am Laufen halten. Wenn nicht Milliarden, die niemals eine Chance darauf haben, ins Programm zu kommen, ihr Leben lang arbeiten, um Ihre Unsterblichkeit zu sichern.«

Haßloch schüttelte den Kopf. »Es stimmt, dass vielen von uns … sagen wir mal, die Wirklichkeit fremder geworden ist. Aber das bedeutet nicht, dass es uns nicht ebenso schmerzt, dass die menschlichen Ressourcen begrenzt sind. Als wir Mitte des Jahrhunderts vor dem völligen ökonomischen und ökologischen Kollaps standen, gab es nur die Wahl, die wir trafen – die Menschheit auf diese Weise selbst zu begrenzen. Es ist nicht überraschend, dass es so viele Menschen gibt, die es nicht für einen öffentlichen Skandal hielten, als sich herausstellte, dass die Alten unfruchtbar waren – ganz einfach weil wir uns selbst zuvor bereits auferlegt hatten, uns nicht fortzupflanzen. Es wäre moralisch für uns nicht vertretbar, Nachkommen zu bekommen, denn entweder wäre es unverständlich, wieso sie a priori ins Programm aufgenommen werden sollten, oder aber es wäre sehr schmerzlich für uns, unsere eigenen Kinder begraben zu müssen. Trotzdem glaube ich fest daran, dass jeder, der es verdient, auch einen Platz bekommen kann …«

»Der es verdient? Wie misst man das? Was ist aus 'alle Menschen sind gleich' geworden?«

»Eine eherne Versicherung an die Jungen, mehr nicht«, sagte Haßloch.

»Wissen Sie, was Sie da sagen?«, fragte Ines Schultheiss. »Diesen Satz könnte man als Aufforderung zur Revolution verstehen.«

»Und genau das hat der junge Mann namens Seoung Lee wohl auch getan. Verstehen Sie mich nicht falsch, Frau Schultheiss, ich will keineswegs leugnen, dass wir Alten auch Fehler machen. Aber den Status Quo in Frage zu stellen, bedeutet, nicht zu verstehen, dass es keine Alternativen gibt. Und das, verehrte Frau Kommissar, schmerzt uns mehr als irgendjemanden sonst.«

Ines schüttelte den Kopf. »Erinnern Sie sich, was Sie gesagt haben, als wir dieses seltsame Gespräch begannen? Sie sagten, es gäbe immer Möglichkeiten. Doch sobald es um die Unsterblichkeit geht, enden diese Möglichkeiten. Vielleicht haben Sie Recht und das ist es, was Seoung Lee antrieb. Und wissen Sie was? Vielleicht hat er Recht.«

Resigniert schaute Klaus-Peter Haßloch durch das verspiegelte Fenster. »Wenn Sie das so sehen, hat er vielleicht erreicht, was er wollte – ob wir sterben oder nicht.«

»Sie denken, es ist inszeniert?«

»Mit jeder Faser meines Körpers denke ich es, auch wenn ich Angst davor habe, mich zu irren. Als mich ihr Pathologe vorhin über den Tod fragte, habe ich die Wahrheit gesprochen – natürlich habe ich Angst. Aber ist dieser Mann der größte Massenmörder der Geschichte, weil die Welt ihm nicht gefällt? Ich weigere mich, das zu glauben. Und vielleicht entbehrt es nicht einer gewissen Ironie, dass wir Alten gewissermaßen distanziert und surrealistisch verfolgen, wie über uns hinweg unser Schicksal entschieden wird. Auch von Ihnen, Frau Schultheiss. Und nun werde ich gehen und Seoung Lee ganz Ihnen überlassen. Doch bedenken Sie, dass man auch über Sie urteilen wird, wenn dies hier vorbei ist.«

Nachdenklich sah Ines dem Alten nach, als er auf den sonnendurchfluteten Flur trat. In dem dunklen Beobachtungsraum schien ihr der gleißende Kontrast beinahe mitteilen zu wollen, er betrete eine entrückte Dimension voller Idealismus und Rechtschaffenheit. Ines Schultheiss wusste, dass dem nicht so war. Etwas zittrig kramte sie nach dem antiken Zigarettenetui, das sich auf dem schmalen Schreibtisch vor der Scheibe befand, doch in einem seltsamen Aufflackern rationaler Kontrolle bemerkte sie, dass ihr nicht nach Rauchen war. Nikotin war nicht gut für ihre Wirbelsäulenimplantate, doch die Chance auf das Programm war ohnehin so gering, dass es keine Rolle spielte. Dennoch rauchte sie überhaupt nur hier beim Verhör, warum also den Stress nicht weiterhin in Kaffee ertränken? Sie blickte einmal mehr durch die Scheibe, hinter der Seoung Lee saß und gelangweilt rhythmisch mit den Fingern schnippte. Die Profilerin in ihr erwachte. Dies war genau die Situation, in der sie ihn haben wollte, Haßloch hin oder her. Sie schritt zur Tür und öffnete sie. Erstaunt bemerkte sie, dass sie sich ihre Strategie nicht zurechtgelegt hatte, sondern einfach nur reden wollte. Vielleicht war es genau das Richtige, um Seoung Lee zu knacken.

Gelangweilt sah er sie an. »Ich habe Ihnen alles gesagt, was ich zu sagen hatte. Frau Kommissar.«

Ines nippte an ihrem Kaffee und lächelte. »Wenn das alles ist, was Sie zu sagen haben, sind Sie kein Mörder. Ihr Motiv ist ... ausbaufähig.«

Sie hoffte, Seoung Lee damit aus Reserve locken zu können, doch alles was er sagte war: »Neid und Missgunst. Die ältesten Motive der Welt. Wenn Ihnen das nicht reicht, kann ich es nicht ändern.«

»Wie haben Sie Katrin Scholl-Ossietzky getötet?«

Seoung Lee seufzte. »Altmodisch. Mit einer Spritze Nervengift in den Hals.«

Ines reagierte nicht. Sie durfte ihm nicht zeigen, dass es die richtige Antwort war, denn sie glaubte ihm nicht. Nicht so einfach. »Warum?«, fragte sie.

»Sie war im Weg. Hätte Schwierigkeiten gemacht.«

»Wobei?«

»Bei den Vorbereitungen.«

»Das ist alles? Sie gehen über Leichen, damit niemand ihr kleines DNA-Geheimnis lüften kann? Zuvor schienen Sie noch sicher, dass Sie niemand aufhalten könnte ...«

»Das ... stimmt.«

»Wie bitte? Was denn nun? Katrin störte Sie? Oder war belanglos?«

»Sie …« Lee stockte auf einmal. Ines sah keinen Mann, der sich nicht erinnern konnte oder der nicht wusste, wie es passiert war. Er schien allein mit sich zu ringen, was er erzählen würde. Doch Ines wusste nicht, wieso. Wenn Scholl-Ossietzky ihn gestört hatte, so konnte es nur bedeuten, dass der Mechanismus kaum drei Tage im Geneworks-System aktiviert war. Dann musste es doch Spuren in den Protokollsystemen geben …

»Nein, Herr Seoung, das reicht in der Tat nicht, zumal es dem widerspricht, was Sie bei unseren ersten Treffen angegeben haben. Warum zwei Wochen Vorwarnung, wenn Katrin Scholl-Ossietzky Sie fast erwischt hätte? Aus Barmherzigkeit? Oder schlicht, weil Sie bluffen müssen, da es keinen Terminierungsmechanismus gibt?«

Seine Miene verfinsterte sich. »Ich bluffe nicht, Frau Kommissar. Warum sollte ich auch? In elf Tagen gehört das Kapitel des Aufstiegs der Vergangenheit an und die menschliche Rasse kann endlich wieder prosperieren.«

Ines hielt inne. Zwar war es verlockend, jede Antwort mit einer Gegenfrage zu belohnen, doch kam sie so nicht weiter. Sie hatte eigentlich für sich bereits ausgeschlossen, dass er aus rassistischen Beweggründen handelte, aber es gab immer die Möglichkeit des Irrtums. Zwar machte es für sie nicht den Anschein, doch wusste sie auch, dass es nicht so schwer war, sich anzugewöhnen, dies nicht zu offen zur Schau zu stellen. Tatsächlich gab es immer mehr latenten Speziezismus gegenüber den Alten, doch war dabei selbst für Soziologen nicht klar, ob das Motiv nicht vielmehr Neid gegenüber den Privilegierten war. Ines stand auf und ließ Seoung Lee und seine Selbstzufriedenheit zurück. Sie musste an anderer Stelle suchen. Vielleicht würde der Fremde ihr heute Nacht etwas anbieten können. Andererseits musste sie ihn vielleicht festnehmen, weil er immerhin in ihre Wohnung eingebrochen war. Ihr Pad erinnerte sie daran, dass sie zuvor noch eine andere Verabredung hatte, doch schon jetzt konnte sie an nichts anderes denken als das konspirative Treffen im alten Geisterbahnhof von Stuttgart.

17.

4. Oktober 2079

»Es zeigt die ganze Perversion der sogenannten Alten, dass die folgende Begebenheit kaum jemand kennt, auch wenn es zugleich bei Transhumanismusgegnern wie -befürwortern Grund zur Kritik bedeutet. Als Johann Blisterhuber mir über die Anomalie berichtete, die er mit seinem Team isoliert hatte, waren wir in heller Aufregung. Vielleicht sollte man die Stimmung besser mit blankem Horror beschreiben. Was ich offenlegen werde, ist nichts weniger als der schwerste Bug im Geneworks-Code seit der Einführung der generischen Codierung. Johann kam also in mein Büro, hielt mir ein Pad mit den Sequenzen hin und sagte lediglich: 'Wir haben ein Problem'.

Fieberhaft überflog ich die Auflistung. Ich verstand sofort. Wie lange es schon so war, konnte er nicht beantworten, also musste der Bug länger als das Versioning-System bestanden haben. Wir brauchten mit dem ganzen Qualitätssicherungs-Team drei Monate, um die Sache in den Griff zu bekommen. Wir haben zwei Major-Updates nicht verschoben, aber deren Features ausgedünnt, um zu vermeiden, dass jemand darauf aufmerksam werden konnte. Im November-Release haben wir gar einige Sequenzen untergebracht, die es externen Gutachtern unmöglich gemacht hätten, den Bug zu finden. Natürlich blieb das Ganze dennoch nicht unbeobachtet. Wir haben eine recht zurückhaltende Meldung an die paneuropäische Gesundheitsaufsicht geschickt, die klarmachte, dass die Implikationen nur unter sehr begrenzten Bedingungen zum Tragen kommen würden, obwohl uns klar war, dass diese Einschätzung auch konservativen Analysen nicht würde standhalten können. Mit anderen Worten, wir haben es vertuscht. Das ist nicht der eigentliche Skandal.

Zwei Wochen bevor wir den Fehler beheben konnten, stand der Medizinische Staatssekretär Süddeutschlands in meinem Büro und erkundigte sich nach dem Fortgang der Fehlerbehebung. Er wirkte weder gehetzt noch übermäßig ungehalten, dass wir zu jenem Zeitpunkt nichts weiter dazu sagen konnten, doch am eindringlichsten in Erinnerung blieb mir die Situation, in der er sich zum Gehen wandte, bevor er schließlich sagte: 'Wissen Sie, wir haben es nicht eilig, also sollten Sie es auch nicht.' Er war – im Gegensatz zu uns – nicht im Geringsten besorgt, dass es sich um eine dauerhafte Veränderung handeln könnte, so tief war der Glaube an die Allheilkraft der Geneworks-Codings verwurzelt. Tatsächlich waren wir uns bis zum Schluss nicht sicher, ob wir nicht den ultimativen Fehler vor uns hatten: weder versteckt, noch am Ende besonders schwer zu beheben – und doch das Schicksal aller Alten besiegelnd. Ich habe gelernt, dass es kein besseres Versteck gibt als vor aller Augen.

Es ist bezeichnend, dass – ohne dass wir den Selbsterhaltungstrieb genetisch kontrollieren würden – ein ganzes Volk von transhumanen Wesen sich nicht darum scherte, beinahe zwei Jahrzehnte lang unfruchtbar zu sein.«

18.

6. Mai 2082, 17:29 Uhr

Es war ein typisch schwäbischer Klinkerbau, vor dem Ines Schultheiss stand und nachdenklich auf die Skyline des inneren Ulm-Stuttgarter Zentrums blickte, die sie blass und fern im süddeutschen Dunst erahnen konnte. Der Name am Türschild des altmodischen Hauses zeigte den Namen Maier, und eine ältere Frau mit freundlichem Blick und rundem Gesicht öffnete Ines schließlich.

»Sie müssen die Kommissarin sein«, sagte sie in tiefstem Schwäbisch, sodass Ines nicht sicher war, ob sie nicht ihren Übersetzer anmachen sollte. Sie entschied sich dagegen, um die Frau nicht zu beleidigen – sie konnte immer noch nachfragen, wenn ihr etwas im harten Stuttgarter Dialekt verborgen blieb.

Die Frau führte sie durch einen schmalen Flur in ein kleines Wohnzimmer, das für die Verhältnisse von jemandem, der weder alt war noch in Aussicht auf einen Programmplatz stand, erstaunlich mondän eingerichtet war. Ines erkannte am altmodischen Stil, dass viel davon vererbt worden sein musste, doch sie konnte anerkennen, dass sie hier im Wohnzimmer der vielbeschworenen Mittelklasse stand, deren Existenz von den Alten ebenso glorifiziert wie von Speziezismusaktivisten geleugnet wurde.

Rosemarie Maier bat sie an einen wundervoll gedeckten Tisch, auf dem Gebäck und Kuchen standen. Ines bedankte sich höflich und wusste nicht recht, wie sie anfangen sollte. Dieser Besuch diente der Erforschung von Seoung Lees Familienverhältnissen – Rosemarie war seine Tante – und doch fühlte es sich grotesk falsch an, hier zu Tisch zu sitzen, während sie noch immer keine Ahnung hatte, ob der Neffe der Frau nicht in wenigen Tagen der größte Mörder der Geschichte sein würde.

»Was hat der Junge angestellt?«, brach es aus der Frau heraus, und Ines wusste nicht recht, wie sie darauf reagieren sollte, da sie einen möglichst authentischen Eindruck von seinem Familienleben bekommen wollte.

»Ich werde es Ihnen gleich erklären, Frau Maier«, sagte Ines so bedächtig und höflich wie sie konnte. »Ich möchte jedoch zuvor von Ihnen wissen, wie seine Familienverhältnisse aussehen, da sie vielleicht wertvolle Informationen für mich enthalten können.«

Sie sah, wie die Frau zögerte und unsicher war, was sie sagen sollte. Ines beschloss daher, ihr etwas auf die Sprünge zu helfen: »Wie steht es mit seinen Eltern? Hat er Geschwister?«

Rosemarie Maier musterte sie. »Ich würde denken, dass Sie so etwas aus dem Netz wissen, aber natürlich werde ich so kooperativ wie möglich sein. Seine Eltern sind tot und Geschwister hat er keine.«

Ines stutzte. »Beide Elternteile?« Sie wusste, dass die Mutter vier Jahre zuvor verstorben war, doch über den Vater hatte sich nichts herausfinden lassen.

»Was uns betrifft, ja. Meine Schwester starb vor dreieinhalb Jahren an Speicheldrüsenkrebs. Seoungs Vater verließ sie vor über fünfzehn Jahren. Wir haben keinen Kontakt mehr zu ihm.«

Ines war richtiggehend angefasst. »Das muss ihn sehr belastet haben«, sagte sie.

»Der Tod seiner Mutter, ja. Es ist widerlich, dass er Teil einer Industrie ist, die so viele Menschen unsterblich macht, aber seine eigene Mutter nicht vor dem Unausweichlichen retten kann. Ich weiß, dass er sich Vorwürfe machte, aber die Reaktionen im Umfeld meiner Schwester waren noch schlimmer. Was ihn wirklich traf, waren die Leute, die sagten, er solle sich schämen. Ja, schämen. Ich verstehe, dass es nicht an ihm ist, auszuwählen, wer leben darf und wer sterben muss, aber viele tun das bis heute nicht. Wissen Sie, die Wahrheit ist, wann immer jemand stirbt, den er kennt, den irgendein Geneworks-Mitarbeiter kennt, so zeigen sie mit dem Finger auf ihn und heißen ihn Satan.«

Ines nickte verständnisvoll und blickte in sich selbst. Fragte sich, wem sie die Schuld am Tod eines geliebten Menschen geben würde, wenn das Programm ihn retten könnte. Erstaunt stellte sie fest, dass sie Rosemarie Maier gut verstehen konnte und doch die Überzeugung stärker war, dass der einzelne wohl kaum eine Schuld an einem Todesfall tragen konnte. Auf welche Weise sollte man denn entscheiden, wer ins Programm aufgenommen wurde, wenn nicht durch ein Kontrollgremium, das ganz profane, nachprüfbare Fakten abwog? Doch das sagte sie nicht zu Seoung Lees Tante. Stattdessen fragte sie, ob sie Wut in ihm gespürt habe, nachdem seine Mutter gestorben war.

»Wut, nein. Trauer, bis heute. Das letzte Mal haben wir uns allerdings voriges Jahr gesehen. Wissen Sie, er lebte schon immer recht zurückgezogen, und daher kann ich Ihnen da vermutlich nicht weiterhelfen.«

»Ich möchte nicht indiskret sein«, sagte Ines. »Hat er eine Freundin? Jemanden, dem er nähersteht als beispielsweise Ihnen?«

Rosemarie Maier lachte. »Darüber haben wir nie gesprochen. Als ich sagte, er lebe zurückgezogen, meinte ich nicht etwa in sich gekehrt, sondern lediglich, dass man manchmal ein halbes Jahr nichts von ihm gehört hat. Er war immer ein so kontaktfreudiger, kommunikativer Junge. Wir waren alle überrascht, als er nach Korea ging, um zu studieren, aber vermutlich spürte er das Vermächtnis seines Vaters und musste die fremde Kultur, die eben doch auch seine war, kennen lernen. Wenn sie seine Fotoalben kennen würden, wüssten sie, dass er sich schon unter Menschen traute.«

Es war leicht zu sehen, besonders für eine erfahrene Profilerin wie Ines, dass die ältere Frau nun doch bemüht war, ihren Neffen in einem guten Licht darzustellen. Beinahe schien sie das Gefühl zu haben, dass er in der Aussage zuvor zu eigenbrötlerisch schien, sodass sie dies korrigieren musste. Ines nahm es zur Kenntnis und entschied, dass sie vielleicht noch etwas mehr lernen konnte, wenn sie nun doch erklärte, was man ihm vorwarf. Sie war damit ohnehin nicht unbedingt streng dem Protokoll gefolgt, einem Angehörigen nicht sofort zu sagen, was gegen ihn vorlag, aber Ines hatte ihre eigenen Möglichkeiten, die Regeln zu dehnen, um möglichst viel Gewinn zu erzielen. Sie holte tief Luft und erklärte der Frau dann so fatalistisch wie möglich, dass ihr Neffe drohte und behauptete, die Alten auszulöschen.

Die hielt sich die Hand vors Gesicht und ließ keinen Zweifel daran, dass ihre Überraschung und Abscheu echt waren. »Noi«, rief sie. »Noi, des kennt da Bub ned.« Es folgten einige weitere hastige Sätze auf Schwäbisch, die Ines nicht verstehen konnte.

Sie hielt inne, versuchte zu rekonstruieren, was die Frau gesagt hatte, ärgerte sich, dass sie ihren Übersetzer jetzt nicht mehr anmachen konnte, ohne die Frau vor den Kopf zu stoßen.

»Tut mir leid«, sagte Rosemarie Maier schließlich wieder auf Hochdeutsch, »da haben Sie mich etwas überrumpelt.« Sie überlegte und fügte dann hinzu: »Sie müssen sich irren. Unser Lee würde so etwas niemals tun. Gewiss, ich verstehe jetzt, wieso Sie so interessiert am Tod seiner Mutter waren, aber so etwas … nein! Er war immer der erste, der Kritikern beipflichtete, dass das System nicht fair sei. Dass es anmaßend sei, über ewiges Leben und Tod zu entscheiden. Aber er tat nur seine Arbeit. Sein Traum war es immer, dass es eines Tages möglich sein würde, alle ins Programm zu bekommen.«

Die Frau weinte jetzt bitterlich.

Ines drückte ihre Schultern und fühlte sich selbst elend. Wusste Seoung Lee, was er selbst denen antat, die nicht sterben würden?

Rosemarie Maier beruhigte sich wieder etwas und sah Ines mit feuchten Augen an. »Wenn er unschuldig ist – wenn das alles nur ein Missverständnis ist – dann werden Sie es doch beweisen, nicht wahr?«

Der Kloß in ihrem Hals wurde schwerer, und so nickte Ines nur stumm. Langsam stand sie auf, blickte betreten auf den nicht angerührten Kuchen und sagte: »Vielen Dank für Ihre Gastfreundschaft, Frau Maier.« Sie trat hinaus in die Diele, als Rosemarie Maier herzhaft in ihr altmodisches Stofftaschentuch nieste und ihr langsam nachging, als verfolge sie eine geisterhafte Erscheinung. Ines fühlte eine eigenartige Mischung aus Scham und Entschlossenheit, als sie aus dem kleinen Klinkerbau trat. Sie konnte die Ungerechtigkeit nicht ermessen und wusste nur, dass sie Seoung Lee zum Reden bringen musste, wenn die Dinge in Ordnung kommen sollten. Wenn nicht, um die Alten zu retten, dann, um es ihnen zu erklären.

19.

25. Mai 2080

»Im Frühjahr 2013 gelang es den Forschern um den Amerikaner Shoukhrat Mitalipov von der Oregon University, menschliche Stammzellen zu klonen. Auch wenn der Aufsatz zunächst mehr Aufsehen wegen letztlich unwichtiger handwerklicher Fehler erregte, so zeigte sich doch bald die Bedeutung der Arbeit. Die erzeugten Stammzellen, aus denen alles, theoretisch sogar ein neuer Mensch wachsen könnte, wenn die Stimulation korrekt gewählt würde, waren stabil und leicht zu reproduzieren. Auch wenn dies kein Durchbruch wie der Sequenzierer war, so doch der Schlüssel dazu. Das Versprechen auf maßgenaue, abstoßungsfreie Organe revolutionierte die Biotechnologie in einer nicht vorhersehbaren Weise. Gliedmaßen wuchsen nach, Organe konnten nicht günstig, aber immerhin überhaupt ersetzt werden. In den folgenden Jahrzehnten brach der Organspende-Markt zusammen und wurde zu einer Grauzone für Menschen, die dringend Geld brauchten oder ein Organ, das nicht registriert war. Die erste Welle der Bio-Restaurierung rollte an. Wer es sich leisten konnte, ersetzte beschädigte Organe auch ohne zwingende Notwendigkeit. Sportler ließen sich maßgefertigte Muskelstränge einsetzen. Nicht nur die Lebenserwartung, auch die Leistungsfähigkeit stieg in astronomische Höhen. 2028 war das letzte Jahr, in dem die Olympischen Spiele Weltrekorde anerkannten. Für die Ewigkeit festgelegt, ist jede Leistung, die höher, schneller oder weiter sein sollte, dem unwiderlegbaren Verdacht ausgesetzt, das rücksichtslose Produkt der ungebremsten menschlichen Verbesserungswut zu sein. Wir messen uns nicht mehr nach diesen Maßstäben. Nicht, weil wir evolutionsbiologisch darüber hinaus wären, sondern weil wir moralisch dahinter zurück bleiben.

Es mutet an wie eine Ironie der Geschichte, dass im selben Jahr 2012, als die genannte Forschungsarbeit begann, auch der erste, wie man später sagte, künstliche Mensch, Oscar Pistorius, bei den Olympischen Spielen mit zwei Unterschenkelprothesen antrat. Dies bedeutete den Anfang der kurzen Phase der ungehemmten physischen Verbesserung des Menschen, die ihr logisches Ende in den schrecklichen Grausamkeiten des großen eugenischen Krieges fand. Es ist auch heute noch zynisch, zu sagen, dass es kein Wunder war, dass ein Behinderter mit dem bloßen Wunsch, das Niveau der anderen zu erreichen, die Präzedenz dafür schuf, wie superhumane Verbesserung aussehen mochte. Zuerst waren es Prothesen, dann künstliche Beine, schließlich genetisch verbesserte Muskeln. Die Laufbahn zur Hölle wurde schließlich mit guten Vorsätzen gepflastert. Wieder einmal.

Doch eben jene unreglementierte Selbst-Reparatur blieb nicht ohne Folgen. Während die medizinische, auf den Selbsterhalt angelegte Implantation kaum moralisch bedenklich schien, war es die Verbesserung um der Verbesserung willen eben doch. Als der Sequenzierer das biotechnologische Ingenieurs-Arsenal komplettierte, mussten wir einen Weg finden, unsere Eitelkeit im Angesicht der Unsterblichkeit zu begrenzen. In diesen Auseinandersetzungen, die nicht zwischen Staaten oder Konzernen, sondern Menschen mit unterschiedlichen Perspektiven geführt wurden, starben mehr als dreihundert Millionen, weil sie mit dem Leben allein nicht zufrieden waren. Das Programm ist ein Kompromiss. Ein Kompromiss zwischen denen, die ewig leben wollen, und denen, die Angst davor haben, dass Geld und Ansehen noch mehr Geld und Ansehen in Form von erhöhten Fähigkeiten wie Intelligenz und Aussehen hervorbringen würde. Die 62'er Menschenrechtskonvention von Dubai besagt deshalb, dass niemand Veränderungen an seinem Körper vornehmen darf, die über das hinausgehen, was die UN-Gesundheitsorganisation als menschlichen Normalstandard definiert hat. Und auch wenn man darüber streiten kann, ob dieser Standard in seiner heutigen Form sinnvoll gewählt ist und an den Grenzen dessen, was wir normal nennen, nicht genug Platz für Abweichungen bietet, müssen wir hinnehmen, dass dies der Kompromiss ist, der der globalen Gesellschaft zumindest Stabilität in ihrer jetzigen, widerwärtigen Form gebracht hat. Nach dem Ende der Feindseligkeiten ratifizierten alle 23 Staaten der Erde die Konvention, doch in Wahrheit basiert der Frieden darauf, dass wir uns daran halten, unsere Unzulänglichkeiten hinzunehmen.«

20.

7. Mai 2082, 03:37 Uhr

Einer stahlgewordenen Utopie aus übertriebenem Futurismus gleich, war der Bahnhof Stuttgart 21 kaum mehr als eine vom leisen Surren der Ferntransportkapseln gespenstisch vertonte Geisterstadt. Ines Schultheiss war nicht wohl, als sie die Stufen zu den unteren Ebenen hinabschritt, unwissend, was sie erwarten würde. 'Es ist dumm', dachte sie. 'Dumm und gefährlich.' Wenn der rätselhafte Fremde, der nachts in ihre Wohnung eingedrungen war, etwas zu sagen hatte, so konnte er es gewiss auch im Kriminalistischen Institut tun. Und wer konnte wissen, wozu er fähig war, wenn er schon in ihr Apartment kam? Doch die Neugier und Verzweiflung, dass sie aus Seoung Lee nichts herausbringen konnte, trieben sie doch in die Düsternis des Bahnhofs hinein. Zunehmende Dunkelheit umfing sie, denn die stillgelegten Tunnel der alten Eisenbahnen waren kaum beleuchtet. Sie wusste, dass sie sich zu Gleis fünf begeben sollte, doch dauerte der Weg viel länger durch den Umstand, dass sie sich immer wieder umsah und auch die vor ihr liegenden Korridore auf in den Schatten wartende Gestalten untersuchte.

»Sie sind vorsichtig. Das ist gut.«
Ines fuhr herum. Direkt hinter ihr stand ein großer, hagerer Mann, in einen eleganten, doch altmodischen Verzerrungstrenchcoat der Kriegsjahre gehüllt. Die mattschwarze Jacke sollte elektromagnetische Ortung verhindern, doch wie gut das funktionierte, wusste niemand so richtig genau, denn natürlich wurde man nicht unsichtbar, sondern nur zu einer im elektromagnetischen Spektrum verzerrten Wolke, während das menschliche Auge ganz klar eine Person ausmachen konnte.
»Nicht vorsichtig genug«, sagte Ines, die ihre Überraschung unter Kontrolle gebracht hatte. Es war ihm also sehr ernst, wenn er eines dieser nicht nur verbotenen, sondern auch sehr seltenen Gadgets aufgetrieben hatte.

»Seien Sie nicht zu hart zu sich selbst. Das Vabanque-Spiel, das ich treibe, nötigt mich zu weit größerer Vorsicht, als es zu Ihrer Sicherheit bedürfte, Frau Kommissar.« Der Mann bedeutete ihr, in eine Ecke zu treten, die den runden Säulengang nach oben und unten einsehbar machte, ohne selbst zu offenbar zu stehen.

Äußerlich unbeeindruckt vom Verhalten des Fremden verglich sie in Gedanken die Erscheinung unablässig mit dem Profil, das sie aus den Geneworks-Akten extrahiert hatte. Er schien ihr zu mager, um einer der drei Männer zu sein, doch waren manche der Informationen schon älter. »Warum erzählen Sie mir nicht ein wenig von dem Spiel, das Sie treiben?«, fragte sie schließlich.

»Deshalb sind wir hier«, sagte er, nicht ohne wieder eine unerschütterliche Zufriedenheit in seine Stimme zu legen.

Ines sagte nichts, sondern wartete ab. Sie wusste, dass übertriebene Vorsicht entweder aus Paranoia oder Geltungsbewusstsein resultierte, und beides war gleichermaßen gefährlich für sie. Doch angesichts seiner Ausdrucksweise schien Geltungsbewusstsein ihr wahrscheinlicher. Sie dachte nach, ob sie sich wirklich darauf einlassen sollte. Sie konnte es sich nicht leisten, unverrichteter Dinge abzuziehen. Noch nicht.

»Geneworks ist nicht unschuldig in dieser Sache«, sagte der Mann.

»Was wissen Sie von Geneworks?«

»Ich weiß, dass Seoung Lee dort arbeitet. Ohne Zweifel hat er die Instrumente und Rechner des Konzernes für seine Machenschaften verwendet. Doch das ist nicht mein Anliegen.«

Ines war überrascht. Wenn nicht jemand etwas über die laufenden Ermittlungen nach außen hatte dringen lassen, musste sie davon ausgehen, dass der Mann tatsächlich über interne Abläufe Bescheid wusste.

»Was wissen Sie von Seoung Lee?«, fragte sie schließlich. Sie würde damit zugeben, dass es mit ihm zu tun hatte, doch selbst für den Fall, dass der Mann einfach gut geraten hatte, spielte es keine Rolle – dass er verhaftet worden war, wäre spätestens zwei Tage später beim Termin vor dem Haftrichter öffentlich geworden.

»Ich weiß, dass er an etwas arbeitete. Etwas, das nicht den regulären Wartungsupdates entsprach.«

»Was wollen Sie damit sagen?«

»Geneworks spielt falsch. Ob er nun ein Terrorist ist oder nicht, ich glaube, dass die Firma … oder jemand in der Firma … auch einen Vorteil davon hat. Allein hätte er das niemals durchziehen können. Denken Sie nur – wie viel wären wohl die versammelten zweieinhalb Milliarden Alten bereit zu zahlen, wenn jemand eine Heilung für ihr … Malheur anbieten könnte.«

»Sie meinen, es ist Erpressung?«

»Vielleicht.«

»Sie müssen schon etwas mehr anbieten, damit ich Ihnen glauben kann.«

Der Mann schien mit sich zu kämpfen. »Ich bin letztes Jahr bei Geneworks rausgeflogen und ich will gerne zugeben, dass ich seitdem versuche, so viel wie nur möglich gegen diese ethiklose Gelddruckmaschine zu unternehmen. Doch diese Sache … ich glaube nicht, dass es von Seoung allein oder dem Unternehmen an sich ausgeht – jemand anders hat einen Vorteil davon. Wenn Sie herausfinden, wer, dann werden Sie auch verstehen, was vor sich geht.«

»Das kann ich immerhin überprüfen. Doch ohne einen konkreten Verdacht …«

»Ich kann Ihnen eins sagen: Ein Bluff ist das nicht. Die Update-Architektur des Programmes ist die perfekte Struktur, um ein Irgendetwas an alle Alten zu verteilen und genüsslich zuzusehen, wie ihre jämmerliche Existenz zu Grunde geht. Der perfekte Ort für eine reaktionäre Gruppe oder machthungrige Emporkömmlinge, sich ihren Teil des Kuchens zu sichern. Ich habe keine Probleme damit, wenn sie einfach alle verschwänden, allein, ich fürchte, was danach kommen wird.«

»Wer?«, fragte Ines ungehalten.

»Ich weiß es nicht. Aber ich weiß doch, dass ich hinausgeworfen wurde, kurz nachdem ich erste Unregelmäßigkeiten gemeldet hatte. Wer immer dabei ist, er sitzt am längeren Hebel als Sie oder ich. Deshalb müssen Sie mir gut zuhören. Es gibt …«

Sie hörte das hohe Surren, bevor sie das Ergebnis sah – der Mann neben ihr sackte in sich zusammen. Infraschallprojektile. Halb instinktiv, halb von ihrer Ausbildung getrieben, warf sie sich zu Boden und rollte hinter eine Säule, ehe sie ihre Dienstwaffe ziehen konnte. Es zischte erneut, doch das Projektil verfehlte sie. Nun lag sie in der Dunkelheit und war für den Moment in Deckung, doch was, wenn der Schütze ihr entgegenkam? Sie brauchte dringend einen Ausweg. Die akustische Trajektorie der Infraschallgeschosse war schwer zu berechnen, weil sie praktisch lautlos waren und nur im Zielbereich ein wenig Luft verwirbelten, sodass Ines kaum wusste, woher geschossen worden war. Sie besann sich und versuchte, auf den keine drei Meter neben ihr liegenden Mann zu schauen. Sie meinte, die Schläfe sei getroffen worden, und riet, dass der Schütze im oberen Teil seine Position bezogen haben musste. Sie spürte, wie das Adrenalin in ihren Adern sie zum Handeln trieb, doch besann sie sich und bekämpfte den Drang, einfach wegzulaufen. Sie musste sichergehen, dass sie entkommen würde.

Ines checkte ihr Telefon und sah, womit sie gerechnet hatte – kein Netz verfügbar. Gedankliche Flüche galten der fehlkonstruierten Bahnstation, doch deswegen hatte der Unbekannte sie ja auch hier treffen wollen. Kein Empfang bedeutete auch, dass es keine Überwachung gab. Ines überlegte. Der unbekannte Angreifer hätte sie sicher hinter die Säule rollen sehen müssen, sodass er beim ersten Anzeichen einer Bewegung in den Schatten schoss. Im Dämmerlicht der Betonwüste sah sie sich um. Es gab die alte Brandschutzeinrichtung, die nachträglich hatten eingebaut werden müssen und deren Sprinkler wie Geschwüre an den Wänden saßen. Vielleicht konnte sie einen kaputt schießen, überlegte sie, da hörte sie wieder ein Surren und duckte sich erneut, obwohl sie andererseits begriff, dass sie bereits tot gewesen wäre, wenn das Projektil wirklich auf sie gezielt worden wäre. Sie sah die Patrone dicht neben sich in der Wand stecken, die durch ihre charakteristische aerodynamische Form aussah wie eine Mischung aus Mikro-Granate und Pfeil. Der Unbekannte hatte blind gefeuert, um zu sehen, ob sie in Panik verfallen würde. Und fast hätte er es erreicht. Ines drückte sich noch weiter an die hintere Ecke ihres Schlupfwinkels, nahm dann ihre Dienstwaffe und zielte sorgfältig auf den Sprinkler wenige Meter über ihr. Ihr Herz tat einen Satz, als das tiefe, unmelodische Heulen der sechzig Jahre alten Anlage ertönte und die Geisterstation in Ulm-Stuttgarts größte Dusche verwandelte. Sie musste jetzt nur noch abwarten, denn der unbekannte Schütze würde gewiss nicht auf die Feuerwehr treffen wollen, und so genoss sie das kalte, rettende Wasser beinahe ein bisschen.

Die Wartezeit, bis die vertrauten Sirenen der Feuerwehr näherkamen, konnte nur wenige Minuten betragen haben, und doch schien es Ines, dass sie sich viel länger hinter die schützende Säule gekauert hatte, so sehr schmerzten ihre Glieder. Sie fror ob des kalten Löschwassers, das sie noch immer durchnässte, und traute sich erst aus ihrer Deckung, als der erste Trupp schon direkt vor ihr stand. Die starken, in orange und rot gekleideten Männer bildeten eine Traube um den zerschossenen Brandmelder und ließen Ines sich ausweisen. Missmutig und unzufrieden begannen sie damit, die Leiche des unbekannten Mannes zu verdecken, um dann die Geisterstation nach weiteren Schäden abzusuchen. Voller Unzufriedenheit betrachtete Ines noch immer triefend das geschäftige Treiben. Einer der Männer informierte sie, dass François mit der Spurensicherung unterwegs war und dass es sonst nichts Neues gab. Ines ärgerte sich, dass die Sprinkleranlage ihr zwar das sichere Entkommen ermöglicht hatte, aber zugleich auch jegliche brauchbare Spuren, die es hier gegeben haben mochte, hinweg gewaschen haben musste. Vorsichtig fragte sie sich im Stillen, ob es nicht auch eine andere Möglichkeit gegeben hätte. Ein weiterer Feuerwehrmann legte ihr schließlich eine riesige, unglaublich wärmende Decke um die Schultern. Keine zwei Minuten, nachdem sie die Nachricht gehört und sich langsam etwas beruhigt hatte, stand François auch schon vor ihr.

»Was ist denn das hier für ein Abenteuer?«, fragte er. Sie hörte keinen Vorwurf, sah ihn jedoch in seinen müden, von unproduktiven Wissenschaftlern genervten Augen.

»Jemand wollte nicht gesehen werden und wurde dennoch erwartet«, sagte sie bedeutungsschwer.

»Wer ist das?«, fragte François und zeigte auf den Leichnam.

»Das müssen wir erst noch herausfinden. Doch sicher ist nun auch eines: Seoung Lee arbeitet nicht allein. Dieser Mann muss wirklich Informationen besessen haben, sonst wäre er nicht erschossen worden. Wer immer das war, hat Angst, François.«

»Mhh«, sagte ihr Kollege abwesend, während er die organischen Reste unter dem charakteristischen Tuch betrachtete. »Es wird nicht leicht sein, ihn zu identifizieren, denn wer immer ihn erschossen hat, hat einen Nuklid-Zersetzer verwendet.«

Überrascht trat Ines auf ihn zu und bestätigte seine Einschätzung. Der Mord konnte kaum zehn Minuten her sein, und dennoch war das, was sich unter dem Leichentuch befand, kaum noch mehr als eine indifferente Kohlenstoff-Pampe voller sich zersetzender Knochen.

»Wer immer das war«, sagte François, »er ist nicht nur ausgesprochen ängstlich, sondern auch ausgesprochen mächtig. Speziezistische Separatisten kommen nicht an Nuklid-Zersetzer dieser Güte heran.«

»Geneworks«, sagte Ines.

François nickte finster. »Oder jemand, der Geneworks zerstören will.« Er schaute Ines atemlos an, als könne er die Implikation seiner Erkenntnis noch nicht erfassen, und so bemerkte er nicht, dass einer der Spurensicherer hastig auf ihn zulief.

»Wir haben auf der Empore im Durchgangsweg eine weitere Leiche gefunden«, sagte er atemlos und bedeutete François und Ines, ihm zu folgen.

Auf der Empore gegenüber, fast genau da, wo Ines den Attentäter vermutet hatte, als sie hinter die Säule gedrängt Deckung nehmen musste, fand sich eine weitere Pfütze aus organischen Resten, menschlichen DNA-Fetzen und Wasser.

»Regel Nummer eins für Attentate: Töte den Attentäter«, sagte François trocken.

Ines hätte beinahe laut losgelacht, so gleichermaßen zittrig und aufgedreht war sie nun. Den Blick fest auf das Infraschallgewehr gerichtet, das wie ein antikes Artefakt neben der rasend schnell destrukturierenden Leiche lag, dämmerte ihr langsam, dass das Problem größer war als ein stoischer Nanobiologe in Zelle Eins des Kriminalistischen Instituts. Hier war jemand entschlossen, Spuren zu verwischen und ihre Ermittlungen zu blockieren. Sie bemerkte, wie die umstehenden Ermittler der Spurensicherung sie irritiert ansahen.

»Sie steht unter Schock«, sagte François. »Und ehrlich gesagt, glaube ich auch, dass es stimmt«, fügte er zu ihr gewandt hinzu, als ihn niemand außer Ines mehr hören konnte. »Wenn wir hier fertig sind, fahre ich dich nach Hause und du erzählst mir, was hinter diesem Abenteuer steckt«, sagte er.

Ines nickte dankbar. Sie hatte sich zwar ein wenig beruhigen können, war aber noch immer innerlich aufgewühlt. Natürlich überlegte sie längst, wer ein Interesse daran haben könnte, ihren Informanten umzubringen, und wer überhaupt die Ressourcen dafür aufwenden konnte, doch immer blieb in ihrem Geist nur eine Option übrig, und das war Geneworks. Konnte es möglich sein, dass es sich hierbei um einen internen Machtkampf handelte, der auf dem Rücken der Alten ausgetragen wurde? Gedankenversunken schüttelte sie den Kopf und ermahnte sich selbst, nicht schon wieder nur in eine Richtung zu denken. Solange es keine handfesten Beweise gab, dass Geneworks etwas verheimlichte, war es unklug, sich nur in diese eine Richtung zu orientieren. Immerhin, der Ermordete gehörte nach eigener Aussage nicht zu Geneworks, und es war nicht auszuschließen, dass einer der wenigen verbliebenen konkurrierenden Konzerne aus der Situation Kapital schlagen wollte und auf diese Weise versucht hatte, von ihr Informationen über die Ermittlungen zu erhalten. Resigniert zog sie die Wärmedecke zurecht. Warum schienen ihr mit jeder verrinnenden Sekunde nur noch mehr Fragen einzufallen, anstatt dass sie zur Abwechslung mal Indizien oder Hinweise fand? Sie wusste, dass Seoung Lee nicht des Rätsels Lösung war, ebenso wie der Tote, den sie mit der Spurensicherung in dem leblosen Bahnhofsgerippe zurückließ. Vielleicht hätte er der Schlüssel sein können – sie würde es nicht mehr erfahren.

***

Auch das hypnotisch gleichmäßige, elektrische Surren der Instituts-Limousine vermochte Ines noch nicht zu beruhigen. François sah, wie sie nervös auf dem Sitz herumrutschte, während er das Ziel einprogrammierte. Als er fertig war, schien er nicht gewillt zu sein, sie zur Ruhe kommen zu lassen, denn ohne zu zögern setzte er seine vorwurfsvollste Miene auf und fragte, was sie sich dabei gedacht hätte, allein in einen unüberwachten Bezirk zu gehen.

»Wenn ich jemanden mitgenommen hätte, hätte ich nichts erfahren können«, sagte sie.

»Und was genau hast du erfahren?«

»Dass jemand nicht möchte, dass wir den Fall aufklären, und dafür bereit ist, über weitere Leichen zu gehen.«

»Ines, du bist die beste Profilerin, die es in ganz Paneuropa gibt. Du kannst mir doch nicht sagen, dass du das noch nicht wusstest. Die DNA-Pfütze hätte auch aus deinen Resten bestehen können.«

»Vielleicht, ja. Aber so wahrscheinlich ist es nicht. Ermittler sind austauschbar, Mitwisser nicht. Deswegen war es logisch, zuerst den Informanten zu erschießen.«

François musterte sie düster. »Sollte man wirklich immer auf Logik wetten?«

»Nicht wetten, François. Du weißt selbst gut genug, dass du als Profiler den Täter provozieren und in Versuchung führen musst, um deine Annahmen zu testen. Es war nicht anzunehmen, dass ich in unmittelbarer Gefahr schwebte. Im Gegenteil, das Verhalten enthüllt uns eine ganze Menge, was wir sonst niemals erfahren hätten.« Ines gewann wieder etwas Klarheit in ihrem Verstand, und durch die Vorwürfe des Elsässers gelang es ihr, einige bessere Gründe zu konstruieren, als sie aufrichtig selbst hätte angeben können. Sie fuhr fort: »Diese Morde beweisen vor allem eins: Wer auch immer hinter der Geschichte steckt, ist nervös. Und das bedeutet, die Gefahr, in der sich die Alten mutmaßlich befinden, ist entweder ein großer Bluff, oder zumindest noch abwendbar. Das ist etwas, das Seoung Lee, wie du weißt, abstreitet.«

»Trotzdem war es unvernünftig«, sagte François.

Ines nickte. »Es ist schon ein bisschen seltsam, wie bereitwillig ich das Risiko eingegangen bin, da hast du Recht. Doch es könnte sich als nützlich erweisen.«

»Was meinst du?«

Bevor sie antworten konnte, verlangsamte der Wagen, doch nicht, weil sie angekommen waren, sondern weil ihnen offenbar Passanten den Weg versperrten. Die sanfte Stimme des Wagens teilte mit: »Manuelle Steuerung erforderlich«, doch ehe François das Lenkrad zu fassen bekam, wurde beiden klar, dass es sich nicht um einfache Passanten handeln konnte, zumal mitten in der Nacht, da sich rechts und links Gestalten fanden, die den Wagen

138

bedrohlich aufschaukelten. Unverständliches Gemurmel begleitete die Szenerie.

»Was ist denn hier los?«, fragte Ines und blickte aus dem Fenster in die Düsternis der Nacht.

François zuckte mit den Schultern, doch er sagte dann schlicht: »Ich glaube kaum, dass wir sie fragen sollten.«

Mit flinkem Griff aktivierte er das Signalhorn des Zivilwagens, der mit blauem Licht und Getröte nun doch abschreckend genug wirken musste, dass die überraschte Menge zurückwich.

»Wir sind nahe dem Rathausplatz«, rief Ines aus, doch dann stockte ihr der Atem. Offenbar war der gläserne Vorbau mit einem handgemalten Transparent verhängt. Mühsam entzifferte sie die krakelige, noch feuchte Farbe auf den Laken.

»ZEUGEN des VERFALLS«, murmelte sie.

»Was bedeutet das?«, fragte François.

»Wir haben nicht länger unsere Ruhe«, sagte Ines fatalistisch. »Worauf auch immer das hier abzielt, etwas muss nach außen gedrungen sein. Von jetzt an wird es ungemütlich.«

Wie um ihre Einschätzung zu bestätigen, näherten die nächtlichen Demonstranten sich erneut dem Wagen, die Sirene hatte offenbar die abschreckende Wirkung eingebüßt.

»Nichts wie weg hier«, beschied François, entriegelte erneut die Steuerung der Limousine und raste weiter durch die Dunkelheit der City.

Als er auf den schmalen Vorhof der Kriminalistik einbog, stutzte Ines. »Wolltest du mich nicht nach Hause bringen?«

»Die Krawallmacher in der Innenstadt haben mich umgestimmt. Bestimmt würde Ruhe dir gut tun, doch mir scheint, uns läuft die Zeit davon«, gab er lakonisch zurück.

Ines seufzte. »Du hast schon wieder Recht. Ich werde trotzdem erst mal ein wenig schlafen, denke ich».

François nickte und schwang sich behände aus dem Wagen. Ines folgte ihm mühsam die Stufen zum Haupteingang hinauf, die frische Nachtluft hatte ihr einstweilen wiederklar gemacht, wie müde und erschöpft sie noch immer war. Als sie die Tür beinahe erreicht hatten, schwang sie mit einem Donnern auf. Mit breit aufgestellten Beinen und verschränkten Armen war die Gestalt eine fatalistische Mischung aus wütendem Racheengel und besorgter Haushälterin. Serghy Brock erwartete sie schon.

***

Seine Halsader pulsierte und auch der starre Blick verriet seinen Schlafentzug der vergangenen Tage.

»Was fällt Ihnen eigentlich ein?«, schrie er aufgebracht und bedeutete ihr, ihm in sein Büro zu folgen.

Ines warf François einen entschuldigenden Blick zu und eilte, noch immer in die Feuerwehrdecke gehüllt, hinter Brock her.

Er knallte die Tür zu, atmete einmal hastig ein und sagte dann: »Ines, ich kann nicht fassen, dass ich das mal sagen würde, aber was denken Sie sich eigentlich im Moment? Erst fahren Sie Herrn Blisterhuber wiederholt vor den Kopf, und nun spielen Sie Räuber und Gendarm im alten Hauptbahnhof? Ich dachte, ich müsste Ihnen nicht sagen, wie wichtig es ist, dass Geneworks kooperiert. Was zur Hölle ist in Sie gefahren? Was ist da unten passiert?«

Während Serghy Brocks Tirade auf sie niederging, spürte Ines, wie die Ruhe des objektiven Ermittlers, die sie sonst so auszeichnete, langsam zurückkehrte. Sie sah nun klarer und deutlicher als zuvor, was passiert war. Beinahe schien es ihr, als würde sie ihren Chef lediglich von Weitem beobachten, während er auf jemand anderen einredete.

»Ich bin einer Spur gefolgt«, sagte sie schließlich, als sie eine Pause im unaufhörlichen Gezeter ausmachen konnte. »Einer Spur – der bisher einzigen, wie ich hinzufügen möchte, denn die sogenannten Experten, die wir unten im großen Saal einkaserniert haben, bringen nichts als theoretische Mutmaßungen über fehlfunktionierenden Eiweiße zustande. Der getötete Mann wird uns mit etwas Glück jedoch eine ganze Menge über die Hintermänner dieser seltsamen Ereignisse verraten können, denn«, wiederholte sie ihre frühere Schlussfolgerung, »wir wissen jetzt, dass Seoung Lee nicht allein arbeitet, denn er hat weder meinen Informanten noch seinen Attentäter umgebracht.«

»Das ist jetzt nicht Ihr Ernst«, sagte Brock. »Zwei Menschen also mussten sterben, weil Sie einer Spur gefolgt sind, die sich als Sackgasse herausstellen wird, falls nicht genug DNA-Fragmente übrig sind für eine Identifizierung?«

140

»Der Informant wäre ohnehin liquidiert worden, davon können wir ausgehen«, sagte sie ungerührt.

»Das wissen Sie nicht«, grollte Brock. »Und jetzt kann er nicht mehr reden. Ich sag's Ihnen zum letzten Mal, Ines, Ihre Aufgabe ist es, herauszufinden, wie Seoung Lee es anstellen will, in weniger als zehn Tagen die Alten kollektiv dahinzuraffen. Wenn Sie dabei beweisen können, dass er auch die beiden Frauen, die unten in der Pathologie liegen, getötet hat, gut. Was Sie aber nicht tun werden, ist weiterhin Verschwörungstheorien nachzulaufen, haben wir uns verstanden?«

Ines begriff, dass Brock seine Aussage völlig ernst meinte und tatsächlich der Meinung sein musste, dass sie sich Verschwörungstheorien zusammenbastelte. Sie nickte stumm.

»Gut«, sagte er, deutete auf seine Tür und schien sich in irgendwelche Berichte zu vertiefen.

»Chef …« Ines wusste, dass es kein guter Zeitpunkt war, doch er musste von dem Vorfall auf dem Rathausplatz erfahren. Sie erzählte, so gut sie es in der Aufregung mitbekommen hatte, von den 'Zeugen des Verfalls'.

»Das ist nicht gut«, sagte er. »Gar nicht gut. Es war letztlich klar, dass so etwas passieren würde, doch der Zeitpunkt lässt mich darauf schließen, dass unser Expertengremium von eigenen Interessen durchsetzt ist. Die Medien … können es nicht allein herausgefunden haben.« Brock schluckte.

Ines riet, was er damit meinen konnte. Doch nur, dass die Kontrolle der Alten nicht so weit reichte, wie man sonst hinter vorgehaltener Hand vermutete. Wenn das wahr war und einer der Wissenschaftler geredet hatte …

Brock unterbrach ihren Gedanken. »Doch das, meine Liebe, sollte Sie nicht stören. Ich kümmere mich schon darum. Sehen Sie nur zu, dass Sie an Seoung Lee herankommen. Irgendetwas muss ja über ihn zu finden sein. Bis heute Abend habe ich ein komplettes Profil und Einschätzung der Gesamtsituation von Ihnen, verstanden?«

Ines nickte resigniert. Einen Bericht zu schreiben, würde schon den ganzen Morgen dauern, wie sollte sie da auch noch endlich etwas über Seoung Lee herausfinden? Als sie endlich das Büro verließ, war sie einerseits froh, dass sie sich etwas beruhigen konnte, andererseits jedoch aufgekratzt ob der Aufgaben, die vor ihr lagen. Während sie langsam in Richtung ihres Büros schlenderte, überlegte sie, wie sie den Tag angehen würde. Der Morgen graute schon und sie zögerte nicht, nur mit Kaffee zu frühstücken, als sie am Automaten vorbeikam.

***

François wartete auf sie, ebenfalls mit einem dampfenden Kaffee ausgerüstet. Schnell musterte er ihren frischen Becher. Zwischen Brocks Büro und ihrem Treffpunkt in der großen Halle, an der es zu ihrem Büro in den Seitentrakt ging, hatte sie die Portion beinahe vollständig ihrem Verdauungstrakt zugeführt.

»Was spricht der alte Griesgram?«

»He, er ist vor allem auch dein Chef«, sagte Ines belustigt. »Musst du nicht zu ihm halten, wenn er mich zurechtweist?«

»Wenn ich schon vom Anstand her zu ihm halten muss, kann ich doch persönlich zu dir halten«, zwinkerte er. »Nimm's nicht so schwer.«

»Das sagt sich so leicht. Er will bis heute Abend ein komplettes Profil haben, François, und wir haben rein gar nichts. Es ist nichts herauszubekommen, und alle anderen Hinweise haben sich bis jetzt in Kohlenstoffsuppe aufgelöst.«

»Warte ab«, sagte er. »Die Spurensicherung wird schon bald etwas Vorläufiges für dich haben. Und selbst, wenn sie nur einen der beiden identifizieren können …«

»… nützt uns das gar nichts. Vielleicht für den Fall als solchen, doch Brock wird das nicht gelten lassen. Er sieht die ganze Aktion als eine dumme Verschwörungstheorie, der ich folge, weißt du?«

François zog die Augenbrauen in die Höhe. Dann sagte er vorsichtig: »Nun ja, der Gedanke ist mir auch gekommen. Du musst auf jeden Fall vorsichtig sein, noch einmal etwas auf eigene Faust zu machen.«

Ines musterte ihren Kollegen und Freund. Die Elsässer Art, ihr zu verdeutlichen, was für eine idiotische Idee es gewesen war, zum Bahnhof zu fahren. Sie hob die Arme und karikierte eine entschuldigende Geste. Denn sich dazu herablassen, schon jetzt einen Fehler zuzugeben, würde sie sicher nicht.

»Schon gut, schon gut. Es ist nicht optimal gelaufen, das weiß ich. Aber ich weiß auch, dass ich es wieder tun würde.« Ines spürte, wie ihre innere Anspannung stieg. »Weißt du eigentlich, worum es hier geht? Wenn Seoung Lee Recht hat, dann sind in weniger als zwei Wochen 2,2 Milliarden Menschen dem Tode geweiht. Und du … und Brock auch, wenn wir schon dabei sind … ihr tut gerade so, als ginge es nur darum, hier gewöhnliche Morde aufzuklären. François, wir müssen Risiken eingehen, sonst haben wir von vornherein verloren, verstehst du?«

»Weiß ich, weiß ich. Am Ende müssen wir vielleicht abwägen, was vorschriftsgemäßes Verhalten und die möglichen Folgen angeht, doch ich glaube, dass für den Moment …«

» … für den Moment? Meinst du, es wird irgendwann in leuchtender Schrift eingeblendet 'Dies war der Moment, da alle Dämme brachen'? François, es beginnt schon. Die Menschen spüren, dass etwas im Gange ist. Die Szene auf dem Rathausplatz mag gespenstisch und unwirklich gewesen sein, doch in einigen Tagen könnte es überall so aussehen. Wir müssen uns darauf vorbereiten.«

François trommelte ungeduldig mit den Fingern an die Wand, an der er sich anlehnte. »Und wie willst du das machen?«

Ines lächelte. »Das wollte ich doch vorhin schon erzählen. Wir stellen eine Falle.«

Der Elsässer sah sie fragend an.

»Obwohl ich verstehe, dass wir vorsichtig mit diesen Annahmen umgehen müssen, bin ich doch überzeugt, dass Seoung Lee nicht allein gehandelt haben kann. Und diejenigen, von denen ich spreche, sind so nervös, dass sie nicht nur Leute umbringen, die etwas wissen könnten, sondern auch deren Attentäter. Wir müssen sie aus der Reserve locken.«

»Na schön. Wie willst du 'sie' aus der Reserve locken?«

»Seoung Lee wird gestehen.«

François starrte sie ungläubig an. »Wie willst du das denn machen? Du hast seit drei Tagen jeden Tag wenigstens vier Stunden mit ihm im Befragungszimmer verbracht und kaum mehr als den Zeitpunkt der Apokalypse erfahren.«

Ines feixte. Als sie sah, wie François sie böse anstarrte, besann sie sich und erklärte es ihm. »Er wird natürlich nicht gestehen. Er wird weiterhin überhaupt nichts sagen, davon bin ich überzeugt. Wir werden jedoch der Öffentlichkeit mitteilen, dass er alles gesteht, verstehst du?«

Er nickte schließlich langsam. »Gerade zur rechten Zeit.«

»Ganz genau.«

21.

11. November 2080

»Es heißt ja, dass alle Dinge, die Spaß machen, entweder ungesetzlich oder ungesund sind oder dick machen. Es ist eine Ironie der Geschichte, dass die schiere Möglichkeit, zu rauchen, ohne Lungenkrebs zu bekommen, hemmungslos zu schlemmen, ohne an Gefäßverengung zu sterben, oder die Fellatio durchzuführen, ohne humane Papillomviren zu verbreiten, all diese Dinge so vollkommen uninteressant machte. Dass die Alten mit der Möglichkeit, ohne Konsequenzen zu leben, auch das Interesse an Vergnügen verloren, zeigt unter anderem, wie wenig interessant ein unendliches Leben sein muss. Vergnügung, so sagt man, ist ein Laster der jungen Gesellschaft, die es sich gerade nicht leisten kann. Die widerwärtige Überheblichkeit der Alten fußt letztlich auch darauf, keine Unterhaltung zu konsumieren oder produzieren zu wollen. So beispiellos die menschliche Kultur der letzten Jahrtausende unserer Existenz auch war, so beispiellos ist ihr Niedergang mit dem Verlust der Sterblichkeit. Es scheint fast, als würde die Endlichkeit der Existenz darin ihren Sinn ergeben, denn niemand strebt danach, etwas Bleibendes zu schaffen, wenn er bereits etwas Bleibendes besitzt – sich selbst.

Mir ist klar, dass ich an jenem Tag nicht nur die Rechtsstaatlichkeit, das Vertrauen der uns anvertrauten Leben oder die Reputation der Firma in Frage stellte, sondern viel höher zielte. Die Würde des Menschen. Als ich beschloss, aktiv gegen den Stillstand der gesamtmenschlichen Gesellschaft anzugehen, tat ich es, um Schaden von diesem Wunderwerk der Evolution abzuwenden – man konnte erkennen, dass der Verfall nicht aufzuhalten war, weil weder die Alten noch die Jungen in der Lage waren, ihre Situation zu erkennen oder gar zu ändern. Doch ich sah es. Es lag alles klar vor mir. Wir haben schon lange vor der quantengenetischen Revolution erkannt, welche Sequenzen für Abenteuerlust, Tatendrang und, nun ja, Rastlosigkeit verantwortlich waren. Ich beschloss, sie zu nutzen.«

22.

7. Mai 2082, 10:36 Uhr

Als sie den Beobachtungsraum betrat, war sie nicht überrascht, dass die vertraute Gestalt am Fenster stand und ebenso stumm wie herausfordernd den Deutsch-Koreaner auf der anderen Seite des Glases anstarrte.

»Es ist faszinierend«, sagte Klaus-Peter Haßloch. »Keine Gemütsregung ist zu erkennen, und doch ist davon auszugehen, dass es in ihm innerlich brodeln muss vor Schmerz, Zorn und, vielleicht, perverser Vorfreude.«

»Oder er ist tatsächlich vollständig indifferent angesichts der bevorstehenden Apokalypse, die er zu verantworten gedenkt«, sagte Ines. »Emotionale Indifferenz ist erst einmal nicht an sich pathologisch, wenn Sie es genau wissen wollen. Die Fähigkeit, die Perspektive zu wechseln, macht uns empathisch, und nur, weil man sie nicht nutzt, bedeutet das nicht, dass man Menschen umbringt.« Es nervte sie, dass er schon wieder hier war und ihre Gedanken ablenkte. Sie bewertete noch etwas anderes als 'perverse Vorfreude', sagte aber nichts zu Haßlochs paradoxer Feststellung.

»Ich weigere mich zu glauben, dass es möglich sein soll, über derart viele Leichen zu gehen, ohne den geringsten Hauch von Mitleid zu entwickeln«, fuhr er fort. Beinahe schien es, als erwarte er gar keine Antworten, sondern genieße einfach seinen Monolog.

»Es gab einen Verwaltungsbeamten namens Eichmann, erinnern Sie sich?«, fragte Ines.

Haßloch erstarrte. »Das ist lächerlich. Über Rassismus ist unsere Gesellschaft hinaus entwickelt.«

»Ihre Gesellschaft, ja. Vielleicht. Doch wie steht es mit den Jungen? Kann man ihnen verdenken, auf die Straße zu gehen und den Alten, übrigens auch Ihnen, Herr Haßloch, wirklich und wahrhaftig den Tod zu wünschen?«

»Sie begrüßen die Taten all jener, die sich gegen unsere Grundordnung wenden?« Er sprach diese Worte so sanft und unbekümmert aus, als wären sie die schiere Beobachtung der Bewegungen von Ameisen im Terrarium.

146

»Es ist meine Aufgabe, diejenigen zu verstehen und zu durchschauen, die sich gegen die Ordnung wenden. Und das«, sagte Ines, »bedeutet auch, dass ich immer auf dem schmalen Grat zwischen ehrlich empfundener Ablehnung und verständiger Empathie balancieren muss. Ich dringe ein in ihre Gedanken und, sofern vorhanden, Gefühle. Das ist manchmal mehr, als man verträgt, und man muss aufpassen, dass man nicht vergisst, wer man selbst ist. Doch bei Seoung Lee ist es leicht, denn es ist einfach nichts da, in das man sich hineinversetzen könnte.«

Der Alte sah sie lange und nachdenklich an. Ines hielt seinem Blick stand, beinahe trotzig bot sie ihm die Stirn. Hatte sie ihn überzeugt? Und hatte sie sich überzeugt? War es der bloße professionelle Perspektivwechsel, von dem sie sprach und der sie diese Dinge sagen ließ, oder gab es doch Zustimmung für Seoung Lee, tief in ihr? Ines fürchtete diese Frage und beschloss, ihn weiter für einen Mörder zu halten. Einfach, weil es so sein musste. Das entsprach nicht dem Profiling-Protokoll, doch andererseits entsprach auch dieser Fall nicht dem eines typischen Profilers.

Haßloch hatte seine Überlegungen anscheinend abgeschlossen und sprach nun weiter: »Seien Sie vorsichtig, Frau Schultheiss. Sie haben Recht; wenn man ständig Lügen hört, dann glaubt man sie irgendwann.«

»Das hängt ganz von der Perspektive ab«, sagte sie knapp. »In gewisser Weise bin auch ich pathologisch empathielos, wenn es darum geht, sich wieder zu trennen. Die Individualität zurückzuerlangen. Und, wenn Sie mir noch einen Gedanken erlauben, auch Ihre Wortwahl entlarvt Sie. Denn während ich reflektieren muss, abwägen, differenzieren, machen Sie es sich mit dem festgelegten Weltbild der Alten gemütlich und einfach. Wo ist Ihr gepriesenes Mitgefühl, wenn Menschen sterben, weil sie es nicht wert sind, weiterzuleben? Jeder einzelne Junge, der stirbt, klagt Sie an. Ob durch Seoung Lee oder jemand anderen, vermag ich nicht zu sagen, und auch urteilen will ich darüber nicht, doch sagen Sie mir, wie können Sie es rechtfertigen, zu entscheiden, wer leben und wer sterben soll?« Triumphierend lächelte sie, einmal, um ihn nicht zu verletzen, doch andererseits, weil sie ihre Worte genoss. Haßloch bot ihr in diesem Moment zweifellos Angriffsfläche, und es war interessant zu sehen, wie er damit umzugehen gedachte. Seine anmutige, perfekt glatte Miene verfinsterte sich.

»Das ist lächerlich und ich verbitte mir derartige Unterstellungen! Es gibt gute Gründe, nicht allen Menschen Unsterblichkeit zu gewähren. Diese Diskussionen sind schon vor Jahrzehnten geführt worden. Nur weil einige Leute heute der Meinung sind, dass das nicht mehr gelten möge, können wir nicht einfach davon abrücken. Wir haben eine Verantwortung gegenüber allen, und das bedeutet auch und in erster Linie, dass wir gelernt haben, dass zwölf Milliarden Menschen nicht dauerhaft ernährt werden können. Und was meine Person angeht, Frau Kommissar: Ich beobachte und dokumentiere lediglich. Denn wenn die Alten ihre letzten Tage erleben, so muss es Zeugnis davon geben und wir müssen, solange es geht, versuchen, es abzuwenden. Mir indirekt Rassismus vorzuwerfen! Mir! Die menschliche Rasse ist über derartige Gedanken hinaus entwickelt.«

»Gibt es denn die menschliche Rasse? Wie definiert man das in einem Zeitalter, da Jugendliche sich nicht Ohren und Lippen durchstechen lassen oder Häuser anzünden, sondern genetisch ganze Extremitäten verformen lassen? In der die Vielen den Wenigen, denen ewiges Leben vergönnt ist, ihren Lebensstil erarbeiten müssen?« Ines erwischte sich erneut, wie sie im Grunde ohne Not gegen den Alten Partei ergriff. Noch vor Tagen hätte sie nicht im Traum daran gedacht ...

»Was fällt Ihnen ein!«, rief Haßloch. »Ihre Ausdrucksweise ist absolut unangemessen und offenbart das ganze Ausmaß dieses Komplotts. Sagen Sie, Frau Schultheiss, wollen Sie die Zusammenhänge und Ursachen aufklären? Wollen Sie uns Alte retten?«

Sie seufzte. »Natürlich will ich das. Doch Sie müssen zugestehen, dass nur, wer ohne Schuld ist, den ersten Stein werfen sollte.«

Haßloch, so schien es, schwebte mit perfekten, kaum erkennbaren Schritten auf sie zu, bis er ganz nah vor ihr stehenblieb. »Es ist nicht meine Natur, zu Gewalt zu greifen. Doch ich will ehrlich sein, auch ich habe so etwas wie einen Überlebenstrieb, welch paradoxer Ausdruck. Und deshalb, das

148

sollten Sie wissen, würde ich den ersten Stein werfen. Wenn es nötig ist.«

»Hoffen wir, dass es nicht so weit kommt«, sagte Ines finster, nahm ihre Kaffeetasse und trat hinaus zu Seoung Lee. Als sie die Tür ins Schloss fallen hörte, fragte sie sich ganz entfernt, ob er Recht haben konnte und sie die Alten etwa nicht retten wollte. Unsinn. Natürlich wollte sie.

***

»Da sind wir also wieder«, sagte sie knapp, als sie dem Deutsch-Koreaner gegenüber Platz nahm. Sie nahm einen tiefen Schluck aus der Tasse. »Ich will ehrlich zu Ihnen sein, ich komme nicht weiter.«

»Sie erwarten hoffentlich kein Mitleid von mir«, sagte Seoung Lee ruhig. Dennoch schien es Ines, als verrieten seine Züge so etwas wie Belustigung ob ihres Eingeständnisses. Immerhin. Eine Regung. Doch jetzt tat das nichts zur Sache. Es galt zu beobachten, wie er auf ihre Ankündigung reagierte.

»Oh, gewiss erwarte ich kein Mitleid von Ihnen«, äffte sie ihn nach. »Ich werde Ihnen sagen, was ich erwarte. Morgen in aller Frühe setzen wir den Haftprüfungstermin an und Sie werden gestehen, ganz einfach.«

»Und dann?«

»Das hängt ganz davon ab, ob der Haftrichter Ihre Ausführungen schlüssig findet und die Ermittlungen deutlich machen können, dass ein Grund besteht, Sie weiter in Untersuchungshaft zu lassen. Und es gibt genug Leichen von Alten, die stark dafür sprechen.«

»Warum erzählen Sie mir das, Frau Kommissar?«

»Weil es nur die halbe Geschichte ist. Ich schreibe eine Pressemitteilung, in der erklärt wird, dass Sie ein Geständnis ankündigen und auch den Mechanismus erläutern wollen, mit dem Sie es getan haben. Dann werde ich so etwas hinzufügen wie 'Die Sonderkommission erklärte, dass man zuversichtlich sei, innerhalb weniger Tage das Gegenmittel hergestellt zu haben, sodass weitere Opfer unwahrscheinlich sind.'«

Seoung Lee lächelte grimmig. »Ich habe es Ihnen doch schon erklärt. Es kann nicht aufgehalten werden.«

»Das weiß ich, und ich glaube Ihnen offen gesagt mittlerweile auch. Aber die Frage ist ja, glauben es alle?«

Seoung Lee blieb scheinbar ruhig, doch Ines gelang es, ein leichtes Zucken der Unterlippe zu beobachten. Das war das Zeichen, auf das sie gehofft hatte. Sie wusste, dass es gefährlich war, hier so zu bluffen, doch sie musste sich auf ihr Gespür verlassen und die Sache durchziehen.

»Wer?«, fragte sie.

»Wie bitte?«

»Wer steckt hinter dem Anschlag auf die Alten? Es ist offensichtlich, dass Sie nicht alleine gearbeitet haben. Während Sie hier drin sitzen, sind zwei Menschen ermordet worden, die mir etwas hätten erzählen können. Sie selbst können es nicht gewesen sein, also war es jemand, der große Angst hat, dass wir etwas herausfinden. Und die Frage ist ja, glaubt dieser jemand, dass Sie dicht halten?«

Seoung Lee zitterte eine Winzigkeit, hielt aber die Fassade seiner Mimik aufrecht. »Ich weiß nicht, was Sie meinen. Ich habe ganz allein gehandelt und übernehme die volle Verantwortung.«

»Das haben Sie schon gesagt. Verantwortung hin oder her, es gibt noch jemanden, der davon weiß, und er macht sich große Sorgen um den Erfolg seiner 'Mission'. Die Frage ist, vertrauen die Ihnen soweit, dass sie glauben, dass Sie nichts verraten?«

Zufrieden stellte sie fest, dass Seoung Lee begann, zu grübeln. Sie wusste nicht, worüber oder warum, doch zumindest hatte sie hier etwas gefunden und sie musste der Idee von einem Indiz auf der Spur bleiben.

»Es ist nicht mehr aufzuhalten«, sagte Lee wieder.

»Das spielt keine Rolle«, sagte Ines. »Ich muss versuchen, was ich kann, und wenn es nicht aufzuhalten ist, dann werden wir das früh genug merken. Doch wenn es etwas gibt, das wir tun können, dann werde ich es finden. Sie sollten mit Spannung Ihre Haftprüfung erwarten, denn wir werden durch halb Stuttgart-Ulm fahren müssen und ... nun ja, die Straßen sind gefährlich geworden zur Zeit.«

»Wollen Sie mir etwa drohen?« Seoung Lee lachte. »Sie müssen doch verstehen, dass jemand, der zwei Milliarden Menschen ermordet, keine Angst vor dem Tod hat.«

»Wer spricht denn von Tod, Herr Seoung? Sie sollten Angst vor dem Scheitern haben.«

»Ich werde nicht scheitern, ich kann gar nicht mehr scheitern, verstehen Sie das nicht?«, sagte er. Ines konnte sehen, dass er nicht begriff, was sie vorhatte.

»Wir werden es herausfinden. Bis morgen, Herr Seoung«, sagte Ines und ging durch die gesicherte Tür, die direkt auf den Flur führte. Sie war aufgewühlt und vorsichtig optimistisch, doch sie wollte Klaus-Peter Haßloch ausweichen. Sie spürte, dass sie in dieser Stimmung dazu imstande war, jeden Menschen, egal wie friedfertig, zu provozieren. Und Haßloch hatte sie bereits provoziert. Wenn es ihm in den Sinn kam, sich bei Brock zu beschweren, konnte es sogar Schwierigkeiten bedeuten. Doch vielleicht war es auch nützlich, einen aufgebrachten Alten im Institut zu haben …

Keine Frage, Seoung Lee war von sich und dem Anschlag überzeugt. Doch nun hielt sie die Fäden in der Hand. Sie bedeutete dem Polizisten, der die Tür bewachte, Seoung Lee in seine Isolationszelle zurückzubringen. Während der Wächter Seoung Lees Handschellen an seinem Gürtel fixierte, fragte sie sich abwesend, warum Geneworks ihm keinen Anwalt gestellt hatte. Gewiss, er wollte selbst keinen Anwalt nehmen, doch war es nicht im Interesse des Unternehmens, Schaden von sich abzuwenden? 'Vielleicht', dachte sie, 'werde ich bald herausfinden, wer welches Interesse hat.' Seoung Lee würde nützlich sein. Nicht weil er redete, sondern weil über ihn geredet wurde.

***

Ines ging zum Kaffeeautomaten, um routinemäßig ihre Tasse zu füllen, da hörte sie, wie die Tür des Beobachtungsraumes aufging. Haßloch. Ines wandte sich schnell zum Gehen, als sie aus dem Augenwinkel erahnte, dass der Alte nicht etwa auf sie zustrebte. Etwa zur gleichen Zeit war der Wärter mit Seoung Lee aus dem Verhörraum gekommen, und nun sah Ines, wie Haßloch den

151

mutmaßlichen Massenmörder musterte, als wolle er ihn nicht passieren lassen. Seoung Lee stoppte unwillkürlich, und der Polizist, der ihn festhielt, musste auf dem schmalen Flur umständlich dem Alten Platz machen.

»Ist es wahr?«, fragte Haßloch plötzlich den gleichgültig blickenden Deutsch-Koreaner.

»Alles ist wahr, wenn man daran glaubt«, sagte er.

»Oder nichts«, entgegnete der Alte.

»Ganz wie Sie wollen.«

»Sie machen mein Wollen zu einem Zwang«, sagte Haßloch.

»Nein«, sagte Seoung Lee. »Niemand zwang Sie, unsterblich zu werden. Und so ist auch das Ende ebenjener Unsterblichkeit kein Zwang, sondern der Lauf der Dinge, der Triumph der natürlichen Ordnung.«

»Es definiert den Menschen, dass er sich über die 'natürliche Ordnung' hinwegsetzt«, sagte Haßloch atemlos. »Die Wahl in der Unsterblichkeit erst macht uns zu wahrhaft freien Menschen. Lesen sie Sartre oder Camus, wenn Sie das nicht verstehen.« Der Alte stand direkt vor Seoung Lee, und Ines stellte verblüfft fest, dass sie zum ersten Mal einen wirklichen Ausdruck in seinem Gesicht ausmachen konnte. Ratlosigkeit. Sie war zufrieden. Nicht wegen Haßloch, denn kühl dachte sie daran, wie ihre Provokation zu diesem überaus aufschlussreichen Disput geführt hatte. Weder hatte sie es beabsichtigt noch vorhergesehen. Doch es war interessant. Und vielleicht lehrreich.

Seoung Lee mochte die Nachricht nicht verstanden haben, doch gehört worden war sie. Und morgen würde sie mehr erfahren.

»Es ist Ihre Definition, nicht die meine«, sagte Seoung Lee schließlich an Haßloch gewandt und drückte den Wärter ganz leicht, als würde er sich zum Gehen vorbereiten. Tatsächlich wollte er in seine Zelle zurück, denn die Begegnung mit dem Alten war ihm augenscheinlich unangenehm.

Er drehte sich noch einmal kurz um: »Lesen auch Sie Sartre nochmal«, rief er Haßloch zu. »Und begreifen Sie den Tod als Befreiung!»

Als er Ines passierte, schien es ihr, als könne sie einen leichten Anflug von Besorgnis in seinem Gesicht lesen. Sie nahm einen Schluck Kaffee und trat zu Haßloch.

»Ich musste ihn versuchen«, sagte er. Er war ruhiger, doch noch immer erregt.

»Ich weiß.«

»Ist es Witz oder Wahn, was hier passiert? Ich weiß es nicht. Und doch – ich beginne zu spüren, wie er auf seine Weise Recht zu haben scheint.«

In einem Anflug von Empathie griff Ines nach seinem Arm, korrigierte ihr beinahe blasphemisches Verhalten schnell und sagte dann lediglich: »Ich werde dafür sorgen, dass er Unrecht hat.«

»Selbst, wenn es bedeutet, dass Sie Unrecht tun müssen?«

»Was wiegt schwerer, Unrecht oder zwei Milliarden Leben?«

»Es ist nicht an uns, darüber zu richten«, sagte Haßloch. »Fiat iustitia ruat caelum.[3]«

»Ich wünschte, ich besäße Ihren Idealismus«, sagte Ines.

»Nein, Frau Kommissar. Idealismus ist ein Luxus, den Sie sich nicht leisten können.«

Ines nickte. Dafür war es ohnehin zu spät, als sie daran dachte, was sie Seoung Lee antun würde.

***

Es war das erste Mal, dass sie guter Dinge in den großen Besprechungsraum hineinging. Sie hatte dem Kaffeeautomaten widerstanden und sah sich um. Die Stimmung war geschäftig und konzentriert, obschon eine gewisse Ratlosigkeit noch immer im Raum zu stehen schien. Sie suchte François. Er war in ein Gespräch mit dem jungen Polen verwickelt, den sie als geradeheraus und offen für tatsächlichen Meinungsaustausch in Erinnerung hatte.

»Was gibt es Neues, meine Herren?«, fragte sie ungezwungen.

»Die gute Nachricht: Wir können unsere Eiweiß-Spur fast sicher ausschließen. Die schlechte: Etwas Neues haben wir noch nicht anzubieten«, sagte Aliaksandr Wasovskiy. Seine Ironie war fein und zeugte von großem Selbstbewusstsein. Er gehörte ganz offenbar nicht zu dem Teil der Forscher, denen Ines' Verstand den

---

3 Lat. »Der Gerechtigkeit soll Genüge geleistet werden und wenn der Himmel einstürzt.«

Stempel 'Establishment' verpasst hatte, und war trotzdem zu brauchbaren Urteilen fähig. Natürlich passte ihr die Schlussfolgerung gar nicht, aber dafür war schließlich nicht er zu verurteilen. François sah sie bedeutungsschwer an, sagte jedoch nichts. Sie würde ohnehin allein mit ihm sprechen wollen, doch nicht, ohne den Mann zu Ende angehört zu haben.

»Erklären Sie mir bitte, wie Sie dabei vorgegangen sind«, sagte Ines. Sie begriff, dass sie, um die Fortschritte des Krisenstabes nachvollziehen und kontrollieren zu können, wirklich alle Details verstehen musste.

Wasovskiy nickte etwas unsicher. »Wir haben die Geneworks-Daten genommen, zunächst alle Differenzen zu vorherigen Versionen verglichen, die Bereiche mit Änderungen isoliert und deren Auswirkungen auf verschiedenen Simulatoren analysiert. Es gibt einige Sequenzen, die etwas tun, was den Organismus nicht beeinträchtigt, aber als abnormal zu klassifizieren ist. Das prominenteste Beispiel ist die Produktion eines bestimmten Eiweißes in der Hypophyse, das keine Funktion zu haben scheint.«

»Zu haben scheint?« Ines hakte nach. Waren sie sich nun sicher oder nicht? Es konnte doch nicht möglich sein, dass man sich in einer so wichtigen Frage mit einem 'vielleicht' zufriedengab.

Wasovskiy nickte wieder. »Wir können nicht beweisen, dass es keine Funktion hat, nur weil wir in der Simulation keine gefunden haben. Verstehen Sie, Negationen zu widerlegen, ist gemeinhin unmöglich, weil es zu viele Freiheitsgrade, zu viele Wechselwirkungen gibt. Das ändert nichts daran, dass wir an das Modell glauben und daher ziemlich sicher sind.«

Ines war unzufrieden. Sie hatten also rein gar nichts vorzuweisen. Was sollte sie in den Bericht für Serghy Brock hineinschreiben? Genau das? Er würde es ihr um die Ohren hauen. »Was für Ansätze untersuchen Sie außerdem?«

»Die … äh, Immunologen suchen nach Triggern für ein Retrovirus, das als Antikörper eingeschleust werden könnte, um dann die beobachteten Epilepsien auszulösen. Doch ehrlich gesagt, verstehen sie vermutlich nicht genug von Epilepsien um die dafür nötige genetische Umgebung zu erzeugen. Der Wirkradius eines Retrovirus ist beschränkt, wenn es von außen kommt, und deshalb glaube ich persönlich nicht, dass es so gemacht worden sein kann.«

154

François schien ungeduldig. »Die Gruppe um Blisterhuber sucht nach Fehlern im Code, die sich fortpflanzen könnten, doch sie sind für meinen Geschmack zu sehr damit beschäftigt, die exzellente Qualität des Genework-Codes zu loben, als dass sie kritisch vorgehen würden«, sagte er.

»Das ist doch nicht überraschend«, sagte Ines. »Er muss davon ausgehen, dass die Leute im eigenen Hause den Fehler viel eher finden können, denn sie wissen schließlich viel mehr darüber.«

Wasovskiy schüttelte den Kopf und schien nicht einverstanden. »Bin ich der einzige, der sich fragt, wieso ein Team, unter dessen Nase ein solcher Fehler in den Live-Code geschmuggelt wurde, ihn ausgerechnet jetzt finden sollte?«

»Nun ja«, sagte Ines. »Es hilft ja, wenn man weiß, wonach man sucht. Und sie werden eine gewisse Motivation haben, die Firma und, nebenbei gesagt, die Zivilisation in ihrer jetzigen Form nicht zu zerstören.«

»Wie meinen Sie das?«, fragte der junge Pole.

»Sehen Sie über den Tellerrand«, sagte François. »Gestern Nacht, als Frau Schultheiss und ich am Rathaus vorbeifuhren, fand sich ein wütender Mob, dessen Anhänger sich 'Zeugen des Verfalls' nannten und das Ende der Welt skandierten. Wenn wir das Problem nicht bald lösen, wird es Unruhen geben, deren Ausmaß wir nicht im Traum abschätzen können.«

Wasovskiy starrte die beiden Ermittler an. »Wieso?«

»Weil diese Gesellschaft sich so abhängig von den Alten fühlt, dass das Vakuum ihrer Abwesenheit die soziale Ordnung mit einem Schlag hinwegfegen würde«, sagte Ines. Sie sah, wie der junge Mann überlegte, erkannte jedoch Zweifel und Unerfahrenheit in ihm. Ihr wurde mit einem Mal klar, dass all die Wissenschaftler in diesem Raum vermutlich sämtlichst nicht verstanden, was auf dem Spiel stand. Es würden nicht nur die Alten sterben. Sondern die Ordnung mit ihnen.

François berührte leicht den Ärmel seiner Kollegin, sodass sie sich erinnerte, dass sie ihn allein sprechen wollte. Sie bedankte sich bei dem Nanobiologen und trat mit François zurück an eins der Erkerchen, hinter denen die großen verdunkelten Fenster eine atemlose Welt verdeckten, deren Fortbestand ganz allein davon abzuhängen schien, was hier passierte.

Nervös blickte er sich um, wie um sicher zu sein, dass sie wirklich ungestört waren.

»Es gibt einen Maulwurf«, flüsterte er.

Sie nickte. »Wir haben Glück, wenn es nur einen geben sollte. Zu viele Interessen und zu viel Geld stehen auf dem Spiel. Wer ist es?«

»Ich bin mir noch nicht sicher. Jemand hat den kompletten Code kopiert, sich aber geschickt angestellt.«

»Wie hast du es herausgefunden?«

»Ich habe die Zugriffe mit den Simulationsdaten korreliert und festgestellt, dass ein Stream nicht zur Analyse genutzt wurde, sondern nur gespeichert werden sollte. Was machen wir jetzt?«

Ines überlegte. Wenn sie zu offen damit umgingen, würde der Unbekannte kein Risiko mehr eingehen und sie konnten es nicht herausfinden. Wenn sie es jedoch verpassten, den Täter einzuladen, würde er vermutlich ebenfalls stillhalten.

»Eine Falle«, sagte sie entschlossen.

»Noch eine Falle?«

»Beruhig' dich, François. Das hat mit Seoung Lee nichts zu tun.«

»Ines, du spielst zu riskant, hörst du? Wir haben nichts in der Hand und wenn wir nicht bald etwas finden, dann setzt Brock sicher eine noch größere Kommission ein. Nach den letzten Tagen hier spüre ich ganz deutlich, dass uns das nicht helfen wird.«

»Ich weiß, François. Doch wenn du keinen besseren Vorschlag hast …«

Resigniert schüttelte der Elsässer den Kopf. »Vielleicht hat Seoung Lee Recht und es ist längst alles verloren.«

»Selbst wenn, wir müssen einfach herausfinden, wie es passieren wird.«

»Ja«, sagte er. »Danach sehen wir weiter. Dann haben wir uns keine Vorwürfe zu machen.«

»Hier geht es doch längst nicht mehr darum, uns schadlos zu halten«, sagte Ines und spürte ihre Wangen heiß werden. Empörung stieg in ihr auf, dabei konnte sie François kaum einen Vorwurf für seine Sicht der Dinge machen. »Wer würde schon sagen, 'gut, die Alten sind halt tot, wird nicht an den Ermittlern gelegen haben'? Wir können nur noch verlieren, François, und genauso bearbeite ich diesen Fall ab jetzt.«

François musste lächeln. »Ist der Ruf erst ruiniert …«

»Genau. Hör zu: Ich werde diesen Blisterhuber einweihen und ihn bitten vorzugeben, dass Geneworks versehentlich falsche Daten geschickt oder etwas vergessen hat. Oder so. Wenn die Wissenschaftler sich darauf stürzen, wird der Maulwurf erneut versuchen, die Änderungen zu bekommen. Dann können wir zuschlagen, weil wir vorbereitet sind.« Ihr gefiel nicht, dass sie Johan Blisterhuber mit einer so delikaten Aufgabe betrauen musste, doch es gab keine Alternative. Im Stillen hoffte Ines, dass es eine Verbindung der undichten Stelle mit dem eigentlichen Täter gab und dass sie so zumindest eine Fährte aufnehmen konnte. Sie stutzte. François hatte Recht, sie war verzweifelt. Doch der nächste Tag würde Bewegung in die verfahrene Ermittlung bringen. Zuvor erinnerte sie sich daran, dass sie den Bericht für Serghy Brock fertigschreiben musste, und fluchte leise, denn der vage Blick auf ihr Pad beschied ihr nicht viel Zeit. Sie holte Kaffee und ging zu Blisterhuber.

»Aha, Frau Kommissar!« Blisterhuber strahlte sie mit dem typischen Marketinglächeln an, das sie so verabscheute. Missmutig begann sie zu erläutern, was sie vorhatte.

»Ja, aber … Sie glauben wirklich, dass jemand uns ausspioniert?« Er unterbrach sich und sah aus, als dächte er nach. »In der Tat, eine gute Gelegenheit«, sagte er schließlich. »Ich werde sehen, was ich tun kann«, flüsterte er verschwörerisch, obwohl sie auf den Flur gegangen waren.

»Bitte beeilen Sie sich«, warnte Ines. »Wir werden einige Zeit verlieren, solange wir den Maulwurf suchen, also sollten Sie besser sofort beginnen.«

Blisterhuber nickte. »Sie können sich auf mich verlassen. Wenn Codes nach außen dringen, oder es schon sind, so ist die Integrität der Firma gefährdet. Es gilt wirklich, schnell zu sein.«

Als der Mann wieder in den Kreis der Experten zurückgekehrt war und Ines allein vor der schweren Eichentür stand, kam sie nicht umhin, sich zu fragen, wieso er so bereitwillig und kooperativ gewesen war. Sie mochte seine Art nicht besonders, doch das war es nicht. Natürlich hatte er Recht und es bestand eine große Gefahr für die Firma, nicht umsonst hatte Geneworks seine Firmenkomplexe beinahe militärisch gesichert. Dennoch fand es ein Teil von ihr seltsam, dass der so streitbare Mann ohne jegliches Abwägen auf ihr Angebot eingegangen war. Sie ertappte sich, dass sie einmal mehr innerlich die Frage stellte, was die wahren Absichten Geneworks' hierbei waren, doch sie fand noch immer keine Antwort darauf. Außerdem war Blisterhuber nicht der Kopf der Schlange, sondern allenfalls so etwas wie der Avatar, der für den dutzend-köpfigen Aufsichtsrat aus Alten, die sich kaum dazu bequemen konnten, die Firma wirklich und wahrhaftig zu kontrollieren, die Arbeit machte und am Ende vielleicht ebenso wie sie als Depp dastehen würde.

Ein dezentes Vibrieren des Pads wies sie schließlich erneut auf den Termin hin, der bald bevorstand. Auf dem kleinen Display erschien 'Brock. Bericht.'

Ines seufzte, nahm einen Schluck Kaffee und ging betont ruhig zu ihrem Büro. Sie wusste, wenn sie sich nicht hetzte, würde der Bericht auch nicht gehetzt wirken, selbst wenn sie nur mehr eine halbe Stunde Zeit hatte, ihn fertig zu schreiben.

Während sie noch überlegte, wie ehrlich sie den Bericht abfassen sollte, drängte sich immer mehr die Frage in den Vordergrund, was Brock von ihrer weiteren Vorgehensweise halten würde. Gewiss, den Maulwurf zu finden, war zu begrüßen, doch wie stand es mit Seoung Lee? Würde er zustimmen, die Pressemitteilung zu verschicken, wenn er wusste, dass sie nichts weiter herausgefunden hatte? Vermutlich nicht. Sie erinnerte sich an den alten Wahlspruch, lieber um Verzeihung zu bitten als um Erlaubnis zu fragen, und beschloss, den Teil bezüglich des Haftrichters auszulassen. Wenn alles lief wie geplant, würde Brock ohnehin den Tatsachen ins Auge sehen müssen. Und sie hätte den Beweis, dass Seoung Lee nicht allein handelte.

Sie schrieb in der halben Stunde sechs Seiten und war schließlich erschöpft, aber zufrieden mit sich.

23.

25. Januar 2081

Es ist eine der Merkwürdigkeiten des Unrechts, dass, ist die erste Hürde genommen, die eigene Moral, wenn nicht schon von der Richtigkeit, dann doch von der Notwendigkeit zu überzeugen, alles weitere wie von selbst geht. Nachdem mir klar war, dass mein Plan, den Alten zu neuem Schwung zu verhelfen, nicht nur alles verriet, woran ich mein Leben lang glaubte, sondern auch noch umsetzbar wäre, ergab ein Schritt den nächsten. Nein, nicht nur den nächsten, gewissermaßen auch stets gleich den übernächsten. Als ich begann zu sehen, was alles möglich wäre, verschwanden meine Vorsätze, gleichsam mit Occams Rasiermesser zu arbeiten und nur so viel zu ändern wie nötig war, auch in einem tiefen schwarzen Loch, an dessen Ende ohne Zweifel eines Tages meine persönliche Version der Hölle auf mich warten wird. Obschon mir noch Chuzpe fehlte, die Veränderungen ins aktuelle Update-Genom aufzunehmen, so begann ich doch mehr und mehr, grundsätzliche Mechanismen zu testen und nach und nach zu 'verbessern'. 'Verbessern', ja, das ist, was ich darin sah.

Und so war es, wenn ich darauf zurückblicke, schlussendlich unausweichlich, dass ich den Punkt erreichte, an dem es keine Rückkehr mehr gab. Und dann begann ich schließlich zu vermuten, dass eine Befreiung aus diesem Dilemma nicht dadurch geschehen könnte, das marode gewordene Haus Stück für Stück zu renovieren, sondern nur, indem man es abreißen würde. Aber ich war nicht bereit dafür. Noch nicht.

24.

7. Mai 2082, 13:01 Uhr

Ines verzichtete darauf, sich mit weiterem Koffein aufzuputschen, und genoss die unerwartet heftige Reaktion ihres Organismus auf die fertig gestellte, letztlich aber unwichtige Arbeit. Wieso musste sie sich eigentlich mit so etwas herumärgern? Berichte brachten weder neue Erkenntnisse, noch konnten sie Seoung Lee verhören. Resigniert trat sie gegen einen der mächtigen Füße ihres Schreibtisches. Schmerz erinnerte sie jäh daran, dass Zorn nicht die Antwort auf Unzufriedenheit war, und beinahe wäre sie der Versuchung erlegen zu testen, ob Kaffee es wäre. Doch dann, in einem plötzlichen Aufbäumen der Vernunft, entschloss sie sich, sich zu beherrschen und etwas anderes zu tun. Sie würde die Spurensicherung besuchen. Überrascht fragte sie sich, wieso sie gerade jetzt an die seltsame Episode der vergangenen Nacht denken musste, doch sie gab nicht viel darauf, die Assoziationen und Verknüpfungen des Unterbewusstseins auszuspähen. In einer seltsamen Mischung aus Trotz und Hoffnung wusste sie, dass sie irgendetwas gefunden haben würden. Sie mussten einfach etwas gefunden haben.

Als sie das ordentliche, beinahe pedantisch saubere Büro von Christopher Sideropoulos betrat, schien es ihr ein ganz natürlicher Reflex, mit der rechtsmedizinischen Abteilung zu vergleichen, die ein Stockwerk tiefer lag und ungleich schmuddeliger wirkte. Gar nicht einmal lag das an mangelnder Hygiene, sondern vielmehr daran, dass der Spurensicherung die Aura der toten Menschen fehlte. Aufmerksam sah sie sich um, doch es gab weder exotische Maschinen noch hastig bekritzelte Flipcharts. Beinahe konnte man denken, dass die Abteilung unbesetzt war, doch da klatschte es in der Ferne in die Hände und der mächtige Süddeutsche griechischer Abstammung kam auf sie zu. Er war braungebrannt, wobei die Unterscheidung, welcher Anteil der Farbe genetisch bedingt und welcher echter Sonnenbräune entsprang, letztlich im Schatten blieb. Freundliche braune Augen betrachteten Ines genau und schienen jede Faser ihrer Kleidung, die Wölbung der Dienstwaffe im Halfter, ja sogar die absolut unscheinbare Auspolsterung des kaputten Rückens zu erahnen.

Sideropoulos lachte, sodass sein dunkelbrauner Schnurrbart, der weiße Sprenkel nicht verbergen konnte, auf und ab wippte. »Sie sind also die Abenteurerin, die gestern Nacht dem lautlosen Tod von der Schippe gesprungen ist.«

Ines sah ihn ahnungslos an. »Ich bin die Kommissarin, die einer der spärlich gesäten Spuren nachging, die es überhaupt gibt, wenn Sie das meinen«, sagte sie.

Immer noch grinsend hielt er ihr die Hand hin. »Christopher Sideropoulos, Spurensicherung. Sie wollen sicher wissen, ob die Ballistik schon fertig ist.«

Sie stellte fest, dass sein Händedruck kräftig, aber nicht gewaltsam war und nickte bedächtig. »Sagen Sie mir alles, was Sie wissen.«

»Nun, es wird Ihnen nicht gefallen, schätze ich.«

»Schießen Sie los.«

»Wie passend, dass Sie mich gleich an das Projektil erinnern.«

Ines beobachtete, dass seine Fröhlichkeit echt war, jedoch bei ihrer letzten Aussage tatsächlich getrübt wurde. Irgendetwas stimmte nicht. »Was ist los?«, fragte sie.

»Kommen Sie mit ins Labor. Während der geschätzte Damian Fregüzli größere Probleme damit haben dürfte, die beiden Leichen, oder was von ihnen nach der Nuklidzersetzung übrig ist, zu untersuchen, haben wir die mechanischen Überreste geprüft.«

Stumm deutete er auf die am Ende des Büros liegende Tür, hinter der, wie Ines schätzte, sich das Labor befinden musste.

Einem gähnenden Abgrund gleich öffnete sich die Tür in einen perfekt abgedunkelten Raum, doch Sideropoulos schien mit seiner Arbeit fertig zu sein, denn anstandslos aktivierte er die schummrige Deckenbeleuchtung. »Folgen Sie mir.«

Das Labor war das komplette Gegenteil des Büros – vollgestellt bis in den letzten Winkel mit Tischen, Apparaturen und allerlei Dingen, von denen Ines keine Ahnung hatte, was sie taten. Sie wusste natürlich, wie die moderne Forensik funktionierte und welche Standardverfahren es gab, doch in einem Labor gewesen war sie schon einige Jahre nicht mehr. Wann immer sie einen schwierigen Fall gehabt hatte, war es letztlich das Profiling gewesen, das den Fall gelöst hatte, nicht die Spurensicherung. Profis hinterließen heute keine Spuren mehr, hatten die Forensiker stets gesagt, doch irgendwie hatte sie immer vermutet, dass sie bloß nicht gründlich genug waren. Nachdem sie sich an zwei weiteren komplizierten Aufbauten vorbeigezwängt hatte und gleichzeitig bewundern konnte, wie leichtfüßig der wesentlich massigere Deutsch-Grieche vor ihr entlang tänzelte, kamen sie vor einem stereotyp als Mikroskop erkennbaren Gerät zum Stehen.

»Dort liegen die Reste des ersten Projektils«, sagte der Forensiker bedeutungsschwer.

Ines zögerte.

»Na los, sehen Sie es sich an. Ich muss ohnehin bis heute Abend meinen Bericht schreiben.«

Ihr bleib schleierhaft, was er mit der kryptischen Bemerkung meinen könnte, denn natürlich wusste sie, dass der Bericht folgen würde. Allein, es war ihr stets lieber, die Labore zu sehen und vermeintliche Beweismittel selbst in Augenschein zu nehmen. Es schien ihr nicht nur richtig, sondern auch so, als ob die unmittelbare Interaktion mit den Hinweisen eine tiefere Verbindung in ihr erzeugten, die sie die Zusammenhänge klarer sehen ließ. Gespannt blickte sie durch die Okulare des Mikroskops ... und erstarrte.

Die zerdrückte und gequetschte Sprengkapsel hatte eine Beschriftung gehabt, die sie auch jetzt noch ohne Mühe entziffern konnte, obschon sie stark verzerrt war. Doch es war kein Zufall, dass man, ebenso sehr wie man in einem Rauschen das Rufen des eigenen Namens vernehmen konnte, ihn auch auf einer schrumpeligen, kaputten Patronenhülse zu entziffern vermochte.

»'NES S'ULTHEIS'« war zwar alles, was sie erkennen konnte, doch es gab keinen Zweifel. Die Kugeln *hatten* ihr gegolten.

»Puh ...«, sagte sie. »Das ist unerwartet.«

Sideropoulos nickte vielsagend. »Ich wollte es Ihnen nicht ersparen, weil ich viel über Sie gehört habe. Wenn jemand damit umgehen kann, dann Sie. Ist alles in Ordnung?«

Ines nickte, doch innerlich brodelte es in ihr. Wenn ihr Name auf der Kugel stand, so musste der Auftraggeber des Killers wissen, dass sie den Fall bearbeitete. Während die Kriminalistik jedoch nur hatte verlauten lassen, dass 'Internationale Experten' zusammengerufen worden waren, hatte man sie mit keinem Wort erwähnt. Dies hier jedoch sprach eine andere Sprache. Wer immer verhindern wollte, dass sie etwas herausfand, sagte damit, dass er sie im Blick hatte. Jeden Schritt vorhersah. Ihr schauderte. Mit wem hatte sie es hier zu tun?

Während sie sich halbherzig von Sideropoulos zu verabschieden versuchte, kramte er jedoch umständlich in einem der mächtigen Stahlschränke eine Plastiktüte hervor. Sie konnte nicht sehen, was sie enthielt, doch der Forensiker murmelte: »Und das wird Sie sicher aufmuntern.« Ihr wurde klar, dass sie ihren Schreck allzu unbeherrscht gezeigt haben musste. Interessiert betrachtete sie Beweisstück 4.7a. Es war ein erodiertes metallisches Plättchen, das man bei ihrem Informanten gefunden hatte. Vielleicht würde Fregüzli ihr sagen können, um wen es sich gehandelt hatte, doch die Prägung auf der Rückseite der Marke war viel spannender.

»Zeugen des Verfalls«, las Ines laut vor. »Verblüffend. Das ist die Gruppe, die ich gestern Nacht vor dem Rathaus protestieren sah.«

»Ihr Informant scheint dazuzugehören«, antwortete Sideropoulos.

»Nicht so schnell. Vielleicht will uns auch nur jemand weismachen, dass das so ist.«

»Wie meinen Sie das?« Überrascht sah sie der Forensiker an.

»Ich konnte hinter der Säule nicht weg und habe eine bestenfalls schemenhafte Wahrnehmung des Bahnhofes gehabt, bis die Feuerwehr eintraf. Jemand könnte es dazugelegt haben, als sich der Tote schon desintegrierte.«

Sideropoulos musterte sie streng. »Ist das nicht etwas übertrieben? Wer würde denn versuchen, dem Mann etwas unterzuschieben, wenn er ihn gerade erschossen hatte, obwohl er auf Sie gezielt hat?«

Ines schnaufte. »Das sind interessante Fragen, doch alle Ihre Annahmen müssen erst bewiesen werden. Ich fand es ausgesprochen logisch, den Informanten zu erschießen und nicht mich. Daran ändert der Name auf dem Projektil auch nichts.«

Sideropoulos zog theatralisch eine Braue in die Höhe. »Sie meinen, der Schuss galt nicht Ihnen?«

»Ich meine, dieses Projektil ist eine Botschaft.«

Düster zupfte er seinen Bart. »Das meine ich auch. Nur scheinen wir unterschiedlich über den Inhalt zu denken.«

»Sie ganz so aus«, murmelte Ines. »Wenn Sie mich nun entschuldigen würden, ich möchte der Pathologie einen Besuch abstatten. Vielen Dank für Ihre Zeit.«

Der Forensiker nickte. »Nehmen Sie es nicht so schwer. Mich hat auch schon mal jemand mit dem Tode bedroht.«

Ines lachte hohl und machte auf dem Absatz kehrt.

***

Überrascht über ihren eigenen Ausbruch ging sie schnellen Schrittes durch den Flur der Forensik. Sie wollte tatsächlich zu Fregüzli in die Pathologie, doch nicht sofort. Zu aufgekratzt war sie. Zu fest hatte sie geglaubt, was sie sich eingeredet hatte. Dass die Kugel nicht für sie gewesen war. 'Unsinn', dachte sie. Ein sauberer Schuss in die Schläfe. Wenn er ihr gegolten hätte, so wäre es nicht nur ein lausiger Schütze, sondern ein geradezu haarsträubender Zufall gewesen. Wie konnte man aus zehn Metern denn einen Meter vorbei schießen? Kopfschüttelnd ließ sie sich auf einer der unbequemen Bänke nieder, wie sie so oft in Behörden und öffentlichen Einrichtungen in Wandnischen standen und deren einziger Zweck es war, nervigen Behördengängern bei der unvermeidlichen Warterei den Rücken krumm zu machen. Das jedenfalls dachte Ines Schultheiss' rasender, alarmierter Verstand für einen Moment, als ihr der Schmerz durch die Bandscheiben fuhr. Für den Bruchteil einer Sekunde krümmte sie sich, doch sie hielt sich dann kerzengerade zurück.

'Es ist das erste Mal', dachte sie. 'Es ist noch nicht so schlimm. Ich werde es aushalten.'

Und doch – düster begannen die Gedanken zu kreisen. Zirkulierten um genetische Aufwertung, Zulassungsformalitäten für die Ascension-Kommission und schlussendlich die bittere Erkenntnis, dass sie nicht gut genug war. Niemals sein würde. Sie umarmte die schwer erträgliche Erkenntnis, dass sie allein die Unsterblichkeit derer retten sollte, mit denen sie sich niemals würde messen können und die sich doch nicht selbst zu schützen vermochten. Ines stützte ihren Kopf auf schwere Arme und sog langsam, beinahe andächtig Luft in ihre Lungen. Zwang sich zur Fokussierung. Unwillkürlich musste sie an den durchdringenden Blick von Klaus-Peter Haßloch denken, der sie weder bemitleiden, noch trösten würde. Mit unerschütterlicher Zuversicht würde er ihr sagen, dass sie keine Wahl hätte. Dass sie ihren verdammten Job tun müsste.

Und das musste sie auch.

Ines Schultheiss erhob sich aus der Asche in die die von ihr längst vergessene Projektilhülse sie gedrückt hatte, und begab sich zurück in ihr Büro. Zur Hölle mit dem Killer des Killers des Killers, der irgendwo irgendwann ihren Namen benutzt hatte. Der Job kam zuerst. Doch dann würde sie auch ihn finden und zur Strecke bringen.

Die Wut in ihr brodelte nach dem Besuch der Spurensicherung mehr als je zuvor, doch irgendwie hatte das Echo des philosophischen Alten es vermocht, sie in nützliche Bahnen zu lenken.

Sie erinnerte sich ganz deutlich, wie in einer Vorsehung, an die Worte Haßlochs. Fiat iustitia ruat cealum[4]. Es ging nicht um sie oder Seoung Lee oder darum, wer sie hatte umbringen wollen oder nicht wollen. Es ging allein darum, die Alten zu retten. Oder?

Sorgsam prüfte Ines, ob sie blind für Nuancen ihrer Wahrnehmung wurde, doch da war kein weißer Schaum vor ihrem inneren Auge. Für den Moment spürte sie neuen, unbändigen Antrieb. Amüsiert dachte sie, dass es sich nun beinahe anfühlte, als könnte der Name auf der Patrone es ihr leichter machen anstatt schwerer. Hatte der unbekannte Dritte, deren Ziel es vielleicht tatsächlich sein mochte, sie zu ermorden, ganz sicher jedoch, sie zu verunsichern, in Erwägung gezogen, dass dies passieren könnte? Was auch sein Plan gewesen sein mochte, sie würde erst mit Damian Fregüzli sprechen. Und wenn er auch nur eine der beiden

---

4

Lat. »Der Gerechtigkeit soll Genüge geleistet werden und wenn der Himmel einstürzt.«

Leichen identifiziert hätte, so hätte sich die Jagd vielleicht schon umgekehrt.

***

Das erste, was sie bemerkte, war, dass der Geruch sich verändert hatte. Über dem leicht süßlichen Verwesungsgeruch der tiefgekühlten Leichen der beiden Frauen lag ein modriger Ton irgendwo zwischen gebratenem Gemüse und geronnener Milch.

»DNA-Suppe«, sagte Ines, als sie Fregüzlis Büro erreicht hatte.

»Ah, Frau Kommissar. Ich hatte Sie schon heute früh erwartet.« Der Rechtsmediziner schien gut gelaunt zu sein und arbeitete an einem der großen Elektronenmikroskope.

»Das hört sich an, als könnten Sie es kaum erwarten, sich mitzuteilen«, hakte sie vorsichtig nach.

»Ich dachte mir, es würde Sie freuen, dass ich immerhin einen der beiden Männer identifiziert habe.«

»Zweifellos.« Ines war ganz perplex von der Fröhlichkeit des sonst so grantigen Pathologen. Jetzt musste sie nur noch hoffen, dass jener Name auch zu einer Spur werden würde. »Wer ist es?« Sie gab sich keine Mühe, ihre Ungeduld zu verbergen.

»Der Attentäter. Sein Name ist Alexander Meier … beziehungsweise war, natürlich.« Fregüzli blickte Ines entschuldigend an, sie vermutete wegen des überaus unangemessenen Scherzes über die Vergangenheitsform seiner Aussage. Sie zog eine Braue nach oben.

»Wissen Sie noch mehr über ihn oder darf ich mich selbst an die Recherche machen?«

Der Pathologe lachte. »Ich weiß noch mehr, aber es hat nicht in dem Sinne mit ihm zu tun, wie Sie denken mögen.«

»Spucken Sie's schon aus. Ich habe nicht genug Zeit, Sie nach oben zu schleppen und zu verhören.« Dabei lachte Ines so einnehmend sie konnte. Zufrieden stellte sie fest, dass Fregüzli zwar seinen Wissensvorsprung genoss, sich jedoch aufreckte, um sie einzuweihen. Entweder er hatte sie akzeptiert oder den Ernst der Lage erkannt.

»Der Killer kannte seinen Mörder. Er wurde von vorne aus nächster Nähe mit dem Nuklidzersetzer getroffen.«

Ines seufzte überrascht. »Damit hätte ich nicht gerechnet. Wie konnten Sie das überhaupt herausfinden?«

Fregüzli räusperte sich. »Es ist ein wenig seltsam ... der Prozess der Nuklidzersetzung geht umso schneller, je überraschter der Körper des Opfers reagiert, denn es handelt sich dabei nicht um ein Nervengift im eigentlichen Sinne. Für einige Sekunden wird der Stoffwechsel auf ein absurdes Level beschleunigt, bis die Zellen unter der Last zusammenbrechen und denaturieren und so auf molekularem Level desintegrieren. Es ist ohne Zweifel eine der grausamsten Waffen, die es heute gibt.«

Ines blickte den Rechtsmediziner verblüfft an. »Ich bin nicht sicher, ob ich es bereits verstehe ... ich dachte, dass auch die DNA innerhalb von wenigen Minuten komplett zersetzt wird ...«

»Das ... ist auch mir ein Rätsel. Es gibt drei Möglichkeiten, an die ich denken kann. Dummerweise ergibt eine noch weniger Sinn als die nächste.« Fregüzli sah Ines mit einer Mischung aus wissenschaftlicher Neugier und gleichzeitiger Ratlosigkeit an, ehe er fortfuhr:

»Erstens, der Nuklidzersetzer könnte zu schwach gewesen sein. Dem spricht entgegen, dass die Mischung, die Ihren Informanten getötet hat, noch viel schneller gewirkt haben muss als in allen bisher dokumentierten Fällen. Es ist ja doch davon auszugehen, dass es das gleiche Fabrikat war, sofern man bei international geächteten biologischen Waffen davon sprechen kann, und die beiden Zerfälle weisen so große Diskrepanzen auf, dass man beinahe den Eindruck bekommen könnte, dass wir seine DNA erhalten *sollten.*«

Ines pfiff durch die Vorderzähne. »Damian, angenommen ... Entschuldigung, Sie dürfen gleich fortfahren ... Angenommen, es ist, wie Sie sagen, und wir sollten den vermeintlichen Killer identifizieren können, glauben Sie, dass der Täter voraussehen konnte, dass wir wissen würden, dass dies seine Absicht war?«

Fregüzli schaute sie verwirrt an. »Das ist eine so verquere Aussage, dass ich kaum glaube, dass jemand sich so etwas überlegt haben kann. Und wenn, dann fällt es wohl eher in Ihr Metier. Doch um Ihre Frage zu beantworten: Es ist schwierig genug, den Nuklidzersetzer herzustellen. Ihn so zu präparieren, dass er gerade genug DNA übrig lässt, dass es aussieht wie eine wie auch immer geartete Fehlfunktion halte ich für ausgeschlossen.«

Ein einzelner Gedanke brach sich Bahn in Ines' Bewusstsein. Fasziniert beobachtete sie, wie er sich manifestierte und eine einzelne Frage in ihr formte: Geneworks machte Menschen unsterblich. Konnte jemand dort derart subtile, grausame, menschenverachtende Waffen konstruieren, die mit der Präzision eines genetischen Skalpells gerade so viel von einem Menschen übrig ließen, dass ... Obgleich sie die Antwort kannte, schob sie die Überlegung beiseite. Keine Verschwörungstheorien mehr. Sie blickte Fregüzli auffordernd an, begriff jedoch, dass ihre Frage ihn wirklich durcheinander gebracht hatte und beschloss, zu warten, bis er fortfuhr.

»Wo war ich? Ah, die zweite Möglichkeit. Die zweite Möglichkeit ist, dass das Opfer den Mörder nicht nur kannte, sondern im Vorfeld wusste, dass es sterben würde. Ich gehe davon aus, dass dies den Prozess verlangsamen könnte, doch ich weiß nicht, ob es ihn so sehr verlangsamen könnte, wie ich es dokumentiert habe.«

Ines starrte Damian Fregüzli mit offenem Mund an, dann lächelte sie raubtierhaft. »Und meine Aussagen nennen Sie verquer, Damian.«

»Sie müssen immer bedenken, dass ich aus der Perspektive des Rechtsmediziners denke«, antwortete er entschuldigend.

Ines nickte. »Nummer drei?«

»Was? Ach so. Das habe ich eigentlich schon gesagt. Nummer drei wäre, dass der Nuklidzersetzer so schlecht hergestellt ist, dass der Prozess nicht richtig funktioniert hat.«

»Der Unterschied in diesem Punkt ist also nicht, was passiert ist, sondern nur, ob es Absicht war, richtig?«

»Im Grunde ja.« Fregüzli blickte ratlos drein. »Ich wünschte, ich könnte Ihnen mehr sagen, doch ohne falsche Bescheidenheit – überhaupt etwas zu haben, nachdem ein Nuklidzersetzer verwendet wurde, ist überaus selten.«

Ines nickte erneut und machte sich bereit, die Pathologie zu verlassen. Sie hatte nur wieder mehr Fragen als zuvor, doch immerhin eine echte Spur.

»Danke, Damian. Wenn Ihnen noch etwas einfällt, wie bedeutungslos auch immer, teilen Sie es mir mit«, sagte sie und wandte sich zum Gehen.

»Sie meinen wohl, 'bedeutungslos wie immer'«, rief er ihr hinterher und lachte.

***

Der wohlige Moment, als das heiße, synthetische Röstaroma ihren Gaumen entlang strömte, hielt erfahrungsgemäß nicht lange an – die koffeingetriebene Beschleunigung ihrer Synapsen machte die reine Befriedigung des olfaktorischen Faktors viel zu schnell zunichte.

Ines hatte eine halbe Tasse Kaffee auf einmal getrunken, schnaufte durch, setzte sich an den beinahe wieder eingestaubten Schreibtisch und beobachtete, wie ihr Körper aus der temporären Apathie erwachte, die eine Stunde ohne Koffeinzufuhr ohne Chance auf Aufschub oder Gnade zur Folge hatte. Beiläufig betrachtete sie den schmutzigen Fußboden und fragte sich, ob Brock wohl die Reinigungsroboter angewiesen haben mochte, ihr temporäres Büro auszulassen, oder vergessen hatte, zu erwähnen, dass es nun in Benutzung war oder beides, und beschloss, lieber am Fall zu arbeiten. Gelangweilt sah sie den neuesten nichtssagenden Bericht des Krisenstabes durch. Natürlich keine weiteren Erkenntnisse.

Ines raffte sich auf, setzte sich gerade hin und befahl ihrem Verstand, endlich zu funktionieren. Etwas zittrig gab sie den Namen des Identifizierten in die Datenbanken ein. Ihre Finger hetzten fieberhaft über den berührungsempfindlichen Schreibtisch und schienen nur anzuhalten, um nach dem nächsten Eingabefeld einer der vielen kriminalistischen Datenbanken zu suchen, auf die sie Zugriff hatte. Sie fand es töricht, nur in Ulm-Stuttgart zu suchen, immerhin konnte er von anderswo sein so wie sie. Der kurze Gedanke ließ eine Welle Wehmut und die Erinnerung an Neu Hamburg durch ihren Körper fluten, die den Rücken bedrohlich schmerzend zurückließen.

Die leichte Vibration der Tischplatte erinnerte sie daran, dass sie gerade nach einem Killer zu suchen hatte.

'Alexander Meier – 12.956.000 Ergebnisse' erschien in blassgelber Schrift im Ergebnisfeld. Ines seufzte. Das würde nicht einfach werden. Zunächst setzte sie doch wieder die Einschränkung, nur in Ulm-Stuttgarter Daten zu suchen. Zwölf Millionen Ergebnissätze verschwanden wieder. Es gab kein Profil. Seltsam. Sie öffnete ihre Nachrichtenbox und studierte den Bericht von Damian Fregüzli. Er hatte die Identifikation aufgrund eines DNA-Profils des Verfassungsschutzes vorgenommen. Ines versuchte, die genannte Datenbank zu kontaktieren, doch sie hatte nicht einmal Zugriff darauf. Noch seltsamer. Ines leerte ihre Kaffeetasse und entschloss sich für den kurzen Dienstweg. Sie ging in den dritten Stock zum Büro des Verfassungsschutzes in der Kriminalistik.

***

»Wer oder was ist Alexander Meier?«

Der Beamte sah kurz von seinem Schreibtisch auf, schien jedoch keine große Lust zu haben, Ines zu empfangen. Er trug ein geschmackloses kariertes Hemd, war mittleren Alters, stark behaart und nicht besonders hübsch. Beinahe automatisch überlegte Ines' Unterbewusstsein, ob er eine Chance auf das Programm hatte, entschied sich routiniert dagegen und stufte ihn als ambitionslos ein. 'Muss es immer so sein? Definieren wir uns nur dadurch?', fragte Ines sich selbst für einen kurzen Moment, der schon verstrichen war, als er antwortete.

»Wer sind Sie und was kann ich für Sie tun?«, fragte er gelangweilt.

»Ines Schultheiss. Ich leite die Sonderkommission Seoung Lee.«

»Ah ja. Hab von Ihnen gehört. Krempeln den Laden ganz schön um, was?«

Verwirrt sah Ines ihn an.

»Ich tue nur, was getan werden muss.« Sie hatte keine Lust, sich mit einem kleinen, unbedeutenden Verbindungsoffizier über ihre Ermittlung zu streiten. Sie begriff, dass der Mann als Fußabtreter des Verfassungsschutzes fungierte und eine Art Pförtner zum undurchdringlichen System des Nachrichtendienstes darstellte. »Ich benötige Informationen über Alexander Meier«, sagte Ines freundlich. »Unsere Rechtsmedizin hat ihn identifiziert und ich benötige alles, was Sie über ihn haben.«

Der Mann gab komplizierte Formkommandos in seinen Schreibtisch ein und sah gespannt auf den Bildschirm. Dann schüttelte er enttäuscht den Kopf: »Daten bezüglich dieser Person sind gesperrt. Sie müssen einen gerichtlichen Beschluss vorlegen, um Zugang zu erhalten.«

Verblüfft sah Ines ihn an. »Wieso denn das?«

Bevor sie begriff, dass dies eine dumme Frage gewesen war, belehrte der Beamte sie auch schon. »Es liegt in der Natur der Geheimhaltung, dass nicht einmal der Grund dafür genannt werden darf. Das verstehen Sie doch?«

Ines nickte bedächtig. »Es geht um die nationale Sicherheit. Es ist eigenartig, dass meine Sicherheitsfreigabe nicht ausreicht ...«

Ausweichend schürzte der Mann die Lippen. »Dazu kann ich Ihnen nichts sagen. Das Standardprozedere in einem solchen Fall ist, dass Sie einen Eilantrag stellen und sich bei Ihrem Chef beschweren.« Damit nickte er ihr zu. Der Fall war für ihn abgehakt.

Für Ines noch nicht. Sie verabschiedete sich höflich, aber reserviert und trat hinaus auf den Flur. Die endlosen Gänge des Institutes schienen ihr figurativ für die endlosen Datenmengen, die ihr nun also versperrt blieben. Über all dem kreiste die Frage, wieso? Hatte Serghy Brock ihre Freigabe nicht erstellt oder nach ihrem nächtlichen Abenteuer im Geisterbahnhof reduziert? Vielleicht wollte er so sicherstellen, dass sie bei derartigen Anfragen zu ihm gekrochen kam und um Hilfe wimmerte. Doch das würde sie nicht tun. Ines ging zurück in ihr Büro. Einen Eilantrag zu stellen würde schneller gehen als sich bei Brock zu beschweren.

***

Kaffee. Heiß und stark. Ines versuchte, ihre Unzufriedenheit über die Auskunftssperre des Nachrichtendienstes in Koffein zu ertränken, doch sie wusste auch, dass es nicht länger gelingen würde. Zu wichtig war die erste tatsächliche Spur, die sie hatte. In

Sekundenschnelle hatte sie die Formvorlage gefunden und machte sich daran, sie auszufüllen. Es war eine bemerkenswerte Eigenschaft von ihr, gerne Fragebögen auszufüllen, obschon sie natürlich wie jeder anständige Bürger etwas gegen die Erhebung unnötiger Bestandsdaten hatte. Ihre Finger flogen über den Eingabeschirm auf dem Schreibtisch und erzeugten behände etwas, das in ein paar Sekunden ein Richter im anderen Teil von Ulm-Stuttgart würde bearbeiten müssen. Zwar war nicht abzusehen, wie lange es dauern würde, doch Ines machte sich klar, dass es keine Option war, Brock um Daten zu Alexander Meier zu fragen. Er würde sie rügen und weiterer Befugnisse entheben und das konnte sie nicht riskieren, solange sie nicht wusste, ob es sich überhaupt um eine Spur handelte. Andererseits – dass diese Daten überhaupt gesperrt waren, sprach doch stark dafür, dass irgendetwas an ihm war, das sie wissen sollte. Sie lehnte sich zurück, drückte den Absende-Button und ergab sich dem Gefühl, dass in dieser Sache nun Tatenlosigkeit akzeptabel wäre. Ines Schultheiss schloss die Augen und verbarg sich für einen winzigen Moment vor der grausam fordernden Realität der Gegenwart.

Es klingelte. Zwar war es üblich, im Hause einfach altmodisch an die Türen zu klopfen, doch es gab eben dennoch der Vorschrift halber einen kleinen, unscheinbaren Knopf neben dem Schild mit ihrem Namen, auf dem 'Klingel' stand.

»Herein!«, rief Ines lustlos. Schnell setzte sie sich gerade auf den Stuhl und nahm eine geschäftige Haltung ein. Bestimmt war es Klaus-Peter Haßloch oder dieser Blisterhuber, dem wieder etwas nicht passte.

»Ein-e Lie-fe-rung für Sie.«

Erstaunt sah Ines, wie der Botenroboter des Instituts hereinkam. Sie entspannte sich wieder, denn die Maschine würde ihre Haltung oder Geschäftigkeit nicht bewerten, noch ihre Beobachtungen weitergeben.

»Was ist es denn?«

»Absender Anwaltskanzlei Palhuber & Söhne, Ulm-Stuttgart, Stadtteil Nürtingen.«

»Na so was«, sagte Ines wie zu sich selbst, quittierte dem Roboter und sah, wie er sich unverzüglich entfernte.

172

Sie versicherte sich, dass die Lieferung die Signatur der Eingangsüberprüfung hatte und somit keine Briefbombe oder andere gefährliche Gerätschaften enthalten konnte. 'Doch', dachte sie, 'dessen sollte man sich in diesen Tagen vielleicht nicht zu sicher sein.'

Gespannt trennte sie die Sollbruchstellen des maschinell gewickelten Klebebandes durch und öffnete das wenige Zentimeter flache Päckchen. Darin lagen eine Metallplakette, ein Datenträger und ein Blatt Papier.

'Sehr geehrte Frau Schultheiss,

unser Mandant Herr Dr. Henrickh van Breuckelem hat uns damit beauftragt, Ihnen den dieser Sendung beiliegenden Wertgegenstand zukommen zu lassen für den Fall, dass er innerhalb eines bestimmten Zeitraumes versterben sollte. Aus Gründen, die wir Ihnen nicht eröffnen können, sind wir zu der Kenntnis gelangt und bestätigen Ihnen, dass es sich bei der in der heutigen Nacht zum 07.03. ermordeten Person um unseren Mandanten handelt. Sie werden die beiliegenden sequenzierten DNA-Daten zweifellos nützlich finden und die Identität des Toten bestätigen können.

Hochachtungsvoll,

i.A. Carl-Friedrich Palhuber'

Ines starrte auf das Papier und traute ihren Augen nicht. Verblüfft las sie die spärlichen Zeilen wieder und wieder, bis sie begriffen hatte, dass ihr Informant ihr eine letzte Nachricht hatte zukommen lassen. Nachdenklich fuhr sie mit den Fingerspitzen über das Papier. Es war ebenmäßig und von hoher Qualität – etwas, das man in den hochtechnisierten Megacities nicht mehr oft fand und abseits davon erst recht nicht. Sie legte es beiseite und betrachtete den restlichen Inhalt der Box. Da lagen die Metallplatte und der kleine Datenträger, den sie nun herausnahm. Sie aktivierte ihn, sodass er die drahtlose Verbindung zu ihrem Schreibtisch herstellte. Auf der Tischplatte erschien eine komplizierte Folge von DNA-Sequenzen, doch war Ines nicht in der Lage, zu entscheiden, ob es das Genom eines Menschen oder der Elefanten-Grippe war.

Ines seufzte. Sie konnte nicht selbst herausfinden, was es damit auf sich hatte, der Pathologe musste es ihr abnehmen. Zuvor konnte sie immerhin die Datenbanken mit seinem Namen füttern. Und tatsächlich gab es Ergebnisse, wenn auch viel weniger als sie erwartet hatte – Ines erkannte einen recht lückenhaften Lebenslauf in den ausgegebenen Daten, doch passte das zu seiner Aussage im Bahnhof. Das Arbeitsamt bestätigte, dass Geneworks ihn im letzten Jahr vor die Tür gesetzt hatte, während es über die Zeit davor beinahe keine Aufzeichnungen gab. Man musste die Gründlichkeit des digitalen Identitätsschutzes bei Geneworks einfach bewundern. Und doch, irgendwie blieb der Mann, der sein Leben verlieren musste, weil er Ines unbedingt etwas mitteilen wollte, ein Rätsel. Sie konnte nun beweisen, dass es ihn gab und dass er ein Aussteiger war, doch weder gab es Angaben über die Zeit danach noch, und das war erstaunlicher, über die Zeit davor. Es war, als hätte Henrickh van Breuckelem gelebt, um in seiner Ausbildung unauffällig zu sein, dann einige Jahre bei Geneworks zu arbeiten und dann wieder von der Bildfläche zu verschwinden. Interessiert schaute Ines nach seinem Abschluss. 2075, Berlin, über irgendeine, Ines nicht bekannte mikrobiologische Belanglosigkeit hatte er geforscht. Das war alles zu generisch. Warum entschloss sich ein Mann, für den keinerlei politische Aktivitäten dokumentiert waren, bei Nacht und Nebel in ihr Apartment einzusteigen? Was war das einschneidende Erlebnis, das ihn politisiert hatte? Das Netz hatte keine Antworten und Henrickh van Breuckelem selbst würde sie auch nicht mehr geben. Nachdenklich wischte Ines seine Datensätze von ihrem Schreibtisch und stand auf.

Sie seufzte, da sie wusste, mit wem sie sprechen musste. Erneut machte sie sich auf den Weg zu Damian Fregüzli.

***

»Sie haben ein Paket von einem Toten bekommen?«

Die bloße Tatsache, dass etwas außerhalb des Protokolls passierte, schien Fregüzli durchaus zu schaffen zu machen. Er kratzte sich am Kopf und schien sich unwohl zu fühlen. Ines hatte mittlerweile eingesehen, dass 'ihr' Rechtsmediziner Hansen recht hatte und Fregüzli sehr gut war in dem, was er tat. Doch alles, was darüber hinausging, stellte seinen imaginationslosen Verstand vor Schwierigkeiten.

»Ich wäre Ihnen dankbar, wenn Sie das im Bericht nicht erwähnen würden, sondern wir so tun, als wäre er im Kreis der Menschen gewesen, die meine Recherchen überprüft haben«, sagte sie und nickte subtil, um den Pathologen unterschwellig zu überzeugen.

»Ich … ja. Natürlich. Ich verstehe.«

Auch wenn Ines bezweifelte, dass er das in jenem Moment wirklich tat, wusste sie, dass er an ihrer Seite stand und keine Probleme mit Brock oder sonst jemandem produzieren würde. Entschlossen nahm Fregüzli nun den Datenträger und kopierte den Inhalt. Er blickte nicht auf die Rohdaten, sondern transferierte die Struktur gleich auf seinen Sequenzer, der für Ines' Augen deutlich betagter aussah als die von Geneworks herangeschafften Gerätschaften im Konferenzsaal. Doch sie hatte keine Wahl. Dies hier musste unter dem Radar bleiben, bis sie mehr über van Breuckelem herausgefunden hatte beziehungsweise seine Identität bestätigt war.

»Ich fürchte, diese DNA-Probe ist unbrauchbar«, sagte der Pathologe unvermittelt.

»Wie meinen Sie das?«

»Nun, das sieht eher aus wie eine Mikrobe und nicht wie ein Mensch.«

Ines blickte in aufrichtig aussehende, doch ratlose Augen. Dieses Rätsel war zu schwer für den Rechtsmediziner.

»Ich … danke Ihnen«, sagte Ines. »Mir ist klar, dass Sie noch andere Aufgaben haben, daher verschwenden Sie nicht Ihre Zeit damit, solange Sie nicht eine neue Idee haben.«

Fregüzli nickte und schien beinahe ein wenig dankbar zu sein, dass er sich nicht damit beschäftigen musste. Ines hingegen war sicher, dass sich irgendwo eine versteckte Botschaft befinden musste. Es ergab keinen Sinn, nur seine Identität zu übermitteln, dachte sie. Dafür so einen Aufwand zu betreiben, wenn man ganz offenbar befürchten musste, ermordet zu werden? Sie spürte, dass es hier um mehr als das ging. Allein, sie wusste nicht, wie sie ansetzen sollte. Erstaunt erinnerte sie sich an die Worte, die sie gerade an den Rechtsmediziner gerichtet hatte. Konnte sie es sich überhaupt selbst leisten, hiermit Zeit zu verschwenden? 'Vielleicht nicht', dachte sie, 'doch ich kenne jemanden, der das kann'.

***

»Ich habe dir doch schon gesagt, wie ich das sehe.«

Michel Hansen war nicht begeistert. Im Gegenteil, er trug offene Empörung zur Schau. Beinahe war es für Ines schmerzhaft zu sehen, wie sie ihren Freund manipulieren und vor den Kopf stoßen musste. Gut, sie hatte Überraschung über ihre Weigerung erwartet, seine Entscheidung zu respektieren, doch hatte sie sich auch gute Argumente zurechtgelegt.

Ines nickte und versuchte, so empathisch wie möglich auszusehen. »Entschuldige bitte. Das habe ich verstanden und akzeptiere es auch. Doch hier liegen die Dinge anders. Erstens: Fregüzli hat davor kapituliert. Zweitens: Du kannst auch in Neu Hamburg herausfinden, was für eine seltsame DNA-Probe das ist.«

Damit, ohne seine Antwort abzuwarten, schickte sie das Codefragment von dem Datenstick mit Lichtgeschwindigkeit nach Norddeutschland. Sie wusste, dass er es ansehen würde. Und dann, auch das wusste sie, würde er dem Rätsel nicht widerstehen können.

Michel Hansen seufzte. »Ines, ich möchte mich wirklich nicht einmischen oder Damian bevormunden. Nochmal, er ist ein guter Pathologe und wird es schon richten.«

Natürlich stellte die 2D-Projektion nur einen kleinen Ausschnitt der Neu Hamburger Pathologie dar, die beinahe vollständig von Hansens Gesicht ausgefüllt war, doch die Übertragungsqualität war so gut, dass Ines die Nuancen der Veränderung seiner Konzentration sehen konnte, als er für einen Moment den Blick abwandte und ganz sicher die Probe in Augenschein nahm.

»Das weiß ich, Michel, das weiß ich. Sag mir nur, wonach ich suchen muss.«

Das Timing war perfekt. Sie konnte sehen, wie sich die Anspannung und Mauer der Ablehnung in seinem Gesicht lösten. Der Hamburger Rechtsmediziner seufzte erneut, doch er nickte dann. »Na schön, ich seh's mir an. Doch nicht in der Arbeitszeit. Tu

176

mir den Gefallen und ruf Tessa an und erklär ihr, warum ich heute erst später zu Hause bin.«

Ines lächelte. »Gemacht.«

Auch Michel Hansen zeigte nun sein freundliches Gesicht. »Ich hasse dich«, sagte er. »Wie schaffst du das nur immer?«

Sie feixte. »Vielleicht ist das das Einzige, in dem ich Weltklasse bin«, sagte sie. »Bis bald!»

Dann, ohne eine weitere Reaktion abzuwarten, beendete sie die Verbindung. Sie wusste, dass er es sich nicht anders überlegen würde, doch warum ein Risiko eingehen?

25.

27. April 2081

»Mir war immer klar gewesen, dass es weder leicht sein würde, im Geheimen Codezeilen zu ändern, noch dabei unbeobachtet zu bleiben. Während meine Pläne immer hochtrabender und meine Ziele immer großartiger wurden, so waren die ersten Änderungen, die ich einbrachte, doch klein, und verglichen mit dem großen Ganzen, das nur ich zu sehen imstande war, geradezu winzig. Als er mich konfrontierte, war ich überrascht ob seiner Reaktion. Welch unverzeihlicher Tabubruch! Er sagte knapp, ich könne froh sein, dass er es entdeckt hätte und nicht jemand anderes. In meiner Unruhe und Verzweiflung verstand ich zunächst überhaupt nicht, was er zu sagen versuchte, doch langsam wurde mir klar, dass er die Mods gesehen hatte und verstand, worum es mir ging.

'Es steht uns nicht zu, Lee', sagte er zu mir, 'darüber zu urteilen, wie die Leute ihre Ewigkeit verbringen. Es ist vermessen und falsch.'

Ich sah ihn nur an. Ich dachte, ich würde hinausfliegen und alles verlieren, was ich in den letzten Jahren aufgebaut hatte. Und ich dachte, dass die Alten diese letzte Chance, die ich ihnen bieten würde, verlieren würden. Ich fühlte mich wie ein Schuljunge, der beim Abschreiben erwischt wird.

'Lee, wissen Sie, ich habe auch darüber nachgedacht, zu tun, was Sie tun. Auch ich sehe die schleichende Degeneration unserer Gesellschaft. Die Alten sind untätig ob ihrer Ewigkeit, die erdrückend und einschläfernd wirkt, und die Jungen sind untätig und begehren nicht auf, weil sie keine Hoffnung haben können, jemals in das Programm zu gelangen. Aus ökonomischer Sicht ist das für uns auch gut so, und das verstehen Sie natürlich auch. Allein, dieser Evolutionsschritt ist eine Sackgasse, was die Entwicklung der Menschheit als Ganzes angeht.'

Ich nickte langsam. 'Was wollen Sie mir sagen?', fragte ich vorsichtig.

Er sprach schnell, aber bedacht. Ich merkte, dass er viel darüber nachgedacht hatte. 'Machen Sie weiter, Lee', sagte er. 'Ich werde

178

meine schützende Hand über Sie halten und Vorschläge unterbreiten. Doch eines muss Ihnen völlig klar sein: Wenn Sie entdeckt werden, weiß ich von nichts.'

Nach dieser Offenbarung hätte mir klar sein müssen, auf was für ein Spiel ich mich einließ. Doch Größenwahn, egal welcher Art, macht immer blind.«

26.

7. Mai 2082, 20:57 Uhr

Ines hatte sich hingelegt, um ein Nickerchen zu machen, als das Display in ihrem Schreibtisch aufflackerte und Aufmerksamkeit reklamierte. In einem Zustand der vagen, dämmrigen Zufriedenheit raffte sie sich auf und blickte mit unscharfem Blick auf die sanfte orangefarbene Schrift.

'Wir haben ihn', hatte François ihr geschrieben. Blisterhuber musste also tatsächlich schnell gehandelt haben. Sie suchte den Blazer, den sie während des Wegdämmerns abgelegt haben musste, und lief nun geradewegs zum Kaffeeautomaten. Ein schneller Blick auf die Uhr. Es war noch viel zu früh für die Pressemitteilung. Das konnte ein Nachteil sein, jedoch nur, wenn beide Vorgänge miteinander zu tun hatten. Egal, ob sich ihre Pläne ändern würden, zunächst musste sie in den Besprechungssaal.

Sie fand eine Traube von Menschen an einem der großen nanobiologischen Sequenzern, die sie angeschleppt hatten, um den Geneworks-Code zu analysieren. François und Serghy Brock standen vor einem unscheinbaren, hageren Wissenschaftler, dessen Schildchen ihn als Immunologen auswies.

Triumphal schwenkte Brock ein Pad vor seinem Gesicht hin und her.

»Sie haben diesen Datenstrom etwas zu ungestüm zu kopieren versucht«, sagte der Direktor des Kriminalistischen Instituts. »Sie können natürlich jetzt alles gestehen, aber vielleicht sagt Ihnen die gemütliche Atmosphäre unserer Einzelzimmer mehr zu.«

Der Mann wimmerte. »Das ist alles nur ein Missverständnis. Großes Missverständnis.«

»Abmarsch.« Brock schnippte gebieterisch mit den Fingern und augenblicklich nahmen ihn zwei Beamten in Gewahrsam.

Stumm verfolgte Ines das seltsame Schauspiel. Die umstehenden Wissenschaftler schienen paralysiert. 'Sie können nicht verstehen, um was es hier geht', dachte sie. Brock kam zu ihr herüber. Das erste Mal seit Tagen schien seine Miene so etwas wie

180

vorsichtige Zufriedenheit zu zeigen. »Sie hatten also Recht«, sagte er.

»Das muss die Vernehmung noch zeigen.« Ines genoss den unverhofften Triumph, wusste sie doch, dass der Erfolg kleiner war, als es den Anschein machte, falls der Beschuldigte sich als weitere Sackgasse herausstellte. Außerdem erwartete sie, dass Brock den Fang für sich selbst beanspruchte, denn kaum 24 Stunden zuvor hatte er schließlich beschlossen, sich 'selbst darum zu kümmern'. Ines konnte es gut verschmerzen, ihm Aufmerksamkeit und Ruhm zu lassen, wenn sie dafür weiter ermitteln konnte …

»Und trotzdem muss ich anerkennen, dass Ihr Spürsinn für Unrecht mich Lügen straft«, sagte er wieder zu ihr gewandt und riss sie jäh aus den Gedanken. »Ines, ich erkenne erst jetzt, dass auch mir nicht vollkommen klar war, welche Dimension das hier annehmen würde. Wir müssen die Vorsichtsmaßnahmen noch erhöhen.«

»Woran denken Sie?«

»Härtere Zugriffskontrollen, redundante Datenanalysen …«

Ines verzog das Gesicht und erinnerte sich an die Standpauke, die sie von François für diese Art Vorschlag bekommen hatte. Sie wusste, dass sie für den Moment Brock auf ihrer Seite hatte – war es opportunistisch, das nutzen zu wollen? Wenn sie weiter keine Fortschritte mit Lee machte, würde Brock bald wieder kritischer werden. »Bei allem Respekt«, sagte sie, »aber das sind Wissenschaftler. Wir müssen aufpassen, dass wir nicht zu restriktiv sind. Die arbeiten nicht gut, wenn man sie einengt. Denn letztlich sind sie unsere einzige Hoffnung.«

»Nein, Ines.« Brock schien wirklich überschwänglich, als er verschwörerisch flüsternd fortfuhr: »Eigentlich sind Sie unsere einzige Hoffnung. Seoung Lee wird sein Geheimnis preisgeben, da bin ich mir ganz sicher. Sie schaffen das schon.«

Ines zog eine Braue hoch und nippte an ihrem Kaffeebecher. »Natürlich.«

Brock wandte sich zum Gehen, da schien ihm doch noch etwas einzufallen. »Wissen Sie, vor ein paar Tagen dachte ich, Sie hätten sich da in etwas verrannt, als sie bei Geneworks waren und begannen, Herrn Blisterhuber und seinem Stab nachzustellen. Ich dachte, ich würde Sie ablösen müssen. Ich dachte, Sie sehen Gespenster. Doch jetzt haben wir tatsächlich ein Phantom in unseren eigenen Reihen geschnappt, und das nur, weil Sie ihrem Spürsinn gefolgt sind. Ich freue mich, wie gut Sie mit den Herren von Geneworks hierbei zusammengearbeitet haben. Herr Blisterhuber hat mir erklärt, wie kühl Sie ihm den Plan verkauft haben. Weiter so.«

»Herr Brock, wissen Sie …«

»Nein, nein, keine falsche Bescheidenheit. Das hier ist Ihr Verdienst. Deswegen dürfen Sie auch meiner Befragung unseres 'Maulwurfes' beiwohnen.«

»Aber …«

»Wir sehen uns dann gleich unten«, sagte Brock enthusiastisch und ging dem festgenommenen Wissenschaftler hinterher.

Ines blickte abwesend in ihre Kaffeetasse. Am freundschaftlichen Räuspern erkannte sie, dass nun François neben ihr stand.

»Stimmt was nicht?«

»Ich hätte nicht gedacht, Direktor Brock einmal so überschwänglich zu sehen«, sagte sie.

François zuckte mit den Schultern. »Vielleicht hat er wirklich nicht geglaubt, wie delikat die ganze Sache ist. Wie dem auch sei, du bist ein großes Risiko eingegangen und belohnt worden. Für den Moment.«

»Wir können noch nicht wissen, ob dieser …« Sie stockte. Erstaunt stellte sie fest, dass sie fast nichts über die Männer und Frauen wusste, die die Welt retten sollten. War es Gleichgültigkeit, Fokussierung oder Unprofessionalität, die sie, entgegen ihrer Gewohnheit, die Dossiers nur hatten überfliegen lassen? Wäre der Mann vorher aufgeflogen, wenn sie nur genau genug hingeschaut hätte? »Was genau wissen wir eigentlich über den Mann?«, fragte sie.

»Sein Name ist Paul Lancaster, er ist ein Immunologe aus Cardiff«, half François ihr.

»Danke. Also wir können noch nicht abschätzen, was oder warum Paul Lancaster den Code kopiert hat. Vielleicht steckt keine Verschwörung dahinter, sondern er ist einfach … ungeschickt.«

»Das würde Ines Schultheiss nicht glauben«, sagte François.

182

»In dubio pro reo.«

»Falsch. Im Zweifel für den Ankläger«, sagte er und zwinkerte.

Sie lächelte. »Du kennst mich zu gut. Lass es mich anders formulieren: 'Schreibe nichts der Bösartigkeit zu, was gleichermaßen durch Dummheit zu erklären ist.'«

Der Elsässer hob bedächtig eine Augenbraue, doch Ines konnte sehen, dass die kleinen Fältchen um die sauber rasierten Mundwinkel zuckten.

»Auch das würde Ines Schultheiss nicht glauben. Zum Glück«, sagte er schließlich. »Sei vorsichtig. Wenn bei der Anhörung von Lee irgendetwas schief geht …«

»Es soll ja schiefgehen, François.«

»Wenn du da mal richtig liegst.«

»Es spielt keine Rolle, ob ich Recht habe. Wichtig ist nur, dass sich etwas bewegt, denn so bekomme ich aus Seoung Lee nichts heraus.«

»Man erzählt sich, du hättest schon stoischere Menschen geknackt«, sagte François. Ines wusste natürlich, dass er recht hatte, und vielleicht lag die nagende Ungeduld in ihr darin begründet. Der Maulwurf im Krisenstab bewies noch nichts, doch zurück konnte sie nicht mehr. Sie hatte nicht nur Seoung Lees, sondern auch ihre eigene Seele darauf verwettet, dass, wer auch immer hinter dem Anschlag vom Hauptbahnhof stand, verhindern würde, dass es den Termin beim Haftrichter geben würde. Sie musterte François und sah in seine abwartende Miene. Seine Zweifel konnte sie nur zu gut verstehen, nein, vielleicht waren ihre eigenen Zweifel sogar größer.

»Ja, vielleicht hast du recht und es geht alles furchtbar schief«, sagte sie. »Doch bedenke, dass auch mich die Bürde der Rettung unserer Alten schwer drückt. Die Tragweite macht es aus, ob wir wollen oder nicht.«

Er nickte nachdenklich. »Was mache ich jetzt mit den Wissenschaftlern? Die rüde Festnahme in Brocks typischer Cowboy-Manier hat sie erschreckt.«

»Sie werden verunsichert sein, doch vielleicht lässt sich das in Entschlossenheit umwandeln. Dass ein Kollege, echt oder nicht, zu so etwas fähig ist, geht über ihr Verständnis hinaus. Genau wie die Tragweite der Drohung von Seoung Lee. Mach ihnen mal wieder klar, dass sie nicht aus akademischem Interesse hier sind, sondern um ihren Ruf zu retten. Wenn sie scheitern, ist ihre Karriere nämlich auch auf einen Schlag beendet.'

»Es ist bemerkenswert, wie sehr dein Schicksal dem ihrem gleicht, Ines. Pass auf dich auf.«

Die unerwartete Welle von Vertrautheit überraschte sie. Hatte François ebenfalls zuvor nicht die Tragweite erkannt oder bezog seine Empathie sich noch immer darauf, dass man sie beinahe erschossen hätte, ja, dass es eine Kugel mit ihrem Namen darauf gab? Sie nickte stumm und wandte sich zur Tür. Eine spannende Vernehmung wartete auf sie. Jetzt emotional zu werden, konnte und wollte sie sich nicht leisten.

***

Brock knallte die Mappe auf den Tisch, als Ines den schmalen Verhörraum betrat. Es war derselbe Raum, in dem sie in den Tagen zuvor Seoung Lee befragt hatte, und das führte dazu, dass sie unwillkürlich die defensive, kühle Haltung annahm, mit der sie dem verschlossenen Deutsch-Koreaner entgegen trat, um dann empathischer und offener zu werden in der Hoffnung, dass er dies unbewusst auch tun würde. Allein, es fruchtete nicht, und so war sie froh, dass sie dieses Mal nicht selbst den Animateur geben musste. Sie wusste, dass Brock seine Verhöre impulsiver anging, doch auch er hatte damit Erfolge verbucht, als er noch selbst ermittelt und nicht den bequemen, unaufregenden Direktorposten innehatte, der Lehrverpflichtung und Sekretärinnen und Assistenten mit sich brachte. Kühl und berechnend erwartete sie zu verfolgen, dass sein Repertoire eingerostet war. Als sie sich gesetzt hatte, begann er.

»Für wen arbeiten Sie?«, rief er.

Paul Lancaster schüttelte den Kopf. »Ich hab's ihnen doch schon gesagt, ich weiß nicht, wovon Sie reden. Ich habe keinen Geneworks-Code geklaut oder kopiert. Das muss ein Missverständnis sein!»

»Das kannst du deiner Oma erzählen.«

»Sie ... sie ... würde das bestätigen.«

Ines ignorierte den Waliser und spürte den Drang, ob Brocks grenzwertiger Frage eine Augenbraue zu strecken, doch verzichtete sie aus ermittlungstaktischen Gründen darauf. Sie hatte ja gehört, dass er direkt war, aber für komisch hatte sie ihn bisher nicht gehalten. Konnte natürlich auch an seiner Haltung ihr gegenüber liegen.

»Natürlich … also schön, von vorn«, sagte er nach einer kurzen Pause des Anstarrens. »Wir haben Sie auf frischer Tat ertappt, wie Sie den Geneworks-Simulationscode, dessen einziger Zweck es ist, die von Seoung Lee ausgelöste Bedrohung zu finden, in schlecht getarnter Manier für zweckfremde Anwendung in externe Kanäle leiten wollten. Warum?«

»Ich … sowas habe ich nicht getan. Das muss mir jemand unterschieben wollen.« Ines beobachtete, dass Lancaster zwar verzweifelt, aber doch gefasst wirkte. Ihr schien er nicht wie jemand, der Industriespionage begangen hatte. Falsch. Ihrer Intuition schien es nicht so. Doch dann stellte sich die Frage, ob er sich einfach nur gut verstellen konnte, oder mehr an der Sache dran war.

»Wer sollte Ihnen etwas unterschieben wollen?«, fragte Brock gereizt. »Wenn Sie uns nichts anzubieten haben, bleiben Sie so lange hier, bis Sie es sich anders überlegen. Sie denken, das ist ungesetzlich? Diese Frage wird dummerweise erst hinterher entschieden, von jemandem, der nicht dabei war. Überlegen Sie also gut, ob Sie weiter den Ahnungslosen spielen wollen.«

Lancaster seufzte. »Ich denke, ich werde ohne einen Anwalt jetzt gar nichts mehr sagen. Ich kenne meine Rechte.«

»Wie Sie wünschen«, sagte Brock und bedeutete Ines, ihm zu folgen.

Die Tür zum Beobachtungsraum, die von innen keinen Griff hatte, schwang auf und Paul Lancaster blieb allein ohne die Kommissare zurück. Er hatte keine Vorstellung davon, was ihn erwartete. Er wusste nur, dachte Ines, nein falsch – er glaubte nur, dass er Rechte hatte, und die würde er einfordern.

»Nichts zu machen«, sagte Brock.

»So schnell geben Sie auf?« Ines war zwar der Meinung, dass Lancaster nicht wusste, wie ihm geschah, aber dass man dennoch weiter versuchen musste, ihn zu erreichen. Vielleicht hatte er auch recht, und es hatte wirklich jemand versucht, ohne sein Mitwissen den Code zu stehlen.

Brock starrte auf das verspiegelte Fenster. Lancaster saß ganz ruhig da und schien zu warten. »Was würden Sie denn tun?«, fragte er.

»Ihn die Tat aus seiner Sicht schildern lassen«, sagte Ines wie selbstverständlich. »Ungereimtheiten lassen auf Schuld oder Unschuld schließen und es ergeben sich die weiteren Schritte.«

»Tun Sie, was nötig ist«, sagte eine ruhige, gebieterische Stimme. Brock und Ines fuhren herum. Im Halbdunkel des Raumes stand der Präfekt von Süddeutschland und sah sie eindringlich an. Da sie nicht reagierten, schien er sich genötigt zu fühlen, seine Aussage zu präzisieren. »Frau Schultheiss hat mich vor einigen Tagen um einen … Gefallen gebeten, den ich nicht erfüllen konnte – doch heute sieht die Lage etwas anders aus. Die Stimmung unter den Alten ist weder einheitlich noch panisch, doch ich bin ermächtigt worden, Ihnen zu verdeutlichen, was auf dem Spiel steht. Sie haben die vorbehaltliche Erlaubnis, alle Verdächtigen mit allen Ihnen zur Verfügung stehenden Mitteln zur … Mitarbeit zu bewegen.«

Ines schluckte. Das veränderte alles. Als sie bei der ersten Befragung Seoung Lees vorschlug, seine Grundrechte einzuschränken, geschah dies vor der Prämisse, rhetorisch zu verdeutlichen, um was es ging, ebenso wie sie François gegenüber lediglich klarmachen wollte, dass eine Überwachung der Wissenschaftler zwar zweckdienlich, aber dennoch falsch war. Es nützte ihrer Argumentation, Folter zu fordern, nicht umgekehrt. Und nun stand der Präfekt von Süddeutschland in ihrem Verhörraum und teilte ihr mit, dass die Grundrechte und alles, was die Gesellschaft vielleicht noch zusammenhielt, aufgehoben waren aufgrund der Tatsache, dass die Alten doch Angst vor dem Sterben entwickelten? Kalter Schweiß legte sich wie ein dunkler Schleier über Rücken und Stirn und ließ sie für einen Moment nach Atem ringen. Ein schneller Blick auf Brock zeigte, dass er ihre Gefühle zu spiegeln schien.

»Worauf warten Sie?«, fragte der Präfekt.

»Ich … Verzeihung … Sie sind sich absolut sicher?«, fragte Ines.

186

»Nein, Frau Schultheiss, das bin ich nicht. Ganz und gar nicht. Doch das ist es, was ich Ihnen mitzuteilen beauftragt bin.«

Ines nickte langsam. Auch Brock schien aus der Schockstarre zu erwachen. Er verbeugte sich umständlich vor dem Alten und trat dann zur Trenntür vor dem Verhörraum. »Ines, ich schlage vor, dass Sie Ihrerseits Herrn Lee einen Besuch abstatten«, sagte er ohne jede Regung, doch sie begriff sofort, was er meinte. Ihr Magen verkrampfte für einen Moment, doch sie ließ sich nichts anmerken. Sie nickte, deutete ebenfalls eine Verbeugung an und verließ den Raum.

***

Als sie aus der muffigen Luft des Beobachtungsraumes in den Flur trat, musste sie würgen. Sie trat an den nächsten Papierkorb, vergewisserte sich in einem letzten Aufbäumen der Selbstkontrolle, dass niemand zu sehen war, und übergab sich dann. Die unbestechliche Gabe der Selbstbeobachtung würdigte den Widerstand gegen das Unrecht, und doch schien es ihr, als fragte eine ferne Stimme, ob sie nicht froh darüber war, dass sie bekam, was sie zu wollen behauptet hatte. Doch das war sie nicht. Noch nicht. Die schonungslose Realität war, dass die unsichtbare Linie überschritten war, egal, ob sie gegen Seoung Lee die Hand erhob oder nicht. Sie setzte sich in Bewegung zu ihrem Büro. Die Wucht der Grenzüberschreitung verdeutlichte nicht nur die Verzweiflung der Alten, was ihre nackte Existenz anging, sondern widerlegte auch Klaus-Peter Haßloch, der sich noch vor zwei Tagen auf seine überlegene moralische Integrität berufen hatte. Abwesend blickte sie durch die hohen Fenster des Altbaus und betrachtete die blinkenden Türme der großen Habitate von Ulm-Stuttgart. Es ging nicht länger darum, den Fall zu lösen oder die Alten zu retten. Sie erinnerte sich, wie der Präfekt in Brocks Büro die Apokalypse rezitiert hatte. War es möglich, dass er selbst sie lostrat, indem er ihr diese Vollmacht gab? Waren es am Ende die Alten, die diese Prophezeiung erfüllten in dem ungestümen Wunsch, die endlichen Leben der Jungen gegen ihre unendlichen abzuwägen? Ines trieb sich weiter voran, doch mit jedem Schritt wurde ihr, was sie zu tun hatte, unangenehmer. Schließlich wählte sie doch den Weg zu ihrem Büro und nicht in Seoung Lees Zelle.

Es war unbedeutend, ob sie ihn folterte oder nicht, die Meldung, die sie herauszugeben hatte, lautete auf jeden Fall, dass er gestand und den Weg ankündigte, auf dem es passieren würde. Sollte es wirklich nötig sein, so konnte sie später ... und doch ... wer war sie, dass sie sich anmaßte, darüber zu entscheiden, wann es so weit sei, dass solche Mittel gerechtfertigt wären? Sie holte Kaffee und dachte über den Wortlaut nach. Niemand würde wissen, ja, mehr noch, niemand würde wissen wollen, wie es sich zugetragen hatte. Die bittere Erkenntnis beschleunigte ihre Gedanken. Es war plötzlich nicht mehr schwer, Seoung Lee zu verleumden.

Als sie fertig war, erlaubte sie sich, einen Moment innezuhalten und zu zögern. Fragte sich nicht, ob es richtig war, denn sie wusste, dass es das nicht sein konnte. Doch angemessen, ja, das war es. Menschenleben gegeneinander aufzuwiegen, darauf lief es immer hinaus. Das Schicksal hatte sie zum Richter ernannt, und Seoung Lee war zum Tode verurteilt, obschon er selbst sich gleichsam als Ankläger und Henker einer Gesellschaft fühlte, die die bloße Aussicht auf Tod an den Abgrund brachte. Kühl dachte sie, dass selbst, sollte er nur gebluft haben, der Schaden trotzdem angerichtet war. Für ihre entlarvende Ungeduld würden sie alle bezahlen müssen, auf die eine oder andere Weise.

Sie wischte all das hinweg, blickte auf den verführerisch blinkenden Knopf, der das Absenden verhieß. Es klopfte.

Auch das noch. Ihrem halbherzig gerufenen 'Herein' folgten eine winzige Pause voll gespannter Glückseligkeit und das Drücken der Klinke – dann trat Klaus-Peter Haßloch in Ines' Büro.

Sie seufzte lauter, als sie wollte, und rückte ihren Blazer zurecht.

'Absenden'?

»Ich hoffe, ich störe Sie nicht«, flötete Haßloch und setzte sich ungefragt auf das für Besucher vorgesehene, notdürftig entstaubte Sofa. Da Ines das Büro nur für die Dauer des Falles ihr Eigen nannte, sah sie großzügig über den Affront des Alten hinweg, der einmal mehr unter Beweis stellen musste, dass er sich

Überheblichkeit leisten konnte, sogar wenn man bedachte, dass seine Zeit vielleicht bald ablaufen würde – oder gerade deswegen. Sie widerstand der Versuchung, zu fragen, ob er sich setzen mochte, und hielt ihre Polemik im Zaum – für den Moment.

»Was kann ich für Sie tun?«, fragte sie so neutral wie möglich.

»Wissen Sie, ich habe nachgedacht. Ich möchte mich für mein Verhalten heute Morgen entschuldigen. Es war unangebracht, Seoung Lee zu konfrontieren. Hoffentlich habe ich Ihnen nicht irgendeine Ermittlungstaktik zunichtegemacht.«

Ines war aufrichtig überrascht über so viel Offenheit. Nicht nur das – sie stellte fest, dass Haßloch echte Größe bewies, obwohl er sich genau so verhalten hatte, wie sie es erwartet hatte.

»Nun, ehrlich gesagt, habe ich es darauf angelegt, dass Sie früher oder später Seoung Lee begegnen«, sagte sie langsam. »Und daher möchte ich mich mit diesem Geständnis auch bei Ihnen entschuldigen. In der Tat haben Sie mir mit ihrem … 'Ausbruch' eher geholfen als gestört».

»Tatsächlich? Nun, ich hatte diese Möglichkeit in Erwägung gezogen. Ich … dennoch; das ist mir außerordentlich unangenehm.«

Sie konnte nun mühelos beobachten, dass seine Scham echt war und er mit sich haderte ob dieses Eingeständnisses. Sie hatte gewonnen.

»Herr Haßloch, ich muss ehrlich sagen, dass ich dieses Gespräch ausgesprochen positiv finde. Sie haben mir bewiesen, dass auch die Alten – oder zumindest einige von Ihnen – zu Empathie und Schuld fähig sind.«

»Wenn dies mein Beitrag ist, so will ich ihn annehmen.« Er schien sich zu entspannen. Ein Verbündeter würde er nicht mehr werden, dachte Ines, doch zumindest war er nicht mehr der Feind. Vielleicht war er es nie gewesen, doch was war der Unterschied, wenn es sich so anfühlte?

»Reden wir über Menschenrechte«, sagte sie.

»Sie meinen Folter im Angesicht des sicheren Todes?«

»Sie wissen davon.«

»Natürlich. Es ist unsinnig anzunehmen, dass eine solche Entscheidung ohne die Zustimmung einer großen Mehrheit getroffen werden könnte. Ich weiß, dass wir nicht viel von unseren internen Angelegenheiten preisgeben, und ich bin sicher, dass man zumindest einige Gründe dafür verstehen kann, wie die Tatsache, dass manche Themen, über die wir nachdenken, in Anbetracht unserer Existenz so diametral fremd für die Jungen sind, dass wir sie damit nicht würden belasten wollen. Doch in diesem Fall … wir sind weder willkürlich noch leichtfertig an dieses Problem herangegangen, obwohl die nackte Entscheidung diesen Vorwurf natürlich nicht entkräften kann. Sie wollten es so, nicht wahr?«

Ines zögerte. »Vielleicht wollte ich es«, sagte sie. »Doch vielleicht nur aus dem Grunde, zu evaluieren, wie weit Sie gehen würden. Ist es verwerflich, jemanden an die Grenzen zu bringen, um herauszufinden, wie es um seine Moral steht?«

»So verwerflich, wie die Folter zu billigen. Ich fühle keinen Zorn auf Sie, doch erkenne ich, dass Sie Seoung Lee in gewisser Weise ähneln. Ich hoffe nur, dass Ihre Vernunft Sie nicht verlässt.«

»Das hoffe ich auch«, murmelte sie.

»Wie bitte?«, fragte Haßloch.

»Ach nichts, ich dachte nur kurz darüber nach, was passiert, wenn die Bedrohung sich als Bluff herausstellt. Wir alle haben uns schuldig gemacht, egal, was passiert.«

»Wir sind nicht schuldiger als zuvor, denn diese Überzeugungen waren ja auch zuvor da, wir haben sie nur nicht geprüft.«

»Ist es nicht die Handlung, die enthüllt, wes Geistes Kind man ist? Die abgrenzt zwischen tatsächlichem Wunsch und moderierender Moral? Die sicherstellt, dass die Gesellschaft funktioniert?«

»Was ist der Unterschied zwischen der Ankündigung, jemanden zu foltern, und der tatsächlichen Tat? Für Seoung Lee gibt es keinen, also darf es auch für Sie keinen geben. Wir haben die Linie übertreten, es gibt kein Zurück. Wir werden uns dafür verantworten müssen, keine Frage.«

Sie war überrascht, dass Haßloch so direkt die gleiche Metapher wählte wie sie. Waren die Alten doch nicht so entrückt, wie man annehmen musste, mithin gar sollte?

»Es gibt kein Zurück«, wiederholte Ines abwesend.

»Ich denke, ich habe meine Position deutlich gemacht, Frau Kommissar. Ich werde mich einstweilen zurückziehen und meine Aufzeichnungen aktualisieren. Vielen Dank für Ihre Zeit.«

Sie nickte, doch da war Haßloch auch schon mit dem typischen Surren seines Bewegungsgeschirrs aus dem Raum entschwebt. Wie paralysiert starrte sie auf den noch immer blinkenden Knopf. 'Absenden'?

Er hatte Recht. Es gab kein Zurück. Ines Schultheiss berührte den Touchscreen und setzte in Bewegung, was ohnehin nicht mehr aufzuhalten war.

***

Sie genoss den Moment der relativen Ruhe und überdachte ihren Plan. Die Medien würden sich wie Heuschrecken auf die Verlautbarung stürzen, und sie wusste, dass die Hintermänner Lees in große Unruhe versetzt werden mussten. Natürlich war sie nicht autorisiert, an die Öffentlichkeit zu gehen, doch sie schien auf eine erschreckend sorglose Art darüber hinwegzusehen. Ines wusste nur, dass der oder die Mittäter reagieren würden, und das war, was zählte. Das Attentat im alten Stuttgarter Bahnhof hatte zur Genüge gezeigt, wie nervös sie waren, und das würde sich mit der scheinbaren Ankündigung Lees, zu gestehen, nicht ändern. Ihr war klar, dass es riskant war und sie sein Leben aufs Spiel setzte, doch mehr und mehr kam sie zur Überzeugung, dass es notwendig war, um die Vorgänge im Verborgenen an die Oberfläche zu treiben. In gewisser Weise wusste sie natürlich, dass es unethisch war, so mit Lee umzugehen, doch das Gespräch mit Haßloch hatte sie daran erinnert, dass sie längst den Pfad der Tugend verlassen hatte. Ob es richtig und statthaft war, zu einem blinden Racheengel zu werden, um die Alten zu retten, würden später andere entscheiden. Für den Moment gab es nichts anderes als das Ergebnis, das zählte.

Sie wurde jäh aus ihren Überlegungen gerissen, als die transparente Schreibtischplatte abermals nervös zu blinken begann. Eine Nachricht entfaltete sich automatisch vor ihren Augen, als die Heuristik des Tisches erkannt hatte, dass sie erfolgreich Ines' Aufmerksamkeit geweckt hatte.

Aliaksandr Petar Wasovskiy war der Absender, und Ines erinnerte sich mühevoll, dass es der junge polnische Nanobiologe der Expertenrunde war, der ihr einige der komplexen Zusammenhänge erklärt hatte. Gespannt fragte sie sich, wieso er sich so direkt an sie wandte und nicht François ...

Ines erstarrte.

'Geneworks-Daten   unecht.   Dringend   pers.   Gespräch erwünscht.' stand in großen gelben Buchstaben in ihrem Postfach. Sie begriff, warum er sich nicht an François wenden wollte und auch, warum er nicht einfach in ihr Büro kam. Die Art der Fälschung musste dergestalt sein, dass er um keinen Preis Aufmerksamkeit erregen wollte und dringend Kollegen in Verdacht hatte. Sie überlegte. Wie konnte sie ungestört mit ihm reden, ohne dass es alle Experten mitbekamen?

Rasch kramte sie ihr Telefon herbei und wählte François' Anschluss.

»Hallo, François. Du musst mir genau zuhören. Ich kann nicht viel reden, deshalb tu bitte genau, was ich sage. Du wirst Aliaksandr Wasovskiy vorläufig festnehmen und in mein Büro bringen. Wenn jemand fragt, wirst du sagen, dass er im Verdacht steht, Paul Lancaster geholfen zu haben, den Code zu klauen. Beeil dich.«

Sie wartete nicht, dass er etwas erwiderte, weil sie sicher war, dass er sie verstanden hatte. Wenn Wasovskiy recht hatte, dann gab es womöglich noch jemandem im Think Tank, der nicht auf ihrer Seite stand. Die Wartezeit überbrückte sie mit einem frischen Becher Kaffee, den sie in wenigen Schlucken leerte. Als es klopfte und François den jungen Polen unsanft ablieferte, waren ihre Synapsen zum Bersten gespannt und voll nervöser, koffeinischer Aktivität.

»Es war leider nötig, den Anschein zu wahren, dass Sie Täter und nicht Detektiv sind, Herr Wasovskiy«, sagte sie halb entschuldigend, doch sein Blick verriet, dass er keineswegs beleidigt war. »Also? Was haben Sie?«

»Der Code, den wir analysieren, ist nicht aktuell«, sagte er.

»Wie meinen Sie das?«

»Als Lancaster enttarnt wurde, haben Sie und Blisterhuber eine kleine Mutation verwendet, um den Anschein zu erwecken, dass

Geneworks uns zuvor einen unvollständigen Code gegeben hätte, richtig? Sodass er erneut versuchen musste, ihn zu kopieren.«

Ines nickte.

»Nun, ich erkannte die offensichtliche Schwachstelle, dass wir zwar eine zertifizierte Version von Geneworks hatten, und zwar von Anfang an, aber keinerlei Möglichkeit herauszufinden, welche.«

»Und weiter?«

»Der Geneworks-Code ist echt. Doch er ist zwei Jahre alt.«

Ines Schultheiss rang nach Luft. »Wie … wie ist das möglich? Und wie haben Sie das herausgefunden?«

»Nachdem sich für mich der Verdacht ergeben hatte, habe ich diskret und allein noch einmal die Genome der seit letzter Woche verstorbenen Alten sequenziert und mit dem Gesamtcode abgeglichen. Dazu habe ich die Aufzeichnungen der zuvor durch Unfälle Verstorbenen verglichen, sodass ich das Alter des vorliegenden Codes nicht exakt, aber in den Zeitraum zwischen zwei Updates datieren kann.« Er reichte ihr sein Pad, das eine komplizierte Folge von Genom-Sequenzen zeigte, die an bestimmten Stellen mit Markierungen versehen waren. Ihm musste klar sein, dass sie nicht in der Lage wäre, sein Ergebnis zu verifizieren, doch die Aufbereitung war so gut, dass sie ihm glauben konnte, ja, musste.

»Sie wissen, was das bedeutet?«

»Geneworks fälscht systematisch Daten.«

»Ja, aber nicht nur das. Es ist kein Wunder, dass Sie nicht in der Lage waren, den Mechanismus zu finden.«

Wasovskiy nickte. »Was werden Sie jetzt tun?«

Ines zog eine Augenbraue hoch und seufzte. »Das müssen wir uns gut überlegen. Ich tendiere dazu, Sie nicht in den Think Tank zurückzuschicken, denn dann könnte jemand herausfinden, was Sie wissen. Jemand, der dort ist und Geneworks' Schritte koordiniert.«

Wasovskiy schien zuzustimmen, denn er sagte nichts und blickte abwesend auf die Skyline von Ulm-Stuttgart. »Was soll ich tun?«, fragte er.

»Was brauchen Sie, um in einem echten Code die Fehler zu finden, die Seoung Lee und seine Hintermänner verwenden wollen, um die Katastrophe herbeizuführen?«

»In Anbetracht der Tatsache, dass sie den Code vor uns verborgen haben, vermutlich nicht viel. Es könnte ein ziemlich offensichtlicher Mechanismus sein, wenn sie ihn vor uns verbergen.«

Ein winziger Teil in ihr wehrte sich dagegen, Wasovskiy dem zweifelsohne seltsamen Pathologen anzuvertrauen, doch es schien die beste Möglichkeit zu sein. »Damian Fregüzli hat in der Pathologie einen älteren Sequenzer, soweit ich weiß. Wenn Sie aktuelle Daten hätten, meinen Sie, Sie wären in der Lage, die Veränderungen zu finden?«

»Es wird nicht einfach sein. Doch ich verstehe, dass die Hardware oben im Konferenzsaal nicht in Frage kommt.«

»So ist es. Herr Wasovskiy, Sie sind ab jetzt unter dem Radar, verstanden? Ich werde vorgeben, dass Sie weiterhin in einer der Zellen in Untersuchungshaft sind.«

Der junge Pole nickte. »Was werden Sie unternehmen?«

Ines Schultheiss seufzte ein weiteres Mal ausdrucksvoll. Dann lächelte sie kalt. »Ich gehe zu Geneworks und besorge Ihnen aktuelle Daten.«

Wasovskiy riss die Augen auf. »Wie wollen Sie das anstellen? Wenn es jemand schafft, dass wir hier einen veralteten Code bekommen, ohne dass es jemand bemerkt, dann wird auch jemand bei Geneworks aufpassen, dass nichts nach außen dringt ...«

»Darauf verlasse ich mich sogar«, sagte sie.

Wasovskiy schaute sie fragend an.

»Kommen Sie, ich bringe Sie in die Pathologie.«

Als sie sich erhob und unachtsam den Pappbecher mit Kaffeerand in den Müllschlucker warf, konnte sie sehen, wie François nervös von einem Fuß auf den anderen tänzelte.

»So langsam fügen sich die Teile, François«, sagte sie.

»Was kann ich tun?«, fragte der Elsässer mit ungeduldiger Miene. Er war während des ganzen Gesprächs ungewöhnlich still gewesen, vielleicht, weil er Ines' Vorgehen noch immer ablehnte, doch nun zeigte er ihr wieder einmal, dass sie sich auf ihn verlassen konnte.

194

Ines musterte ihn. Er war ernst und nervös, aber voller Entschlossenheit. Sie hatte recht gehabt, und niemand verstand besser als François, wie es sich anfühlte. Dennoch musste er zurückkehren und ihr den Rücken freihalten.

»Die Geneworks-Crew«, sagte sie. »Behalt sie im Auge. Vielleicht wissen sie gar nichts, doch viel wahrscheinlicher ist, dass jemand die Strippen zieht und sich mit der Zentrale abstimmt.«

»Dieser Blisterhuber?«

»Gut möglich, wer weiß. Doch mir scheint hier nichts mehr so sicher, wie wir es dachten. Sei vorsichtig.«

François nickte und Ines schob den polnischen Wissenschaftler sanft zur Tür.

***

»Der Code ist alt?«

Fregüzli blickte nachdenklich auf den Polen, zurück zu Ines und wieder zum Polen.

»Sie wollen also, dass die Alten sterben?«

Der Rechtsmediziner sprach die naheliegendste Schlussfolgerung aus, doch man konnte ihm die Überzeugung ansehen, dass es nicht die einzige Erkenntnis war.

»Aha. Das glauben Sie dann doch nicht«, sagte er zu Ines.

Sie zuckte mit den Schultern. »Ich weiß noch nicht, was ich glauben soll oder will. Es ist möglich, dass sie einfach sichergehen wollen, den Ruhm für die Rettung selbst einheimsen zu können, und sie daher ganz sicher sind, dass ihre Krisenabteilung den Mechanismus vor uns entziffert. Immerhin ist dies ein großer Gesichtsverlust für Geneworks und ihre Zertifizierungsstellen. Es selbst auszubügeln ist … wichtig.«

Zweifel sammelten sich in Fregüzlis Gesicht, flossen hinunter in den Kehlkopf und ließen ihn schauerhaft lachen. »Frau Schultheiss! Sie spielen Theater! Ich habe doch gesehen, wie Sie Blisterhuber angefahren haben, als er hier war, um die Leichen der Frauen zu begutachten. Sie trauten ihm nicht, warum verteidigen Sie Geneworks jetzt?«

Während Wasovskiy beinahe ein wenig erschreckt zur Seite blickte und den Pathologen musterte, als wäre er übergeschnappt und vollkommen durch den Wind, nickte Ines stumm. Sie wusste selbst, dass sie Geneworks im Verdacht gehabt hatte, die meiste Zeit über. Aber nun, da es tatsächliche Anhaltspunkte gab ... wurde sie skeptisch. Es war eine eigenartig dialektische Situation, einerseits zu spüren, dass etwas faul war, und sich andererseits zu zwingen, objektiv zu bleiben, solange es nichts Handfestes gab. Verblüfft dachte Ines, dass diese Balance, das Kunststück des Ermittlers, ihr so viel schwerer zu fallen schien als sonst.

»Ich verteidige sie nicht, Damian«, sagte sie schließlich. »Ich versuche nur, objektiv zu bleiben.«

»Na schön«, sagte er besonnen, doch mit einem Wink Enttäuschung. »Bleiben wir objektiv. Was haben Sie mir hier mitgebracht?« Er deutete subtil auf Aliaksandr Wasovskiy, den sie ihm ob seines Ausbruchs im Angesicht der Code-Überraschung noch nicht hatte vorstellen können.

Sie stellte die Männer vor, die sich mit einer Mischung aus Unbehagen und professioneller Ablehnung gegenüberstanden.

»Ich stelle ihn hier unter, wenn Sie erlauben, bis wir das oben geklärt haben.«

Fregüzli murmelte eine halbherzige Zustimmung, doch Ines achtete gar nicht darauf, denn ihr war völlig klar, dass der Pathologe keine Wahl hatte. Wenn sich herausstellte, dass Geneworks absichtlich falschspielte, so würde man den Konzern öffentlich bloßstellen und den Krisenstab neu formieren. Dann könnte Wasovskiy zurückkehren. Doch so lange war nicht klar, ob er überhaupt sicher war. Immerhin, wenn jemand bei Geneworks die Fäden dieser Affäre zog, dann würde er ihn als Bedrohung ansehen, sobald er herausfand, was er wusste. Ines war nicht wohl dabei, aber sie konnte ihn schlecht in wirkliche Schutzhaft nehmen, denn er musste zuerst dieses Rätsel für sie lösen. Und dann war da noch das Problem, dass schon jemand in ihrem Verhörraum gestorben war und sie nicht herausfinden konnten, warum. Es war sicher ein Stück weit paranoid zu denken, dass ein solches Schicksal auch den jungen Polen ereilen konnte, doch andererseits war ein wenig Paranoia vielleicht gar keine schlechte Lebensversicherung.

»Ist das ein DNA-Puzzle?«, fragte Wasovskiy unvermittelt.

Der Pole stand vor einem der interaktiven Boards, die Fregüzli mit kryptischen Formeln und Zeichnungen überzogen hatte. Der Pathologe reagierte nicht, doch Ines war überrascht. Sie hatte gar nicht vor, ihn hiermit zu belästigen, sondern sich darauf zu konzentrieren, wer welche Codeversion kannte oder dem Krisenstab vorenthielt. Doch wenn er erkannte, worum es sich handelte, hatte er vielleicht mehr Glück als Damian Fregüzli.

»Erkennen Sie etwas davon?«

»Ich bin nicht sicher. Das hier zum Beispiel sieht wie eine Basispaarsequenz aus, die für die Kopplung an einen Träger zuständig ist, und dies hier«, fuhr er mit rudernden Armen fort, »dies hier ist eine Ausgabesequenz, die eine Fluoreszenz erzeugt. Ich habe mich während meiner Studienzeit mit so etwas beschäftigt. Wir waren ehrlich gesagt ziemlich verrückt danach.«

Ines lächelte verschmitzt. »Damian, Sie bekommen unverhoffte Hilfe. Was meinen Sie, können Sie es herausfinden?«

»Ich … also nun ja.« Der Rechtsmediziner blickte sie etwas verschämt an. »Ich hatte gedacht, dass es ein humanes DNA-Profil sein müsste, weil das das war, was Sie mir gesagt haben. Ich dachte, es wäre beschädigt worden, und hatte versucht …«

Ines hob beschwichtigend die Hände. »Keine Entschuldigungen, Sie haben vollkommen recht. Doch nun versuchen Sie bitte gemeinsam, die Botschaft zu extrahieren.«

Eigentlich war ihr Plan gewesen, Wasovskiy nur kurz hier abzuliefern, um dann Geneworks aufzusuchen, doch dieser Zufall mochte sich als lohnend herausstellen. Gebannt verfolgte sie, wie Wasovskiy dem Pathologen erklärte, was er über die verborgene Kunst der DNA-Puzzles wusste. Ines lernte, dass es eine Art Szene-Hobby wie früher Graffitis, Geo-Caching oder eben genetisches Self-Hacking war. Schon bald hatten die beiden Wissenschaftler, die doch unterschiedlicher nicht hätten sein können und sich noch kurze Zeit zuvor argwöhnisch gegenübergestanden hatten, den Sequenzer geschnappt und tauschten wilde Theorien aus.

»Es fehlt etwas«, sagte Wasovskiy schließlich.

Ines fühlte sich angesprochen, doch sie sah sich außerstande, etwas Geistreicheres als 'wie bitte?' beizutragen. Immerhin konnte sie den Polen dazu bringen, es ihr genauer zu erklären.

»Es fehlt etwas, Frau Kommissar. Diese Probe ist offenbar darauf ausgelegt, dass eine zweite Komponente hinzugefügt werden muss. Bei kryptographischer Kommunikation war es vor der effektiven Ausnutzung des quantenmechanischen Faktorisierens üblich, dass man eine große Zahl in zwei Faktoren zerlegte, die nur den Kommunikationspartnern bekannt waren. Auf diese Weise konnte man, wenn man geheim Schlüssel austauschen konnte, relativ sichere Nachrichten verschicken. Da Sie erwähnten, auf welche Weise dieser Codeschnipsel Sie erreicht hat, vermute ich, dass es eine zweite Zutat gibt ... eine Art Zertifikat, die nur Sie kennen können. Auf diese Weise stellt der Absender sicher, dass die Nachricht nicht abgefangen werden kann.«

Die Stirn in Falten gelegt, dachte sie angestrengt nach. Eine Art Schlüssel?

»Welcher Art ist dieses 'Zertifikat'? Ich erinnere mich an nichts Bestimmtes, doch es wäre ja immerhin möglich, dass ich es einfach nicht als solches wahrgenommen habe.«

Wasovskiy nickte. »Das ist sogar recht wahrscheinlich. Denn wenn Sie es nicht als Trigger erkennen konnten, so würde es jemand, der Sie observiert oder abgehört hätte, auch nicht können. Es könnte so etwas Simples sein wie ein Codewort, das wir als Basispaar codieren können, oder eine zusätzliche Substanz, die wir hinzufügen müssen, oder etwas Mechanisches ...«

»Das Plättchen!«, rief sie und kramte in ihrer Tasche. Wohlwissend, dass sie es besser hätte in die Asservatenkammer bringen lassen und schon gar nicht genetische Experimente damit machen durfte, hielt sie Aliaksandr Wasovskiy triumphierend die Plastiktüte mit dem schmalen Stück Metall unter die Nase. »Das muss es sein.«

»Zeugen des Verfalls«, las er neugierig von der Rückseite des Metallstückes ab. »Sind das nicht diese Fundamentalisten, die die Innenstadt belagern?«

»Wir wissen nicht besonders viel darüber. Der Verfassungsschutz gibt keine Erkenntnisse heraus. Das bedeutet nicht unbedingt, dass sie noch nichts darüber wissen, sondern eher, dass sie es nicht sagen wollen«, sagte Ines lakonisch. Außerdem wollte sie Wasovskiy davon abhalten, voreilige Schlüsse zu ziehen.

198

»Übrigens«, bemerkte sie nebenbei, »wie kommt es, dass Sie darüber informiert sind? Ich hatte bisher nicht das Gefühl, dass der Krisenstab gut über etwas anderes als den aktuellen Ascension-Code im Bilde ist.«

Fregüzli grinste und fiel Wasovskiy ins Wort, der eine abwehrende Haltung offenbarte. »Wir alle haben verschiedene Wege, mit der unproduktiven Zeit umzugehen. Wenn Sie denken, dass Wissenschaftler in einer Tour arbeiten können, dann ist das eine Fehlkonzeption, die sich allein daraus ergibt, dass man Fleiß und Intelligenz nicht nur verwechselt, sondern bisweilen sogar vertauscht.«

Wasovskiy lachte. »Prokrastination ist so alt wie die Menschheit selbst, oder nicht?«

Ines nickte wissend. »Ich … verstehe. Was halten Sie davon, wenn wir nun trotzdem dieses kleine Puzzle lösen?«

»Klein?«, wandte Wasovskiy ein. »Das ist eines der ausgefeiltesten Rätsel, die ich je gesehen habe. Wer immer das ausgetüftelt hat, ist ein biotechnischer Ingenieur auf Weltniveau.«

Ein bitteres Lachen verstopfte Ines' Kehle. »Ich würde es Henrickh van Breuckelem mitteilen, doch seine Reste liegen, soweit ich weiß, in Fach Nummer Vier.«

»Fünf«, korrigiert Fregüzli eifrig, doch blickte er betreten, als er die düstere Mimik der Kommissarin auffing. Wasovskiy hatte inzwischen Gummihandschuhe übergezogen, das Plättchen aus der Beweismitteltüte genommen und brachte es vorsichtig in Verbindung mit etwas, das aussah wie grüner Schleim, tatsächlich aber die Genprobe aus dem geheimnisvollen Paket war, angereichert um Nährlösung und Bindemittel. Der Pole legte die Verbindung unter sein Elektronenmikroskop und betrachtete sie eindringlich.

»Wir sind noch immer nicht fertig«, sagte er knapp. Ines meinte einen Hauch von Anerkennung in seiner Stimme festzustellen, als er fortfuhr: »Die DNA funktioniert, doch erwartet sie eine Eingabe. Der Trigger ist inaktiv, weil an einer Stelle eine Sequenz fehlt. Es sieht mir beinahe so aus, als wäre es eine sieben-stellige DNASCII Eingabe.«

Ines blickte ihn ratlos an.

»Entschuldigung, vielleicht zu technisch, ja?« Wasovskiy war ganz aufgeregt über seine Entdeckung, auch wenn Ines nicht recht verstand, warum. Der Pole fuhr mit seiner Erklärung fort.

»In den frühen Phasen der Bioinformationstechnologie, die neben der geheim gehaltenen Methode von Geneworks zur Zertifizierung und Dokumentierung ihrer Updates heute hauptsächlich aus den sogenannten Augmented-Reality-Anwendungen bestand, benötigte man einen einfachen Code, um Nachrichten von und zu DNA zu konvertieren. Um Daten und Wasserzeichen darin unterzubringen.«

Als er sah, wie Ines langsam und verständig nickte, setzte er die Stirn in Falten. »Wie Sie wissen, besteht die DNA aus dem Nukleotid, Zucker und den vier Kohlenstoff-Basen A, C, G, T. Da lag es nahe, aus den vier Zuständen und ihren verschiedenen Kombinationen einen 4-Bit-Zeichensatz zu bauen, der sich an ASCII anlehnt. Jeweils vier Basen können vier hoch vier, also 256 Zeichen kodieren. Abzüglich des Steuerbits, das als Trenner fungiert, bleiben 128 Kombinationen – ASCII.«

»Und was bedeutet das?« Sie wurde langsam ungeduldig und konnte vage erahnen, dass es Fregüzli ebenso ging. Während dies jedoch bei ihr auf die ins Unermessliche gestiegene Spannung zurückzuführen war, was der Informant ihr hinterlassen hatte, sah man dem Rechtsmediziner deutlich an, wie sehr es ihn frustete, dass er das Rätsel nicht hatte lösen können und sich nun von dem jungen Polen belehren lassen musste.

»Das bedeutet«, sagte Wasovskiy schließlich, »dass wir ein Wort suchen, das sechs Zeichen und keine Umlaute enthält. Wenn es richtig ist, wird die Fluoreszenz aktiviert und es entsteht ein Muster auf dem DNA-Sample unter dem Mikroskop.«

»Ein Passwort«, sagte Ines.

»Wenn Sie so wollen, ja. Ein Passwort. Und vermutlich können nur Sie es wissen.« Wasovskiy strahlte und freute sich über das Rätsel. Ines kam nicht umhin, in ihm die Blaupause eines Wissenschaftlers aus längst vergessenen Zeiten zu erkennen – Neugier und Forscherdrang definierten sein Handeln – nicht die Vorgaben und Einschränkungen einer an Pragmatismus und Technokratie krankenden Welt. Sie dachte angestrengt nach.

»Vermutlich … ist es etwas, das er zu mir gesagt hat, nicht wahr?«

Sie versuchte sich zu erinnern, doch es war nicht leicht. Der Schock nach den beiden Morden hatte ihrem Gedächtnis nicht gut getan, außerdem war sie übermüdet gewesen. Ärger erklomm ihren Verstand. Sie hätte es wahrnehmen müssen, wenn der Mann etwas so gesagt hatte, dass es als Passphrase in Frage käme. Sie hätte es leicht erkennen müssen, allein an der Art wie er es sagte …

»Verfall.«

Beide drehten sich zu Fregüzli um, der nachdenklich an die Wand mit den Leichenkühlschränken starrte.

»Sieben Buchstaben«, sagte Ines. »Damian, Sie sind ein Genie.«

»Ein Genie, das auf das Passwort kommt, aber nicht das Puzzle versteht? Nur zu, beleidigen Sie mich …« sagte er, lächelte Ines und Aliaksandr jedoch an. »Außerdem müssen Sie es erst einmal testen, bevor ich Ihr Urteil annehmen kann, nicht wahr?«

»Schon geschehen«, sagte Wasovskiy.

»Was passiert?«, fragte Ines gebannt.

»Sehen Sie selbst«, antwortete er und deutete auf die Okulare des Mikroskops.

Tatsächlich. In diffuser Fluoreszenz hatte sich eine Struktur ergeben, die Henrickh van Breuckelem zweifellos an sie gerichtet hatte. 3545434800 stand dort in winzig kleiner, von runden Farbzentren gebildeter Schrift.

»'3545434800'? Was bedeutet das?«

»Freitag, 8. Mai 2082, 03:00 Uhr«, sagte Wasovskiy ungerührt. Er hatte das Terminal gewechselt und das Internet mit der Zeichenfolge gefüttert. »Es ist ein alter Unix-Timestamp«, erklärte er. »Das System wurde schon längst abgelöst, aber einige unbelehrbare Hacker benutzen es natürlich noch immer.«

»Und was ist dann?«, fragte Fregüzli. Er hatte sich mehr und mehr zurückgehalten, doch schien er genug bei der Sache zu sein, um immer die richtige Frage zu stellen.

»Keine Ahnung«, meinte Ines, »doch sicher ist, dass es mit den Zeugen des Verfalls zu tun haben muss. Und mit diesem Fall, sonst hätte van Breuckelem es mir nicht geschickt.«

»Seoung Lees Mechanismus schnappt zu?« Düster blickte Wasovskiy sich in dem Obduktionsraum um. »Könnte es so einfach sein? Der Koreaner ist Teil der Verschwörung der Zeugen des Verfalls, die sich in Wahrheit vielleicht eher als Urheber des Verfalls herausstellen und das endgültige Ende der Alten auf diesen Zeitpunkt festgelegt haben?«

Als er in die zweifelnden Augen der anderen blickte, schien sein Eifer nicht etwa zu erlöschen, sondern er dachte noch weiter: »Was denn? Wenn Sie es auch nicht wissen, so muss es erlaubt sein, eine Theorie zu entwerfen. Frau Schultheiss ... Ihr Informant, dieser van Breuckelem. Vielleicht hat er kalte Füße bekommen und wollte sich deswegen mit Ihnen treffen.«

Ines schüttelte den Kopf. »Seoung Lee hat gesagt, dass es zwei Wochen, nachdem er sich gestellt hatte, passieren würde. Das ist erst drei Tage her. Warum der pathetische Auftritt, wenn er – oder sie – vorhatte, es früher durchzuführen? Wenn sie besorgt waren, dass jemand es herausfinden und stoppen könnte, warum dann überhaupt etwas sagen?«

Wasovskiy gab nicht auf. Ines konnte sehen, wie er es genoss, die Gegenposition zu bieten, einfach, damit es eine gab, und nicht etwa, weil er davon restlos überzeugt war. Er war wirklich ein wahrer Wissenschaftler, der verstand, wie Erkenntnisse gewonnen wurden. »Nun ... ich gebe zu, dass das logisch erscheint«, sagte er. »Aber was, wenn etwas schiefgegangen ist? Wenn die Organisation sich nicht an Lees Zeitplan hält? Ich meine, es wird kaum eine Möglichkeit geben, mit ihm zu kommunizieren, nicht wahr?«

Damian Fregüzli sprang ihm nun bei. »Ines ... der Junge hat Recht. Überlegen Sie: Wir dürfen einfach nicht die Möglichkeit ausschließen, dass ...«

Ines seufzte. »Damian, es ist mein Job, Dinge auszuschließen. Ich schließe ständig Dinge aus.«

»Sind Sie sich sicher?«

Sie begriff, dass der Pathologe recht hatte. Es war zu gefährlich, sich auf Seoung Lees Aufrichtigkeit zu verlassen. Um nichts in der Welt durfte sie darauf wetten.

»Na schön. Angenommen, Sie haben recht und ich habe unrecht und die Zeugen des Verfalls stecken da mit drin. Wie finden wir heraus, was Henrickh van Breuckelem uns sagen wollte?«

Während Fregüzli ratlos geradewegs auf die nächste Wand starrte und stumm den Kopf schüttelte, hatte Wasovskiy einen

Digitizer-Stift im Mundwinkel und dachte offenbar über etwas nach. Gespannt verfolgte Ines, wie er eine weitere Idee entwickelte.

»Vielleicht …«, sagte er, »… ja, das könnte sein. Vielleicht ist es ein Doppelcode.«

»Ein Doppelcode?«

»Es gibt ein zweites Passwort, das unserer kleinen DNA-Probe hier eine Nachricht entlockt.« Der Pole sah Ines zufrieden an, doch er legte dann erneut die Stirn in Falten. »Vielleicht weiß Herr Fregüzli ja weiter und kann noch ein Passwort raten.«

Der Pathologe schnaufte. »Ich bin also nur der Zufallsgenerator … soso. Ich sag Ihnen was, wir haben Glück gehabt, dass wir jetzt wissen, dass irgendwas in weniger als zwei Stunden passiert. Doch noch so einen Geistesblitz zu haben …«

Ein Telefon klingelte. Die dezente Melodie durchdrang den Obduktionsraum vollkommen, ehe Ines das schmale Gerät gefunden hatte, eine entschuldigende Geste gegenüber den beiden Wissenschaftlern machte und in Fregüzlis vorgelagertes Büro ging, um einigermaßen ungestört zu sein, ehe sie abnahm. Es war eine Neu Hamburger Nummer. Seltsam.

»Ines Schultheiss? Hier spricht Fridjof Becker.«

Ohne ihrem Gegenüber ihre Überraschung mitzuteilen, beschleunigten Ines' Synapsen und zeigten dies, indem sie die Augen aufriss und die Brauen hochzog. Becker war der Polizeipräsident der Norddeutschen Megacity. Er war formal gesehen nicht ihr direkter Vorgesetzter, doch normalerweise durchaus derjenige, dem sie zuarbeitete. Zu Hause, in Neu-Hamburg.

»Ich … hoffe, ich störe Sie nicht, Ines«, sagte er vorsichtig und sie konnte genau hören, dass etwas Dunkles in seiner Stimme hinter dem Mobiltelefon verborgen lag.

»Es ist nicht der beste Moment, doch ich habe ein paar Minuten, wenn es wichtig ist«, sagte sie, um unnötigerweise die eigene Rastlosigkeit zu unterstreichen. Tatsächlich war es ihr ganz recht, für einen kurzen Augenblick die angespannte Atmosphäre des DNA-Puzzles verlassen zu können. »Was gibt es denn, dass Sie mitten in der Nacht anrufen müssen?«, fragte sie schließlich. Natürlich, daran hatte sie noch gar nicht gedacht, es war halb zwei

Uhr in der Nacht, auch in Neu-Hamburg. Es verstärkte die Vorahnung.

»Es geht um Michel Hansen«, sagte der Mann knapp.

»Was ist mit ihm?«, fragte Ines atemlos.

»Er ... er ist tot.«

Stille. Ines starrte an die kalte, glatte Fliesenwand vor ihr, während ihr Verstand zu Eis gefror, aus ihr heraus sprang und an der Wand zersplitterte. Michel.

»Hallo? Frau Schultheiss?«

»Ja ... ich ... ich bin hier. Was ist passiert?«

»Er wollte wohl eine Expresskapsel nehmen, doch es gab eine Fehlzündung. Wir untersuchen das Ganze noch, und ich muss Ihnen nicht sagen, dass meine Aussagen noch vorläufig und mit Vorsicht zu genießen sind. Ich habe Sie angerufen, weil er Kurs Ulm-Stuttgart eingestellt hatte. Und weil er Ihr Freund war.«

»Ich ...« Ines schluckte. Ihr Hals war wie zugeschnürt, ihre Haut brannte und der Kopf schien zu bersten vor Schmerz. »Danke«, sagte sie. Zu mehr war sie nicht imstande.

»Hat ... hat es etwas mit diesem Fall zu tun, an dem Sie arbeiten und von dem die Spekulationen ins Kraut schießen?«

Ines sammelte sich noch. »Dazu ... kann ich nichts sagen«, stammelte sie. »Wie ist der Zustand der Kapsel? Hat man etwas bei ihm gefunden?«

»Es tut mir leid, die Transferkapsel wurde fast vollständig vaporisiert. Es ist der schwerste Unfall seit vielen, vielen Jahren.«

Sie nickte. »Vielen Dank, dass Sie mich in Kenntnis gesetzt haben.« War froh, dass Fridjof Becker ihre glänzenden Augen und zitternden Glieder nicht sehen konnte, denn ihre Stimme hatte sie beinahe unter Kontrolle gehabt. Sie beendete das Gespräch und ballte die Fäuste. Sie hatten Michel getötet. Sie dachte an den fröhlichen Ausdruck, den er gezeigt hatte, als sie gesprochen hatten. Als er mal wieder so stolz von den Kindern geredet hatte. Er war zu beneiden gewesen. Und nun war er tot. Ihretwegen. Das stand außer Frage. Ines schluckte erneut, doch der Kloß in ihrem Hals wollte sich nicht lösen – vielleicht würde er sich niemals mehr lösen. Beinahe musste sie lachen ob der spontanen Erkenntnis, dass all die toten Alten sie nicht eine Minute Schlaf gekostet hatten, während sie nun gewiss niemals mehr würde schlafen können.

Doch langsam zwang sie ihre Professionalität zurück an die Oberfläche. Das Erlangen der Kontrolle war keine Selbstverständlichkeit, es kostete große Überwindung und Willensanstrengung. 'Er muss etwas herausgefunden haben', dachte sie. 'Und zwar mehr als wir, denn sonst hätte er sich kaum in eine Kapsel gesetzt, nur um es nicht über die Telekommunikation jagen zu müssen.' Ines seufzte und schien die ganze neue Unerträglichkeit der Existenz hineinzulegen.

»Frau Kommissar?« Aliaksandr Wasovskiy stand im Türrahmen und musterte sie. Sie konnte seine Empathie spüren, ohne ihn anzusehen.

Sie fuhr herum. »Entschuldigung. Ich hatte das Gefühl, Ihnen wäre nicht wohl. Ist alles in Ordnung?«, sagte er.

Nein, nichts war in Ordnung. Sie blickte ihn an. »Ja, danke. Ich stoße gleich wieder zu Ihnen«, sagte sie.

Dies war nicht länger eine objektive Ermittlung. Sie hatten … irgendjemand … hatte Michel Hansen ermordet. Obschon ihr klar wurde, dass auch sie endgültig in großer Gefahr schwebte, ignorierte sie es. Sie würde seine Mörder finden und zur Rechenschaft ziehen. 'Fiat iustitia ruat caelum', zitierte sie in Gedanken Klaus-Peter Haßloch, verblüfft zwar, aber doch nicht unzufrieden darüber. Nein, es schien ihre Entschlossenheit nur noch zu steigern. Dann kehrte sie zu den Wissenschaftlern zurück.

»Michel Hansen ist tot«, sagte sie knapp.

Die Wissenschaftler schauten betreten. Anscheinend hatten sie aus ihrer Mimik bereits etwas in der Art gelesen.

»Ich kannte ihn«, sagte Fregüzli nachdenklich. »Schrullig, aber hochkompetent.«

»Das gleiche sagte er über sie«, gab Ines zurück. Fast hätte sie laut losgelacht bei dem Gedanken, dass sie auf diese Weise aussprechen konnte, was sie selbst dachte. Sie war nicht sicher, ob der Schwabe die feine Ironie verstehen würde, doch für den Moment war sie einfach nur dankbar für die Anteilnahme.

Der Pathologe nickte. »Ein großer Rechtsmediziner.«

»Es tut mir leid«, sagte nun auch Wasovskiy. Man konnte ihm das Unwohlsein ansehen. Obschon er den Mann nicht gekannt hatte, war er doch im Stande, mitzufühlen. Er war keine Innovationsmaschine wie die Geneworks-Forscher, schloss Ines.

Sie seufzte. »Wie dem auch sei, wir halten sein Andenken am besten in Ehren, wenn wir das Gleiche tun wie das, wofür er vermutlich gestorben ist: diesen Doppelcode lösen.«

Die Männer raunten Zustimmung und vertieften sich in nachdenkliches Schweigen. Während Wasovskiy die vollgekritzelten Tafeln musterte, schien Fregüzli in sich gekehrt. Vielleicht dachte er noch immer darüber nach, wer es fertigbrachte, seine Furcht vor der Aufdeckung quer durch halb Deutschland zu erstrecken, um einen unschuldigen Pathologen auf so widerwärtige Art und Weise zu ermorden. Ines ließ der Gedanke nicht los, dass sie es war, die ihn zum Tode verurteilt hatte. Sie hätte ihn einfach aus der Angelegenheit herauslassen können.

Sie schob den Gedanken beiseite und konzentrierte sich darauf, voranzukommen. Was auch immer der angegebene Zeitpunkt bedeuten mochte, er war weniger als 90 Minuten entfernt. Sie fanden besser bald heraus, worum es ging, wenn sie es noch beeinflussen wollten.

»Reverse Engineering?«, fragte Wasovskiy zu Fregüzli gewandt.

»Wir wissen nicht, wo der Code sitzt. Er könnte überall sein«, antwortete er.

»Natürlich. Doch wir könnten wenigstens an den offensichtlichen Stellen nachsehen.«

Es war zu bewundern, wie hartnäckig Wasovskiy an seinen Ideen festhielt. 'Wer hat heute eigentlich noch Standhaftigkeit?', fragte sich Ines im Stillen.

»Na schön, Junge.« Fregüzli stand auf und kam zum Sequenziergerät hinüber. »Davor, dahinter, ganz am Anfang und am Ende?«

»Das wäre meine Idee gewesen, ja«, gab der Pole zurück.

Ines kam nicht mit. »Was tun Sie?«

»Reverse Engineering«, gab der Pole lakonisch zurück, als müsse jeder verstehen, was das bedeutete. Als er den Anflug von Unzufriedenheit in ihrer Miene las, präzisierte er sich. »Reverse Engineering bedeutet, einen Algorithmus aus dem kompilierten Code, in diesem Fall den DNA-Sequenzen, zurück in menschenlesbaren Pseudocode zu übersetzen. Das Passwort für den Doppelcode muss irgendwo da drin sein. Wir nehmen also die Codierung von 'Verfall', dem ersten Passwort, identifizieren sie im

Genom, und suchen in dessen Nähe nach weiteren DNASCII-Sequenzen, die Sinn ergeben. Wenn wir ein Wort finden, dann geben wir es in die Probe ein und bekommen die Nachricht.«

»Warum suchen Sie nicht einfach nach allen lesbaren Wörtern im Genom?«, fragte Ines.

Wasovskiy lachte. »Aus zwei guten Gründen. Erstens, wir sind nicht Geneworks und können nicht in Echtzeit analysieren. Dafür bräuchten wir das Hunderttausendfache an Rechenleistung dieser Apparaturen hier … zweitens, und das wiegt noch schwerer, ist das Passwort zwar Klartext, die Antwort aber nicht. Sie ist im Genom so verschlüsselt, dass die verschiedenen Teile an ganz unterschiedlichen Stellen sitzen können, und nur das Passwort stellt die Verbindung her. Schauen Sie mal …«

Seine Finger flogen über die interaktiven Wandtafeln und zogen ein Gen-Schema zurecht, das Ines niemals hätte lesen können. Der Pole markierte einige Dinge und erklärte dann, dass er die Positionen der dargestellten Ziffern der ersten Antwort '3545434800' hervorgehoben habe. Ines nickte. Sie sah, dass sie über das ganze Genom verteilt lagen und erst die Code-Eingabe sie aktiviert hatte. Gab es eine bessere Möglichkeit, Informationen zu verstecken?

»Ich hab's«, rief währenddessen plötzlich Fregüzli. »Direkt hinter 'Verfall' steht 'Treffen'. Meinen Sie nicht, dass das etwas zu bedeuten hat?«

»Na so was«, meinte Ines. »Das ist etwas expliziter als ich erwartet hatte.«

»Vergessen Sie nicht, dass van Breuckelem es womöglich nur für Sie und nur für den Fall, dass er zu Tode kommt, angefertigt hat. Er musste sichergehen, dass Sie es auch herausfinden können«, sagte Fregüzli.

»Da haben Sie Recht«, sagte Ines. »Funktioniert das Passwort?«

Fregüzli hob beide Daumen. »48.47573, 09.141600«, las er vor.

»Was ist denn das nun schon wieder? Koordinaten?«

Ines hatte so ein Gefühl, doch sicher war sie sich nicht, bis Wasovskiy die diktierten Ziffern auf die Tafel vor ihm geschrieben hatte und gespannt zusah, wie die Datenverarbeitung sich bemühte, etwas Passendes zu finden.

»Reutlingen?«, fragte Wasovskiy, als das Ergebnis der Suche lediglich einen Marker auf einer Karte Süddeutschlands anbot.

Fregüzli schüttelte den Kopf. »Reutlingen ist seit dreißig Jahren eine Geisterstadt. Dort gibt es nichts mehr. Es gibt keinen Ort außerhalb von Ulm-Stuttgart, wo noch jemand bei Verstand wohnen würde.«

»Der perfekte Ort für eine Verschwörung«, meinte Ines. »Wie viel Zeit ist?«

»Knapp eine Stunde«, murmelte der Pathologe. »Das würden Sie schon schaffen. Wenn es das ist, was wir suchen.«

Ines musterte den Rechtsmediziner. »Haben Sie eine bessere Idee?«

»Leider nein. Es ergibt ja auch Sinn, Ort und Zeit zusammen zu hinterlegen, das muss ich schon sagen.«

Obwohl sie seine Zweifel und Unschlüssigkeit sehen konnte, traf sie eine Entscheidung – es war zu riskant, diese Chance nicht zu nutzen. Wenn es etwas anderes bedeutete, dann war es eben so. »Denken Sie bitte weiter drüber nach, alle beide«, sagte sie zum Abschied. Dann eilte sie auch schon in die Tiefgarage. Sie mochte die Idee nicht besonders, schon wieder allein einem vagen Hinweis nachzujagen, aber was blieb ihr anderes übrig?

27.

19. Oktober 2081

»Seltsamerweise sorgte die Teilung des Geheimnisses dafür, dass ich, beziehungsweise wir, besser vorankamen. Er hatte viele gute Ideen, wie wir die Aktivität der Alten verbessern konnten, unter anderem durch verschiedene Hormonneudosierungen. Wir führten umfangreiche Simulationen in den privaten Rechenzeitslots des Supercomputers durch, denn wir wollten schließlich sichergehen, dass wir nicht irgendwelche Nebenwirkungen erzeugten. So dauerte es einige Monate, bis wir die ersten Updates in den echten Code einfügten. Auch sorgte er dafür, dass es aussah wie die Behebung von kleinen Bugs, die er eigens dazu selbst in das Fehlermanagementsystem einfügte, und ich dokumentierte dann deren Behebung. Mit Schaudern dachte ich daran, was passieren würde, wenn jemand mit nicht so guten Absichten den Code auf diese Weise frisieren würde. Doch es war schwer vorstellbar, dass nicht wenigstens einer von uns so etwas bemerkt hätte.

Uns war klar, dass selbst kurz- oder mittelfristige Folgen nicht sofort sichtbar sein würden, deswegen ließen wir uns nach den ersten Updates mehr Zeit, die Verbesserungen zu testen. Vielleicht war dabei die Langsamkeit der Alten auf uns übergangen, denn wir ruhten uns gewissermaßen auf dem aus, was bereits geschafft worden war, und dass es keine unmittelbare Eile gab. Zwar gab es neue Ideen, doch er beharrte darauf, dass wir erst weiter beobachten müssten, welche Veränderungen die ersten Updates brachten.«

28.

8. Mai 2082, 2:41 Uhr

Die kalte Luft des späten Abends erinnerte Ines an ihr letztes Abenteuer. Und daran, dass sie diesmal noch vorsichtiger sein musste. Sie begriff, dass für den Moment nur Seoung Lee in Gefahr war – und das auch erst am frühen Morgen, wenn er vor den Haftrichter kam. Solange alles richtig lief, würde es keine Rolle spielen, was er sagte oder nicht sagte, doch die Entdeckung des jungen Polen Wasovskiy beunruhigte sie. Es hatte sie große Anstrengung gekostet, Geneworks als Teil der Verschwörung abzulehnen, doch diese Erkenntnis ließ alle Vorbehalte wieder in ihr aufkeimen. Es konnte kaum noch Zweifel geben, dass es jemanden gab, der für Seoung Lee die Fäden zog, und es war an ihr, herauszufinden, wer es war. Erneut blickte sie nachdenklich auf ihr Pad und Seoung Lees Tagebuchaufzeichnungen. Wen meinte er nur mit dem rätselhaften 'er' der zweiten Person, den er im letzten Kapitel dreimal explizit nannte, nur den Namen vermied? Hastig blätterte sie durch die Einträge, doch es gab keine weiteren Dateien. Es war beinahe so, als ob 'er' vermieden hätte, dass Seoung Lee sich weiter äußerte und ihn verriet. Ines war nun sicher, dass sich am Morgen einer von beiden verraten würde – entweder Seoung Lee gab etwas preis oder 'er' würde es zu verhindern suchen.

Sie fühlte sich seltsam lebhaft ob der Tatsache, dass es endlich ein klares Ziel und klare Aufgaben gab – nachdem sie die Koordinaten der rätselhaften DNA-Nachricht aufgesucht hatte, würde sie zu Geneworks fahren und versuchen, den aktuellen Code zu bekommen. Auch wenn sie nicht wusste, in welche Abgründe sie steigen musste, um ihn zu kriegen, so gab es doch keine andere Möglichkeit. Die Nacht war nicht so ruhig wie die letzte, die sich wie mit einem Brennglas in ihr Gedächtnis eingraviert hatte. Es schien fast, als würde ein fernes Grollen die Klippen, die sie zu überwinden hatte, im Voraus ankündigen. Als sie das Auto jedoch aus der Tiefgarage des Instituts fuhr, wurde ihr klar, dass es keine metaphorische Einbildung war – der

Haupteingang lag unter schwerer Belagerung der internationalen Medien. Die Pressemitteilung hatte also ihre Arbeit getan. Bald würden sie Brock vor die Tür treiben, der seinerseits sagen müsste, dass es bis zum Morgen keine Stellungnahmen geben würde, und die Erwartungshaltung würde ins Unermessliche gesteigert. Ganz so, wie sie es wollte. Vielleicht würde Brock ihr schon in der Nacht eine wütende Depesche hinterlassen, doch er konnte es nicht mehr aufhalten. Seoung Lee musste entweder sich offenbaren oder seine Hintermänner.

Es war nicht leicht gewesen, dem Zielcomputer des Wagens klarzumachen, dass sie wirklich den urbanen Moloch, der Ulm-Stuttgart geworden war, verlassen wollte. Ihr schwante, dass die früher so gepriesenen deutschen Landstraßen kaum mehr als steinige Buckelpisten sein würden, die vor mehr als einem Jahrhundert das letzte Mal ausgebessert worden waren, doch bevor sie überhaupt den Ausgang aus dem städtischen Straßenlabyrinth gefunden hatte, fuhr der Autopilot sie direkt durch die engen Gassen der Ulm-Stuttgarter Innenstadt. Ines spürte eine Mischung aus heißer Neugier und kalter Schaulust, zu sehen, ob es weitere Randale gab. Doch als sie an der Straßensperre der Armee auf die Umleitung gewunken wurde, wusste sie, dass es schlimmer sein musste als ein paar Verrückte, die mit Plakaten demonstrierten und Häuser beschmierten. Hastig stellte sie den Wagen auf Vollautomatik um und flippte die sozialen Netzwerke und Newsseiten auf ihr Pad. Von 'Unruhen' und 'Aufbegehren' war die Rede, und das nicht nur in Süddeutschland. Offenbar waren die Niederlassungen Geneworks und die Verwaltungsgebäude der Provinzregierungen in weiten Teilen der Welt blockiert von der Gruppe, die sich 'Zeugen des Verfalls' nannte. 'Internationale Proteste' also? Distanziert las sie die Überschriften der reißerischen Artikel, die von Milliarden Menschen zu ihren Freunden und Bekannten geschickt und dann ihrerseits weiter verbreitet wurden und sich rasend schnell in jede Megacity des Planeten verteilten. Und ausgelöst war all das durch ihre Pressemitteilung wenige Stunden zuvor. Mit dem distanzierten Grauen eines objektiven Beobachters blickte sie auf die Panzer, die die Innenstadt Ulm-Stuttgarts absperrten und innerhalb von Minuten einsatzbereit gewesen sein mussten. In jenem Moment, da die Erkenntnis an ihr vorbeiflog wie die Hochhäuser der Stadt, wurde Ines klar, dass nichts hiervon ihre Schuld war. Die Alten hatten Pläne für solche Fälle, insbesondere den Terrorismus gegen ihre Unsterblichkeit. Die Panzer in der Straßen bewiesen, dass sie von Anfang an damit gerechnet hatten, dass ein einziger Funke zum Flächenbrand führen würde. Es war gespenstisch zu sehen, dass der Präfekt von Süddeutschland offenbar recht gehabt hatte, als er die größte Krise der transhumanen Zivilisation vorhergesagt hatte. Wer waren diese Leute, die an den Sperren standen und improvisierte Transparente mit sich führten? Waren es wirklich Transhumanismus-Gegner, die es nicht abwarten konnten, bis die Alten Vergangenheit waren? Ines kannte zwar die groben Schätzungen der Journalisten, doch es war unmöglich, dass es so viele davon gab, wie sie schrieben. Nein, hier standen einfache Leute und forderten etwas ganz anderes ein, die Bedeutung ihres Lebens, das so begrenzt war wie der Einfluss auf die Welt, den die Alten ihnen verwehrten. Ines schauderte bei dem Gedanken, was in wenigen Tagen los sein würde, wenn sie es nicht aufhalten konnte. Ohne die Autorität der Alten würde die Armee abziehen und die öffentlichen Strukturen zerbrechen, und was dann kam, war völlig unvorhersehbar. Ines legte das Pad beiseite, deaktivierte die Automatik, um durch die Randbezirke schließlich die Stadtgrenzen zu durchbrechen, und raste hinaus in die dunkle, schwäbische Nacht.

***

Als sie die 120 Kilometer durchmessende, urbane Ellipse verlassen hatte, bemerkte sie sofort die uralte römische Weisheit, die auch zwei Jahrtausende später wieder Gültigkeit hatte – die Qualität der Straßen war von jeher ein gutes Maß für den Abstand zur Hauptstadt. Das alte Reutlingen lag keine fünfzehn Kilometer außerhalb des Perimeters der letzten spärlichen Ansiedlungen, die man mit Phantasie noch zur Stadt rechnen konnte. Gemessen an der Reisedauer war es in Wahrheit jedoch weiter vom Stadtzentrum entfernt, als es dank der Segnungen der unterirdischen Kapselstrecken Neu Hamburg oder Berlin gewesen wären. Der Wagen rumpelte so sehr, dass sie sicher war, auf dem Rückweg wenigstens ein Rad zu verlieren. Die Uhr zeigte 02:48, sie war vierzig Minuten unterwegs gewesen. Einen halben Kilometer vor den Koordinaten brachte sie den Wagen zum Stehen und stieg aus. Verblüfft stellte sie fest, dass, nachdem die Innenbeleuchtung und Scheinwerfer erloschen waren, sie in völliger, reiner Dunkelheit stand. Im düsteren Zwielicht des Mondes hinter einer dünnen Wolkendecke konnte sie Straßenlaternen erkennen, die aussahen wie aus den frühen dreißiger Jahren – mit Solarpaneelen und kleinen Windschäufelchen, dennoch vom Zahn der Zeit besiegt. Manche schimmerten im von wenigen LEDs erzeugten Dämmerglanz, der jedoch bei Weitem nicht reichte, um die verrottenden Wege der Stadt zu erleuchten. Ines stolperte immer wieder über kleine und große Betonstücke von Randsteinen oder der Straße selbst. Das Display des persönlichen Pads als einzige echte Lichtquelle vor sich herhaltend, ging sie langsam weiter auf den Stadtkern zu.

Während sie voranging, gab es keinerlei Veränderung im Straßenbild. Überall verlassene Häuser, deren Dreifachverglasung geborsten und mit Brettern ersetzt worden war. Eine Bäckerei, ein Supermarkt, alles geschlossen seit wer-weiß-wie-lange.

Ihr Pad piepte und zeigte ihr mehr oder weniger genau an, dass sie ihr Ziel erreicht hatte. Das Gerät teilte ihr mit, dass dies nicht einmal Reutlingen war, sondern nur ein Ort, der früher zu der Stadt gehört hatte und Ohmenhausen hieß. Sie checkte die Anzeige. Zumindest waren die Koordinaten richtig.

Ines seufzte und setzte sich auf eine Grenzmarkierung, die älter sein musste als die verfallenden Häuser um sie herum, und wartete. 02:54. 02:55. 02:56. Beinahe wäre sie umgekippt, als ihr Phonepad unvermittelt anfing, zu vibrieren. Sie wusste nicht einmal, wie es möglich war, hier ein klares Signal zu bekommen, doch ganz ohne Zweifel wurde sie angerufen. Etwas zittrig tippte sie den grünen Button an, der die Verbindung herstellte und lauschte.

»Frau Kommissar? Hallo?«

Es war Aliaksandr Wasovskiy, doch die Verbindung war nicht so gut, wie sie im ersten Moment gedacht hatte. Es rauschte erheblich – eine seltsame Erfahrung in Zeiten von Ultra-HD-Holographie und niedrigen Latenzen, doch für den Moment wäre sie froh gewesen, wenn sie den jungen Polen hätte verstehen können. Ines kreischte eine Antwort in das Mikrophon des Pads, doch Wasovskiy schien sie kaum hören zu können.

»Koordinaten ... Umkehren ... Daimler.«

»Was? Wie bitte?! Hallo?«

Es hatte keinen Sinn. Sie unterbrach die Verbindung. Was immer er sagen wollte, er würde einen anderen Weg finden müssen. Nachdenklich blickte Ines in den Himmel über der süddeutschen Einöde. Der Mond schien jetzt, da sie sich an die Lichtverhältnisse gewöhnt hatte, heller, und auch die Wolken zerfaserten, sodass sie vielleicht zu einem der verschwindend wenigen Menschen wurde, die jemals Sterne mit eigenen Augen gesehen hatten, da vibrierte das Pad erneut.

»Schlechte Verbindung. Koordinatensystem falsch. Vermutlich richtig: 48.784113, 9.237934. Erklärung später.«, stand als Textnachricht nun darauf.

Nachdenklich sah Ines sich um. Sie hatte keine Zweifel gehabt, dass dies ein Ort für Verschwörungen war, doch andererseits war es ebenso logisch, in den Niederungen von Ulm-Stuttgart einen geheimen Platz zu finden. 'Er wäre perfekt gewesen, aber nicht einmal die 'Zeugen des Verfalls' wagen es, die Stadt zu verlassen', dachte sie resigniert und stapfte zurück zu ihrem Wagen.

***

Der Touchscreen der Limousine war irgendwie umständlich. Ständig verwechselte sie Buchstaben der virtuellen Tastatur, bis sie begriff, dass François sie auf Französisch eingestellt haben musste. Schließlich gelang es ihr dennoch, die neuen Koordinaten einzugeben, doch selbst die geringe Verzögerung erschien ihr zu viel. Das neue Ziel lag 27 Kilometer entfernt, mitten zurück in der Stadt. Ines fluchte. Das wäre auch einfacher gegangen. Sie entriegelte die Stoßdämpfer, wie es vorgeschrieben war, wenn elektrische Polizeiautos eine Einsatzfahrt machten, doch nicht um besser um Kurven zu kommen, sondern in der vagen Hoffnung, dass der wilde Ritt, den sie nun vorhatte, nicht die Reifen abreißen würde. Den Autopiloten abgeschaltet, schielte sie ein letztes Mal auf die Route, ehe sie sicher war, dass sie den gleichen Weg nehmen würde, den sie hergekommen war. Dann beschleunigte der Wagen in 2 Sekunden auf 120 km/h und ließ Reutlingen oder Ohmenhausen oder die Reste von was auch immer einmal Menschen bedeutsam erschienen sein musste hinter sich.

Einem verspäteten Racheengel gleich hetzte Ines über die Landstraße Richtung Ulm-Stuttgart und fragte sich, ob es möglich war, dass ein größerer Stein das Auto zum Überschlag bringen würde. Sie zwang sich, den Gedanken zu ignorieren, hielt stur 160 km/h und das Auto in der Spur. Es war bereits zehn Minuten nach drei und sie hatte noch immer nicht die Stadtgrenzen erreicht.

Als das untrügliche Schild den Moloch vorstellte, gestattete sie sich, sich kurz zu fragen, für wen das Schild eigentlich dort wachte. Niemand kam auf diese Weise in die Stadt – entweder man verließ sie nicht oder man nahm eine Transportkapsel. Sie bremste abrupt, ärgerte sich darüber, dass sie die Geschwindigkeit schon allein deshalb reduzieren musste, um nicht zu sehr aufzufallen, und aktivierte den Autopiloten, weil sie hier selbst ohnehin keine Zeit mehr würde aufholen können. Boshaft schien in dem kleinen HUD über dem minimalistischen, weil selten genutzten Lenkrad die berechnete Ankunftszeit: 03:17. Ines ärgerte sich sehr, dass sie nicht mehr Druck gemacht hatte, die beiden Wissenschaftler sichergehen zu lassen, dass es die richtigen Koordinaten wären. Sie gähnte. Die Last der schnellen, unbequemen Überlandfahrt fiel von ihr ab und Ines begriff, dass sie in viereinhalb Minuten wieder fit sein musste, wenn sie noch etwas – irgendetwas – an den tatsächlichen Koordinaten finden wollte. Sie beugte sich zum Beifahrersitz hinüber und stellte dankbar fest, dass François den Vorrat an Instantkaffees löblicherweise stets wieder aufgefüllt hatte. Als die braune Brühe, die nur des Koffeins wegen ansatzweise die Bezeichnung Kaffee verdiente, ihren Rachen hinunterlief, stellte sie sich vor, wie es wäre, sich genetisch mit körpereigener Koffeinherstellung aufzuwerten. Natürlich war der Gedanke nicht nur absurd, sondern seine Umsetzung auch illegal, doch in jenem Moment verstand Ines, wieso man die Alten beneiden musste. Natürlich gab es auch in ihrem Genom keine Koffeinaufwertung, doch konnten sie so viel davon zu sich nehmen, dass sie immer wach gewesen wären, ohne die drohende Leere des Entzugs kennenzulernen – wenn sie es denn gewollt hätten, denn andererseits war Ines absolut sicher, dass Alte kein Koffein brauchten, denn es gab keine Aufregung, keine Erlebnisse und keinen Grund, länger wach zu bleiben. Sie ignorierte die Tatsache, dass sie sich anhörte wie Seoung Lee, und versuchte, die neu eintrudelnde Konzentration zu nutzen, das Auto an einer günstigen Stelle zu parken. Das Navigationssystem zeigte 'Untertürkheim' an und daneben einen belehrenden Hinweis: 'Fahren Sie das nächste Mal nicht so schnell'. Ines schüttelte belustigt den Kopf; sie würde sich doch von ihrem Navigationscomputer nicht die Ermittlungsmethoden vorschreiben lassen. Fast hatte sie das Ziel gefunden und befand sich nun auf einem alten Fabrikgelände, dem ausgeblichenen dreizackigen Stern nach zu urteilen, von Daimler-Benz, wenn sie es richtig wusste.

Als sie ausstieg, bemerkte sie sofort den Unterschied der dröhnenden, drückenden Hitze der Stadt, die selbst nachts und selbst im Frühsommer viel wärmer war als die umliegenden Gebiete. Ines wunderte sich, dass der Moloch die ungenutzte Fabrikfläche noch nicht zurückgefordert hatte, doch sie erinnerte sich daran, dass am anderen Ende des Werkes immerhin noch Transportkapseln hergestellt wurden. In Untertürkheim war es nicht vollkommen düster, sondern uralte LED-Leuchten tauchten die freie Fläche, über die Ines sich den Gebäuden näherte, in ein mattes, orangefarbenes Licht, das jede Farbnuance der Umgebung zu verschlucken schien – Details waren orange oder schwarz, es gab nichts dazwischen oder darüber hinaus. Nachdenklich und vorsichtig checkte sie die Padanzeige. Sie hatte in der vergangenen Stunde gelernt, dass sie den Koordinaten nicht meterweise trauen sollte, und so steckte sie das unnütze Stück Technologie in ihre Jackentasche hinein – sie würde es allein finden, wenn es denn hier zwanzig Minuten zu spät noch etwas zu finden gab.

Die Häuserfront vor ihr lag still und dunkel in der Nacht, nur die von abblätternder Farbe gesprenkelten Fensterrahmen bildeten orangefarbenen Kontrast. Aufmerksam suchte Ines die Schatten nach Bewegung oder verdächtiger Form ab, doch es schien weit und breit nicht einmal eine Katze oder eine urbane Ratte zu geben. Sollte sie etwa hineingehen? Sie prüfte eine der Treppen ins Hochparterre, doch sie lag voll von einer ebenso gleichmäßigen wie dicken Schicht Staub, die jeden Zweifel beseitigte, dass schon lange niemand mehr jenes Gebäude betreten hatte. Sie ging an den

216

Eingängen vorbei und entschied, durch eine kleine Unterführung hindurch in den nächsten Bereich der Fabrik zu sehen. Orange beleuchtete Fliesen umrahmten den Blick tiefer in das Gelände hinein, allein Ines war nicht imstande, außer kontrastlosem Stahl und Beton irgendetwas Interessantes oder Auffälliges zu entdecken. War Wasovskiy wirklich sicher, dass diese Koordinaten die richtigen waren? Sie zuckte mit den Schultern, jetzt war es auch nicht mehr zu ändern. Sie würde den Bereich zu Ende absuchen und dann weiter zu Geneworks fahren.

Die Unterführung war so etwas wie der Zugang zum inneren Teil des Industrieareals. Als sie die kurze Rampe hinaufging, eröffnete sich ein riesiger Innenhof, der vollkommen von junger, kräftiger Vegetation überwuchert war, umrandet von immer älter aussehenden Fabrikhallen in orangenem Zwielicht. An die Wandecke der Unterführung gedrückt musterte Ines die Szenerie. Auch hier gab es keinen Hinweis auf irgendetwas, das einen Erkenntnisgewinn für sie bieten konnte. Sorgsam wog sie ab, durch welche Schatten sie gehen musste, um unbeobachtet die ganze Fläche absuchen zu können. Das Gefühl der verzweifelten Handlungsunfähigkeit wich einer geschäftigen logistischen Analyse, so schnell wie möglich alles abzusuchen. Einerseits wollte Ines nicht länger hierbleiben, doch andererseits wusste sie, dass sie es sich nicht leisten konnte, etwas zu übersehen. All die Arbeit, die van Breuckelem in dieses Rätsel gesteckt hatte, und dann war sie so eine Winzigkeit wie zwanzig Minuten zu spät dran. Während sie sich langsam voran tastete, bemerkte sie, dass die wiederkehrende Müdigkeit nun doch langsam ihren Tribut forderte. Sie musste sich beeilen, wenn sie halbwegs bei Sinnen bei Geneworks ankommen wollte, denn selbst wach war die Aufgabe, die sie erwartete, kaum rational als möglich einzustufen. Sie konnte sich keine Pause leisten, aber auch keine Erschöpfung. Sie konnte nur weitermachen in der Hoffnung, dass ihr Organismus weiter dem Verstand gehorchte, solange er eben musste. Sie hatte nun im schützenden Zwielicht einer Feuertreppe den mittleren Teil des Hofes erreicht, in dem wenige Jahre alte Bäume und Sträucher durch den Asphalt brachen. Die Rückeroberung der Natur war gewiss ein spannender Prozess, gerade wenn er sich vor den eigenen Augen abspielte, aber all das war lange zuvor in den ländlichen Gegenden passiert, als jedermann in die Städte ging, weil die Infrastruktur nicht mehr aufrechterhalten werden konnte. Wehmütig dachte Ines daran, wie es hier dreißig, vielleicht fünfzig Jahre zuvor ausgesehen haben mochte, doch sie hatte keine Zeit dafür. Sie hatte nie Zeit für so etwas.

»He, du suchst die Versammlung, oder?«

Während Ines' Synapsen bis in die Unendlichkeit beschleunigten, sah sie wie in Zeitlupe ihrem Verstand dabei zu, wie er entschied, ob er einen gezielten, mächtigen Faustschlag in Richtung der Sprachquelle ausführen wollte. Erschreckt stellte sie fest, dass der Teil von ihr, den sie eigentlich für zuständig hielt, keine Anteile an dieser Entscheidung zu haben schien, ehe sie begriff, dass der Moment vorbei war, sie auf der Stelle herumgefahren war und nun wie erstarrt die Dunkelheit hinter sich absuchte.

Ein lächelndes Gesicht erschien aus dem dunklen Schatten eines faustdicken Baumschösslings. »Ich wollte dich nicht erschrecken.«

Sie schüttelte den Kopf. »Dann hast du es vermasselt.« Ines versuchte, die ungezwungene Konversationsmelodie des Unbekannten zu imitieren, doch sie scheiterte dabei einzuschätzen, um welche Art Mensch es sich handelte. Der Mann war etwa einen Meter achtzig groß, wirkte jedoch kleiner und gedrungener. Sein Ton verriet ihr, dass sie offenbar keineswegs als Eindringling oder Neugierige betrachtet wurde.

»Bist du das erste Mal hier? Sie stehen immer alle ratlos hier herum«, sagte er zusammenhanglos, dann bedeutete er ihr, zu folgen.

Sie hatte keine Wahl. Wollte sie nicht auffliegen und ihre Identität als Polizistin oder zumindest Schnüfflerin offenbaren, musste sie ihm folgen und so tun, als wüsste sie, wovon er sprach.

»Er hat schon angefangen«, sagte er, doch noch immer konnte sich Ines keinen Reim darauf machen. Sein Weg führte direkt auf eine der großen stählernen Türen zu, die überall an den Wänden entlang des Hofes waren und von denen Ines niemals eine einzelne als bedeutsam hätte erkennen können. Doch nun, aus dieser Richtung, bemerkte sie ein fahles blaues Glühen in den zersplitterten Fensterscheiben darüber.

Wo gingen sie hin und was passierte dort?

»Heute ist nicht viel los, weil alle in der Innenstadt sind. Doch er legt Wert darauf, dass auch jetzt, wo unser Ziel so nahe ist, der normale Ablauf nicht unterbrochen wird. Und so kannst du mehr sehen, das ist doch auch gut.«

Ines nickte einfach nur weiter. Sie konnte nur zustimmen und abwarten, doch vielleicht führte dieser Gehorsam geradewegs in eine Falle. Schließlich standen sie kurz vor dem Tor, da konnte Ines verschmierte, kleine Buchstaben über dem Torbogen erhaschen, die ihre Eingeweide zu Eis gefrieren ließen.

'Lasst, die ihr eintretet, alle Hoffnung fahren!'

Natürlich war sie nicht in Dantes Göttlicher Komödie gelandet, doch gleich zweierlei Überlegung schien ihr Grauen einzuflößen. Zum einen war es dieselbe krakelige Schrift, die sie auf Plakaten und Bannern im Regierungsbezirk gesehen hatte und die unzweifelhaftes Kennzeichen der Zeugen des Verfalls war, und zweitens mochte sie sich nicht ausmalen, welche Intention der Verfasser mit der pathetischen Inschrift verfolgte. Düster beobachtete sie, wie sie zu zittern begann. Aufregung brach sich Bahn. Sie musste vorsichtig sein. In diesem Zustand wäre sie wahrscheinlich nicht in der Lage, einem Hinterhalt zu entkommen. Einerlei. Sie musste herausfinden, was hier vor sich ging.

Als sie die quietschende Tür aufschoben und den hohen Torbogen durchquerten, wusste Ines, was das blaue Leuchten zu bedeuten hatte. Es roch nach ionisierter Luft und der verräterischen Signatur der Holographie-Telekommunikation. Flackernde Beleuchtung zeigte ihnen den Weg, sie gingen eine Treppe hinunter in ein altes, feuchtes Kellergeschoss.

Eine Ecke weiter tat sich ein Gang auf, der in einem breiten, doch flachen Lagerraum endete – an dessen Kopfende in gleißender Helligkeit der Holoprojektor angebracht war.

»… ist die aktuelle Krise so bedeutsam, weil sie exemplarisch die Grundsätze dessen bestätigt, was ich das letzte Mal dargelegt habe – dass eine natürliche Menschheit immer Wege finden wird, mit dem Unbekannten umzugehen, die genetisch Veränderten jedoch zurückbleiben hinter Furcht und Apathie.«

Einer blau-schimmernden Totenmaske gleich wiegte sich vor dem Projektor ein überdimensionaler Kopf hin und her und erklärte dem spärlichen Publikum seine Idee von der neuen Weltordnung.

»… uns muss klar sein, dass selbst, wenn die Ordnung der Gerontokratie in diesen Tagen ihr Ende findet, die Herrschaft der Genetik nicht vorbei sein wird. Wer, wie wir, die Gentechnologie als maliziöse, immerwährende Gefahr für die Menschheit identifiziert hat, muss sich auch die nötige Wachsamkeit auferlegen, niemals zu vergessen, dass Gier und Neid die Grundlagen der genetischen Verbesserung sind und dass ein natürlicher Tod auch als ein Geschenk an die menschliche Rasse als solche angesehen werden muss …«

Ines beobachtete, wie die Fröhlichkeit im Gesicht ihres seltsamen Begleiters wich und einer geradezu religiösen Glückseligkeit Platz machte, in der nichts anderes war und sich widerspiegelte als die grelle Projektion eines Mannes, der ganz sicher selbst glaubte, was er sagte. Irgendetwas am Duktus des Vortragenden kam Ines bekannt vor, doch da sie nicht imstande war, zu definieren, was es war, schloss sie, dass der typische Singsang von religiösen Führern und esoterischen Gurus ein ganz allgemeines Bild in ihr bediente. Distanziert, gewissermaßen halb belustigt, halb angeekelt beobachte Ines, wie der Mann fortfuhr, die neue Weltordnung zu schildern, in der die Zeugen des Verfalls sicherstellen würden, dass niemand mehr jemals genetisch verändert werden würde, und in der die natürlichen Menschen erneut die Oberhand gewonnen hätten. Wie sie geahnt hatte, gab es nicht mehr als drei, vier schablonenartige Phrasen, die die Projektion stetig wiederholte, ehe sie anscheinend zum Ende der Predigt kam.

»… noch einmal, meine Freunde: Diese Tage sind die wichtigsten im Verlaufe unserer Bewegung. Geht auf die Straßen, animiert eure Freunde, Bekannte, Verwandte. Demonstriert Einigkeit und Friedfertigkeit. Wartet im Stillen, bis es Zeit ist, für die … Überwindung. Die Zukunft gehört uns, meine Freunde.«

In einem diffusen blassblauen Licht endete die Projektion.

'Das war alles?', fragte sich Ines im Stillen. 'Keine Anschläge, Gewaltaufrufe, Verschwörungen? Nein, da muss mehr dahinter stecken', entschied sie.

»Wie gefiel er dir?«, fragte nun der Mann, der sie hineingeführt hatte. Noch immer war sein Blick abwesend, als würde er in die versprochene Zukunft blicken können.

»Ich … bin beeindruckt. Seine Weitsicht, sein Charisma …«, log Ines. »Wer ist der Mann?«

»Er nennt sich Emmanuel Goldstein, nach dem metaphorischen Anführer eines Aufstandes in einer alten Dystopie«, sagte der Mann. »Niemand kennt seinen wahren Namen oder weiß, wo er herkommt. Doch er wird uns aus der Dunkelheit führen.«

»Zweifellos.«

Ihr Gegenüber war weder in der Lage, ihre Ironie zu hören, noch schien er zu ahnen, welche Rolle Goldstein in dem antiken Roman, den er meinte, wirklich innegehabt hatte. Sie erinnerte sich an die Worte über der Tür und fragte sich, ob dies alles eine Art zynischer Treppenwitz sein konnte mit dem Unterschied, dass alle außer ihr ihn ernst nahmen. Ines blickte sich um. Dies waren die Hoffnungslosen, die Armen und Kranken, die Wut und Verzweiflung auf die Alten trieben. Und doch schien ihr spiritueller Führer keinen gewalthaften Umschwung zu planen, sondern abzuwarten, so als wüsste er genau, dass die Alten bald Geschichte sein würden … vielleicht war dies die Verbindung, die ihr gefehlt hatte. Seoung Lee konnte unmöglich Emmanuel Goldstein sein, es sei denn, er hätte all dies minutiös vorausgeplant und aufgenommen. Doch die andere Person, von der er in seinen Tagebüchern sprach … war es möglich, dass er Teil dessen war, was sich vor Ines' ungläubigen Augen abspielte? War am Ende der Mann, der sie hier herein gelotst hatte, der Geneworks-Verräter?

Ines verlor ein wenig die Hoffnung, dass sie dieses Rätsel aus unvollständiger Information und ablaufender Zeit noch würde entwirren können. Keine vier Tage waren vergangen, seit die erste Leiche eines Alten aufgebahrt und betrauert, beziehungsweise angestarrt und gefeiert worden war. Und nun stand sie hier inmitten von Menschen, die es kaum erwarten konnten, dass die überlegenen, starken und überheblichen Alten wie durch ein Wunder, denn so musste es für sie wirken, einfach hinweg geworfen wurden. Als göttliche Intervention oder schicksalhafte … Moment, ja. Plötzlich verstand sie. Es ging nicht einfach nur darum, die Ordnung der Dinge zu ändern. Ines wusste nicht, wie viele Anhänger die Bewegung hatte, doch zweifellos würde man den unerwarteten Tod der Alten als eine Art göttliche Fügung sehen. Und 'Goldstein' war ihr Prophet. Sie würden ihm folgen und sicherstellen, dass das befürchtete Chaos ausblieb.

Es war unmöglich zu entscheiden, ob Ines sich in einem Honigtopf des Verfassungsschutzes befand, der diese Inszenierung dazu nutzte, subversive Elemente zu identifizieren und, womöglich, zu eliminieren, sogar das hielt sie nach den Entwicklungen der wenigen Tage für möglich. Immerhin hatte man ihr mehr oder weniger informell deutlich gemacht, dass sie jedes Mittel einsetzen mochte und sollte, um Seoung Lee zum Reden zu bringen. Und vielleicht hatte man ihr genau aus diesem Grund auch deswegen keine Auskunft über die Zeugen des Verfalls geben wollen oder können. Oder es war in der Tat so, dass der Drahtzieher des großen Ganzen nicht nur für die Auslöschung der Alten verantwortlich war, sondern auch seine Macht nach dem Ende der Unsterblichkeit zu sichern suchte.

Doch irgendwie drehten ihre Gedanken sich im Kreis, schwankten zwischen Dantes Extremen, mal annehmend, dass es den großen Antagonisten gab, den sie sich ausmalte, der Seoung Lee und all die anderen nur für seine Zwecke einspannte, und dann wieder fühlte Ines, dass es eine einfachere Möglichkeit geben musste. Dass alles, was sie wusste, erlebte und überdachte, gar keine Verbindungen hatte, sondern lediglich so etwas wie simultane, unausweichliche Konvergenz im Kampf um die Vorherrschaft war. Dass der ewige Zyklus des Aufbegehrens der Unteren gegen die Oberen der Lauf der Dinge war und Seoung Lees verzweifelter Versuch, es ein für alle Mal zu regeln, nichts mit den Zeugen des Verfalls zu tun hatte, und van Breuckelems kompliziert-dramatische Nachricht aus seiner eigenen Übertreibung und Bewunderung für die Zeugen-Bewegung entstanden war und nichts mit Seoung Lee und den Alten zu tun hatte. Hatte sie gerade 1984 zitiert? War das die Verbindung? Hatte Henryck van Breuckelem geahnt, dass sie offen für die Sache sein würde? Und wenn dies die Verbindung war, war sie offen für die Sache? Wenn da nicht der kleine Unterschied gewesen wäre, dass er ermordet worden war, hätte sie all dies als Koinzidenz abtun können, aber so?

222

Während der geheime Vortragssaal sich lehrte, blieb Ines allein mit ihren Gedanken zurück. Es war, als sähe sie all die Teile, die verbunden waren, doch ihre Fäden blieben nach wie vor unsichtbar, unfassbar. Wie es zusammenhing, das war, was sie nicht durchblicken konnte. Furcht breitete sich in ihr aus. Furcht, dass sie es erst sehen würde, wenn es zu spät war.

Nachdem sie sich versichert hatte, dass wirklich alle anderen 'Zeugen' gegangen waren, ging sie zu dem Projektor hinüber. Vielleicht war es möglich, die Verbindung zurückzuverfolgen. Nein. Aus dem grob auf eine Obstkiste gestellten Gerät gingen die verräterischen Glasfasern eines Quantenkryptographen in die dahinter liegende Wand. Niemand wäre in der Lage gewesen, herauszufinden, wer und wo die Nachrichten an das Gerät schickte. Ines fluchte leise. Wieder entzog es sich ihr. Er entzog sich ihr. Sie dachte an Seoung Lees Tagebuch. Irgendetwas musste es geben, das auf ihn hinwies.

Und sie wusste auch, wo. Sie musste noch einmal zu Geneworks. Sie erinnerte sich, dass sie Aliaksandr Wasovskiy den Code besorgen musste, doch irgendwie schien es ihr, als wäre das nur ein sekundäres Ziel. Irgendetwas würde da sein, das ihn verriet.

Vorsichtig schlich Ines so hinaus, wie sie auch hereingekommen war, immer die Schatten hinter sich bringend, um sehen zu können, aber nicht gesehen zu werden. Doch das Ereignis ihrer Entdeckung hatte sie daran erinnert, dass es absolute Sicherheit nicht gab, schon gar nicht, wenn man völlig müde war. Dennoch erreichte sie ohne weitere Zwischenfälle ihren Wagen. Irgendetwas klemmte hinter dem Scheibenwischer. Eine geheime Botschaft?

Ein Aufkleber. Nachdenklich sah sie den Aufdruck an, der in krakeliger Schrift und mit der Brillanz von modernem Laserdruck 'ZdV' sagte.

Als sie sich hinter das Lenkrad zwängte und den Computer mit ihrem neuen Ziel fütterte, blickte sie noch einmal nachdenklich auf den Aufkleber. Sie war wirklich Zeugin des Verfalls. Es sei denn, sie bekam bei Geneworks etwas heraus, und zwar besser ein bisschen mehr. Sie schnappte sich den letzten Instantkaffee aus dem Handschuhfach und drückte matt auf 'Start'. Der Elektromotor surrte an und in dem wohligen Brummen überlegte sie es sich anders, stellte den Kaffee weg und erlaubte sich für die automatische Fahrt ein kleines Nickerchen.

***

Das Rütteln des mondänen Kiesweges hinauf zur Geneworks-Zentrale ließ Ines relativ abrupt wieder zu Sinnen kommen. Schon von Weitem konnte sie erkennen, dass auch die Geneworks-Zentrale von grünen gepanzerten Fahrzeugen umstellt war. Es waren keine Demonstranten zu sehen, und so vermochte sie eine gewisse Ironie darin zu erkennen, dass ohne protestierende Demonstranten nicht klar war, wer hier vor wem beschützt werden sollte. Sie gähnte herzhaft, blickte gierig auf den lauwarmen Instantkaffee, den sie vor Fahrtantritt aktiviert hatte, und seufzte. Er würde genügen müssen. Sie trank den Becher in zwei schnellen Zügen aus und stoppte den Wagen manuell knapp vor dem Militärperimeter, weil sie keine Lust auf weiteres belehrendes Geplapper des Autopiloten hatte. Rasch wies sie sich aus und stellte die Limousine dann hinter dem Kontrollpunkt der Armee ab – sie wollte sichergehen, dass sie noch da war, wenn sie wiederkam, denn sie wusste, dass es auch hier nur eine Frage der Zeit war, bis Zeugen des Verfalls oder andere Systemgegner auf die unbebauten, weiten Hügel inmitten der Stadt kommen würden. Obschon sie die ruhigen, friedlichen Zuhörer des Goldstein-Sermons ebenso gut in Erinnerung hatte, erschien doch ein Bild von Menschen mit Fackeln und Mistgabeln im Kopf und fragte sie leise, ob hier eine Hexe gejagt wurde und wenn ja, ob sie echt war und ob sie nicht dabei helfen sollte. Seoung Lees Ankündigung las sich mehr und mehr wie schwarze Magie, doch noch immer war nicht klar, welche Bedrohung sie letztlich war. Ines hoffte, dass Aliaksandr Wasovskiy es ihr sagen konnte, wenn sie zurückkehrte.

Im taghell erleuchteten Foyer des Gebäudes war niemand zu sehen, als sie den Eingang durchschritt. Auch hier herrschte gespenstige, gespannte Stille vor dem Sturm, der bald kommen würde. Sobald das Kriminalistische Institut eine erste Pressemitteilung veröffentlichte. Dann, noch während sie sich umsah, wie aus dem Nichts, stand Erwin Meier vor ihr und grinste sein makelloses Marketing-Lächeln. »Guten Morgen, Frau Kommissar.«

»Diese Bewertung müssen Sie mir erklären.«

»Eine Plattitüde, Verzeihung. Ihre Stimmung scheint nicht gut zu sein, was kann ich tun, um Ihren Aufenthalt zu versüßen?«

'Den aktuellen Geneworks-Code geben', dachte Ines. 'Oder eine Monatsdosis Koffein.' Stattdessen sagte sie nur, dass sie noch einmal Seoung Lees Büro und die Update-Abteilung sehen wollte.

»Natürlich, einen Moment.« Meier verbeugte sich. »Um diese Tageszeit dauern die Authentifizierungsprozesse etwas länger, doch folgen Sie mir schon einmal. Hier entlang, bitte.«

Nervosität breitete sich in ihr aus. Verblüfft stellte sie fest, dass all die Entwicklungen draußen sie jetzt wieder völlig kalt zu lassen schienen, während ihre eigentliche Aufgabe sie erregte. Wie sollte sie es anstellen, den Code zu bekommen? Halb erschreckt stellte sie fest, dass sie sich mehr oder weniger noch gar keine Gedanken dazu gemacht hatte. Das war ungewöhnlich und unprofessionell. Ohne Plan ging sie normalerweise nie an derlei Ermittlungstätigkeiten heran. War es Schlafmangel, der sich niederschlug, oder konnte sie es auf den Stress der letzten Tage im Allgemeinen schieben? Wie sollte sie da etwas finden, das den Komplizen Seoung Lees, von dem er so eifrig schrieb, enttarnen würde? Man müsste es ihr geben wollen, dachte sie. Sie würde Erwin Meier langsam an diese Aufgabe heranzuführen versuchen, indem sie ihn neurolinguistisch programmierte. Normalerweise war es ihr zuwider, Menschen zu manipulieren, doch nicht etwa, weil es unethisch war, sondern weil es so leicht war, zu bekommen, was man wollte. Doch als Marketing-Experte würde es eine Herausforderung sein, zumal überhaupt nicht klar war, ob er überhaupt Zugriff auf die relevanten Systeme hatte. Außerdem verdeutlichte ihr jeder eigene schlurfende Schritt auf dem blanken Marmorboden, wie müde sie war. Vielleicht zu müde. Sie gingen durch die vollverglasten Tunnels, durch die man die milde Ulmer Nacht sehen konnte und das Glühen der Metropole zu allen Seiten. Es war absurd, dass Geneworks zwanzigmal so viel Land erworben hatte, wie der Firmensitz benötigte, nur um darum den größten Park der Stadt zu errichten und ihn dann durch einen drei Meter hohen Zaun abzutrennen. Es war eine trügerische, falsche Idylle in der volltechnisierten Welt, die den Kontrast zwischen unendlichem, erfülltem Leben und dem Kampf um Bedeutsamkeit der jungen Gesellschaft so sehr kontrastierte, dass man meinen konnte, es wäre die Absicht der Gründer von Geneworks gewesen, dass sich alles so fügte. Doch Ines besann sich, natürlich wollte Geneworks auch nicht, dass die Gesellschaft kollabierte. Mit Toten ließ sich kein Geld verdienen, und genau deswegen würde sie bekommen, was sie wollte.

Erwin Meier führte sie schließlich in den ihr bekannten Teil des Gebäudes, in dem sie vor kurzer Zeit, die sich mittlerweile wie eine Ewigkeit anfühlte, den ersten Teil von Seoung Lees Kollegen befragt hatte. Nachdenklich fuhr sie mit den Fingern am Türrahmen entlang, als sie den Raum erreicht hatten, der Seoung Lees Büro gewesen war. Sie wähnte das polizeiliche Siegel intakt, wusste aber auch, dass Geneworks sicher andere Möglichkeiten gehabt hätte, in den Raum zu gelangen. Die Luft war muffig und abgestanden, denn die Lüftung war anscheinend von der Spurensicherung abgestellt worden, um eventuelle spätere Besuche nicht zu stören. Gespannt sah sie sich in dem Raum um. Sie erinnerte sich an ihren ersten Besuch, als sie noch nicht mehr über Seoung Lee wusste als seine Drohung, die Alten zu töten. Unwillkürlich trat der Gedanke an ihr Bewusstsein, dass sich ihr Wissen nicht merklich vermehrt hatte. Hatte sie eigentlich einen Bericht der Spurensicherung bekommen? Und hatte sie ihn gelesen? Mit einer Mischung aus Schuld und Gleichgültigkeit kämpfend, trat sie nacheinander an Schreibtisch, Regal und das überaus deplatziert wirkende Sofa. Warum hatte Seoung Lee hier ein unfunktionales Möbelstück, wo Geneworks so viel Wert auf rekreationelle Möglichkeiten für seine Mitarbeiter legte, dass es jeweils einen vollständig ausgeführten Begegnungsbereich nebst Theater, Bibliothek und Fitnesszentrum mit Schwimmbad gab? Sie tadelte sich, dass sie das letzte Mal nicht darüber nachgedacht hatte, was dieses Sofa ihr erzählen konnte. Dass entgegen der Aussagen einiger seiner Kollegen Seoung Lee ein eher einzelgängerisches Gemüt war. Das Polster verriet Abnutzung auf der linken Sitzfläche, was dazu passte, dass rechts daneben ein kleiner Beistelltisch stand, auf dem jedoch nichts lag. Ines fragte sich, was Seoung Lee gedacht oder getan hatte, wenn er an diesem

Platz gesessen hatte. 'Die Apokalypse plant man an anderen Orten' dachte sie und bemerkte doch selbst die Absurdität dieses Einfalls. Natürlich würde es auch dann nur eine Fußnote der Geschichte sein, wenn Seoung Lee in einem metaphorischen dunklen Elfenbeinturm am Ende der Welt seinen Plan ausgeheckt hätte. Dennoch, irgendetwas daran ließ sie nicht los. Wie eine Motte um das Licht ging sie immer wieder von einer Seite zur anderen, bis Erwin Meier ein wenig genervt fragte, ob er ihr behilflich sein konnte.

»Kennen Sie das Gefühl, dass Sie irgendetwas übersehen, das direkt vor ihrer Nase liegt?«, fragte sie. Ein wenig war sie selbst über die direkte, offene Fragestellung überrascht. Doch die direkte Antwort würde helfen, ihn kooperativ zu machen, dachte sie.

»Bitte?« Der Geneworks-Attaché blickte sie fragend an.

»Ich bin weit davon entfernt, einen Vorwurf an Sie, beziehungsweise Ihr Unternehmen zu richten, dass Sie diesen Raum verändert haben seit ich das letzte Mal hier war. Es ist nur … ein Gefühl.«

»Ist es möglicherweise der Bildschirm? Er kann so eingestellt werden, dass er, wenn er nicht verwendet wird, ein beliebiges Gemälde oder eine Grafik zeigt.«

Sie musterte den Rahmen, in dem ein stilisierter Ausschnitt einer elektromikroskopischen Aufnahme des menschlichen Genoms gezeigt wurde.

»Kann ich herausfinden, was das letzte Mal dort angezeigt wurde, als ich hier war?«

»Aber ja!« Erwin Meier lächelte. Er trat an den Rahmen, aktivierte ihn mit einem einzelnen Fingerwisch und rief behände die Konfiguration der Stand-By-Darstellung auf. Seine Finger huschten über den zwei Meter großen Bildschirm, bis er triumphierend die Einstellung gefunden hatte. »Am vierten dieses Monats war dieses Bild eingestellt, nicht wahr?«

Der Schirm zeigte nun ein geschmackvolles Stillleben von Chardin. Ines Schultheiss nickte. »Ich erinnere mich an die Äpfel.«

Erwin Meier schien zufrieden und nahm seinen Platz bei der Tür wieder ein. Aufmerksam fuhr er fort, Ines zu beobachten. »Nun sollte es gänzlich so sein, wie Sie es verlassen haben.«

Zustimmung regte sich in Ines, die Intuition der Veränderung wich aus ihrem Bewusstsein, doch sie gestattete sich keine Zufriedenheit. Sie trat nun selbst an den Rahmen, erweckte ihn zum Leben und rief die Konfiguration erneut auf. »Wer hat eingestellt, dass sich das Bild ändern sollte?«, fragte sie Erwin Meier.

»Nun äh … also, das sollte wohl Herr Lee selbst gewesen sein.«

»Nachdem er sich bei uns in Gewahrsam befand?«

»Natürlich kann das Muster der Änderung, seine Häufigkeit und die Auswahl der Motive im Voraus festgelegt werden«, sagte Meier rasch.

Für Ines zu rasch. Sie rief einen weiteren Dialog auf und fand sich bestätigt; es war keine Änderungsautomatik eingestellt. Ines sah Meier fragend an, doch sie begriff, dass er entweder keine Ahnung hatte oder nicht unter einem so plumpen Vorwurf zusammenbrechen würde. Sie tippte eine Bemerkung in ihr Pad ein und lud die Bilder sicherheitshalber für sich herunter. Das vage Gefühl der Fremdartigkeit, des jähen Kohärenzbruches kehrte zurück. Was hatte es damit auf sich, dass Seoung Lee zwei so unterschiedliche Bilder anzeigte? Vorausgesetzt, dass er es war, der sie eingestellt hatte. Ines zwang sich, fortzufahren. Der grauende Morgen erinnerte sie daran, dass sie langsam ihre Anstrengungen in Richtung des Codes steuern musste, wenn sie zum Haftprüfungstermin zurück in der Stadt sein wollte. Aufmerksam musterte sie Erwin Meier.

»Sehen Sie, ich würde noch gerne wissen, welche Labore Herr Lee verwenden konnte oder hätte verwenden können, um seine Modifikationen zu erzeugen«, sagte sie.

»Ja … einen Moment.« Sie konnte sehen, wie Erwin Meier mit sich rang, ihr Zugang zu verschaffen. Die Autorität der staatlichen Ermittlungshoheit wurde abgewogen mit dem Interesse des Unternehmens, seine Geheimnisse zu bewahren.

»Ich kann das leider nicht alleine entscheiden«, sagte er schließlich. »Ich werde versuchen, Herrn Blisterhuber zu erreichen.« Damit entschuldigte er sich und trat auf den Gang hinaus, um ungestört telefonieren zu können.

Das war das Signal. Ines machte eine absichtlich undeutliche Geste in Meiers Richtung, der in Erwartung der Verbindung gespannt den Apparat vors Gesicht hielt und sich ganz darauf vorbereitete, sich für die frühmorgendliche Störung seines Chefs zu entschuldigen. Zufrieden stellte sie fest, dass Meier sich verhielt wie erwartet und keine Verantwortung übernahm. Sie würde also die Chance bekommen, sich in Ruhe umzusehen. Keine einzige Sekunde zögerte sie, den eigentlichen Arbeitscomputer Lees zu aktivieren und ihn zu durchsuchen. Wo würde man die Anleitung zum milliardenfachen Massenmord abspeichern? Sie verwarf den Gedanken, natürlich hatten die IT-Experten der Spurensicherung den Rechner Bit für Bit durchforstet. Ihr ging es jetzt nur um den echten, tatsächlichen Geneworks-Code, von dem sie ja wusste, dass er nicht mit dem Code der Experten der Kriminalistik übereinstimmte. Ein dumpfes Surren riss ihre Konzentration an sich. Jetzt klingelte tatsächlich doch ihr eigenes Telefon. Ines erstarrte, verstand, dass sie nicht viel Zeit hatte, zwang sich, das Telefon zu ignorieren und beschloss, in den persönlichen Aufzeichnungen Lees nachzusehen. Es gelang ihr, herauszufinden, was in der letzten Woche alles gelöscht worden war, und sie stellte enttäuscht fest, dass mehrere Gigabyte Experimentalaufzeichnungen dabeigewesen waren. Natürlich war ihr klar, dass Seoung Lee seine Spuren verwischen würde, doch es gab keinen Grund, den Zugriff auf das aktuell eingespielte Geneworks-Update zu beschränken, denn zumindest er war sich ja sicher, dass ohne seine Aussage niemand den Mechanismus finden konnte. Nein, so kam sie nicht weiter. Sie musste in die Sequenzierungslabore und dort nach dem Code suchen. Unwillkürlich blickte sie sich nach Meier um. Er grinste in das Telefon und zeigte ihr damit, dass sie nur noch wenige Sekunden haben würde. Ihr Blick fiel wieder auf die persönlichen Dateien. Eigenartig. Ines sah die Datei des persönlichen Tagebuchs, obwohl sie sich erinnerte, dass François es auf dem Privatrechner in seinem Appartement gefunden hatte. Wieso hatte die Spurensicherung ihr diese Information nicht zugestellt? Sie sah das Datum nach. Die Datei war erst am 5. Mai erzeugt worden. Nachdem sich Seoung Lee der Polizei gestellt hatte und auch nachdem sein Büro von der Spurensicherung durchkämmt worden war. Rasch kopierte sie das File. Es gab nur eine Erklärung, nämlich, dass das File erst später gefunden werden sollte. Nur warum? Aus dem Augenwinkel bemerkte sie eine subtile Veränderung des Umgebungslichtes und schloss daraus, dass Meier seinen Anruf abgeschlossen hatte. Mit zwei flinken Handgriffen schloss sie die geöffneten Dateien, stand von dem ergonomischen Hocker auf, drehte sich um und grinste Erwin Meier an. »Können wir dann gehen?«

»Leider muss die Firma Geneworks darauf bestehen, dass Sie zur Besichtigung der Labore einen vollständigen Durchsuchungsbeschluss für den gesamten Komplex erbringen«, sagte Meier.

»Ach, das habe ich mir gedacht. Kein Problem. Ich komme heute Nachmittag wieder«, sagte sie. Noch während Meier sich fragen musste, ob er etwas verpasst haben konnte, schlug sie von selbst den Weg zum Ausgang an und konnte es kaum abwarten, das Gebäude zu verlassen.

»Ich … ach … auf Wiedersehen, Frau Kommissar«, rief Meier ihr hinterher, doch sie beachtete ihn gar nicht mehr.

***

Während die Anspannung der Schnitzeljagd in Lees Computer nachließ, suchte sie ihr Telefon heraus und sah nach, wer sie gestört hatte. Es war Wasovskiy. Sie kehrte zu ihrem Wagen zurück und rief den Polen an.

Sein Gesicht verriet, dass er gute Nachrichten hatte, doch er stellte die Information weitaus nüchterner dar, als seine Mimik sie bewertete.

»Ich habe etwas gefunden«, sagte er knapp. »Es könnte der Mechanismus sein, doch ich benötige, verzeihen Sie meinen makabren Wunsch, eine frische Leiche.«

»Worum geht es?«

»Ich habe mit Herrn Fregüzli zusammen ein wenig Puzzle gespielt. Wir haben alle unbekannten Substanzen in den Gehirnen der bisher verstorbenen Alten analysiert, und ich denke, dass nur zwei oder drei davon prämortal erzeugt worden sein können. Wenn wir herausfinden, wie sie zustande kommen, wissen wir auch, wie der Mechanismus funktioniert.«

»Wofür brauchen Sie eine Leiche? Um die Annahmen zu verifizieren?«

»Nein, das nicht, wir sind uns recht sicher bei dem, was wir schon wissen. Ich brauche eine frische Leiche, um zu überprüfen, welche Teile des Genoms dann noch funktionstüchtig sind. Wir müssen also eine Resequenzierung machen, solange die Zellstruktur noch nicht zerfallen ist. Es sei denn, Sie bringen mir einen aktuellen Code-Snapshot mit.«

Ines seufzte. »Ich fürchte nicht. Es ist mir nicht gelungen, in die Sequenzierungslabore zu gelangen, aber ich habe dafür etwas Seltsames auf Lees Computer entdeckt, eine Art weiteres Tagebuch. Ich komme zu Ihnen und werde auf der Fahrt das neue Material …«

Der Bildschirm verdunkelte sich jäh und zeigte den Dringlichkeitskanal an, der die Verbindung mit Wasovskiy überschrieben hatte. Ohne Bestätigungsaufforderung erschien Serghy Brock auf dem kleinen Bildschirm des Smartphones.

»Ines? Gut, dass ich Sie gleich erreiche. Sie müssen sofort ins Institut zurückkehren, hören Sie?«

Dem Direktor stand das Entsetzen ins Gesicht geschrieben. Ines Schultheiss wagte nicht, ihn zu unterbrechen, sondern wartete gespannt, was er zu berichten hatte.

»Seoung Lee ist tot. Er ist eben in seiner Zelle aufgefunden worden.«

Ines riss die Augen auf. »Was? Wie ist das passiert?«

»Wir wissen es noch nicht. Er scheint … nein, wir wissen es wirklich noch nicht. Beeilen Sie sich, Ines.«

Den letzten Satz schien ihr Chef beinahe flehentlich auszuspucken, und Ines reflektierte kurz, wieso er so aufgelöst war. Einmal mehr fragte sie sich, ob sie die einzige war, die es für möglich hielt, dass Lee nicht allein arbeitete, doch sie verwarf diesen Gedanken angesichts der Tatsache, dass der endgültige Beweis für ihre These nun leblos in Zelle 1 des Instituts lag. Sie hatten ohnehin keine Informationen von Lee bekommen, und nun hatte er immerhin dazu beigetragen, zu beweisen, dass er nicht allein handelte. In jenem Moment hätte Ines Schultheiss ihre Karriere, einen Platz im Programm, falls sie denn einen gehabt hätte, ja, einfach alles darauf verwettet, dass Seoung Lee ermordet worden war. Sie war beunruhigt, dass der Täter die Chuzpe besaß, im Kriminalistischen Institut zuzuschlagen, doch es bedeutete auch, dass der Kreis der Verdächtigen aus bekannten Personen bestehen musste. Sie programmierte das Institut als Ziel in das Navigationssystem der Limousine ein, schrieb Wasovskiy eine kurze Nachricht, dass sie unterwegs war und er noch vorsichtiger sein sollte, und ergab sich dann der verlockenden Lektüre des weiteren Tagebuchs Seoung Lees.

29.

2. Mai 2082, 15:37 Uhr

»Als Kathrin Scholl-Ossietzky in mein Büro kam, wusste ich, dass etwas nicht stimmte. Sie war noch nicht lange an Bord, aber jeder von uns hatte bemerkt, wie nahe sie Johann zu stehen schien.

'Du musst ihn aufhalten', keuchte sie, und bevor ich ein Wort gesagt hatte, brach sie zusammen und ich fühlte, wusste einfach, dass sie tot war. Ich weiß noch immer nicht, was sie meinte und vielleicht werde ich es niemals erfahren. Zitternd stand ich auf, ging zu ihr herüber und fühlte ihren Puls. Es war, wie ich dachte. Ich wusste jedoch nicht, warum. In meiner Panik stand ich vor der Leiche, zu starr, um zu denken oder zu handeln. Dann … es fühlte sich an wie eine Ewigkeit, kam Johann in mein Büro. Tröstend legte er seine Hand auf meine Schulter und sofort fühlte ich mich ein wenig besser. Er sagte, ich solle mir keine Sorgen machen, es habe alles seine Richtigkeit. Er trug mir auf, Kathrin in den Friedrichsau-Park zu fahren und dort liegenzulassen. Er erklärte mir, welche Handschuhe und Präparate ich anwenden sollte und dass ich später alles verstehen würde. Danach sollte ich eine Holobotschaft an unsere Kunden aufnehmen, wie wir es zur Erläuterung der regelmäßigen Updates taten, und vorlesen, was er mir aufgeschrieben hatte. Ich … ich fand das alles ganz richtig und finde es noch immer, doch irgendetwas sagt mir, dass es eben nicht in Ordnung war, das zu tun. Ich fühle mich so verunsichert. Ich denke, ich werde zur Polizei gehen. Wenn Johann recht hat, dann wird sicher alles in Ordnung kommen. Bevor ich mich auf die Wache begebe, schreibe ich diesen Text für den Fall, dass mir etwas zustößt … um in aller … Deutlichkeit zum Ausdruck zu bringen, dass Johann Blisterhuber nichts mit dem Tod von Kathrin zu tun haben kann. Ich verstehe nicht, was ich heute den Programm-Teilnehmern für eine Botschaft geschickt habe, doch ich denke, dass Johann die gute Nachricht verkünden will, dass wir die Verbesserungen soweit abgeschlossen haben, dass der gesellschaftliche Stillstand dem Ende entgegen geht. Ich bin gespannt, wie die Alten darauf reagieren werden.«

***

4. Mai 2082, 3:57 Uhr

Ich beginne zu begreifen. Es ist von Anfang an sein Ziel gewesen. Das logische Ende, zu dem ich selbst nicht einmal im Geiste fähig war. Und doch – während der Nebel der Ahnungslosigkeit sich lichtet und mein eigenes Bewusstsein zurückkehrt – denke ich nicht an Flucht (denn das wäre feige) oder an Verrat (denn das wäre zwar anständig und moralisch integer, doch auch mein sicherer Tod, dafür hat er gesorgt). Entweder Katrin Scholl-Ossietzky war der finale Test oder eine ungeplante Programmänderung, die sich nicht vermeiden ließ – vielleicht wird sie einmal als Heldin gelten. Das ist etwas, das ich doch nur wünschen, aber nicht verlangen kann, egal wie es ausgeht – zu viel habe ich ihm Vortrieb geleistet. Doch zurück zu meiner Zwickmühle. Letztlich bin ich es gewesen, der es ermöglicht hat, und ich habe vor, dafür die Verantwortung zu übernehmen. Wie Sokrates einstmals im alten Athen anerkannte, dass moralisches Handeln nicht über dem Gesetz steht (und doch geschehen muss) und die sogenannten Whistleblower Anfang dieses Jahrhunderts, die schließlich auch verstanden, dass ihr Beitrag nicht nur im Verrat, sondern auch in der Einsicht liegt, ja, dass nur der ordentliche Prozess das Mittel ist, dem Staat die Irrsinnigkeit seiner Position zu verdeutlichen, werde auch ich mich nicht davonstehlen, sondern zugeben, was ich getan habe, und ihn schützen, wo ich muss, um mein Leben zu retten, denn tot kann ich auch der Moral keine Hilfe mehr sein. Es ist die perfideste und zugleich perfekte Art, jemanden zum Schweigen zu bringen, der Mechanismus. Ich bin nicht sicher (und kann es auch niemals sein), ob er ihn eigens für diesen Zweck konstruiert und mir eingesetzt hat, oder ob das Ziel dabei allgemeinerer Natur war. Ich kann nicht einmal sicher sein, auf welche Weise er ihn mir verabreicht hat. Körperliche Schmerzen zu empfinden beim bloßen Gedanken daran, ihn zu verraten, ist ohne Zweifel die beste Möglichkeit, dafür zu sorgen, dass es nicht passiert – sich seiner Gefolgschaft zu versichern. Kurz gesagt, ich kann ohne Umschweife annehmen, dass ein direkter

234

Verrat nicht allein Schmerz, sondern letzten Endes Tod bedeutet. Denn auch, wenn es mir gelänge, so viel Schmerz zu ertragen, ihnen etwas mitzuteilen, das sie auf seine Spur bringt, so weiß ich doch auch, dass ein winziges Aneurysma ausreichen wird, mein ewiges Schweigen zu erzwingen und das Problem aus der Welt zu schaffen. Und dann wieder weiß ich doch auch, tief in mir, dass ich ihn verraten werde. Dass ich ihn verraten muss. Schließlich. Langsam. Schleichend. Und dann werde ich sterben.

30.

8. Mai 2082, 8:23 Uhr

Die Geschwindigkeit der Fahrt durch die Hochhausschluchten von Ulm-Stuttgart verzerrte ihr Blickfeld gleichermaßen zu einem beschleunigten Schemen, wie es das Pad vor ihr mit ihrem Bewusstsein tat. Seoung Lee hatte ihr ein letztes Geschenk gemacht. Doch wieso hatte er behauptet, die Alten zu töten, wenn er nur wenige Stunden, bevor er sich der Polizei gestellt hatte, laut seinem Tagebucheintrag noch nichts davon wusste? Was war in jenen Stunden passiert? Was hatte Blisterhuber mit alledem zu tun? Wenn sie glaubte, dass der Eintrag tatsächlich von Seoung Lee stammte, so musste sie davon ausgehen, dass Johan Blisterhuber hinter dem Komplott um die Vernichtung der Alten steckte. Oder, dass jemand wollte, dass es so aussah. Mit einem Mal begriff sie, dass dieser jemand vermutlich ebenso wissen musste, dass sie in Lees Büro gewesen war und womöglich Erwin Meier anwies, das Büro noch einmal zu examinieren. Die kalte Gewissheit, dass sie spätestens jetzt in Todesgefahr schwebte, senkte sich wie ein grauer Schleier über ihren Verstand, doch sie wischte den Gedanken an Flucht einfach hinweg. Sie musste zum Institut zurückkehren, Wasovskiys Beweise mit ihren zusammenführen, und den Chef der Update-Abteilung festnehmen. Doch wie sollte sie eine Festnahme von Blisterhuber begründen? Wer würde ihr noch glauben, wenn Lee tot war? Wenn sie nur endlich wüsste, wer dahinter steckte, dann konnte man ihn festsetzen und Aliaksandr Wasovskiy konnte womöglich ein Heilmittel zu finden ... Sie würde ...

Ihr Telefon surrte erneut maulediktisch auf und gab ebenso erneut den Blick auf den Dringlichkeitskanal frei. Wieder erschien Serghy Brocks Gesicht.

»Ines, es tut mir sehr leid, Ihnen mitteilen zu müssen, dass Sie ... hiermit bis auf weiteres von dem Fall entbunden wurden. Der Präfekt persönlich ...« Der Direktor stockte. »Der Präfekt persönlich hat mich gebeten, die Ermittlungen selbst weiterzuführen. Dass der Hauptverdächtige in unseren Räumlichkeiten ermordet wurde ... musste Konsequenzen haben.

Fahren Sie nach Hause und warten Sie ab, bitte. Verlassen Sie nicht die Stadt. Wenn dies hier vorbei ist können wir über alles reden.«

Ohne eine Antwort abzuwarten beendete er die Verbindung. Fassungslos starrte sie auf den Bildschirm. Sie wusste, dass er log, doch sie wusste nicht, warum. Ines stoppte die Limousine und fuhr an den Straßenrand. Für einen Moment musste sie überlegen, wie es jetzt weitergehen sollte.

Sie wog ab, was Blisterhuber wissen konnte. Was sie über ihn wusste. Ihr Telefon vibrierte erneut. Es war eine Textnachricht von François, und sie verhieß keine Besserung.

»Ich weiß, dass du es versuchen wirst, aber komm nicht her. Blisterhuber hat uns in der Hand. Tu, was du musst, um ihn aufzuhalten, aber halte dich fern vom Institut!«

Nun gab es keinen Zweifel mehr. Ines stellte sich François' mahnenden Tonfall vor und konnte nicht ermessen, was in der Expertenrunde passiert sein musste, dass er zu so drastischen Worten griff. Es gab ebenso keinen Zweifel mehr, dass Blisterhuber Seoung Lee ermordet hatte oder hatte ermorden lassen in der Angst, dass er sein Geheimnis preisgeben würde. Sie schloss daraus, dass es eine Möglichkeit geben musste, den verhängnisvollen Mechanismus, der in wenigen Tagen ausgelöst würde, aufzuheben. Warum sonst hatte sich Blisterhuber als offizieller Abgesandter von Geneworks in große Gefahr begeben, um sicherzugehen, dass die besten Köpfe der Welt nichts herausfanden? Ines begriff, dass es vielleicht keinen Maulwurf gab und Paul Lancaster nur eine Rolle spielte, die dazu diente, sie alle abzulenken. Doch die Pressemitteilung hatte am Ende funktioniert und Blisterhuber die Nerven verlieren lassen. Es gab Ines nicht die Initiative zurück, noch nicht. Erst müsste sie mit Aliaksandr Wasovskiy das Rätsel lösen, wie er es anstellen wollte, die Alten zu töten, dann konnten sie ihn vielleicht noch aufhalten. Sie sah noch einmal in das Handschuhfach der Limousine, obgleich sie sicher sein konnte, keinen weiteren Instantkaffeebecher zu finden. Anschließend gähnte sie herzhaft und setzte ihren Wagen wieder in Bewegung. Auf halber Strecke erinnerte sie sich, dass sie nicht einfach zur Tür hereinmarschieren konnte, sodass sie schließlich zwei Straßen vorher parkte. Als sie auf dem Asphalt stand, sah sie nachdenklich auf ihr Telefon und entfernte den Akku. 'Ines, du bist jetzt unter dem Radar, also fang auch an, so zu denken', dachte sie, bevor sie sich dem Institut bis auf Sicht näherte.

Sie konnte die Schreie und Rufe der Demonstranten hören, die sich zu den Reportern vor den Haupteingang gesellt hatten. Es waren nicht so viele wie vor dem Rathaus, doch genug, dass Ines überzeugt war, dass sie einen anderen Weg hinein finden musste. Und hinaus. Angestrengt dachte sie nach, welche Eingänge es noch gab. Nachts hätte sie einfach die Türen an den Seitenflügeln verwenden können, doch jetzt war es zu auffällig. Erneut erwog sie, mit dem Auto in die Tiefgarage zu fahren, doch das würde sich nicht vor Blisterhuber und Brock verbergen lassen. Sie musste allein und unerkannt hineingelangen, sonst hätte sie wohl keine Chance, die Pathologie zu erreichen. Die Pathologie! Natürlich, so würde es gehen. Sie wusste, dass die nicht besetzten Kühlschränke der Pathologie morgens von einer Spezialfirma hygienisch gereinigt wurden. Wenn sie mit deren Wagen nun unbemerkt in die Garage gelangen konnte ... nachdenklich schwang sie das Smartphone in ihrer Hand hin und her. Es war gefährlich, es einzusetzen, weil Blisterhuber vermutlich nicht zögern würde, Brock ihre Position feststellen zu lassen. Oder war sie paranoid? Nein, sie musste es anders machen. Hastig überlegte sie, ob sie darauf kam, aus welcher Richtung der Handwerkertruck in den letzten Tagen gekommen war. Sie erinnerte sich, dass sie den Wagen wenigstens zweimal gesehen hatte, doch erst auf dem Institutsgelände. Nervös zuppelte sie an ihrem Blazer. Prüfte die Uhr. Es war unmöglich festzustellen, ob der Reinigungsdienst nicht etwa schon da gewesen war. Eher beiläufig bemerkte sie, wie neben ihr ein Paketauto hielt. Gehetzt sprang der Bote aus dem Fahrzeug, in der einen Hand ein Paket und das Bestätigungstab in der anderen. Obschon es geeignete Roboter gab, die diese Aufgabe eleganter, sparsamer und besser hätten ausführen können, hatten sich menschliche Paketboten noch immer nicht überlebt. Ines dachte an die Perversion einer Gesellschaft, die auf den Abgrund zusteuerte, und fragte sich, ob es in ein paar Tagten noch Paketboten oder Pakete geben würde. Ganz in Gedanken beobachtete sie beinahe wie in Zeitlupe, wie er den Wagen verließ. Sah ganz genau, dass er den Schlüssel stecken gelassen hatte. Belustigt über die nicht nur altmodische, sondern auch überaus unsichere Authentifizierungsmethode zögerte Ines nicht einen Moment, sprang in das schmale, von umher liegenden Paketen beengte Cockpit, ließ den Wagen an und brauste davon.

Sie sah im Rückspiegel, dass der Paketbote hinter ihr herlief, fluchte und schrie. Ihr wurde klar, dass sie nicht direkt in die Tiefgarage der Kriminalistik fahren konnte, da der Bote gute Sicht auf das Institut hatte, also bog sie vorher ab und fuhr ein paar Mal um den Block. Als sie sicher war, dass der junge Mann sie nicht länger verfolgen konnte und vermutlich vergeblich die Polizei benachrichtigen würde, riskierte sie den kurzen Moment der Sichtbarkeit vom Tatort aus und fuhr in die Tiefgarage. Zufrieden stellte sie fest, dass nur die Videokameras den Eingang beobachteten und nicht etwa weitere Posten aufgestellt worden waren. Sicherheitshalber setzte sie beim Einfahren ihre Sonnenbrille auf. Wenn jemand die Aufzeichnung auswerten würde, so sähe er nur den Paketlaster und würde nicht wissen, welch brisante Fracht er hinein beförderte.

Als sie ausstieg, wusste sie, dass sie dennoch nicht viel Zeit haben konnte. Glücklicherweise war sie bereits im Tiefgeschoss und eilte ohne besondere Vorsicht direkt zur Pathologie.

31.

8. Mai 2082, 8:34 Uhr

Damian Fregüzli saß in seinem Büro und suchte etwas auf seinem Pad, als Ines die Pathologie betrat. »Ah, Frau Kommissar. Wir haben Sie schon erwartet.«

»Ich bin nicht länger Kommissar«, sagte sie kühl und resigniert.

»Das wissen wir ja«, antwortete der Schwabe. »Ich hoffe, es stört Sie nicht, wenn ich Sie trotzdem weiter als solchen betrachte.«

»Ganz und gar nicht. Wo ist Aliaksandr?«

»Hinten beim Sequenzierer. Arbeitswütiger Bursche, das kann ich Ihnen sagen.« Er stand auf und ging durch die Glastür, die sein Büro von dem geräumigen Obduktions-Bereich trennte. Auf einem der vier Edelstahltische lag nun ein weiterer Alter, der es nicht bis zu Seoung Lees angesetzter Frist geschafft hatte. In der hintersten Ecke, abgetrennt durch eine notdürftige Aufstellwand, saß Aliaksandr Wasovskiy und blickte angestrengt auf den Sichtschirm des veralteten Sequenziergeräts.

»Du bist zu langsam«, rief er zornig und mit deutlich polnischem Akzent.

»Wie bitte?«, fragte Fregüzli.

Der junge Nanobiologe fuhr herum und sah enttäuscht aus. »Ach Sie … ich habe mit mir selbst gesprochen. Ich habe zwei Sequenzen isoliert, von denen ich annehme, dass sie zusammenhängen, doch es gelingt mir nicht, sie schnell genug zu stimulieren, um einen gemeinsamen Effekt zu sehen. Frau Schultheiss!«

Mit diesen Worten strahlte er, als erwartete er, dass Ines' bloße Anwesenheit das Rätsel zu lösen vermochte. »Hallo«, sagte sie knapp. »Sie sind über die aktuellen Entwicklungen im Bilde?«

»Das Memo, dass Sie beurlaubt sind, ging an alle Abteilungen. Vermutlich, um genau so etwas wie hier zu verhindern.« Er rang sich ein verschwörerisches Grinsen ab, bevor er fortfuhr. »Was haben Sie bei Geneworks gefunden?«

Düster reichte Ines ihm das Pad mit Lees letztem Tagebucheintrag. Wasovskiys Augen verengten sich zu Schlitzen.

240

»Ich hätte es wissen müssen. Blisterhuber ist eine falsche Schlange.«

Ines nickte stumm. »Und nun er hat den Krisenstab unter seiner Kontrolle. Außerdem gehe ich jede Wette ein, dass er es war, der Brock überzeugt hat, mich abzusetzen.«

Sie wartete, doch keiner der beiden Wissenschaftler sagte etwas. Sie schienen Zeit zu benötigen, die für sie neue Situation zu bewerten.

Ines pfiff durch die Zähne und sagte: »Tja, so sieht es also aus. Ich hatte nicht damit gerechnet, dass die Situation so eskalieren würde, falls Seoung Lee sterben sollte …«

»Seoung Lee ist tot?!«, riefen Wasovskiy und Fregüzli beinahe gleichzeitig. Sie blickte in zwei überraschte Gesichter.

»Hat man Ihnen das nicht mitgeteilt?«

»Nun ja … nein». Der Pathologe schien erschüttert, während Wasovskiy Blisterhuber so zu misstrauen schien, dass er es ebenso wie Ines für abgemacht hielt, dass er dahinter steckte.

»Aber … wird man ihn nicht hierher bringen?«, fragte Wasovskiy.

»Ich dachte, das wäre bereits geschehen«, sagte Ines überrascht.

»Nein. Wie alt ist denn die Nachricht?«, fragte Fregüzli.

Ines nestelte an ihrem Padphone herum, entschloss sich jedoch, nicht dafür den Akku wieder einzusetzen. Zu gefährlich. Sie konnte auch so gut abschätzen, dass es mindestens eine Stunde her sein musste.

»Seltsam. Er liegt nur zwei Stockwerke höher.«

»Blisterhuber will Spuren verwischen, bevor ich ihn bekomme«, sagte Fregüzli.

Ines nickte. »Die Frage ist nur … « In jenem Moment hörten sie den Krach des Lastenaufzuges am anderen Ende des Korridors.

»Sie kommen«, befand Wasovskiy.

Für einen Moment ergriff Panik Ines' Verstand und nur ihre Ausbildung und Selbstbeherrschung gemeinsam konnten den aufziehenden Nebel der Handlungsunfähigkeit zerreißen. Fieberhaft überlegten die drei.

»Sie kommen nicht mehr aus der Abteilung, der Aufzug ist neben dem Eingang«, sagte der Pathologe.

»Dann brauchen wir ein Versteck«, entschied Ines.

Rastlos wanderten drei Augenpaare durch den Sezierraum. Dann, nach drei, vier, vielleicht fünf atemlosen Sekunden, in denen die Fahrstuhltür sich öffnete, sahen Ines und Wasovskiy einander an. »Die Kühlschränke!«

Fregüzli verstand sofort und legte die Stirn in Falten. Er schien sich nicht erinnern zu können, welche Fächer frei waren. Zwei belegte Leichenfächer und ein Klopfen an der Bürotür des Pathologen später hatte er einen Schacht gefunden, der leer war. Mit eiliger Geste bugsierte er die beiden in die kalte Röhre, die der Frischhaltung der Leichen diente. Als die Klappe mit einem dumpfen Zischen zufiel, flüsterte Ines »Kein Wort jetzt oder ich bringe Sie um, sobald wir hier raus sind.«

Wasovskiy lächelte gequält und sagte seinerseits, dass man ihr die Mühe wohl abnehmen würde.

Dann hörten sie die Stimme Blisterhubers. »Ah, guten Morgen, Herr Pathologe. Warum dauert denn das so lange?«

»Ich ... ich war hinten und habe ein wenig am Sequenzierer herumgespielt.«

Fregüzlis Stimme klang blechern und dumpf durch die Vakuumabdeckung des Leichenfaches. Ines fand, dass man die Unsicherheit in der Betonung hören konnte, und sie war alles andere als überzeugt, dass er sich nicht verplappern würde. Zu oft hatte sie in den letzten Tagen selbst versucht, Fregüzli zur Ruhe anzuhalten, wenn er ihr eine Obduktion erklärte und einfach nicht zum Ende kam. Nun hingen alle Hoffnungen der beiden daran, dass er klaren Kopf behielt. Mehr und mehr fand Ines nicht nur die Enge, sondern auch den körperlichen Kontakt befremdlich, ja ängstigend. Der unstete Atem des Polen in ihren Ohren machte sie wahnsinnig, doch sie musste sich zusammenreißen. Bloß kein Geräusch erzeugen. Hoffen, dass Blisterhuber zufrieden war, wenn er die Leiche abgeliefert hatte und wieder zurück nach oben gehen konnte. Gewiss wollte er nicht riskieren, die Wissenschaftler zu lange allein zu lassen. Wehmütig dachte Ines an François, der sich ebenfalls fügen musste. Sie konnte nur spekulieren, welches Druckmittel der Geneworks-Chef anwandte, doch wenn François so klar und deutlich sagte, dass sie ihm unbedingt aus dem Weg gehen solle, so war der Elsässer der Meinung, dass es kein Bluff war. Vielleicht hatte Blisterhuber auch den versammelten Experten klargemacht, dass er selbst Seoung Lee getötet hatte und jedem von Ihnen das gleiche antun könnte – ohne zu zögern. Angestrengt horchte sie, ob sie das weitere Gespräch verfolgen konnte, doch die Männer waren offenbar so weit von dem Leichenfach entfernt, dass nichts mehr durch die Isolierung drang. Immerhin, das bedeutete auch, dass keine unmittelbare Gefahr für sie bestand, wenn es Fregüzli gelungen war, Blisterhuber von der Klappe wegzulocken. Sie gestattete sich ein winziges Maß an Entspannung, doch sofort bemerkte sie, wie heftig Aliaksandr Wasovskiy zitterte. Der junge Pole war nicht darauf vorbereitet, um sein Leben fürchten zu müssen, und hyperventilierte beinahe. Vielleicht war es auch ihm zu eng; sicher war, dass er nicht mehr lange durchhalten würde.

»Sagen Sie … woran haben Sie mit dem Sequenzierer gearbeitet?« Auf einmal war Blisterhuber wieder zu hören, wohl, weil er in den hinteren Teil des Raumes zum Sequenzierapparat ging, der nur wenige Meter von ihnen entfernt aufgestellt war.

»Ach, ich habe nur das Eiweiß untersucht, das ich in den Hirnen der Verstorbenen gefunden habe. Ich verstehe einfach nicht, wie es da hingekommen sein kann. Es gibt keinen Hinweis darauf, dass es im Großhirn erzeugt würde und doch …«

»Sehen Sie, Herr Fregüzli, oben haben wir die besten Genetiker der Welt sitzen und die tun seit beinahe einer Woche nichts anderes, als sich mit diesem Problem zu beschäftigen. Vielleicht ist es besser, wenn Sie sich nun auf die Todesursache von Herrn Lee konzentrierten. Ich habe ein wenig Angst, dass er selbst seiner 'Erfindung' zum Opfer gefallen sein könnte und dass sich die Gefahr nicht auf die Alten beschränkt. Sie müssen unbedingt ausschließen, dass das der Fall ist, hören Sie?«

Ines horchte weiter angestrengt, doch es schien, als würde der Pathologe seine Worte gut abwägen, denn es war nichts weiter zu hören. Dann antwortete er.

»Vermutlich haben Sie Recht und ich sollte mich besser auf mein Handwerk konzentrieren. Ich melde mich, wenn ich einen vorläufigen Bericht habe, in Ordnung?«

»Gut, Herr Pathologe. Beeilen Sie sich …« Dann wurde Blisterhubers Stimme immer leiser, bis nicht mehr zu hören war.

»Hoffentlich sind wir ihn los«, flüsterte Wasovskiy, der kaum noch an sich halten konnte. Ines bemerkte, dass ein gewisser

Geruch von ihm ausging, der völlig verdeutlichte, wie sehr er sich gefürchtet hatte.

Dann, nach einer gefühlten Ewigkeit zischte die Abdeckung und zeigte das erleichterte Gesicht des Pathologen. »Ich würde den Herrschaften dann jetzt ein paar Erfrischungen reichen, während Sie die weitere Fahrt genießen.« Dabei tat er so, als wolle er die schmale Abdeckung wieder verschließen, doch Wasovskiy war nicht nach Scherzen zumute. Hastig schlüpfte er aus der zylindrischen Einbuchtung und kümmerte sich nicht darum, auf Ines Rücksicht zu nehmen. Zielgerichtet suchte er die kleine Toilette auf, die von Fregüzlis Büro abging. Ines hob entschuldigend die Arme und bedankte sich bei dem Pathologen.

»Was tun wir jetzt?«, fragte Fregüzli etwas ungeduldig.

Ines seufzte. »Ich denke, dass wir ein paar Stunden Ruhe vor Blisterhuber haben, aber wir sollten uns dennoch nicht zu sicher fühlen. Je eher wir wieder hier raus sind – nichts gegen Sie oder Ihren Arbeitsplatz – umso besser. Ich werde Aliaksandr wieder in Schuss bringen und ihm helfen, den Mechanismus zu entschlüsseln.« Sie lächelte Fregüzli gequält an und fuhr dann fort: »Sie hingegen werden bitte tun, was man von Ihnen erwartet – Seoung Lee obduzieren. Es ist die einmalige Chance herauszufinden, wie Blisterhuber es anstellt … ich denke, wir können uns jetzt auch sicher sein, dass er der Mörder der beiden Frauen ist, und Sie werden es beweisen.«

»Ich werd's versuchen«, antwortete Fregüzli.

»Damian, fürs Versuchen haben wir keine Zeit mehr«, sagte Ines fatalistisch, besann sich jedoch, dachte, dass der Pathologen vielleicht eher eine motivierendere Ansprache gebrauchen könnte, und zwinkerte ihm schließlich freundschaftlich zu. Danach ging sie zum Sequenzierer hinüber, als sie sah, dass Wasovskiy aus dem kleinen Bad einigermaßen beruhigt und gereinigt zurückkehrte.

»Setzen Sie mich nicht unter Druck, Frau Schultheiss«, sagte er grinsend, doch sie erkannte sofort, dass er noch immer große Anspannung zu unterdrücken versuchte.

»Keine Sorge, Aliaksandr. Erklären Sie mir einfach nochmal in Ruhe, was Sie bisher versucht haben und woran es hapert.«

Geduldig erläuterte der junge Pole jeden Schritt, jedes Detail, wovon Ines nicht einmal die Hälfte verstand. Doch sie verstand eines – sie musste nur die richtigen Fragen stellen und Wasovskiy würde selbst die Lösung finden, wenn es sie gab. Sie umarmte die Ironie, dass Verhörtechniken gleichermaßen geeignet waren, Dinge hervorzubringen, die zum Positiven führen könnten, denn der Mechanismus war derselbe – sie musste nur die Ansätze finden und dann würde der Verhörte selbst die Teile zusammensetzen. Für einen Moment fragte sie sich, warum ihre Routine bei Seoung Lee gescheitert war, doch vielleicht würde Fregüzli eine Antwort darauf bekommen. Seine letzten Tagebucheinträge legten nahe, dass er zum Schluss nicht mehr alleiniger Herr seiner Sinne gewesen sein mochte, und in einem solchen Zustand war es natürlich schwerer, klare Aussagen von jemandem zu gewinnen. Dennoch blieben die Selbstvorwürfe in der Luft hängen, während sie verbissen mit Wasovskiy weiter arbeitete. Doch was sie auch probierten, der Mechanismus gab sein Geheimnis nicht preis.

Ines schnaufte abfällig. Bestimmt drei Stunden saßen sie ergebnislos vor dem Sequenziergerät. War es am Ende einfach zu altmodisch, um das Geheimnis des Codes zu offenbaren? Wie zu sich selbst sprechend schüttelte Ines den Kopf und sagte: »Wenn es versteckt ist, dann kann man es finden.«

»Es sei denn, es ist auch in diesem Code nicht enthalten«, sagte Wasovskiy.

»Das muss es aber«, sagte Ines halb trotzig, halb resigniert.

»Wieso? Die Alten sind doch noch nicht tot«, grübelte Wasovskiy vor sich hin. Dann warf er fast seine Kaffeetasse um, so schnell drehte er sich zu Ines: »Aber ja, das ist es! Ich schaffe es nicht, die beiden Mechanismen gemeinsam auszulösen, weil noch etwas fehlt. Etwas so Simples, dass man es binnen kürzester Zeit hinzufügen kann!«

»Die Verwaltung wird sicherstellen, dass es keine weiteren Geneworks-Updates geben wird, solange nicht klar ist, dass die Alten geret … oh mein Gott.« Ines erstarrte in bittersüßer Erkenntnis. Es war so einfach, und niemand konnte es sehen.

»Was? Was ist denn?«, fragte Wasovskiy etwas genervt. Er konnte Ines' kalte Faszination nicht nachvollziehen und wurde ungeduldig

»Blisterhuber wird ihnen vorspielen, ein Heilmittel zu haben, es verteilen und …«, begann Ines.

»Bumm«, vervollständigte Wasovskiy den Satz. Dann stutzte er. »Das kann doch aber nicht funktionieren. Jemand wird bemerken, was das 'Heilmittel' tut.«

Sie schüttelte den Kopf. »Letzte Woche bei Geneworks, als die Update-Abteilung ihren Namen noch verdiente, ja. Heute vielleicht auch. Aber denken Sie mal daran, wie es in acht, neun Tagen aussieht. Da wird niemand nach dem Warum fragen oder verstehen wollen, wie es sich zuträgt, so groß wird die Panik sein. Nein, man wird ihn ungehindert und pünktlich den Alten ihren Schierlingsbecher reichen lassen.«

Sie sah, wie der junge Pole würgte, als er die ganzen Auswirkungen ihrer Entdeckung abwog. Das war ihre Gabe. Sie blickte der kalten, widerlichen Ratio des Verbrechens entgegen und begegnete ihr regungslos. Nicht immer war es so einfach, doch hier empfand sie nichts als technische Bewunderung für einen so ausgefeilten Plan. Sie begriff, dass Blisterhuber ein angemessener Gegner war, der es verstand, die Menschen zu manipulieren. Die meisten jedenfalls. Sie war nun wieder hellwach. »In Ordnung. Wie finden wir diesen Katalysator, Herr Wasovskiy?«

»Sie können mich ruhig Alix nennen, Frau Kommissar.«

Sie musterte ihn, dann nickte sie langsam. »Ines, Alix.«

»Nun, Ines, das Problem ist, dass man den Katalysator erst erkennt, wenn man ihn … nun ja, erkennt.«

»Nicht so schnell aufgeben. Erinnerst du dich, wie Seoung Lee und die beiden Frauen starben, kurz nachdem sie in Kontakt mit Blisterhuber gekommen waren? Es muss etwas geben, das er sozusagen mit sich führen, aber auch im Geneworks-Code verteilen kann …«

»Und wie verabreicht er es? Eine Injektion wäre vielleicht zu auffällig. Und das erklärt noch nicht, wieso Lee und die Frauen starben … sie sind doch keine Alten.«

Ines schüttelte den Kopf. »Alte sind sie nicht gewesen, aber wenn du einen genoziden Mechanismus konstruierst, musst du ihn auch testen. Und die erste Frau, Katrin Scholl-Ossietzky, die wurde mit einem Injektionsmal gefunden.«

»Er hat seine Abteilung als frei verfügbares Testlabor verwendet. Und als die Frau starb, wusste er, dass es soweit ist.« Alix Wasovskiys Augen glühten vor Aufregung, weniger vor

246

Begeisterung. Ines konnte sehen, mit welch makabrer Gründlichkeit sein Verstand nun die Teile zusammensetzte. Es war gleichermaßen faszinierend wie verstörend zu sehen, wie sie den größten Massenmord der Geschichte rekonstruierten.

»Wie finden wir den Katalysator?« Ines war nervös. Die überraschende Erkenntnis verunsicherte sie. Solange das Rätsel bestand, war es ihr selbstverständlich erschienen, dass sie den Fall lösen konnte, doch nun … Blisterhuber war trickreicher, als sie gedacht hatte, und sein Spiel mit Medien und Polizei schien perfekt geplant. Er wusste, dass sie sein größter Gegner war, und hatte genau im richtigen Moment den Stecker gezogen. Ohne Hilfe des Kriminalistischen Instituts – ohne ihre Dienstmarke – konnte sie wirklich nicht darauf hoffen, ihn stoppen zu können. Ines sah in Wasovskiys leuchtende Augen und begriff, dass die Hoffnung nicht daran hing, was sie nicht schaffen konnten, sondern daran, was es zu tun gab, bevor man aufgeben musste.

»Der Katalysator muss zwei bis drei Eigenschaften haben, anhand derer wir vorgehen können. Erstens, er muss das Eiweiß im Großhirn zu dem Enzym umwandeln, das für die plötzliche Epilepsie und letztlich den Hirntod sorgt, zweitens muss es möglich sein, durch ein simples Code-Update den verhängnisvollen Mechanismus in Gang zu setzen, und drittens, aber das ist reine Spekulation, muss es irgendeine Möglichkeit der direkten, oralen oder subdermalen Applikation geben, anhand derer der Katalysator an den Frauen und Seoung Lee und möglicherweise den bisher verstorbenen Alten getestet wurde.« Alix Wasovskiy schien zufrieden mit sich, auch wenn Ines ihn wohl bald daran erinnern musste, dass noch längst nichts gewonnen war.

»Wie viele Alte sind bisher gestorben? Wir sprechen hier doch von einer Größenordnung von mehreren Hundert, nicht wahr?« Fregüzli waren die Fortschritte der beiden natürlich nicht entgangen, und so kam er zu ihnen herüber, um sich auszutauschen.

»Worauf wollen Sie hinaus?«, fragte Ines.

»Auf Folgendes: Er hat den Mechanismus nicht an Alten getestet, weil er es nicht musste. Blisterhuber musste klar sein, dass ein gewisser Teil – ein verschwindend geringer Teil verglichen mit der schieren Anzahl der Alten – allein durch Zufall mit dem Katalysator in Berührung kommen würde. Das würde ihm Bestätigung genug sein. Wann ist das letzte Update eingespielt worden?«

»Nur Stunden, bevor Seoung Lee seine Nachricht schickte und sich stellte, wieso?«

»Wann hat es den ersten Todesfall eines Alten gegeben? Ich würde wetten, kurze Zeit später.«

Wasovskiy nickte plötzlich. »Ich weiß es.«

Fregüzli sprach schließlich für beide: »Ich auch. Ein Allergen.«

»Ein Allergen?« Ines war skeptisch. »Alte haben keine Allergien mehr.«

»Es sei denn, man reaktiviert die Gene dafür.« Wasovskiy war hin und her gerissen zwischen dem süßen Triumph der Erkenntnis und dem kalten Grauen, welch teuflische Erfindung Blisterhuber und Lee konstruiert hatten. Er schien nicht mehr so angewidert wie zuvor, sondern hatte etwas Distanz gewonnen. Distanz, die den Unterschied zwischen Scheitern und winziger Hoffnung machen konnte, dachte Ines.

»Na schön. Können wir es reproduzieren?« Sie war gewillt, den beiden zu glauben, doch um an die Öffentlichkeit zu gehen, um Blisterhuber entgegenzutreten, brauchte sie Gewissheit.

»Nichts leichter als das. Herr Fregüzli, Sie haben Lee gerade sequenziert, nehme ich an? Machen Sie eine allergene Simulation. Ich werde hier am Sequenziergerät den generellen Mechanismus mit frischen IgE-Antikörpern nachweisen.«

Ines blieb nichts weiter, als stumm den beiden Wissenschaftlern zuzusehen, wie sie ganz darin aufgingen, ihr großes Rätsel endlich zu lösen. In einem Moment der seltsamen Einsicht folgerte sie, dass auch der Krisenstab in der Lage hätte sein müssen, diesen Zusammenhang aufzudecken, doch es war allein Blisterhubers Bosheit und Berechnung zu verdanken, dass er dafür sorgen konnte, sie so geschickt abzulenken, dass sie an völlig falschen Stellen suchten. Einmal mehr zeigte sich, dass Genialität sich nicht durch spontane Eingebung äußerte, sondern durch die jähe Erkenntnis, dass man an der falschen Stelle suchte. Die Bereitschaft, zu scheitern, machte den Erfolg aus, und das würde auch für sie gelten. Während Fregüzli und Wasovskiy akribisch untersuchten, wie es geschehen würde, war es an ihr, genau das zu verhindern. Doch wie schlug man einen Gegner, der alle Manöver vorherzusehen schien? Ines wusste, dass sie Blisterhuber nicht glorifizieren durfte, sondern den Glauben an ihr eigenes Geschick bewahren musste. Nur, wie konnte sie ihn aufhalten? Beinahe verzweifelt begann sie, Fragen über Fragen zu stellen, um möglichst genau zu verstehen, was im Körper der scheinbar unsterblichen Alten geschah, wenn die Allergene ihre verhängnisvolle Wirkung taten.

»Es ist getan«, sagte schließlich Fregüzli und blickte grimmig drein.

Die beiden anderen sahen ihn fragend an.

»Was denn? Ich habe Seoung Lee obduziert, den Bericht für Blisterhuber verfasst und den Bericht für euch skizziert.«

»Ich nehme an, Blisterhuber wird lesen, was er von Ihnen hören wollte?«, fragte Ines.

»Ganz genau. Und hier …«, er deutete auf das dünnere der beiden altmodischen Klemmbretter, »ist des Rätsels Lösung.«

»Haarspray?«, fragten Ines und Alix synchron, nachdem sie die krakelige, hastige Schrift Fregüzlis entziffert hatten.

»Haarspray, bestehend aus, nun ja, Haarspray und Beifußpollen. Blisterhuber trägt den Tod mit sich, ohne dass jemand etwas merkt. Zugegeben, es ist genial.«

»Beifuß blüht noch nicht«, sagte Ines mit einer Sicherheit, die sie als Heuschnupfenopfer identifizierte.

»Das spielt keine Rolle«, sagte Alix Wasovskiy. »Die Körper der Alten stellen sie ja nach dem Update selbst her.«

»Sie erzeugen die Pollen, die sie umbringen?«, fragte Fregüzli in einer Mischung aus Horror und Anerkennung.

Alix nickte. »Natürlich nicht direkt. Sie erzeugen das in Beifußpollen enthaltene Allergen, auf das das Großhirn reagiert.«

»Das ist …«, begann Fregüzli, eher er sah, dass Ines ihn mürrisch beäugte. »Grausam. Widerwärtig.«

»Nur zu, gewähren Sie ihrer Bewunderung Ausdruck.« Ines lächelte kühl. »Glauben Sie, ich empfinde keine Achtung vor dieser Ingenieursleistung? Auf einen Schlag zwei Milliarden Menschen, nur durch die Nachbildung einer Polle.« Sie wusste genau, dass sie die positiven Emotionen herauslassen musste, um in Damian

Fregüzli Platz für den Zorn zu schaffen, der ihr helfen würde, Blisterhuber aufzuhalten.

Wasovskiy musterte sie und überlegte etwas. Dann sagte er bedeutungsschwer und sichtlich stolz auf seine Metapher: »Wir alle kennen die Fiktionen, in denen der sogenannte fortschrittliche Mensch durch das Äquivalent eines Schnupfens sein Ende findet. Es ist soweit.«

»Und zurück bleibt nur Lavendelduft«, ergänzte Fregüzli.

Ines sah ihn fragend an. »Lavendel ist kein Beifußkraut.«

»Wie? Äh, ja, das weiß ich. Ich hatte nur eine Assoziation. Wenn wir es nicht schaffen, sie aufzuhalten, wird niemand je davon erfahren, weil wohl niemand jemals auf die Idee kommen würde, dass es die Pollen gewesen sein könnten«, sagte der Pathologe entschuldigend.

Sie atmete tief ein und konzentrierte sich, alle Entschlossenheit in ihre Aussage zu stecken. Nicht, um Alix oder Fregüzli zu überzeugen, sondern mehr sich selbst. »Nein, noch ist es nicht soweit. Nicht, solange wir es verhindern können.« Sie erlaubte ihren eigenen Zweifeln nicht, auf die anderen überzugreifen, und fuhr schnell fort: »Ich kenne dich noch nicht lange, Alix, doch es würde mich überraschen, wenn du nicht fieberhaft darüber nachdächtest, wie man es verhindern kann.«

»Ich weiß nicht, ich fühle mich im Moment einfach leer und ...« Er stockte.

»Der Fahrstuhl!«, rief Fregüzli.

Sie hörten das verräterische Zischen der servomechanischen Türen und eine Stimme, die sagte: »Also, die Anzeigen kommen von diesem Stockwerk. Lassen Sie mich einen Moment warten, um zu sehen, wo das Signal herkommt ...«

»Ein Handy-Orter«, flüsterte Ines. »Alix!«

Zitternd versuchte der Pole, den Akku aus seinem Smartphone zu reißen, doch Ines wusste längst, dass es zu spät war. Sie blickte auf die offenstehende Wandabdeckung. Diesmal würde der Leichenkühlschrank ihnen nicht helfen. Es gab nur einen Ausgang, und nach dem Geräusch der Schritte waren es mindestens drei Personen, die auf Fregüzlis Büro zuhielten.

»Damian, wie kommen wir um sie herum?«, sagte sie äußerlich ruhig. Sie wusste, dass sie Alix beruhigen musste, wenn sie an den Beamten, die auf sie zukamen, vorbeikommen wollte.

»Ich gehe ihnen entgegen und lenke sie ab«, sagte der Schwabe entschlossen. »Und Sie, Ines, halten diesen Wahnsinnigen aus dem ersten Stock auf, verstanden?«

Ines nickte stumm. Geistesgegenwärtig riss sie Alix sein Handy aus der Hand und reichte es Fregüzli, der anerkennend nickte, den Akku zurechtrückte und es einsteckte. Dann bedeutete sie dem jungen Polen, sich hinter der Wand zu verstecken, sodass man sie vom Büro des Pathologen nicht in dem Autopsieraum sehen konnte.

»Guten Morgen, meine Herren!«, rief Fregüzli mit einer gespielten Begeisterung, die Ines frohlocken ließ.

»Wir suchen Aliaksandr Wasovskiy«, sagte eine ruhige Männerstimme.

»Oh. Also, fast hätten Sie ihn gefunden. Er ist wieder 'raufgegangen, keine fünf Minuten, bevor Sie … »

Ines und Alix hörten, wie er scheinbar nervös in seinen Schubladen kramte und rief: »Aber da ich den Handy-Orter bei Ihnen sehe, kann ich mir vorstellen, was Sie suchen … Moment, Moment.«

Sie hatte ihm solch schauspielerisches Talent nicht zugetraut, stellte sie halb in Gedanken fest. Das Schicksal aller Pathologen war es, von den Menschen, die weiter im Leben standen, unterschätzt zu werden. Doch wie wollte er ihnen die Flucht ermöglichen, wenn die Männer bereits in seinem Büro standen?

Es polterte und man hörte das Quietschen von Metall auf Steinfliesen und das Brechen von Glasphiolen, die in den Schubladen gewesen sein mussten. Fregüzli hatte seine Schubladen so weit herausgezogen, dass der kleine Aktenschrank umgefallen war. Das musste ihre Chance sein.

Ines piekte Alix mit dem Ellbogen in die Seite und zog ihn dann langsam aus der Deckung zur Tür. Fasziniert sah sie, wie die drei Beamten starr vor Unbehagen waren ob des Ungeschicks des Pathologen, der in einem Haufen von Scherben und sich mischenden Chemikalien stand. Sie konnten nicht wissen, dass er es so gewollt hatte, und waren unsicher, ob nicht eine gefährliche

Reaktion passieren würde. Gebannt starrten sie auf Fregüzli, der enttäuscht stöhnte und seinen Versuch, mühsam aufzustehen, in die Länge zog. Ines und Alix beobachteten das Schauspiel fasziniert, doch getrieben von Furcht und Ungeduld. Beiden war völlig klar, dass sie kaum entkommen würde, wenn man sie erst einmal gesehen hatte. Schließlich waren sie durch Fregüzlis Büro hindurch und konnten nun etwas entspannter dem Treppenhaus entgegen schleichen. Sie hörten noch immer das Klirren und Fluchen Fregüzlis, als sie den Durchgang zum Parkhaus erreichten. Sie kauerten sich hinter eine der mächtigen zylindrischen Säulen und erlaubten sich, durchzuschnaufen.

»Das hat er phantastisch gemacht«, sagte Alix.

»Keine Einwände. Aber noch sind wir nicht sicher«, erwiderte Ines.

»Wo wären wir denn sicher?«

Ines seufzte und erkannte die Logik in Alix' Frage. Bevor sie es nicht hinter sich hatten, waren sie nirgendwo sicher. Dennoch …

»Alix, wir müssen erst noch herausfinden, wie wir es aufhalten können, bevor wir Blisterhuber konfrontieren können.«

»Mit 'wir' meinst du mich, ja?« Er lachte. Zufrieden stellte Ines fest, dass der junge Pole sich langsam an die ständige Bedrohung gewöhnte und im Angesicht der Gefahr entspannter wurde.

»Ja, meine ich. Aber nicht hier.«

»Ich habe eine Idee, wie es gehen könnte, doch man müsste es vorher testen, um sicher zu sein.«

Ines nickte. »Mit leeren Händen vor Blisterhuber zu stehe,n würde bedeuten, dass er Recht bekommt, und dann müssten wir hilflos mit ansehen, wie die Alten in ein paar Tagen einfach alle sterben.« Die Ungeheuerlichkeit des Ausdrucks, der sowohl 'Alte' als auch 'sterben' enthielt, wich langsam der grausigen Gewissheit, dass es an ihnen beiden hing. Ines spürte, wie der Zorn auf Blisterhubers Komplott sie antrieb, doch sie fragte sich, ob das genug sein würde, wenn die Zeit kam. Sie bremste ihre Gedanken und erinnerte sich, dass es bis dahin noch Arbeit zu erledigen galt, und trieb Alix Wasovskiy in Richtung des Ausgangs der Garage.

»Können wir nicht ein Auto nehmen?«, fragte er unbedarft.

»Ich habe heute Morgen schon einen Postlaster gestohlen, wenn du das meinst. Ich halte es für besser, wenn wir zu Fuß in die Innenstadt gehen und für eine Weile in der Menge untertauchen.«

»Aber die Überwachung in der Innenstadt ist doch viel dichter als anderswo«, sagte Alix überrascht.

»Ja, aber vermummte Demonstranten zu identifizieren können sie auch mit unendlich vielen Kameras nicht. Wenn ich richtig liege, sind mittlerweile so viele Menschen im Regierungsviertel, dass eine individuelle Auflösung unmöglich ist. Ich will auch nur dorthin gehen, um zu erreichen, dass unsere Spuren sich dort verlieren, wenn sie uns folgen.«

»Du denkst wie ein Terrorist«, sagte Alix voller Bewunderung. Ines wusste, dass auch Besorgnis aus ihm sprach, denn er hatte Recht. Um Blisterhuber zu schlagen, mussten sie undercover bleiben und unerwartet zuschlagen. Und vielleicht würde man die Maßnahmen, die nötig waren, im Nachhinein tatsächlich terroristisch nennen. Vielleicht würde man aber auch sagen, dass in Zeiten wie diesen die Gerechtigkeit über dem Gesetz stand. Doch darüber würde sie sich später Gedanken machen. Sie schlichen sich an der automatischen Eingangsschranke und den dazu gehörigen Kameras vorbei und standen im Freien.

Stumm deutete Ines nach links, denn rechts war der umlagerte Haupteingang der Kriminalistik. Man konnte das geschäftige Rauschen und Brummen der vielen Dutzend Journalisten, deren Autos direkt vor der Garage standen, förmlich spüren, auch wenn sie von ihnen durch eine Hauswand getrennt waren. Ines sah, wie einige Praktikanten und Volontäre gelangweilt in den Autos warteten oder Instantkaffees zu ihren Redakteuren brachten. Der bevorstehende Untergang der Gesellschaft war für diejenigen, die darüber berichteten, nicht mehr als lässige Routine. Ines begriff, dass sie einfach durch das Lager der Übertragungswagen hinaus spazieren konnten, ohne dass jemand Notiz von ihnen nehmen würde. Irgendwo über den Zaun zu klettern, um nicht von dieser Meute entdeckt zu werden, hätte mehr Aufmerksamkeit erzeugt. Doch der Fokus lag auf dem Haupteingang und der Erwartung, dass Serghy Brock eine Stellungnahme abgeben würde.

Sie waren bereits außer Sicht des Instituts, ehe Ines innehielt.

»Schritt 2: Durch die Innenstadt. Schritt 3: Ein konspiratives Versteck finden.«

Alix nickte stoisch. Sie wusste, dass er ihr folgen würde, weil er wusste, dass sie die einzige war, die Blisterhuber durchschaute. Jedenfalls würde sie das. Hoffte sie. Ob er wusste, worauf er sich einließ?

32.

8. Mai 2082, 15:02 Uhr

Die wenigen Sonnenstrahlen, die die großen Habitate der Ulm-Stuttgarter Innenstadt auf die Oberfläche durchließen, waren warm und angenehm, doch weder Ines noch Alix fanden die Muße, auf ihre Umgebung zu achten. Sie liefen umständliche Wege und nahmen enge historische Gassen, um ihre hypothetischen Verfolger abzuschütteln. Sie wussten, dass es keine absolute Sicherheit gab, doch die Geschäftigkeit der Innenstadt würde ihnen Zeit verschaffen – wenn es ihnen gelang, sich durch die Massen an Demonstranten zu wühlen, die zweifellos noch immer im Regierungsviertel ausharrten und auf den Zusammenbruch des Systems, das Ableben der unsterblichen Alten warteten. Doch entgegen Ines' Erwartung lag eine gespenstische Ruhe über dem Teil der Stadt, der früher einmal die Stuttgarter Königsstraße gewesen war. Obwohl zehntausende Menschen die Straßen bevölkerten, nur um darauf zu warten, im Schutze der nahenden Nacht erneut die Symbole des Systems zu brandschatzen, lief dazwischen mit schwäbischer Gründlichkeit das geschäftige Leben der Jungen weiter, als seien die Meldungen über versterbende Alte nur ein Rauschen im Blätterwald. Ines und Alix kamen an mehreren Militärperimetern vorbei, deren Posten stumm und grimmig beobachteten, aber niemanden kontrollierten oder aufhielten. Es war gewissermaßen unwirklich, dass die Alten nicht mehr Härte zum Schutz der über Jahrzehnte gewachsenen Strukturen zeigten. Erst wenn jemand agitierte, musste er auch Repressalien befürchten. Ines erinnerte sich daran, wie Klaus-Peter Haßloch zu sagen pflegte, dass die Alten im Kern idealistischer waren, als das System es zuließ. Es war bezeichnend, dass sie entweder nicht begriffen oder bereitwillig zuließen, wie die Demonstranten am Tage unbehelligt Nachschub an Vorräten und Wurfgeschossen ins Regierungsviertel bringen konnten, um sich in der Nacht in radikale, gewissenlose Systemkritiker zu verwandeln. 'Oder', dachte Ines, 'sie wissen, dass sie die Opposition in dieser tiefen Krise ohnehin nicht zum Schweigen bringen können und lassen daher die Proteste zu, die ohnehin in sich zusammenfallen werden, falls die Alten doch nicht dem Tode geweiht sein sollten.'

Es überraschte sie, dass sich noch keine populistischen Charismatiker gefunden hatten, die die Führungsgewalt für sich proklamierten, wie es bei einer anständigen Revolution der Fall gewesen wäre. Für einen Moment schien sie an der Oberfläche der Erkenntnis zu kratzen, das das System gerade dadurch, dass die Alten die Jungen in diesem Punkte nicht einschränkten, seine Stabilität zumindest zeitweise behalten konnte.

»Wohin weiter?«, fragte Wasovskiy ungeduldig. Es war ihm anzusehen, dass er sich inmitten der vielen Menschen unwohl fühlte, obgleich die Chance, erkannt zu werden, sich verringert hatte.

»Wir müssen einen Ort finden, an dem du deine Idee fertig austüfteln kannst«, sagte sie.

»Und was soll das sein? Willst du vielleicht in eine CyBar gehen?«

Ines stutzte. »Was sollen wir an einem Ort für Netz-Hacker? Wir brauchen doch wenigstens einen Sequenzierer, nicht wahr?«

»Du warst noch nie in einer CyBar, oder?« Er sah nicht mitleidig aus, wie seine Stimme vermuten ließ, sondern überrascht. Etwas an seinem Ausdruck sagte Ines, dass sie nicht alles über die Hackerkneipen der Unterstadt wusste, die ihren Namen als Wortspiel mit dem CyberSpace verliehen bekommen hatten, jedoch kaum noch mehr als pseudo-virtuelle Spielhöllen waren. Sie schüttelte den Kopf und sah Alix an. Er lächelte.

»In einer CyBar wird gehackt, aber nicht nur das Netz«, sagte er.

»Ich kann dir nicht folgen«, bekannte Ines.

»Ich dachte immer, es wäre ein offenes Geheimnis«, sagte Alix, »dass der eugenische Krieg nur entschieden hat, dass wir keine verbesserten Menschen haben wollten, aber nicht, ob es sie auch gibt. Zwar wird heute jeder zweimal im Jahr gesetzlich verpflichtend sequenziert. Doch dabei wird nur überprüft, ob das Genom normal ist, also keine unmenschlichen Mutationen oder Veränderungen enthält. Es ist völlig legal, innerhalb dieser Parameter … Veränderungen vorzunehmen. Oder nennen wir es nicht legal, sondern de facto legal.«

256

Ines riss die Augen auf. »Ja, von Gen-Hacking habe ich schon gehört. Doch ich dachte, dabei geht es um Schönheitsoperationen.«

»Nicht mit Skalpell und Silikon, sondern dem Elektronenmikroskop. Es gibt nur vier Basen, aus denen das Genom aufgebaut ist. Wer den Bartwuchs kontrollieren kann, kann auch unsterbliche Alte töten – jedenfalls vom Prinzip her.«

»Faszinierend, in der Tat. Und du kannst deine Theorie in einem solchen Etablissement überprüfen?«

»Vielleicht, kann schon sein.«

»Vielleicht?«

»Wenn die Ausrüstung zu ausgefeilt wird, gibt es meist einen Tipp an die Behörden, und dann wird ganz schnell dicht gemacht.«

»Mhh?«

»CyBars sind gewissermaßen ein Überbleibsel des eugenischen Kriegs. Wer herummanipuliert, wird geächtet und ausgestoßen. Aber es gibt nun einmal Menschen, die das nicht stört. Das einzige, was die Gesundheitsämter interessiert, ist, dass niemand sich zu einem Übermenschen hackt.«

»Ich … wieso weiß die sogenannte Öffentlichkeit nichts davon?«

»Tja … da sind eher die Sozialpsychologen gefragt. Vielleicht ist es ihnen lieber, die Jungen hacken, so viel sie dürfen, anstatt am System herumzupfuschen. Nichtsdestotrotz, wenn du es für eine brauchbare Idee hältst, wirst du dir die übliche Klientel ja ansehen können.«

»Worauf warten wir noch?« Ines' Gedanken rasten und wogen ab zwischen dem Vorwurf, sich selbst nicht genügend in dieser Richtung informiert zu haben, und den profunden Folgerungen, die sich daraus ergaben, was man mit einem illegalen Sequenzer alles anstellen könnte – und zwar praktisch vor aller Augen.

Ines bemerkte, wie Alix sich routiniert umsah und bestimmten Leuten, die er nach kaum etwas anderem als dem Aussehen selektieren konnte, seltsame Fragen stellte. Woher wusste er so viel über diese sogenannten CyBars? War er ein Hacker? Am Anfang des Jahrhunderts als geheimnisvolle Technologie-Magier gefeiert, hatte sich das Handwerk mit der zunehmenden Überwachung durch den Staat und schließlich dem eugenischen Krieg als unnötig herausgestellt. Das Netz war so intuitiv und durch adaptive

Algorithmen gesichert, dass man lediglich aus nostalgischem Antrieb an Spielzeugsystemen herumhacken konnte. Doch Alix' Beschreibung beunruhigte sie. Niemals hätte sie für möglich gehalten, dass es Sequenzierapparate geben könnte, die nicht unter der Aufsicht der zertifizierten Gen-Konzerne oder des Gesundheitsamtes standen. Das hieß, irgendwie schon. Aber nur in der Vorstellung von zwielichtigen Gestalten, die ohnehin nichts zu verlieren oder gar gewinnen hatten. Und nun also mussten sie sich in die Schatten begeben und genau diese Grauzone ausnutzen, um Blisterhuber aufzuhalten. Wusste sie wirklich, was sie da tat? Wusste Alix es? Er sprach einen weiteren Demonstranten an, der freundlich lächelnd schließlich eine andere Reaktion als die anderen zeigte und in eine ganz bestimmte Richtung wies.

»Es ist nicht weit«, sagte Alix. »Zumindest der Beschreibung nach.«

»Für diese Leute ist es auch nicht mehr weit, bis sie die Alten los sind und die Welt ihnen gehört«, sagte sie grimmig.

»Und dafür verdammst du sie?«

»Nein … ich … nein. Gehen wir.« Ines war noch immer mit der Ungeheuerlichkeit beschäftigt, die Alix ihr anbot. Sie war Profilerin, und wenn es nach manch anderen Leuten ging, die beste, die es gab. Sie durchschaute Leute und kannte alle Ecken, in denen man suchen musste. Eigentlich. War sie unprofessionell geworden? Blind vor Wut? Seit Seoung Lee seine seltsame Nachricht abgesetzt und vollkommen stumm in ihrem Verhörzimmer gesessen hatte, war ihre Welt von Gut und Böse und Jung und Alt ins Wanken geraten. Aliaksandr Wasovskiy würde ihr, die sie nicht unsterblich war, doch anscheinend den Alten unsterblich ergeben, zeigen, was die Menschen, denen es egal sein konnte, wie ihr Genom aussah, damit anstellten. Er führte sie damit gewissermaßen in den sprichwörtlichen Kaninchenbau, doch Ines war nicht sicher, ob man es am Ende Wunderland nennen oder Blisterhuber als schwarzer König die Geschichte zu Ende schreiben würde.

Das Lokal hieß OverFlow und war ganz und gar nicht, was sie erwartet hatte. Anfang des Jahrhunderts musste es etwas gewesen sein, das man gentrifiziert nannte und wo die intellektuelle Elite des Schwabenlands – oder die, die sich dafür hielten – ein und aus ging. Acht Jahrzehnte später konnte man nur am Namen erahnen, dass es mal eine Hackerkneipe gewesen war. Fein säuberlich standen Tische und Bänke davor, auch wenn der Schatten der Habitate niemals Sonne in die schmale Gasse gelassen hätte. Da sie einen weniger geschäftigen Teil Stuttgarts erreicht hatten, war Ines wieder aufmerksam und vorsichtig, betrachtete jeden Passanten als möglichen Zivilbeamten, der nach ihnen suchte. Der Innenraum war altmodisch eingerichtet und roch nach Spätzle. In einem so spießigen Etablissement sollten also Sequenzierer stehen. Und tatsächlich – Alix wechselte ein paar Worte mit dem Barkeeper, zeigte dezent auf seine Nase, um anzudeuten, was er mit 'hacken' meinte – standen sie kurze Zeit später in der 'Kegelbahn', einem reinlich gefliesten Raum, etwa zehn Meter lang und drei Meter breit, in dem vier Kabinen jeweils alles enthielten, was ein junger Schwabe benötigte, um sich eine neue Nase zu machen.

»So hab ich's mir nicht vorgestellt«, flüsterte Ines vorsichtig, unter dem Eindruck, dass die Kabinen wahrscheinlich nicht schallgedämmt waren.

»Man braucht ja heute keine Netzinfrastruktur mehr wie früher. Die Leute sind ja eh alle drahtlos. Dennoch muss ich zugeben, in Warschau kenne ich auch nur eine Hackerkneipe, und die ist als Bordell getarnt.«

»Das ist irgendwie passender.«

»Vor allem vor dem Hintergrund, welche Art Anpassungen besonders beliebt sind.«

Alix zeigte vielsagend auf seinen Hosenschlitz, als er Ines fragenden Blick bemerkte.

»Wir fangen besser an«, sagte sie.

»Na schön. Möchtest du also eine neue Nase, oder vielleicht festere …«

»Du weißt genau, wozu wir hier sind«, insistierte Ines schnell, obschon sie innerlich amüsiert über Alix gestiegene Stimmung war. Er würde hier entspannter arbeiten, das merkte sie. Unbehaglich beobachtete sie eine Blondine und ihren Freund, die nervös in der Kabine gegenüber laborierten. Sie versuchte sich vorzustellen, welche Art 'Verbesserung' sie anstrebten, musste sich jedoch eingestehen, dass ihr Profiling von Gen-Engineering nicht ausreichend entwickelt war. Innerlich verfluchte sie sich dafür, dass es ihr nicht gelang, in ihre Köpfe zu sehen, nur weil sie nichts über diese seltsame Spielart der Auflehnung gegenüber den Alten wusste. Sie drehte sich zu Alix um und bemerkte, dass er tief in die Arbeit versunken war. Sie dachte darüber nach, ob er ansprechbar wäre oder sie lieber warten solle, doch die Neugier siegte.

»Wie geht es voran?«

»Ich bin etwas verzweifelt. Meine Idee hat sich manifestiert und scheint mir logisch, doch ich kann es nicht überprüfen, weil ich das Hirnenzym nicht zusammengesetzt bekomme. Es ist beinahe so, als würde sich die Anordnung aktiv dagegen wehren. Ich verstehe das nicht …«

»Es muss doch etwas geben, das du tun kannst, um den Vorgang zumindest zu simulieren.«

»Nein Ines, du verstehst nicht. Es ist nicht das Experiment, es ist der Sequenzierer …«

In diesem Moment bemerkte sie, wie zwei in dunkle Anzüge gekleidete Männer die 'Kegelbahn' betraten. Es waren alle Kabinen besetzt, dennoch gingen sie schnurstracks in Richtung der Kabinen …

»Ines Schultheiss und Aliaksandr Wasovskiy?« Ines nickte stumm. Wer waren die Männer? »Sie sind festgenommen wegen des Verdachtes auf illegale Genmanipulation«, sagte er knapp und bedeutete Alix, aufzustehen. Der tat, wie ihm geheißen, doch er flüsterte Ines zu, dass er alles gelöscht habe. »Wir haben nichts Unrechtes getan«, sagte er etwas lauter als nötig, sodass sich die anderen Insassen der Kabinen umdrehten, dann jedoch nicht weiter Notiz von dem Vorgang nahmen, ganz so, als ob es öfter vorkäme, dass jemand in einer Kabine Besuch bekam.

»Das wird der Haftrichter entscheiden, fürchte ich«, sagte der Mann, der Ines in Gewahrsam nehmen wollte, doch seine Haltung verriet ihr sofort, dass er kein Polizist war. Für einen winzigen Moment drehte er ihr den Rücken zu, sodass sie ihn hätte überrumpeln können. Doch aus einer seltsamen Intuition heraus wusste sie, dass dafür noch nicht der richtige Zeitpunkt war. Seine Lüge, dass er Polizist wäre, war so offensichtlich, dass sie fast laut losgelacht hätte, wenn sie sich nicht daran erinnert hätte, dass sie eigentlich um ihr Leben fürchten musste. Doch andererseits … dieses seltsame Gefühl der unbedingten Überlegenheit, das Ines immer dann bemerkte, wenn anscheinend vollkommen ausgeschlossen war, dass sie das Verhör nicht für sich entscheiden würde …. Wie Mordverdächtige, die ihren Fragen keine zwei Sekunden standhalten konnten … diese Männer waren Söldner, doch Amateure. Und Ines würde es ihnen beweisen.

»Wo ist Ihr Ausweis?«, fragte sie spitz den Mann, der sie festhielt, als sie die Treppe nach oben nahmen. Doch nicht, weil sie erwartete, einen zu sehen, sondern weil sie wissen wollte, wie leicht er sich provozieren ließ.

»Ihr braucht unseren Ausweis nicht zu sehen«, sagte er und schob sie unsanft weiter.

»Ja, ich weiß. Weil Feigling, Komma, elender, darauf geschrieben steht«, sagte Ines. Der Schlag des Mannes mit der flachen Hand kam unerwartet, doch er erfüllte sie nicht nur mit Zorn, sondern auch Befriedigung. Es würde leicht sein, zu entkommen. Das hatte sie damit schnell festgestellt, denn er war tatsächlich Teil jener Sorte Mensch, in denen sie lesen konnte wie in einem offenen Buch. Es war nicht verwunderlich, dass Blisterhuber Leibwächter dieses Kalibers zu Aufträgen wie diesem einsetzte. Bei all diesen scharfen Schlussfolgerungen blieb Ines Schultheiss noch genug Zeit, sich über die Welt zu echauffieren, die dergestalt war, dass niemand im 'OverFlow' davon Notiz nahm oder nehmen wollte, dass zwei Männer sie gewaltsam ins Freie zerrten und ins Gesicht schlugen.

Als sie die CyBar verlassen hatten, erkannte sie sofort, dass der klischeehaft davor geparkte schwarze Lastwagen weder zur Polizei Ulm-Stuttgarts noch zu Geneworks gehörte. Warum auch, Blisterhuber legte Wert auf Diskretion.

»Alix?«, fragte sie unschuldig.

»Ja?« Der junge Pole sah sie nervös fragend an.

Sie wartete. Auch die beiden Männer sahen sie an. Der größere von beiden hielt Alix fest, vielleicht in dem irrigen Glauben, dass er stärker war als Ines, bloß weil er ein Mann war. Sie wartete.

»Alix!«

»Was ist?«

Sie machte eine theatralische Kopfbewegung in Richtung des Overflows und erntete erneut fragende Gesichter. Aufmerksam beobachtete sie die Männer. Die vier standen nur knapp zwei

261

Meter von dem geräumigen Wagen mit der geöffneten Schiebetür entfernt. Es war soweit. Die Männer hatten ihre scheinbar professionelle Zurückhaltung aufgegeben und warteten ebenfalls gespannt, was sie ihm sagen wollte.

»Lauf«, sagte sie mit der ganzen Ruhe eines Verstandes, der genau wusste, was folgen würde. Die Männer verkrampften innerlich und erwarteten, dass sie versuchten, sich loszureißen, doch nichts geschah. Sie wartete. Ihr Bewacher drückte sie weiter in Richtung des Wagens und verlagerte für einen winzigen Moment das Gleichgewicht …

Jetzt war es soweit. Ines stemmte beide Beine gegen seine Hüfte und schob ihn beinahe senkrecht in die Luft, sodass er seinen Komplizen direkt umwarf. Noch während er zu Boden fiel, stellte sie sicher, dass sie Vorsprung haben würden, indem sie dafür sorgte, ihren Ellbogen auf seinem Solarplexus zu platzieren. Die Männer stöhnten dumpf und blieben überrumpelt liegen.

»Jetzt«, sagte sie ein wenig amüsiert zu Alix, nahm seine Hand, um sicherzustellen, dass er verstand, und rannte los.

Sie verschwanden schließlich erneut in der Menge der Demonstranten wie zwei sprichwörtliche Nadeln im Heuhaufen, und hielten nicht eher inne, bis sie sicher waren, nicht verfolgt zu werden.

33.

8. Mai 2082, 17:25 Uhr

»Das war knapp«, keuchte Alix.

»Mehr als das«, entgegnete Ines. »Doch Blisterhuber hat uns damit auch gewissermaßen einen Gefallen getan, denn wir haben so eine Menge über seine Taktik gelernt.«

»Du vielleicht.« Alix lachte. Zufrieden stellte sie fest, dass er unter der Anspannung seinen Humor nicht verloren hatte. In der Pathologie hatte sie beinahe befürchtet, er würde mit dem Stress nicht zurechtkommen, doch seitdem er am Sequenzierer in der CyBar hatte arbeiten können, war er wie ausgewechselt. Sie nickte wissend und sah sich um. Die Stimmung im Regierungsbezirk war seltsam – noch ruhiger als zuvor – als warte die Meute lediglich auf die herannahende Nacht, um erneut ihre Wildheit und ihren Zorn zu entfesseln. Und doch repräsentierten sie jenen Teil der Menschheit, der sich noch nicht aufgegeben hatte.

Sie holte Luft, wollte Alix erklären, was sie dachte, doch irgendetwas hielt sie zurück. Sie wollten den jungen Nanobiologen nicht mit den kräftigen, unbequemen Wahrheiten der kalten, berechnenden Profilerin belasten. Stattdessen fragte sie, wie weit er gekommen war, bevor man sie 'unterbrochen' hatte.

»Ich glaube, ich verstehe nun vollständig, wie der Mechanismus im Live-System funktioniert«, sagte Alix und fügte hinzu: »Auch wie man es stoppen kann, habe ich mir überlegt, doch diesen Teil konnte ich mangels Zeit an dem langsamen Gerät nicht zu Ende prüfen. Wenn ich doch nur einen schnelleren Sequenzer hätte!«

»Ich fürchte, dazu haben wir keine Zeit mehr.«

»Und was sollen wir jetzt tun? Wer wird uns glauben, dass Blisterhuber schuld an allem ist, ohne dass wir ein Gegenmittel haben? Du hast gesehen, was im Kriminalistischen Institut deswegen los ist.«

Ines seufzte. »Du hast Recht. Wir brauchen mehr als das. Doch es gibt nur einen Ort …«

»Ja?«

»Alix!« Ines schrie halb auf vor Aufregung, doch sie fand ihre Beherrschung wieder. »Denkst du, es gibt eine Möglichkeit, in die Labore von Geneworks zu gelangen, ohne entdeckt zu werden?«

»Bist du verrückt? Nein.« Ungläubig starrte er in die vollkommen unbewegliche Maske von Ines' Gesicht, besann sich und sagte dann: »Na ja, ich bin nur Wissenschaftler. Vielleicht, wenn wir ein paar Soldaten hätten …«

»Die werden uns wohl auch kaum glauben.« Ines überlegte. Nein, was für eine dumme Idee. Natürlich würde man sie nicht hinein lassen, denn niemand bei Geneworks schien für möglich zu halten, was Blisterhuber tatsächlich machte. Und doch …

»Alix, angenommen, du hättest das Gegenmittel. Was müsstest du tun, um es anzuwenden?«

»Man müsste entweder umständlich einen retroviralen Träger entwickeln und es dann weltweit verteilen oder die Update-Infrastruktur von Geneworks verwenden. Die Verteilungstechnik ist ja eines ihrer wichtigsten Patente und deswegen ist der Komplex auch so schwer gesichert.«

»Kannst du den Träger entwickeln, wenn wir noch eine CyBar aufsuchen? Wenn wir nur an einem Alten demonstrieren, dass der Mechanismus außer Kraft gesetzt ist …«

»Ines, ich bin Nanobiologe, kein Immunologe. Ich kann vielleicht das Vakzin aus dem Kopf programmieren, aber nicht 'einfach so' in ein Virus einsetzen.«

Ines presste Luft durch ihre geschlossenen Lippen. »Ich weiß nicht, ich muss ehrlich sagen, dass ich etwas ratlos …«

Die Explosion riss sie beinahe zu Boden. Im sechzig Stockwerke hohen Neuen Rathaus explodierte eine Bombe und riss die Fassade auf der halben Breite in die Tiefe. Instinktiv drückte sie Alix einen Teil seiner Jacke vors Gesicht, bevor sie sich daran machte, wie alle anderen vor dem Splitterhagel zu flüchten. Es war also soweit. Der unorganisierte Protest schlug um in blanken Terror, allein in Erwartung, dass die Alten ihren Platz in der Geschichte einnahmen.

Die Masse der Menschen verwandelte sich in eine vielköpfige Raupe, die nichts anderes konnte, als ziellos von der Detonation zu flüchten. Ines sah, weiterhin Alix festhaltend, aufgerissene, von Splittern zerfressene Gesichter den gleißend hellen Feuerball in der ungefähr dreiundzwanzigsten Etage ansehen und trieb sich und ihren Begleiter unnachgiebig weiter voran. Wie in Trance sah sie, wie die Panzer die Lücken in den Perimetern schlossen und das Viertel abgeriegelt wurde. Hin und her wogte nun die Masse, gefangen zwischen Explosion und Militär. Entsetzt erkannte Ines Schultheiss, dass sie sich verrechnet hatte. Wenn sie hier festsaßen, hatte Blisterhuber freie Bahn.

Langsam kam die fliehende Menge zum Stillstand. Die Spannung, ob die Demonstranten versuchen würden, die Absperrungen zu durchbrechen, war praktisch greifbar.

»Puh«, sagte Alix neben ihr.

»Ja.« Ines nickte. »Puh.«

»Was passiert hier?« Der Pole wurde im Gegensatz zu Ines, die scheinbar mühelos dem Gedränge der Menge trotzen konnte, hin und her gerissen und beinahe von ihr weggedrückt. Alix' Augen verrieten einmal mehr Panik und Unsicherheit. Ines begriff, dass sie aufpassen musste, dass sie ihn im Gedränge nicht verlor. Alix Wasowskiy war ihr letzter Trumpf gegen Blisterhuber. Wenn es ihnen gelang, ein Heilmittel herzustellen …

Als er wieder neben ihr stand, wiederholte er seine vorherige Frage mit der aufrichtigen Neugier und Ahnungslosigkeit des verkopften Wissenschaftlers, der er war.

»Wir kriegen einen Vorgeschmack auf das, was passiert, wenn Blisterhuber nicht aufgehalten wird«, sagte Ines düster.

»Ich … ja, das verstehe ich schon. Aber wofür wird hier eigentlich demonstriert?«

Atemlos sahen sie, wie einige wenige vermummte Gestalten sich der Barriere näherten, die wenige Meter vor ihnen lag, und mit Stöcken und Steinen begannen, die grün uniformierten Sicherheitskräfte anzugreifen.

»Nicht wofür, sondern wogegen«, sagte Ines. Die Geschosse prallten an Fahrzeugen und Karbonschilden der Beamten ab, Wasserwerfer wurden in Position gebracht. Alix wurde immer unruhiger ob dieser Eindrücke und begann, Ines in die entgegengesetzte Richtung wegzuziehen.

»Wohin?«, rief sie ihm zu und ahnte nur beiläufig, dass diese Frage gewissermaßen für alle Menschen auf dem Ulm-Stuttgarter Rathausplatz galt.

Nachdem sie etwas Abstand gewonnen hatten und die Schreie und Sprechchöre der vordersten Radikalen nur noch im Gemurmel der anderen Demonstranten zu erahnen waren, stoppte Alix. Ines wusste, dass sie seiner Unruhe und Sorge Raum lassen musste. Ihn jetzt unter Druck zu setzen, konnte dazu führen, dass sie seine Unterstützung verlor. Der Menge war nun eine gespannte Wachsamkeit anzumerken, als ob sie auf etwas wartete. Fehlte der Funke zum Aufstand ganz einfach oder war es vielmehr so, dass die bittere Erkenntnis der Ernüchterung darüber, dass die Sicherheitskräfte die Innenstadt rücksichtslos räumen würden, sich erst noch durchsetzen musste?

Sie hörten ein seltsames Knistern, dann wussten sie, dass die Soldaten der Absperrung offenbar mühsam eine Audioübertragung vorbereiteten. Mehrere riesige Lautsprecher wurden aufgestellt. Es knisterte weiter, bis schließlich eine Stimme zu hören war. Die Menge verstummte nicht, aber das Geschrei und Gepfeife schien schließlich dann doch in aufmerksames Gemurmel überzugehen.

»Liebe Mitbürgerinnen und Mitbürger, ich spreche in fassungsloser Erschütterung zu Ihnen. Während die Regierung das Recht auf freie Meinungsäußerung und Protest stets geachtet hat, und zwar sogar, wenn es sich gegen die Grundlagen unserer Zivilisation richtete, haben Sie heute eine Grenze überschritten, die Sie nicht hätten überschreiten dürfen. Obschon der Zynismus, mit dem Sie unseren alten Mitbürgerinnen und Mitbürgern den medial herbeigeschriebenen Tod wünschen, für mich persönlich und viele meiner Präfekturkollegen abstoßend ist, billigen wir Ihnen zu, dass Ihr Wunsch ob der unbestreitbaren Probleme, denen unsere Gesellschaft sich zweifellos stellen muss, verständlich ist, wenn auch die Schlussfolgerung, die Alten seien an Ihrer persönlichen Misere schuld, etwas zu kurz gegriffen ist. Terrorismus gegen die Grundfesten der Staatsordnung, wie es eine Bombe im ehrwürdigen Rathaus unserer großartigen Stadt jedoch ist, können wir nicht hinnehmen, weshalb der Bezirk für die Dauer dieser Krise bis auf Weiteres abgeriegelt wird. Die Straßensperren werden in Kontrollpunkte umgewandelt, durch die Sie nach der ordnungsgemäßen Feststellung Ihrer Identitäten nach Hause

266

zurückkehren dürfen. Wenn Sie nicht Teil der gewaltsamen Verschwörung sind, und Sie dürfen davon ausgehen, dass wir das ganze Netzwerk dieser widerwärtigen Terroristen aufdecken werden, haben Sie nichts zu befürchten. Versuchen Sie nicht, sich innerhalb des Perimeters zu verbergen, versuchen Sie nicht, ohne Kontrolle daraus zu entfliehen. Bitte zwingen Sie uns nicht, Gewalt anzuwenden, sondern gehen Sie ruhig und geregelt zu dem nächstgelegenen Checkpunkt. Vielen Dank für Ihr Verständnis.«

Während der Übertragung gab es mehrmals Raunen und Rufen in der Menge, die sich erstaunlich ruhig verhielt. Doch noch ehe der letzte Satz verhallt, war brach das Chaos los. Zwei gegensätzliche Strömungen versuchten, möglichst schnell zum Checkpunkt zu kommen, um die anscheinend unvorbereiteten Soldaten zu überrennen, während wieder andere sich zurück ins Zentrum des Regierungsviertels wandten, wohl um den zivilen Ungehorsam zu verstärken. Ines hatte keinen Zweifel, dass es zu bewaffneten Konflikten kommen würde, denn obwohl der Präfekt sehr besonnen einen Ausweg angeboten hatte, war die Geduld der hartgesottenen Demonstranten längst erschöpft. Sie sah die Entschlossenheit in den Gesichtern. Sie würden sich hier und jetzt gegen die Alten auflehnen und ein Zeichen setzen. Das ganze Ausmaß der gerontokratischen Unterdrückung schien hier kurz vor dem Sieden zu sein, als sie einen Griff an der Schulter spürte.

Sie erschrak und hörte, wie der Mann sagte: »Da haben wir Sie also doch wiedergefunden. Zeit, den Spieß umzudrehen.« Sie hörte ein dumpfes Stöhnen, das von Alix direkt neben ihr kam, dann spürte sie den schrillen Schmerz eines Totschlägers an ihrer Schläfe. Bevor die Dunkelheit ihr Bewusstsein umnachtete, wusste sie, dass sie verloren hatte.

267

34.

8. Mai 2082, 18:43 Uhr

»Nun ja, ich hatte erwartet, dass Sie etwas mehr zu bieten hätten. Sehr, sehr enttäuschend. Doch es wird wohl reichen.«

Ines schmeckte Blut und konnte die Worte, die sie da in ihrem dröhnenden Schädel hörte, kaum verarbeiten. Wer sprach da? Sie versuchte mehr oder weniger erfolglos, die Augen zu öffnen.

Die Stimme schien ihre Absicht erraten oder erkennen zu können, denn ungerührt fuhr sie in arrogantem Ton fort: »Aber, aber, Frau Schultheiss. Ich hoffe, Sie haben keine Schäden davongetragen.«

Die auf groteske Weise in ihrem Verstand umherechoenden Worte verrannen langsam, doch nicht ohne Ines in immer größere Verwirrung zu stoßen. Mit großem Willensakt riss sie die Augen auf und fand sich von gleißendem Licht geblendet. Unwillkürlich versuchte sie, die Hände vors Gesicht zu reißen, doch sie konnte sich nicht rühren. Schemenhaft kehrten Orientierung und Erinnerung zurück. Blisterhuber. Geneworks. Sie spürte die künstlichen Teile ihres Rückgrats viel deutlicher, als sie wollte, doch es würde gehen. Es musste gehen.

»Na also. Herzlich willkommen.«

Vorsichtig sah sie sich um. Es war irgendein konturloses, beinahe leeres Labor, und sie lag auf den einzigen Tisch ungefähr in der Mitte des Raumes gefesselt. Sie versuchte, sich aufzurichten, doch die Fesseln waren gerade so fest, dass sie, nun ja, bequem liegen konnte, solange sie nicht daran zog. Man musste sie aus der Innenstadt hierher gebracht haben, nachdem man sie … niedergeschlagen hatte. »Wie … wie haben Sie uns an den Sicherheitssperren vorbeigebracht?«

»Aber, Frau Kommissar. Halten wir uns nicht mir derlei Kleinigkeiten auf. Wichtig ist nur, dass Sie hier sind, um zu beobachten, wie es zu Ende geht.«

»Was … aber …« Enttäuscht und … nein, erschüttert musste sie sich eingestehen, dass sie total fertig war und Blisterhuber nicht folgen konnte. Sie schloss ihre Augen und beschwor den Schmerz in ihrem Kopf, das Feld zu räumen und ihr genug Klarheit zu verschaffen, dass sie es mit ihm aufnehmen konnte. Oder es zumindest versuchen. Sie konnte nicht aufgeben. Nicht hier. Nicht jetzt. Nicht so.

»Sie kommen damit nicht durch«, sagte sie voll neuer Entschlossenheit, als sie sich selbst versicherte, dass sie ihn immerhin mit der Zunge schlagen konnte, wenn sie schon körperlich gefesselt war.

»Ja? Und wer sollte mich daran hindern? Sie waren meine größte Sorge und haben mich bitter enttäuscht. Sie und ihr kleiner Pole sind nicht einmal nahe dran gewesen, das Rätsel zu lösen und meinen Plan zu begreifen …«

»Woher wollen Sie das wissen? Ich …«

Ein Schrei durchschnitt die perfekt temperierte Luft des Labors. Alix.

»Sagen wir einfach, er hat uns geholfen zu verstehen, was Sie planten. Die Polizei wird daran gewiss sehr interessiert sein.«

»Die Polizei?« Ines verstand nicht.

»Aber ja, die Polizei. Ich werde es Ihnen, Frau Schultheiss, in die Schuhe schieben. Wenn ich hier fertig bin, fahre ich in die Stadt und überzeuge Ihren Freund François davon, dass Sie hinter diesem Komplott stecken, hier eingebrochen sind, um Seoung Lees Plan zu Ende zu führen. Und während Sie verhört werden, starte ich das Update, um das 'Gegenmittel' zu verabreichen. Es kam mir recht gelegen, dass Sie Seoung Lee opfern wollten, wissen Sie? Hätte ich diesen Streich nicht durchschaut, hätten Sie vielleicht etwas gegen mich in der Hand gehabt. Doch so … werden Sie mir nicht nur den Mord an ihm abnehmen, sondern man wird auch die Alten auf Ihr Konto schieben.«

Sie sah, dass er sich über sie beugte und zufrieden grinste. Ihr war zum Heulen zumute. Wie konnte es nur so schiefgehen? »Früher oder später kommt die Wahrheit ans Licht. Dann wird man erkennen, welch perfides Spiel Sie treiben«, sagte sie trotzig.

»Vielleicht haben Sie Recht. Doch frage ich mich, was es ausmacht, wenn die Gesellschaft erst einmal zerfallen ist und es keine Alten mehr gibt, die über mich richten würden? Vielleicht wird man Sie, wenn alles vorbei ist und neue Stabilität eingekehrt ist, sogar als Heldin verehren? Bedenken Sie nur den Ruhm, den ich freiwillig abgebe.«

»Ihr Zynismus widert mich an.« Doch in all der Bitterkeit wunderte Ines doch etwas ... er sprach von Stabilität. War es möglich ...?

»Sie sind Emanuel Goldstein«, sagte sie.

»Goldstein?«, wiederholte er belustigt. »Ist das nicht diese fleischgewordene Metapher aus '1984'?«

»Es ist auch die Metapher der Zeugen des Verfalls«, sagte Ines. Für den Moment war sie nicht imstande, aus seiner Reaktion zu sagen, ob sie Recht hatte und er der Führer der Zeugen des Verfalls war. Doch sie musste einfach Recht haben. Es gab keine andere Erklärung mehr.

Blisterhubers Stimme wandelte sich nun zu einem hohlen, schrillen Lachen. »Sie, Frau Schultheiss, sind die Metapher der Bewegung. Denken Sie darüber nach. Prinzipien- und linientreu, doch im Innersten von Neid und Angst zerfressen. Sie hassen die Alten, nicht wahr? Weil Sie Ihnen ein Leben verweigern, das bedeutsam hätte sein können. Sie werden sich gegen die Alten wenden, so wie es in ein paar Tagen alle tun werden.«

Ines schüttelte den Kopf, so heftig, wie die Fesseln es zuließen. »Ihnen das Handwerk zu legen, wird mir Belohnung genug sein.«

»Sind Sie da sicher? Ines, ich weiß, dass Sie mit der Sache sympathisieren, und ebenso weiß ich, dass Sie wegen Ihrer kleinen, bedauerlichen ... Rückenprobleme ... keine Aussicht auf einen Platz im Programm haben. Man wird es Ihnen nicht abnehmen, dass Sie Loyalität heucheln, Frau Schultheiss. Prüfen Sie Ihre Gefühle, insgeheim wollen Sie, dass ich Erfolg habe, denn Seoung Lees Tagebücher haben Sie überzeugt, nicht wahr?«

Ines riss die Augen auf. Er wusste von den Tagebüchern, doch unmöglich konnte er ihre Gefühle kennen ... »Sie haben sie mir untergeschoben. Seoung Lee hat nichts davon selbst geschrieben.«

Der Satz entsprang ihr gewissermaßen, bevor die Erkenntnis sich manifestierte. Er war nur eine Marionette gewesen. Am Ende waren vielleicht nicht einmal die letzten Einträge echt, die ihm so etwas wie ein Gewissen zuschrieben. Nein, nichts an Seoung Lees Auftritt im Institut war echt gewesen. Kein Wunder, dass sie ihn nicht durchschauen konnte – es gab nichts zu sehen.

»Richtig, welch weises Urteil. Sie scheinen doch noch nicht all ihren Verstand verloren zu haben, Frau 'Kommissar'. Seoung hatte das Pech, zur falschen Zeit am falschen Ort zu sein. Ein wenig Gehirnwäsche und schnell zersetzende Psychopharmaka und er war der perfekte Lockvogel. Für Sie. Ich wusste, dass ein Tatverdächtiger, der so seltsames Zeug redet, Ihren Einsatz erforderlich machen würde, und ich wusste auch, dass ich mich auf Ihre Neugier verlassen konnte. Genauso wie übrigens ihr Freund Hansen. Er hatte herausgefunden, was Henrycks Nachricht enthielt, doch ich konnte nicht zulassen, dass jemand außer Ihnen, dem Pathologen und dem Polen es wusste. Es ist wichtig, dass es so aussieht, als wären Sie geplant zu dem konspirativen Treffen der Zeugen gefahren, wissen Sie? Und doch … diese ganzen Leben. Wissen Sie, Frau Kommissar, das belastet mich wirklich. Diese ganzen Leben, die sinnlos beendet werden mussten, nur weil Sie zu neugierig waren. Gäbe es die Neugier nicht, hätte niemand sterben müssen, niemand, außer den Alten.«

Sie spürte, wie die Abscheu Galle in ihren Hals trieb und sie beinahe zum Würgen brachte. Die Wut der Toten sammelte sich in Ines Schultheiss, doch es nützte nichts. Sie war festgeschnallt und musste seinen Monolog anhören. Es gab keine Hoffnung. Es gab nur blinde, zahnlose Wut. »Sie sind abstoßend«, presste sie erneut hervor.

»Aber, aber, Frau Schultheiss. Sie müssen doch sehen, wie ähnlich wir uns sind. Ich bin, zugegeben, etwas skrupelloser, aber im Kern sind wir beide Menschen, die andere manipulieren und für ihre Zwecke einsetzen. Sie lieben es, in die Köpfe Ihrer Verdächtigen einzudringen, und ich … ich habe mir Ihren Kopf zunutze gemacht.«

Es wäre leichter zu ertragen gewesen, wenn er wenigstens weiter manisch gelacht hätte, doch den Gefallen tat er Ines nicht. Blisterhuber war besonnen, sogar in seinem Versuch, sie in Wut zu versetzen. Und das Schlimmste: Es gelang ihm. Er erklärte seine Handlungen wie andere die Wettervorhersage. Sie konnte nicht umhin, ihm Respekt zu zollen, auch wenn die Verachtung im Hinterkopf Purzelbäume schlug. Wenn sie ruhig blieb, gab es vielleicht doch noch eine Möglichkeit. Vielleicht …

»Ich wundere mich, dass Sie mir nicht auch noch erklären möchten, warum«, sagte sie.

»Oh, das möchte ich, Ines, das möchte ich wirklich gern. Sie haben mich bloß noch nicht danach gefragt.«

Er genoss seine Überheblichkeit, das stand fest, doch es war ihm weiterhin nicht anzumerken. Er grinste vor sich hin, doch auch das blieb nur eine Maske über einer anderen Maske. »Verzeihung«, log sie, »ich bin es gewohnt, dass die wirklich boshaften Menschen es kaum aushalten können, ihren perfekt durchgeführten, perfiden Plan zu schildern.«

»Na schön, doch seien Sie nicht zu enttäuscht. Ich handelte vollkommen altruistisch.«

Ines zog als Ausdruck ihrer Geringschätzung eine Augenbraue hoch und sah Blisterhuber ansonsten regungslos an.

»Sie glauben mir nicht? Also gut. Als ich vor zwei Jahren begann, an der Veränderung des Geneworks-Codes zu arbeiten, war mein Ziel, herauszufinden, ob es eine Möglichkeit für mich gab, ins Programm zu kommen, denn, das müssen Sie wissen, ich war einer der 0,001% Inkompatiblen. Es machte mich wahnsinnig. Im übertragenen Sinne natürlich. Doch während ich rastlos nach dem Fehler in mir selbst suchte, begriff ich mehr und mehr, dass es nicht erstrebenswert war, unsterblich zu werden, weil ich erkannte, dass die Alten ziel- und antriebslos geworden waren. Je mehr meine Sehnsucht danach, so zu sein wie sie, mich vorantrieb, sie zu studieren, mich ihre Eigenschaften und Besonderheiten erkennen ließ, desto mehr begriff ich die beispiellose humanitäre Katastrophe, die sich seit dreißig Jahren vollzieht. Die Menschheit ist eine tote Spezies, weil sie sich von wandelnden Toten ihre Kultur aufdrängen lässt. Wissen Sie, wann der letzte nicht-Alte einen Nobelpreis oder einen Oscar bekommen hat? Vor dreiundzwanzig, beziehungsweise sechsundzwanzig Jahren. Wer konnte sie stoppen? Die Politik, die durch und durch gerontokratisch ist und sich nur von den Jungen abnicken lässt, die ihrerseits sehr wohl wissen, dass sie von den Alten, die alles besitzen und alles kontrollieren, abhängig sind? Das System ist nicht krank, sondern siecht vor sich hin als Karikatur dessen, was es vor dem eugenischen Krieg war. Natürlich war es richtig, die gentechnische Wettbieterei zu stoppen und die Manipulation zu verbannen, doch was wir bekommen haben, ist nicht viel besser. Was meinen Sie, wie viele der sogenannten 'Zeugen des Verfalls' die Bombe am Rathaus begrüßt haben? Alle, ohne Ausnahme. Was meinen Sie, wie viele glauben, dass es jemand von ihnen war? Alle, ohne Ausnahme. Die Jungen sind bereit, der Welt neues Leben einzuhauchen. Ich gebe ihnen die historische Chance, uns neu zu erfinden. Und wissen Sie was? Während Seoung Lee und ich am Verfalls-Gen arbeiteten, fand ich die Lösung für mein ursprüngliches Problem. Ich fand die Mutation, die mich inkompatibel machte. Doch was geschah? Ich wollte nicht länger unsterblich sein. Ich wollte nur noch die Menschheit befreien. Allerdings wusste ich auch, dass Sie mir entgegengestellt würden, denn Sie, Ines, sind die einzige, die in Paneuropa dafür geeignet wäre. Traurig genug, eigentlich. Sehen Sie, es gibt so wenig Verbrechen, dass der Sicherheitssektor, die öffentliche Ordnung, die Polizei und Kriminalistik immer kleiner und unbedeutender geworden sind, sodass die nackte Wahrheit ist, dass Sie nicht nur die beste Profilerin in Paneuropa sind, sondern diesen Titel vor allem als Euphemismus besitzen, denn Sie sind die einzige Profilerin weit und breit. Und das führte dazu, dass auch Sie und Ihr Beruf im Verfall begriffen sind. Wann haben Sie den letzten Mordfall durch echtes Profiling gelöst? Vor zwei Jahren! Ja, Ines, ganz recht. Sie sind zu schlecht, um es mit einem wahrhaft großartigen Gegner wie mir aufnehmen zu können. Ich hatte sogar Gelegenheit, den Alten zwei Wochen Zeit zu gewähren, damit sie ihre jämmerlichen Seelen von allem weltlichen Ballast befreien, ihre sogenannten Geschäfte regeln können. Sehen Sie es an! Die Menschheit hat verlernt, sich vor sich selbst zu schützen. Die Alten haben ihren Untergang selbst herbeigeführt, Sie wissen es. Was geschah? Man befal den Jungen, sie zu retten. Weil sie daran gewöhnt sind, dass man die Dinge für sie regelt. Und obwohl Sie genau das taten, was ich von Ihnen erwartete, Ines: Sie haben mich enttäuscht. Schwer enttäuscht. Sich in der Pathologie zu verstecken, war eine gute Idee, selbst für Sie, doch natürlich haben Sie Spuren hinterlassen. Leider hat Ihr Pathologe es nicht ausgehalten, seinen Chef und den Präfekten anzuschwindeln. Bedenken Sie immer, dass Handlanger nur gut sind, wenn man sie fernsteuern oder automatisieren kann. Sobald sie beginnen, selbst zu entscheiden, müssen sie entsorgt werden. So wie Seoung Lee. Und nun, Verehrteste, entschuldigen Sie mich. Ich habe, wie sagt man so schön, ein Rendezvous mit der Geschichte. Genießen Sie die Aussicht.«

Damit ging er, ohne eine Reaktion abzuwarten.

35.

Ines war allein. Allein in dem Labor gefangen, doch auch allein in ihrem Verstand. Blisterhuber hatte sie benutzt, hatte Seoung Lee benutzt, hatte das ganze System benutzt, um seinen Plan durchzuführen. Weil er genau wusste, wie und wann sie reagieren würden. Sie selbst eingeschlossen. Ihr war nach Weinen, Schreien, Wüten zumute, doch nichts davon hätte ihr genutzt oder sie vorangebracht. Ihre Ausbildung diktierte nur einen Gedanken: Es ist noch nicht vorbei.

Aufmerksam sah sie sich um. Das Labor war ausgeräumt worden und es stand lediglich der Operationstisch in der Mitte. Blisterhuber hatte ein kleines Täschchen dabei gehabt, doch wieder mitgenommen. Was war passiert, als sie bewusstlos gewesen war? Hatte er ihr etwas verabreicht? Sie schüttelte den Kopf. Warum sollte er? Er hatte ja gewonnen. Zumindest dachte er das, sonst hätte sie ihn nicht dazu bringen können, seinen Plan zu offenbaren. Doch sie musste auch gestehen, dass sich selbst in Kenntnis der Tatsachen ihr kein Ausweg bot. Sie war an Händen und Füßen mit dem Tisch verbunden und hatte keine Möglichkeit, sich zu regen. Sie würde warten müssen, was als nächstes geschah. Wie er den Mechanismus in Gang setzen würde, 2,2 Milliarden Menschen tötete, weil er es für richtig hielt. Natürlich war er kein Wohltäter, dafür brauchte er schließlich die Zeugen des Verfalles nicht. Überrascht stellte sie fest, dass er anscheinend nicht so offen zu ihr gewesen war, die offensichtlichste Schlussfolgerung darzulegen. Dass er sein Netzwerk nutzen würde, um die Weltherrschaft an sich zu reißen. Er war ein ganz banaler Rassist mit einem ganz banalen Ziel. Doch die verbleibenden Menschen würden ihm zujubeln und huldigen, unwissend, dass sie eine Diktatur gegen die nächste eintauschten.

Sie sah sich noch einmal um. Vor der milchigen Glasscheibe der Schiebetür waren schemenhafte Schatten zu erkennen. Die Wachen des privaten Sicherheitsdienstes von Geneworks. Was hatte er ihnen für Order gegeben? Würden sie reagieren, wenn sie schreien würde? Vermutlich wohl nicht. Doch irgendwie musste sie jemanden dazu bringen, zu ihr zu kommen. Soziale Interaktion barg immer die Gefahr – oder Möglichkeit – dass jemand ausgetrickst wurde. Wenn sie sich schon Blisterhubers Ränkespielchen geschlagen geben musste, hatte sie vielleicht Glück mit weniger gerissenen Gegnern. Ines täuschte ein Husten vor, so laut sie konnte. Dann wartete sie, doch nichts geschah. Sie hustete wieder, versuchte sich an einem Würgen, verschluckte sich beinahe dabei. Belustigt dachte sie, dass ihr Missgeschick wahrscheinlich sogar die Authentizität erhöhen würde. Sie würgte erneut und stellte zufrieden fest, dass Wut und Zorn es ihr ermöglichen würden, gar zu erbrechen, wenn sie es für angebracht hielt. Zufrieden stellte sie fest, dass es vor der Tür Bewegung gab. Offenbar sprachen die zwei Schemen miteinander. Dann öffnete sich tatsächlich die Tür.

»Ist Ihnen nicht wohl?«

Ines würgte.

»Herr Blisterhuber hat angeordnet, dass Sie gut behandelt werden sollen. Was kann ich für Sie tun?«

Ines würgte. Sie rollte mit den Augen, doch sie sah dabei aus den Augenwinkeln, dass die massige Gestalt sich näherte und besorgt schien. Zufrieden stellte sie fest, dass es nicht dieselben Schläger waren wie die, die sie in der Innenstadt verfolgt hatten. Die hätten sich nicht noch einmal überrumpeln lassen, doch hier hatte sie eine Chance.

»Horst, komm mal her hier. Der geht's gar nicht gut.«

Ines zögerte nicht, drehte den Kopf zur Seite und erbrach sich auf seine Schuhe, als er neben ihr stand.

»Ach du Scheiße.« Der zweite Wächter war herein gekommen und sah Ines' Qualen. »Was machen wir jetzt?«

»Weiß ich doch auch nicht. Der Boss hat gesagt, wir sollen uns auf alles gefasst machen, aber wenn die uns hier abnippelt, sitzen wir richtig in der Scheiße.«

»Jo. Am besten, wir bringen sie im Frauenklo in eine senk … aufrechte Position. Da sollte sie sich erholen können.« Ines blinzelte zufrieden. Dann würgte sie erneut.

»Komm, schnell.«

Sie bemerkte, wie die Fesseln gelöst wurden und zwei starke Hände sie aufstellten. Voller Erwartung sahen die Männer sie an. Noch einmal, dann hatte sie sie in der Hand. Hingebungsvoll würgte sie Galle hervor und fiel dann unsanft zu Boden. Der Geschmack im Mund war widerlich, doch weniger widerlich als der Gedanke, gefesselt das Ende der Zivilisation abzuwarten. Sie bemerkte, dass sie an allen Vieren gepackt und aus dem kleinen Labor getragen wurde. Wenige Meter weiter wurde sie in einen kleinen Raum getragen, der etwas dunkler als der im Abendlicht glänzende Flur war.

»Halt sie an den Wasserhahn«, sagte einer der Männer.

Ines spürte, wie sie mit festem Griff an die schmalen, aber eleganten Waschbecken gehalten wurde. Sie taumelte, doch sie schaffte es, den Männern klarzumachen, dass sie allein stehen konnte. Im Spiegel besah sie ihre jämmerliche Visage und analysierte ihre taktische Position. Sie würgte, sicherheitshalber. Sammelte Magensäure im Mund. Sammelte Kraft. Dann drehte sie sich torkelnd um und sah die Männer an.

»Ist es besser?«, fragte derjenige, der Horst genannt worden war.

Sie nickte unsicher. Sie sah, wie die Männer sich unwillkürlich entspannten. Jetzt. Sie spuckte dem linken einen ganzen Mund voll Säure ins Gesicht und rammte den rechten Ellbogen in den Magen des anderen. Während der erste sich die Augen frei wischte, sprang sie dem zweiten hinterher und angelte seine Automatikpistole, rammte ihm beide Knie in den Bauch, nur um sicherzugehen. Sie rollte sich auf dem Boden herum und sah, wie der verbliebene Wächter vor Schreck und Angst aufschrie und seine Pistole ansetzte. In Sekundenbruchteilen musste sie entscheiden. Hörte in ihrem Hinterkopf sich selbst zu François sagen 'Inter arma enim silent leges[5]'. Dann drückte sie ab und verwandelte die Damentoilette in ein posteugenisches Schlachthaus.

Geschockt von ihrer eigenen Skrupellosigkeit ging sie zum zweiten Mann hinüber, überprüfte, dass er bewusstlos war, verband ihm beide Hände hinter dem Rücken mit den

---

5

Lat. »Unter den Waffen schweigen die Gesetze«

Plastikriemen, die vor kurzer Zeit noch sie selbst gefesselt hatten, schnappte sich die zweite Pistole und schlich zurück auf den Flur. Angewidert stellte sie fest, dass ihre flachen Schuhe rote Spuren auf dem Boden hinterließen und für einen Moment taumelte sie wirklich und musste ein einziges Mal würgen, ohne es zu wollen. Doch die Anspannung ging vorüber. Ines zwang ihren Verstand, über die Auswirkungen später nachzudenken. Sie konnte es sich nicht erlauben, jetzt ihre Moral zu prüfen. Ruhig hielt sie inne und überlegte. Als erstes musste sie Alix finden und dann den Update-Server. Ohne den Polen würde sie es nicht schaffen, aber selbst mit ihm war es noch immer ein Himmelfahrtskommando. Eines, für das sie Menschen getötet hatte.

Sie spürte, wie Hektik in ihr aufkam. Natürlich hatte sie wenig Zeit, aber der Gedanke daran war sicherlich nicht hilfreich. Sie orientierte sich, versuchte abzuschätzen, aus welcher Richtung Alix' Schreie gekommen waren. Schließlich entschied sie, dem Flur in vorderer Richtung zu folgen, die Automatikpistole im Anschlag. Sie wollte kein weiteres Blut vergießen und war doch entschlossen, nicht davor zurückzuschrecken, wenn es nötig war. Vorsichtig spähte sie um die weiten Kurven des organisch geschwungenen Korridors. Es war nicht leicht, hier in Deckung zu bleiben, doch zu ihrer Verblüffung war praktisch niemand im Gebäude. Ungehindert ging sie durch die offen stehende automatische Sicherheitstür, die den Bürotrakt des Update-Teams vom restlichen Gebäude abtrennte. Wieso war es möglich, dass alle Kontrollen abgeschaltet waren? Sollte man nicht in Anbetracht der immer größer werdenden Gefahr eher noch vorsichtiger sein? Es war zu leicht, jemand musste doch darauf kommen, die inneren Korridore zu überwachen. Es ergab einfach keinen Sinn. Diese Türen waren eines der wenigen echten Probleme gewesen, die Ines vorausgesehen hatte, als sie noch auf dem Rathausplatz mit Alix überlegt hatte, ob es ansatzweise möglich war, das Gebäude zu infiltrieren. Und nun stand ihr Geneworks praktisch vollkommen offen, wenn sie weiterhin vorsichtig war. Was war Blisterhubers Plan? War er sich zu sicher? Die Zweifel und Unsicherheit mischten sich zu einer Kakophonie aus warmen, ätzenden Gedanken, die Ines geradewegs zu lähmen drohten. In einem entschiedenen Aufbäumen von Willen und Trotz gelang es ihr, sie für den

Moment abzuschütteln. Es gab keine Alternative dazu, die Situation, wenn sie auch noch so gut scheinen mochte, zu nutzen. Die Konsequenzen würden später kommen, erst mal galt es, daraus Profit zu schlagen.

Vielleicht, dachte sie, war das ganze Gebäude von Blisterhuber geräumt worden in der Absicht, in Ruhe die Apokalypse beginnen zu können. Zwar wusste sie nicht, wie er den Vorstand und die Aufsichtsgremien dazu gebracht haben mochte, alle Sicherheitsmaßnahmen auszusetzen, doch wer wusste schon, was Chaos und Furcht angesichts der opulenten Bedrohung der Alten mit Geneworks' Hierarchie anstellen konnten. Sie überlegte. Vielleicht war es deswegen nötig gewesen, es zwei Wochen vorher anzukündigen. Damit Blisterhuber in Ruhe sicherstellen konnte, dass ihm niemand über die Schulter blickte, wenn er das vermeintliche Heilmittel aktivierte. Sie erinnerte sich an die Armee vor den Eingängen, die verhindern sollte, dass Demonstranten eindrangen, und konzentrierte sich unfreiwillig wieder auf ihre eigene Situation. Gewiss hatten sich mittlerweile auch hier desillusionierte Junge eingefunden. Blisterhubers Schattenarmee, die gegen Blisterhubers echte Armee antrat. Ein Schaukampf, bei dem beide nicht wussten, dass sie an denselben Fäden hingen.

Während sie weiter und weiter schlich, konnte sie bald ein Raunen, Rauschen ausmachen, ehe sie begriff, dass es eben jene Unruhe war, die sie vor dem Haupteingang erwartet hatte. Sie konnte nun fast bis in die Eingangshalle sehen und stellte fest, dass dort vereinzelte Sicherheitsmänner standen, die eine traurige zweite Linie bildeten. Wenn die Proteste sich radikalisieren sollten und die Militärsperre durchbrachen, würden sie kaum noch eine Gegenwehr bieten. Kurz würdigte sie die Chuzpe, die Blisterhuber besaß, seine kleine Privat-Söldnertruppe auf seine Privat-Revolutionstruppe loszulassen, um sich selbst eine reine Weste zu verpassen. Ohne zu zögern. Die Konzentration der Söldner galt gänzlich dem Geschehen vor dem Eingang und so konnte Ines ungestört die seitlichen Korridore erforschen. Die erste Reihe an Fluren war lang und verjüngte sich zu ihrem Ende hin, sodass es sehr gefährlich war, ihrem Weg zu folgen, weil Ines nach hinten keine Deckung fand. Eine weitere offene Sicherheitsschleuse später sagte sie sich jedoch, dass sie darauf vertrauen musste, dass

Blisterhuber sich mehr darüber sorgte, das ein wilder Mob radikaler Demonstranten in die Geneworks-Zentrale eindrang, als dass es den Gefangenen wirklich gelang, zu fliehen. Zufrieden stellte sie fest, dass sie zwanzig Meter vor einem von zwei einzelnen Männern bewachten Eingang stand. Dort würde man entweder Alix' oder etwas noch Wichtigeres festhalten. Nüchtern überschlug sie ihre Optionen. Ein Frontalangriff mit Waffengewalt kam auf keinen Fall in Frage, weil sie hier zu nahe am Eingangsbereich war und sicher gehört werden würde. Einen der Männer konnte sie von Hand ausschalten, doch kaum zwei, jedenfalls nicht ohne Ablenkung. Ines überschlug, wie viel Zeit ihr blieb, bis entdeckt werden würde, dass sie entkommen war und man das Gelände durchkämmte. Das Ergebnis war, dass sie überrascht sein musste, dass es nicht schon geschehen war. Auf einen Fehler der Wachen zu hoffen, schied folglich ebenfalls aus. Also Ablenkung. Sie durchsuchte ihre Taschen, doch sie hatte außer den beiden Pistolen und etwas Munition nichts weiter dabei. Sie besah den Korridor und fand kaum Dekoration außer den einladenden Sofas, die mit Schälchen für Snacks versehen waren. Sie betrachtete die schmalen schwarzen Keramikformen. Würde man sie, auf dem Boden entlang gerollt, für Granaten halten? Wohl kaum. Doch man würde sich darum kümmern müssen. Ines entschied, dass vielleicht doch Gewalt die Option war. Sie hatte dann nicht viel Zeit, Alix zu befreien, bevor man von vorne nachsehen würde, also musste sie jetzt planen, wie sie entkommen würden. Wenn sie die beiden hier ausschaltete, würden ohne Zweifel Sicherheitsleute vom Haupteingang herkommen. Das ließ nur die andere Seite des Flures als Ausweg, doch er endete keine fünfzig Meter entfernt in einer großen Glasscheibe, die lediglich den Blick auf das große Außenareal freigab. Sie konnten in die einsetzende Dämmerung entkommen, doch würden sie damit auch jede Möglichkeit verlieren, zurückzukehren und zum Update-Server zu gelangen. Zudem fiel ihr ein, dass sie keine Ahnung hatte, in welchem Zustand Alix war. Vielleicht konnte er nicht mit ihr flüchten. Zu viele Probleme und zu wenige Optionen. Und wenn sie nun wieder die angeschlagene, geschwächte Frau spielte? Unmöglich konnte der Trick ein zweites Mal funktionieren. Doch sie musste um jeden Preis verhindern, dass gebäudeweiter Alarm ausgelöst wurde. Es war zwar etwas gespenstisch, wie wenig Überwachung und Sicherung innerhalb des Komplexes stattfand, doch dies war nicht die Zeit, es zu hinterfragen, sondern es auszunutzen. Ines blickte auf ihre Fingernägel und traf eine Entscheidung. Mühsam und schmerzvoll kratzte sie sich den linken Ellenbogen und die rechte Schläfe auf, so, dass es eindrucksvoll blutete, sie ansonsten nicht weiter behinderte. Sie würde ihnen eine gute Show liefern. Und dann würde sie wieder eiskalt sein müssen. Ines schauderte bei dem Gedanken, doch es gab kein Zurück.

Sie versteckte die Automatikpistolen hinter einem der Sofas auf dem Gang und begann dann, auf die beiden Männer zuzutaumeln. Torkelnd brabbelte sie Unverständliches und brach dann, kaum in Sichtweite gelangt, mit groß aufgerissenen Augen zusammen. Ihr Kinn stieß hart auf den edlen Steinboden, und im explodierenden Schmerz befürchtete sie fast, dass sie es übertrieben haben könnte und der Kiefer gebrochen sei, doch der Schmerz ließ schneller nach, als sich die Männer nähern konnten. Dann endlich standen sie ratlos über sie gebeugt und versuchten, die Situation einzuschätzen. »Der Boss hatte ja befürchtet, dass so etwas passieren könnte. Funk die beiden bei Sektor Gamma an und frag nach, wie sie hierher kommen kann, noch dazu in diesem Zustand.«

Das konnte sie nicht zulassen. Ihr rechtes Knie schnellte empor und traf einen zwischen den Beinen. Während der andere noch zwischen Handgelenksfunkgerät und Pistolenhalfter schwankte, hatte sie auch ihn zu Boden gerungen. Die Überraschung machte es leicht, auch wenn der Zeitpunkt nicht gerade günstig war. Erschreckt stellte sie fest, dass der erste sich langsam aufrappelte und nach seiner Waffe griff, als Ines den zweiten vor sich brachte und seine Arme lenkte. Mit dem schweren menschlichen Schutzschild war es kompliziert, zu zielen, doch als ihr verbliebener Gegner schoss und sie warmes Blut auf ihrem Bauch spürte, wusste sie, dass es keinen anderen Ausweg gab. Sie drückte ab und erschoss den Wachmann, der nun seinerseits einen Kollegen auf dem Gewissen hatte.

Angewidert kroch sie unter der blutigen Leiche weg und tastete vorsichtig ihren Unterleib ab. Nein, die Kugeln waren vom massigen Bauch des Wachmannes abgefangen worden. Sie musste nach alledem aussehen wie eine wandelnde Leiche, doch dafür ging es ihr gut. Sie wischte das Blut mit den Ärmeln ab und stellte fest, dass die Wunden an Arm und Schläfe bereits geronnen waren.

»Hallo? Hilfe! Ich bin hier drinnen!«

Alix. Sie musste einen schönen Krach gemacht haben, wenn er sie von drinnen gehört hatte. Flink nestelte sie am Schloss herum, doch sie kannte die Kombination nicht. Kurzentschlossen nahm sie die Waffe des Mannes und schoss auf die Steuerung.

Es kam einer archaischen Aufbäumung gegen die Macht der Technologie gleich, doch es funktionierte. Die Angst der Menschen, Sklave der Technik zu sein, sorgte doch immer dafür, dass Türen, Aufzüge und Automaten stets in einen günstigen Zustand übergingen, wenn sie beschädigt waren. Sie konnte von Glück sagen, dass Geneworks ihre Labore nicht als Gefängniszellen konstruiert hatte. Dann, mit der Aura eines Racheengels, trat sie in den Raum hinein.

Alix saß auf einem Stuhl, dessen Lehne fehlte, mit den Armen hinter dem Rücken und den Füßen an die Stuhlbeine gefesselt. Nervös wippte er vor und zurück.

»Ich wusste es!«, sagte er und strahlte.

»Freu dich nicht zu früh. Mit dem Krach, den ich gemacht habe, steht gleich Blisterhubers ganze Privatarmee vor der Tür.«

»Bist du sicher? Als er mich verließ, sagte er zu einem der Männer, man solle dem Wachdienst auftragen, den Haupteingang nicht zu verlassen.«

»Blisterhuber kann kaum so töricht sein.«

»Und wenn er sich in Sicherheit wähnte?«

»Na schön«, sagte Ines und machte ihn los. »Weißt du, wo wir Zugriff auf den Update-Server bekommen?«

»Hier vorne«, sagte er und zeigte ihr freudig erregt die kleine Konsole, die an der Außenwand vor dem Fenster mit dem Blick auf den orangenen Himmel über Ulm-Stuttgart stand.

»Das … gefällt mir nicht. Es ist zu leicht«, sagte Ines.

Alix zuckte mit den Schultern. »Hast du einen besseren Vorschlag? Willst du durch das Labyrinth der Labore und Gänge rennen, wo jederzeit ein Sicherheitsteam aufkreuzen kann?«

»Sie sollten dem Krach hierher folgen, aber dann wären sie schon längst hier. Wir haben nur diese eine Chance …«, überlegte sie. Dennoch … sie hatte ein komisches Gefühl. Sie seufzte. »Na schön. Fang an, Alix. Mach keine Pause, auch wenn es Unruhe gibt. Ich verschaffe dir so viel Zeit wie möglich.«

Der junge Pole nickte und machte sich ans Werk. Ines schien es wie in Zeitlupe, als er fremde Symbole auf dem Display verschob und mit eleganten Wischgesten neu anordnete. Ines' Herz pochte bis zum Hals. Sollten sie es wirklich schaffen, Blisterhuber das Handwerk zu legen? Weil er sich einem fiktionalen Superschurken gleich zu sicher war, dass er schon gewonnen hatte? Gebannt hielt sie die Automatikpistolen in beiden Händen auf die Tür gerichtet.

»Fallen lassen!«

Es surrte und fiepte und Ines erinnerte sich unheilvoll, dass die Türen vom Inneren der Räume aus perfekt mit der Wand verschmolzen. Während sie damit beschäftigt war, die zerstörte, offene Tür zu bewachen, hatte sich auf der anderen Seite eine weitere Tür geöffnet. Mit angelegter Waffe stand François de Betancourt darin. Instinktiv fuhr sie herum und sah François von Angesicht zu Angesicht an.

36.

»Es ist vorbei, Ines. Blisterhuber hat uns alles erzählt. Ihr habt keine Chance.«

Sie sah, wie der Update-Chef von Geneworks malediktisch lächelnd hinter François auftauchte.

»François, hör mir gut zu.« Ines bemerkte, wie ihre Stimme zitterte. Es war bedauerlich, dass ihre Anspannung es verhindern würde, überzeugend zu sein, doch sie musste versuchen, ihn weiter hinzuhalten. »Blisterhuber ist es, der die Fäden in der Hand hält. Er hat die Frauen ermordet und Seoung Lee dazu gebracht, den Mechanismus auszutüfteln.«

»Sag mir nicht, wer hier mit wem spielt, Ines. Blisterhuber hat deine Pläne aufgedeckt, doch ich hatte es schon viel früher im Verdacht gehabt. Erinnerst du dich, als wir vor dem großen Konferenzsaal in der Kriminalistik standen und du mir sagtest, irgendwann sei der Punkt erreicht, an dem man die Moral über Bord werfen müsse? Du hast den Präfekten von Süddeutschland eine Foltervollmacht ausstellen lassen. Du hast jegliche Berufsethik vergessen und weitergemacht, nachdem du von dem Fall abgezogen worden warst. Zuerst habe ich an einen Fehler geglaubt, doch niemals hätte ich für möglich gehalten, dass du uns alle so an der Nase herumgeführt hast. Hast du auch den armen Paul Lancaster angeheuert, um uns abzulenken? Ich verachte dich! Und jetzt Ines, wenn du nicht gleich die Waffen herunternimmst, erschieße ich dich!«

»François!« Ines bebte innerlich und bemerkte, wie ihr auch die äußere Contenance abhandenkam. »François, bitte! Wir müssen dieses Update abschließen, sonst genügt Blisterhuber ein Knopfdruck und zwei Milliarden Menschen sterben.«

»Weg von der Konsole!«, rief Blisterhuber. François nickte. »Herr Wasovskiy, gehen Sie weg von der Konsole.«

»Nein!«, rief Alix. »Wir müssen ihn aufhalten. Wenn wir diese Änderung nicht abschließen, werden sie alle sterben!«

»Letzte Warnung«, sagte François. Ines konnte sehen, dass er schwer atmete und vollkommen durchnässt von Schweiß war. Sie argwöhnte, dass Blisterhuber ihn nicht nur verbal überzeugt hatte, doch sie hatte nur diese eine Chance, an sein Ehrgefühl, seinen kühlen kriminalistischen Verstand oder vielleicht den Rest davon zu appellieren.

»Fast … geschafft …«, flüsterte Alix und Ines war sicher, dass nur sie ihn gehört hatte.

»François!« Sie rief ihn erneut.

»Ruhe jetzt! Weg von der Konsole.« François schoss in die Luft. Alix sprang wie vom Blitz getroffen zur Seite. Atemlos blickte er auf Ines und François, die noch immer einander gegenüber standen.

»Du kannst nicht uns beide erschießen«, sagte Ines, die in dieser Erkenntnis etwas Beruhigung fand.

»Nein, aber ich kann es«, sagte Blisterhuber und zog eine kleinkalibrige Pistole hervor. Auch François starrte für einen Moment ungläubig auf Blisterhuber.

»Ich war so frei, Herrn Brock darum zu bitten. Sie müssen zugeben, dass es die Situation für uns verbessert«, sagte er zu François gewandt.

»François, kannst du riskieren, dich zu irren? Wenn ich Recht habe, wird Blisterhuber die Alten töten, wenn du uns festgenommen hast, und du wirst nichts dagegen tun können. Du wirst als der größte Idiot der Geschichte gelten.« Ines Stimme bebte so wie ihr Puls und ihr gesamter Körper, doch erschien es ihr, als würde die Welt um sie herum erbeben und ausgerechnet in ihr selbst einen seltsamen Punkt der Stille finden.

»Und wenn es ist, wie ich sage, dann wäre er der größte Idiot, es nicht zu tun«, sagte Blisterhuber triumphal.

»Ines, er hat Recht. Ich muss den Erkenntnissen folgen, die ich aktuell habe.«

»Darauf setzt er ja. François, du musst über die Fesseln des Dienstes nach Vorschrift hinauswachsen. Es reicht nicht, zu tun, was man soll, sondern du musst tun, was du kannst.«

»So wie du, indem du die Alten vernichtest? Warum, Ines? Warum tust du das?«

»Ich tue es ja gar nicht! Blisterhuber will es. Er macht sie für den Stillstand der Gesellschaft verantwortlich.«

Blisterhuber lachte. »Hören Sie sie an, Commissaire. Sie weiß, woran die Welt genesen wird.«

»Sparen Sie sich Ihren Zynismus, sie ist auch meine Freundin.« François blickte zu Boden. »Oder war es. Ines, geh bitte weg von der Konsole und leg endlich die verdammte Waffe nieder.«

Plötzlich schoss Blisterhuber.

Alix hatte sich beinahe unmerklich wieder der Konsole genähert. Blisterhuber konnte es wohl als einziger sehen, weil François total auf Ines fixiert war.

»Nur den Knopf noch …«, flüsterte Alix so laut, dass es alle hören konnten und spuckte Blut.

»Weg von der Konsole«, rief nun Blisterhuber ungeduldig. Ines konnte auf einmal ganz deutlich sehen, dass er Panik hatte, dass sein Plan doch noch schiefging. François war nicht so standhaft von seiner Version der Geschehnisse überzeugt, wie er gedacht hatte.

'Nur den Knopf noch …' wiederholte Ines in Gedanken. Wenn dieser Knopf über das Schicksal der Menschheit entscheiden würde …

Sie tat einen Schritt zurück, sah, wie François ansetzte. Sie würde es schaffen, doch vielleicht dabei draufgehen. Dann wurde die Welt langsam. Sie hörte die Expansion des Zündgases, sah das Mündungsfeuer. Sie streckte den Finger nach der verlockend blinkenden Schaltfläche aus und bemerkte, wie ihre Schulter taub wurde. François hatte sie angeschossen. Nur noch wenige Zentimeter trennten sie von dem Display … und dann traf es sie, wie der Schlag der ihre Schulter zertrümmernden Kugel nicht konnte. Egal, ob sie den Knopf drückte oder nicht, Blisterhuber konnte nicht so dumm sein, dafür nicht vorzusorgen. Es ging nur um die Vorführung. Um die Rechtfertigung. Vielleicht hoffte er auch, sie selbst erschießen zu können, wenn François es nicht schaffte. Sie hörte einen weiteren Schuss, spürte den stechenden Schmerz in ihrer Brust, wusste nicht, ob Herz oder Lunge getroffen war. Egal. Es war vorbei, Blisterhuber bekam, was er wollte. Ihr Blick wurde enger und sie merkte, dass sie vor die Konsole fiel. Sah im kalten Schleier des weichenden Bewusstseins, wie François die Waffe senkte und zu ihr eilte. Dann bäumte sich etwas in ihr auf.

Wenn sie verlor, so konnte sie wenigstens dafür sorgen, dass er nicht gewann. In einem übermenschlichen Akt des Willens drückte sie den Abzug der linken Pistole und zielte auf Blisterhubers Kopf. Noch bevor sie sehen konnte, ob die Kugel ihn erreicht hatte, wurde es dunkel für Ines Schultheiss.

Sie wusste nicht, wer hier den Sieg davontrug, doch kristallklar stand nur eine Tatsache in ihrem sterbenden, langsam verblassenden Verstand. Sie hatte verloren.

Epilog

Als sie die Augen öffnete, saß François am Fußende des Bettes. Sie spürte den Schmerz in Schultern und Rippen, doch sie wusste, dass es vorbei war.

»Was ist passiert? Was …«

François schnitt ihr sanft das Wort ab, indem er lediglich den Zeigefinger zum Mund nahm. »Ruhig. Ganz ruhig. Es ist alles in Ordnung. Ich kann mir vorstellen, dass dir der Kopf platzt vor Ärger, Schuld und Angst. Doch sei beruhigt, wir haben alles herausgefunden und in Ordnung gebracht.«

»Blisterhuber … ist er …«

»Tot? Ja. Mausetot. Du hast ihm sauber die Halsarterie durchtrennt. Ich glaube nicht, dass er noch begriffen hat, dass du eine Entscheidung getroffen hast.«

François' Ruhe ging langsam auf sie über, und während auch der Schädel zu schmerzen begann, sammelten sich mehr und mehr Fragen. Was war mit den Alten geschehen? Die Unruhen? Wie ging es Alix?

Der Elsässer war geduldig und erklärte alles.

»Hättest du den Knopf gedrückt, der fertig blinkend vor dir lag, es wäre die Apokalypse losgebrochen. Was du vor dir hattest, war nicht das Vakzin, das Aliaksandr Wasovskiy ausgetüftelt hatte, sondern in Wahrheit der Startschuss zum Massenmord. Blisterhuber hatte den Computer so modifiziert, dass er nur vorspiegelte, seine Eingaben anzunehmen, eigentlich war er programmiert, das verhängnisvolle Update auszuführen, sobald du auf die Bestätigung gedrückt hättest.«

»Blisterhuber dachte, dass ich nicht ein Leben gegen zwei Milliarden abwägen würde«, antwortete sie.

»Er hat dich unterschätzt.«

»Nein.« Ines schüttelte den Kopf und sie merkte, wie die Schuld ihrer Entscheidung in ihr auflebte, ihre Wangen heiß wurden und ihr Atem schwer. Die Schmerzen ihrer Wunden flammten auf, der

Rücken und die Lunge brannten, doch sie wusste, dass sie ihr Geständnis früher oder später machen musste.

»In diesem einen Moment, als wir mit gezogener Waffe voreinander standen, da ging es nicht mehr um die zwei Milliarden Alten. Die Berichte, dass ich sie durch heldenhaften Kampf gerettet habe, die es nun zweifellos gibt, sind übertrieben, nein, unwahr und unverdient. In diesem Moment, François, da ging es nur um ihn und mich. Ums Gewinnen.«

François schluckte. »Du hättest sie geopfert, nur damit Blisterhuber nicht davonkommt?«

»Seltsam, nicht? Da spielt er eine Woche mit meiner Loyalität, meiner Überzeugung, und am Ende hatte er nicht mit dem gerechnet, was er angerichtet hat. Er wollte es mir in die Schuhe schieben und nach meiner Festnahme einfach hinausspazieren. Hätte gesagt, dass es bereits im Gange war, falls du mich erschossen hättest, wenn ich den Knopf gedrückt hätte.«

Als sie fertig war, atmete François tief ein, ehe er antwortete. »Weißt du, ich muss dir auch etwas sagen. Als du eben meintest, dass du dachtest, ich würde dich erschießen, hättest du dich zur Konsole bewegt … ich … ich hätte dich beinahe erschossen. Blisterhuber hatte auch mich überzeugt.«

»Aber François, Du hast mich nur fast erschossen.« Ines lachte und blickte dann stumm auf den ausgedehnten Verband um ihren Brustkorb. Als die anfängliche, unwirkliche Euphorie, die so unerwartet kam und ebenso unerwartet wieder abebbte, vergangen war, wurde sie nachdenklich. Sie hätte wirklich sterben können. Blisterhuber hatte viele Menschen getötet, um es so weit voran zu bringen. Und am Ende verließ er sich darauf, dass sie, François, Alix … sich richtig verhielten? Er hätte sie selbst erschießen können und wäre trotzdem damit durchgekommen. Warum …?

François hatte seine Worte wiedergefunden. Jedenfalls einige Worte. »Du verstehst nicht … nein, ich meine … ich weiß natürlich, dass ich dich angeschossen habe, die Schulter, die Lunge …« Er rang nach Worten und Ines spürte, dass es ihn wirklich bedrückte. » …Ines, in jenem Moment, als du die Waffe erhobst, da wollte ich dich töten. Nicht nur dich am Schießen hindern. Ich war nicht Polizist, ich war etwas anderes. Natürlich wissen wir jetzt, dass er heimlich Psychopharmaka an alle Experten des Krisenstabs – und auch mich – verabreicht hat, doch die Frage bleibt: Hätte ich anders handeln können, ja, müssen? Weißt du, als ich die SMS schrieb, dass du dich von der Kriminalistik fernhalten sollest, brach ich erst mal zusammen, weil sein Einfluss mich zwang, mich zu bestrafen. Es war der Moment, in dem mein Wille brach. Als ich mit ihm zu Geneworks fuhr, da war ich nur eine Marionette offizieller Art, die der Regierung gegenüber sicherstellen sollte, dass die wahren Täter, also Alix und du, zur Strecke gebracht werden. Du hast ja keine Vorstellung davon, was in jenen Stunden bei uns passiert ist. Brock ... na ja, das wird er dir schon selbst irgendwann erzählen. Ines, ich muss dir auch ganz persönlich danken, dass du ihn erschossen hast.« François blickte betreten zu Boden.

»Er hat uns alle an der Nase herumgeführt. Es ist keine Schande darin, François. Seit ich aufgewacht bin, spüre ich keinen Zorn mehr in mir. Keine Bosheit, Berechnung, Hinterlist. Ich verzeihe dir.« Sie war selbst von ihrer Sanftmut überrascht, doch ergab sie sich dem guten Gefühl, etwas Nettes, Aufrichtiges zu sagen. Nach all der Täuschung tat es gut, ehrlich zu sein. »Wie geht es nun weiter?«

»Wasovskiys Gegenmittel hat tatsächlich funktioniert, und die Gefahr ist vorüber. Wir haben tausende Opfer zu beklagen, die bereits vorher verstorben sind, doch von Blisterhubers Modifikationen geht keine Gefahr mehr aus. Im Nebenzimmer ist ein Meer von Blumensträußen und Dankesmails, ich konnte die Schwestern zum Glück davon abhalten, eine Auswahl davon hier aufzustellen. Und da ist noch jemand, der dich sehen will ... wir sprechen später weiter.«

François drückte freundschaftlich ihre Hand und Ines konnte Unbehagen spüren, das ihn forttrieb. Vielleicht traf es ihn mehr als er zugab, dass er sie niedergeschossen hatte. Als er die Tür öffnete, konnte sie sehen, wie er eine ausladende Geste auf dem Flur machte. Wer wollte noch zu ihr? Bestimmt Alix. Ihm war es sicher besser ergangen als ihr, außerdem war er ein echter Held.

Sie irrte sich. Klaus-Peter Haßloch schwebte im wiedergewonnenen Duktus der unangreifbaren Alten ins Zimmer und verbeugte sich. »Frau Kommissar, ich wurde gebeten, im Namen des Präfekten von Süddeutschland und der Regierung die besten Glückwünsche auszusprechen.«

»Das … das ist nett.« Sie wusste nicht, ob sie aufstehen konnte, fürchtete jedoch, dass sie es bald probieren musste, denn Haßloch würde die Gelegenheit nutzen, dass sie nicht einfach weggehen konnte. Halb rechnete sie bei jeder Regung damit, ihren klirrenden Rücken innerlich schreien zu hören, doch noch immer spürte sie nichts. Keinen Schmerz, nicht einmal das verräterische Knacken der Titanverstärkung …

»Ines, das war nicht alles, was ich zu sagen habe. Ich möchte ob des unmittelbaren Eindrucks der Entwicklung der Krise meine persönliche Bewunderung aussprechen. Ich glaube nicht, dass jemand anderes in der Lage gewesen wäre, uns zu … retten.«

»Es muss doch allgemein bekannt sein, dass ich nur Spielball der Pläne Johann Blisterhubers war.«

»Wie heißt es so schön, 'Historiam victores fecit[6]'. Niemand wird sich in zweihundert Jahren noch daran erinnern, wer Johann Blisterhuber war. Außer Ihnen, natürlich.«

»Wie meinen Sie das?«

»Es wundert mich, dass Sie nicht darauf kommen. Sie wurden natürlich mit sofortiger Wirkung ins Programm aufgenommen.«

»Das … nein. Ich verdiene es nicht.«

»Noch nie hat jemand die Möglichkeit abgelehnt, unsterblich zu werden. Und noch nie, mit Verlaub, hat es jemand mehr verdient.«

Ines sah, wie Verwirrung und Überraschung in der feinen, nuancierten Mimik des Alten erschienen. Er machte es sich zu leicht. War sie einfach zu bescheiden, oder zu ehrlich … oder war es etwas anderes?

»Blisterhuber nahm das für sich in Anspruch«, sagte sie. Und stimmte es? Hatte er der Unsterblichkeit aus Altruismus widersprochen, wie er selbst behauptete? Niemand würde es jemals noch herausfinden. Und nur sie wusste, was er zumindest vorgeblicher Weise gesagt hatte.

»Und man sieht ja, was er davon hat.«

Erstaunt stellte Ines fest, dass Haßloch den Satz vollkommen ungerührt gesprochen hatte, als bedeute es nichts für ihn. Sie war beeindruckt, dass er keinen Zynismus für den Mann übrig hatte. Ines stutzte. Ein eigenartiger Gedanke kam ihr in den Sinn. »Warum haben Sie, die Alten, nicht versucht, Seoung Lee nach

---

6   Lat. „Die Geschichte wird von den Siegern gemacht.“

einem Handel zu fragen? Haben Sie ihn nicht ernstgenommen, dass Sie es unsinnig fanden, eine Erpressung in Erwägung zu ziehen und ihm Entschädigung, Amnestie, Belohnung anzubieten für den Fall, dass er Sie verschonte?«

»Ich kann selbstverständlich nicht für uns alle sprechen«, sagte Haßloch, »doch nahm ich stets an, dass das Gegenteil der Fall war. Wir waren so sehr davon überzeugt, dass unser Ende nahe war, dass es uns nicht in den Sinn kam, Seoung Lee mit Geld abspeisen zu können. Wie wir lernten, hätte es Blisterhuber wohl auch kaum getan. Doch es ist müßig, über Dinge zu diskutieren, die nicht eingetreten sind, finden Sie nicht?«

Ines wunderte sich. Nicht so sehr über die Antwort des Alten, sondern darüber, dass er sie anscheinend mit einem Mal nicht mehr von oben herab behandelte. Doch auch Respekt würde nicht ausreichen, ihre Fragen zu beantworten. Trotzdem war es keine einseitige Beobachtung. Ihr Respekt gegenüber den Alten hatte gelitten. Niemand von ihnen war in der Lage gewesen, den eigenen Niedergang aufzuhalten. Sie waren, bei aller Überheblichkeit und tatsächlicher Überlegenheit, viel abhängiger von den Jungen als jemals zuvor. »Das trifft Sie nicht? Vor nicht einmal zwei Tagen schien Ihr Tod festzustehen und das wischen Sie einfach so beiseite?«, fragte sie.

»Was macht das schon? Zwei Tage davor schien meine Unsterblichkeit noch festzustehen. Wenn es eines zu lernen gab, dann ist es, keine voreiligen Schlüsse zu ziehen. Das haben Sie doch bewiesen.« Da war sie wieder, die Aura der Unnahbarkeit. Zum ersten Mal erkannte sie, dass sie auch als Selbstschutz für diejenigen dienen konnte, die nicht unsterblich waren. Ihnen die Zweifel und Fragen zu ersparen, die auch in Ines wüteten. Ihre Loyalität, nun, da sie sie scheinbar bewiesen hatte und dafür belohnt werden sollte, wurde zerfetzt wie Papierfahnen im Herbstwind. »Ich habe rein gar nichts bewiesen. Hätte nicht ich den Fall übernommen, wäre ihm jemand anderes auf den Leim gegangen«, sagte sie.

»Es wird einige Zeit brauchen, bis Sie verstehen, dass Sie nicht gescheitert sind.« Klaus-Peter Haßloch lächelte. Ines konnte sehen, wie dankbar er für diese kurze Episode der Unsicherheit sein musste, fernab der zurückgewonnenen Ödnis der Unsterblichkeit.

Sie stand von ihrem Bett auf, etwas wacklig zwar, aber sie bot ihm die Hand. Erneut die unwillkürliche Enttäuschung über das Ausbleiben des Rückenschmerzes. Als Haßloch sich verabschiedet hatte, trat sie in Gedanken versunken an das Panorama-Fenster ihres Krankenzimmers. Sie musste im höchsten Stockwerk des Uniklinikums sein und konnte auf die meisten Habitate Ulm-Stuttgarts von oben herabschauen. Die City glänzte im Dämmerlicht des Abends, und Ines Schultheiss begriff, dass sie die vielleicht einmalige Chance, die Welt zu verändern, zunichte gemacht hatte. Dass nun alles so bleiben würde, wie es war. Dass Blisterhuber recht gehabt hatte. Er war dafür gestorben und hätte auch sie bereitwillig geopfert, so wie er Seoung Lee und seine Assistentinnen ermordet hatte. So wie er kaltblütig und reuelos ihren Freund Michel Hansen getötet hatte. Sie erinnerte sich daran, wie Seoung Lee davon gesprochen hatte, dass es manchmal nur auf die Perspektive ankam, selbst bei der Frage nach Mord. Dachte auch an die Menschen, die vor dem explodierenden Rathaus demonstriert hatten, weil sie die Hoffnung auf eine bessere Welt noch nicht aufgegeben hatten. Die Zeugen des Verfalls, die geduldig bereit standen, der Welt eine neue Ordnung zu geben. Selbst wenn auch sie von ihm gesteuert worden waren, so gab es doch ein Fünkchen Wahrheit in ihrer Hoffnung auf eine bessere Welt. Tief in sich spürte sie die Erkenntnis – sie selbst hatte aufgegeben, als es darauf angekommen war. Grimmig spürte sie, wie der Zorn zurückkehrte. Nicht auf sich selbst und auch nicht mehr auf Blisterhuber. Ines Schultheiss kniff die Augen zusammen und spürte die neue Kraft in sich. Brachte endlich die Hände an ihr Rückgrat und erschauderte. Da war kein Schmerz und da waren keine alten Titanverstärkungen. Nur gesunde, junge Rückenwirbel. Zitternd fuhr sie mit den Fingern über ihr Gesicht. Keine Falten, kein einziges Zeichen der Entbehrung von fünfzig Jahren als Profilerin, nein, als Teil der Gesellschaft der Jungen. Kein Zeichen des Horrors der letzten fünf Tage ihres Kampfes mit der Ewigkeit. Ines Schultheiss schluckte. Im Zwielicht des schwäbischen Abends erahnte sie langsam ihr Spiegelbild im Fenster. Mit einem wehmütigen Blick auf das unruhig glitzernde Ulm-Stuttgart wandte sie sich vom Alten ab und der Zukunft zu, summte eine längst vergessene Melodie.

'Für immer jung'?

Sie wusste nicht mehr, von wem die Zeilen in ihrem Gedächtnis stammten, nur, dass sie beinahe ein Jahrhundert alt sein mussten. Nein, niemand wusste es mehr. Und auch, wenn das omnipräsente Netz unmittelbar einen Namen ausgespuckt hätte, so hätte es ihre Verwirrung und Unsicherheit, die weit über diese Zeilen hinausgingen, nicht im Geringsten schmälern können. Blisterhuber hatte Unrecht gehabt – ihre Unvollkommenheit hatte ironischerweise dazu geführt, dass sie doch unsterblich wurde. Ob er es so gemeint hatte? Sie würde es niemals erfahren. Niemand konnte ihre Fragen beantworten. Versonnen summte sie weiter, dachte an Menschenmengen und explodierende Rathäuser, konspirative Versammlungen und unbeschreibliches Elend und den Luxus der Ewigkeit. Sie spürte, wie die jäh gewonnene, gemütliche Zufriedenheit des Überlebens sich in Verzweiflung wandelte.

Dann erstarb mit der Melodie auch das Lächeln und ihre Gleichgültigkeit zerfaserte zu einem blanken, düsteren Horizont der Vorahnung.

Der Verfall hatte endgültig begonnen.

###

294

Der Newsletter

Ich weiß, ich kann unmöglich so schnell schreiben, wie Du liest, aber ich versuche es trotzdem. Auf meinem Blog findest du ein Kontaktformular, mit dem Du ganz schnell ganz persönlich Vorschläge, Anmerkungen und Kritik anbringen kannst.

Ich beantworte jede einzelne Mail meiner Leser. Versprochen!

Außerdem kannst Du Dich unter

www.fwgt.de/newsletter

für den Newsletter anmelden. Du bekommst dann eine Mail, wenn ich etwas auf dem Blog schreibe oder auf Vergünstigungen / Gewinnspiele u. ä. hinweisen möchte. Nichts davon passiert üblicherweise öfter als einmal im Monat – schließlich bin ich meistens damit beschäftigt, zu schreiben!

Misa Vebilettis Abenteuer

BURST, Teil I+II

Misa Vebiletti hat ein Problem - hilflos muss die Operatorin der Marsianischen Weltraumorganisation mit ansehen, wie auf dem kleinen Außenposten des Jupitermondes Ganymed ein interplanetarer Sender nach dem anderen ausfällt. Sie beschließt, eine alte Sonde zu beauftragen, Nachforschungen anzustellen, doch macht damit nur alles noch schlimmer. Bald sieht sie sich dem Vorwurf ausgesetzt, selbst hinter der Funkstille zu stecken, doch schon bald wird klar: Ganymed wurde von einem unvorstellbar starken Strahlungsausbruch unbekannten Ursprungs getroffen – über zweitausend Pioniere und Arbeiter sitzen auf einem Eisklumpen Millionen Kilometer von der Zivilisation entfernt fest - und zu allem Überfluss zögert die Marsregierung auch noch, eine Rettungsmission loszuschicken. Fassungslos muss Misa Vebiletti mit ansehen, wie lediglich ein einzelnes Erkundungsschiff auf die Reise geschickt wird - und zwar ohne sie. Als sie sich fast damit abgefunden hat, dass sie das Rätsel aus der Ferne nicht wird lösen können wird, taucht ein mysteriöser Journalist auf, der geheime Informationen hat, und macht ihr ein Angebot, das sie nicht ablehnen kann. Misa zögert. Als die Meldungen und Hilferufe von Ganymed immer verzweifelter werden, trifft sie eine Entscheidung, die ihr Leben für immer verändert …

Ines Schultheiss' nächstes Abenteuer

Vergessen (#2)

»Es reicht nicht, unsterblich zu sein. Man muss unsterblicher sein als die anderen.«

Ein mysteriöser Alter bittet Ines Schultheiss um Hilfe: Ein Freund, der ebenfalls im Programm war, ist kurz zuvor bei einem Unfall verstorben, doch erscheint die Todesursache ihm ebenso rätselhaft wie Ines. Gelangweilt von den Annehmlichkeiten des ewigen Lebens beginnt sie bereitwillig, auf eigene Faust zu ermitteln.

Als Ines die ersten Ergebnisse präsentiert, erinnert sich ihr Auftraggeber nicht daran, sie überhaupt damit betraut zu haben. Während er sich in immer mehr Widersprüche verstrickt und schließlich selbst immer verdächtiger verhält, macht Ines Schultheiss eine Entdeckung, die mehr als nur einen toten Unsterblichen betrifft...

Ebenfalls von F.W.G. Transchel erschienen

Misa Vebiletti

#1 BURST (Teil I): Das Rätsel um Ganymed
#2 BURST (Teil II): Katastrophe am Jupiter
#3 Das Yang-Kopfgeld
#4 Das Vebiletti-Vermächtnis (in Vorbereitung)

Verfall-Zyklus

#1 Verfall
#2 Vergessen

Procyon-Universum

- Die Procyon-Konspiration
- Protokoll 4190 – Eine Kurzgeschichte vom Procyon

Lyrik

#1 Robotergedichte

*Übrigens: Unter www.fwgt.de/ebooks/ findest Du jederzeit eine
aktuelle Liste meiner Veröffentlichungen.*